KB207923

침묵의 시간
The time of silence

침묵의 시간

초판 1쇄 발행 2024년 11월 11일

지 은 이 권중영
발 행 인 권선복
편   집 권보송
표지디자인 권지우·오훈택
디 자 인 김소영
전 자 책 서보미
발 행 처 도서출판 행복에너지
출판등록 제315-2011-000035호
주   소 (07679) 서울특별시 강서구 화곡로 232
전   화 0505-666-5555
팩   스 0303-0799-1560
홈페이지 www.happybook.or.kr
이 메 일 ksbdata@daum.net

값 22,000원
ISBN 979-11-93607-58-9 (03810)

도서출판 행복에너지는 독자 여러분의 아이디어와 원고 투고를 기다립니다. 책으로 만들기를 원하는 콘텐츠가 있으신 분은 이메일이나 홈페이지를 통해 간단한 기획서와 기획의도, 연락처 등을 보내주십시오. 행복에너지의 문은 언제나 활짝 열려 있습니다.

타임시리즈 I

권중영 지음

침묵의 시간

The Time
of Silence

도서
출판 행복에너지

Contents

등장인물(2014년 기준) 소개

- **길지석(39세)** : 아마추어 웹추리소설작가 겸 한의사

- **강일준(39세)** : 길지석의 고교 친구, 제천지청 검사

- **박순향(45세)** : 딸을 뺑소니로 잃고 남편도 자살로 잃은 비운의 여인

- **박수정(36세)** : 박순향의 조카, 한의원 간호사

- **차길수(45세)** : 박순향의 남편

- **엄상록(45세)** : 차길수의 고교 친구, 영월경찰서 경찰

- **강재석(45세)** : 차길수의 고교 친구, 낚시 가게 운영

- **차길준(54세)** : 차길수의 이복형, 대성목재(주) 운영

- **홍상일(54세)** : 차길준의 친구

- **정상진(73세)** : 전직 검사, 현 변호사

- **서정식(70세)** : 차길수 옛 연인의 아버지, 전직 체육 교사

- **하옥진(68세)** : 서정식의 부인, 전직 교사

- **서진주** : 1993년 사망, 차길수의 옛 연인

- **차수린** : 2003년 사망, 차길수의 딸

프롤로그

충북 제천은 예로부터 청량리에서 출발하는 중앙선의 중추 역으로 충북선과 태백선의 분기점 역할을 하면서 교통의 중심지로 발달한 중소도시다. 인근 단양, 영월, 충주 지역에서 생산되는 시멘트와 주변 깊은 산에서 나오는 목재 등 각종 임산물이 화물 철도를 수단으로 전국으로 퍼져나가고 있었다. 큰 규모는 아니지만 제법 쏠쏠하게 부를 축적한 상인들이 의외로 많은 도시로 성장하고 있었다.

제천시 북동쪽에 위치한 고암동은 다른 동네가 최근 들어 최신식 아파트가 속속 들어서고 있는 데 반해 아직도 일반 주택으로 형성된 전형적인 동네다.

그곳 고암동의 허름한 단칸방에서 사람이 죽었다는 신고가 접수된 것은 2014년 1월 초 아침 8시경이었다.

신고자는 변사자의 지인으로 그날 같이 충주호로 낚시 가기로 약속이 되어 있어 변사자의 집에 찾아갔다가 그가 죽어 있는 모습을 발견했다.

변사자의 방은 주인이 살고 있는 한옥 뒤에 딸린 약 일곱 평 정도의 셋방이었다. 방문을 열고 들어가면 중앙 맞은편에 조그만 창문이 있는데 방문과 창문은 모두 닫혀 있는 상태였다. 창문 왼쪽으로 조그만 책상과 옷장만 있을 뿐 별다른 가구는 없었다.

변사자는 창문틀 위에 있는 대못에 자신의 허리벨트를 걸고 목을 매서 죽은 것으로 알려졌다.

경찰은 변사자가 책상 위에 유서 형식의 메모지를 남겼고, 외부 침입 흔적도 없어 자살로 잠정 결론을 내렸다. 40대 중반의 변사자가 왜 혼자 살면서 자살했는지에 대해서는 유족 등을 상대로 수사를 벌이고 있다고 밝혔다.

변사자는 제천 인근의 영월이 고향인 차모 씨(45세)인 것으로 밝혀졌다.

1장

새로운 시작

1.

2014년 1월 중순 어느 날 아침, 요 며칠 사이 매서운 소한 추위가 몰아쳤다. 그러나 오늘은 언제 그랬냐는 듯이 최고 영상 7도까지 기온이 올라간다는 예보가 있었다. 한겨울치고는 제법 따뜻한 날씨였다. 이젠 연말 연초의 들뜬 분위기도 어느 정도 가라앉은 느낌이었고, 저마다 새해 운수를 기대하면서 하루를 시작하는 아침이었다.

이날도 평소 때와 다름없이 길지석은 〈길석 한의원〉에 9시 반경 출근해서 진료를 준비하고 있었다.

〈길석 한의원〉은 왕복 6차선 간선 도로변에 위치한 3층 건물 중 1, 2층을 사용하고 있다. 여느 한의원과 같이 1층은 환자들을 상대하는 접수대와 응접실, 2층은 원장실과 진료실, 침구실 등으로 구성되어 있다.

비록 건물 외벽은 낡은 편이었지만 내부는 환자들 심리 안정에 도움을 줄 수 있도록 밝은 톤으로 깔끔하게 단장되어 있다. 편안함을 느낄 수 있는 그런 분위기로. 요즘은 겨울방학을 맞이해서 그동안 병원에 오기 어려웠던 학생들로 제법 북적거렸다.

길 원장은 '오늘도 힘든 하루가 되겠구나.'라고 속으로 읊조리면서 진료실 책상 앞에 약 50센티미터 높이의 인체해부도에 지혈점이 섬세하게 그려진 경혈도(經穴圖)를 보면서 가볍게 스트레칭을 마쳤다.

서른한 살에 개원했을 때부터 주변 사람들로부터 무릇 한의사는 나이가 있고 중후한 모습을 보여야 환자들이 안심한다며 머리 스타일을 바꾸라는 핀잔을 여러 번 들은 길 원장은, 이제 겨우 서른아홉이 됐는데 어떻게 중후한 모습을 보여야 할지 난감했다. 야심 차게 넘겨본 머리카락과 도수 없는 검정 뿔테 안경은 어딘지 모르게 제자리를 잡지 못했다는 느낌을 줄 뿐이다.

요즈음 길 원장은 무엇을 하는지 잘 모르지만 틈만 나면 밖으로 돌아다닐 궁리만 하고 있었다. 다행히 몇 달 전에 들어온 신참 한의사가 있기는 했다. 하지만 환자들은 길 원장에게 진료받길 원해 길 원장이 없을 때는 간호사들이 여간 애를 먹는 것이 아니었다.

사실 길 원장은 지금까지 보약을 짓는 것이 주된 수입원이었던 한의사 업계의 새로운 활로, 즉 블루오션을 개척하기 위해 나름대로 열심히 뛰어다니고 있었다. 인근 대학의 한방자원학과와 업무 협약을 맺기도 하고, 내년부터는 대학 강의도 나가기로 되어 있었다. 곧 가시적인 성과가 있을 것 같은 기대감도 생겼다.

그때 〈길석 한의원〉 베테랑 간호사 박수정이 녹차를 들고 들어왔다. 곧바로 다짐을 받아둘 요량으로 오늘도 환자들이 많을 거라고 선수를 쳤다.

박 간호사는 〈길석 한의원〉의 최고참 간호사이다. 그녀는 언제나 씩씩하고 활달할 뿐만 아니라 아래 간호사들을 휘어잡는 노하우도 대단했다.

길 원장은 그녀를 보면서 갑자기 그녀의 나이가 궁금해졌다. 해가 바뀌었으니 한 살 더 먹어 분명 서른다섯 살은 넘은 것 같은데 정확히 기억나질 않았다. 그녀 스스로 자신을 골드미스라고는 하지만 이젠 진지하게 결혼을 고민해야 할 나이라는 생각이 문득 들었다.

박 간호사는 원장실을 나갈 생각 없이 길 원장 앞에서 쭈뼛쭈

뻣 서있기만 했다. 무슨 말을 하고 싶은 모양이다. 아니나 다를까, 그녀는 오늘 예약된 환자 중에 자기 고모가 있다고 머뭇거리면서 조심스럽게 말을 꺼냈다. 한의원에 환자가 오는 것이 이상하지 않은데 그 사실을 머뭇거리면서 조심스럽게 말하는 것이 어째 이상하다.

"고모가 며칠 전에 고모부를 잃었어요."
그녀는 툭 말을 꺼낸 후 잠시 주저하는 표정을 보였다. 얼굴에는 일말의 불안감이 언뜻 스쳐 지나가는 것 같기도 했다.
"그 후로 아무것도 먹지 않고 무슨 고민이 있는지 한숨만 쉬면서 뭘 물어봐도 아무 대답도 안 해요. 평소 허리도 좋지 않아 제가 반강제적으로 한번 진찰이라도 받아 보라고 덜컥 예약을 잡긴 했는데…."
"어, 그래? 고모는 올해 연세가 어떻게 되지?"
"올해 마흔다섯 됐네요."
"흠, 아직 젊은 나인데 남편분이 어떻게 돌아가셨나? 사고사인가?"
"자살하셨어요."
그녀는 몇 초 동안 머뭇거리다가 짤막하게 대답했다.
길 원장은 속으로는 그녀의 말에 충격을 받았지만, 집안마다 말 못 할 사정이 있을 거라 생각하고 더 이상 묻지 않기로 했다.
"고모 오시면 미리 이야기해 줘. 잘 봐 드릴 테니."
가볍게 웃으면서 그녀와의 대화를 마무리하려고 했다. 그럼에도 그녀는 할 말이 남아 있는 듯 원장실에서 나갈 생각이 없어 보였다.

"응, 더 할 말 있어?"

길 원장이 무심하게 물었다. 그러나 그녀는 별다른 말은 하지 않고 그대로 서 있기만 했다. 뭔가 주저하는 모습이었다. 잠시 후 그녀의 입술이 조심스러운 듯 천천히 열리기 시작했다.

"그리고… 원장님이 아마추어 탐정으로 인터넷에 추리소설도 올리고 있다고 말했네요. 고모가 고모부의 자살에 의혹을 가지고 있어서요."

그녀는 더 이상 말을 이어가지 않았다. 상대의 반응을 기다리고 있음이 틀림없었다.

길 원장의 입에서는 순간 헛웃음이 나왔다. 술자리 안주 삼아 인터넷에 추리소설을 쓰고 있다는 자랑을 몇 번 한 적은 있었지만 이렇게까지 일이 벌어질 것이라고는 생각지 못해 당황스러웠다. 이 사태를 급히 수습할 필요성을 느꼈다. 말을 꺼내려는 순간 그녀의 입에서 먼저 말이 나왔다.

"원장님이 평소에 자주 자랑하셨잖아요. 내가 추리소설만 수천 권을 읽고 실제 주변에서 사건이 발생하면 사건 내용만 듣고도 범인을 잡을 수 있다고, 그게 다 소설의 밑천이라면서요."

그녀는 자기변명이라도 하듯 쭈뼛거리며 말했다.

길 원장도 뭔가 변명해야 할 것 같은데 뭐라고 대꾸해야 할지 몰라 잠시 망설였다.

"아니, 그건 그냥 소설로 허구를 창작해 내는 거지. 실제 상황은 경찰이 할 일인데, 내가 어떻게… 뭘 하겠어?"

"소설도 어차피 현실을 바탕으로 하는 건데 다 똑같겠죠, 뭐."

"그게 말처럼 쉬운 게 아니야. 내가 고모님을 만난들, 뭘?"

"몰라요, 몰라. 원장님이 원인을 제공했으니 지지든지 볶든지 원장님이 알아서 하세요. 아무튼 고모는 원장님만 믿고 있으니, 전 모르겠네요."

그녀는 모든 책임을 길 원장에게 떠넘기고 이 상황을 능글맞게 빠져나가려 했다.

길 원장도 어쩔 수 없다는 생각에 가볍게 응수하기로 했다.

"그래? 혹시 누가 알아? 고모님이 나에게 속 시원히 말하는 것만으로도 마음의 응어리가 풀릴지. 아무튼 고모님 예약은 몇 시야?"

"5시쯤 오시라고 했어요. 고모는 저희 집 바로 옆에 사시는데 모처럼 대전에 나오셨으니 저녁 사드리고 같이 들어가려고요. 그리고 참…."

박 간호사가 갑자기 말을 멈췄다.

"왜, 또?"

"고모가 원장님 인터넷 소설을 이미 다 읽었거든요. 아주 재미있다고 하시던데요."

길 원장은 어이가 없어 그냥 웃고만 말았다.

이렇게 둘 사이의 대화는 마무리되었다.

길 원장은 한눈팔 사이도 없이 계속적으로 밀려오는 환자를 진찰하느라 저녁 5시가 된 지도 모르고 있었다. 겨우 시간을 내서 막 원장실로 들어온 참에 문을 두드리는 노크 소리가 들렸다.

천천히 원장실 문이 열리면서 박 간호사와 함께 동양적인 미인 얼굴에 화려하지는 않지만, 상당히 고급스러워 보이는 검은색 블라우스와 긴 모직 치마를 입은 여자가 들어왔다. 필시 박 간호사 고모임이 틀림없었다. 이목구비가 왠지 모르게 닮았음을 한눈에 알 수 있었다.

"저희 고모예요. 미인이죠. 고모가 젊었을 땐 동네 청년들이 모두 반해서 어쩔 줄 몰랐거든요. 그런 데다가 고모는 대전에서 전액 장학생으로 대학까지 다녀 할아버지가 무척이나 자랑스러워했었죠."

길 원장도 속으로 박 간호사의 자랑이 틀린 말은 아니라는 생각이 들었다. 그녀의 고모는 필시 젊었을 때 동네에서 인기가 많았을 것이다. 더더욱 그 당시는 시골에서 대학에 가는 것이 쉽지 않았을 시기임에도 대학까지 나왔으니, 부모 입장에서는 자랑스러웠을 것이다.

길 원장은 아침에 박 간호사가 말한 사연이 떠오르자, 순간 자신도 모르게 온몸에 미세한 전류가 흐르듯 긴장되기 시작했다. 잠시 후 박 간호사는 고모를 남겨둔 채 바로 나갔다.

"제가 수정이 고모입니다. 괜한 부탁을 드려 죄송하네요."

그녀는 형식적으로 자기를 소개하며 다소곳하게 책상 앞에 놓인 의자에 앉았다. 목소리만 들어서는 깊은 근심이 있다고 보이질 않았다. 차분한 목소리였다.

길 원장은 그녀의 얼굴을 찬찬히 살펴보기 시작했다. 40대 중반이라고는 도저히 믿기지 않는 동안 얼굴이었다. 피부 또한 잡티가 없고 탱탱한 편이어서 그런지 어려서부터 고생 없이 곱게 자란 티가 두드러졌다. 그 나이에 드물게 단발머리를 하고 있어서 실제 나이보다 더 젊어 보였다. 거의 170센티미터에 가까운 키도 그녀가 남달라 보이게 하는 요소 중 하나였다.

한의학적 관점에서 보면 전체적인 인상으로는 소음인이 틀림없을 것이다. 다만 눈 밑에 다크서클이 도드라진 것으로 봐선요 며칠 사이 잠을 제대로 자지 못한 흔적이 얼굴에 그대로 배어 있었다.

길 원장은 자신을 빤히 쳐다보고 있는 그녀와 눈이 마주치자, 속마음을 들킨 소년처럼 순간 얼굴이 빨개졌다. 엉겁결에 말을 꺼냈다.

"고모님! 어디 아프신 곳은 없나요? 수정 씨 말로는 허리가 좋지 않다고 하던데?"

"둘째 아이를 낳고 난 이후부터 허리가 약간씩 쑤시더니 요즘 들어서는 그 통증이 점점 심해져 아침에 일어날 때 몇 초간은 제대로 서 있기가 어렵네요. 둘째 아이를 낳을 때 난산이었거든요."

그녀는 환자의 입장에서 차분하게 대답했다.

"저기 좀 누워보실래요."

길 원장은 원장실 창가 쪽에 놓인 진료용 침대를 가리켰다. 그녀가 침대에 눕자, 손으로 그녀의 허리 여러 곳을 강도를 달리해 누르면서 어떤지 물었다. 왼쪽 허리 부분이 눌리자 환자는 가벼운 신음을 내뱉었고 고통을 많이 참고 있는 듯했다. 둘째 아이를 어렵게 낳고 산후조리를 제대로 하지 못해 허리에 무리가 온 것으로 보였다. 아이를 낳은 주부들이 나이가 들수록 요통이 심해지는 것은 어쩌면 당연한 것일지도 모른다. 다만, 통증 정도의 차이가 있을 뿐이다.

길 원장은 인터폰으로 신참 간호사인 민 간호사에게 침을 놓을 수 있게 준비하라고 지시했다.

"오늘은 허리에 침을 맞고 쑥뜸을 한 다음 며칠 경과를 보면 될 거 같네요."

길 원장은 사무적으로 말했다.

그때 진료실에 들어온 민 간호사가 그녀를 데리고 나갔다.

길 원장은 그녀가 나간 후 의자에 앉아 잠시 명상에 잠겼다. 40 중반밖에 안 된 나이에 남편이 자살했다니, 젊었을 때 잘나갔다던 그녀도 참 기구한 운명이라는 생각이 들었다.

곧이어 침구실(鍼灸室)에 들어가 그녀의 허리 여러 곳에 침을 놓고 바로 나왔다. 20여 분이 지난 후 다시 침구실에 들어가 그녀의 허리에 꽂힌 침을 조심스럽게 빼내면서 말을 이어갔다.

"간호사가 쑥뜸을 뜰 건데 그거 끝나면 원장실로 오세요."

20여 분이 흐르자 그녀가 다시 원장실로 들어왔다. 왠지 모르게 그녀의 얼굴 표정에서 결연함이 느껴졌다.

길 원장은 그녀에게 책상 앞 의자에 앉으라고 권하면서 말을 건넸다.

"수정 씨가 쓸데없는 말을 한 거 같은데, 저에게 가정사를 말씀하셔도 괜찮으시면 제가 한번 들어봐도 될까요?"

여느 때보다도 더 조심스러웠다.

2.

그녀는 남편 차길수와의 만남부터 결혼까지의 과정을 조리 있고 간단하게 전했다. 그러나 길 원장은 인터넷에 추리소설을 연재하는 아마추어 추리 작가로 활동하고 있어, 이 사건에 관여하면서 알게 된 내용을 틈틈이 메모했다가 나중에 편의상 덧붙여서 여기에 기재했음을 미리 밝혀둔다.

박 간호사 고모 이름은 박순향, 1970년생이니 올해 마흔다섯

살이다.

충남 금산군 추부면에서 인삼 밭떼기 사업을 하는 아버지 박기남이 마흔 살이 넘어서 낳은 딸이었다. 박기남은 한국전쟁 때 혈혈단신으로 피난을 내려와 금산에 정착한 이후 악착스러운 성실함으로 제법 큰 인삼 사업을 일궜다. 개성에서 인삼 장사를 했던 아버지 덕에 인삼 사업에는 어느 정도 자신이 있었다.

박순향은 위로 오빠만 세 명 있어 어려서부터 집안의 귀여움을 독차지하면서 자랐다. 그녀는 점점 커가면서 시골에서는 보기 드물게 날씬한 몸매와 동양적인 아름다움이 느껴지는 얼굴로 인해 고등학교에 들어갈 때는 인근 남자고등학교에까지 소문이 날 정도였다. 공부 또한 반에서 1등을 놓치지 않았다.

박기남은 그녀를 어느 고등학교에 보낼지 고민하다가 아직 어린 딸을 대전으로 유학 보내는 것이 못내 못 미더웠다. 아들 셋은 모두 대전으로 유학 보냈지만 딸은 집에서 다닐 수 있도록 금산에 있는 ○○여고에 보내기로 내심 마음먹었다.

아버지의 결정에 순순히 따랐던 그녀는 금산에서 고등학교 3년을 보낸 후 대전의 ○○대학교 영문학과에 입학했다. 금산에서 어린 시절을 보낸 그녀에게 영문학은 미래의 가능성을 넓혀준 학문이었다.

그녀는 대학교 때에도 주위 남학생들의 관심을 많이 받았고, 몇 개의 소소한 스캔들 이외에는 별다른 문제 없이 대학을 졸업했다. 같은 대학에 다니는 둘째와 셋째 오빠가 아버지의 명을 받아 그녀의 주위를 철통같이 지키고 있었기 때문이라는 걸 그녀는 알지 못했다.

대학을 졸업할 시기에 들어서 진로 고민은 그녀에게 중요하지 않았다. 아버지가 옆에 두고서 인삼밭떼기 사업의 경리 일을 하도록 반강제적으로 정했기 때문이다.

박기남이 하는 인삼밭떼기 사업이란 인삼이 재배될 만한 전국의 토지를 사들인 다음 그곳에 인삼을 심고 6년간 재배했다가 인삼도매상에게 밭에서 자란 인삼을 통째로 매도하는 것이다. 인삼밭떼기 사업에서는 제법 큰돈이 오가기 때문에 금전 셈법을 잘해야 하는 것은 사실이었다. 하지만 경리를 둘 정도로 바쁜 사업은 아니었다. 통상 밭을 매매할 때나 인삼을 매매할 때 금전 셈법이 밝은 사람의 도움이 필요한 정도였다. 그러나 그는 다 큰 외동딸을 자기 곁에 두고 싶은 마음에서 그런 결정을 내린 것이다.

1992년 5월 17일은 박순향에게는 운명적인 날이었다.

아버지 박기남은 평소 금산에서 먼 지역의 밭을 보러 갈 때에는 혼자 다녔다. 그러나 그날따라 금산에서 제법 먼 영월을 가는데 딸 박순향을 데리고 가기로 마음먹었다. 그는 평소 술을 좋아해서 거나하게 취하면 종종 즉흥적인 결정을 잘하는데 술이 깨고 나면 항상 후회하곤 했다. 그런 배짱 때문에 오히려 사업이 잘된 면도 있었다.

그는 딸이 일하는 것을 옆에서 지켜보면서 내심 놀랐다. 금전 셈법이 정확하고 밭이나 인삼을 보는 눈이 남달랐기 때문이다. 어려서부터 자신의 사업수완을 어깨너머 본 덕일 것이라고 생각했다. 현업에서 물러날 시기가 가까워졌음을 서서히 느끼며 사업 기질이 있는 딸에게 자신이 쌓아온 업을 물려주고자 했다. 영월에 같이 가자고 한 것도 그 일환이었다.

5월 17일 아침 일찍 두 사람은 버스를 타고 대전역에 도착해서 다시 충북선 기차에 몸을 실었다. 두 시간 정도 지나 제천역에 도착했다. 이미 오후 3시가 넘은 시간이었다. 밭주인이야 밤에 만나도 상관없지만, 밭은 날이 밝을 때 봐야 정확히 파악할 수 있기 때문에 박기남은 약간 조바심이 났다.

인삼밭을 전문으로 중개하는 거간꾼에게 미리 연락해 놓아 제천역 앞에 차가 대기하고 있었다. 거간꾼은 사업이 잘되는지 얼마 전에 뽑은 새 차를 몰고 나왔다. 타기가 아까울 정도로 차에서는 광채가 나고 있었다. 거간꾼은 시간이 촉박한지 바로 영월로 넘어가자고 했다. 박기남도 객지에서 괜히 시간을 축낼 필요가 없다고 생각해 바로 영월로 넘어가 밭주인을 만나기로 했다.

박기남과 거간꾼은 미리 매입하기로 한 밭을 둘러봤다. 밭은 비록 산지 밑에 위치하고 있었지만 전체적으로 평평하고 배수가 잘되는 지형이어서 인삼 재배에 부족함이 없는 딱 알맞은 밭이었다. 박기남도 내심 만족했다.

거간꾼은 저녁 6시경 영월 '토속정' 한정식집으로 두 사람을 데리고 갔다. 그곳에는 밭주인인 차철재가 미리 와서 기다리고 있었다. 박기남과 차철재는 술을 곁들여 저녁을 먹었다. 술이 몇 잔 오고 가자 두 사람 모두 평소 술을 좋아하는 화통한 스타일이어서 그런지 오래된 친구를 만난 것처럼 편하게 말을 주고받았다. 그러는 와중에 차철재는 저녁을 먹는 동안 박기남 옆에서 다소곳이 앉아 있는 박순향을 계속해서 눈여겨보고 있었다.

한창 술자리가 무르익어갈 무렵 거간꾼은 오늘의 주제인 인삼밭 매매에 대한 얘기를 어렵사리 꺼냈다. 더 이상 술을 마셨다가는 맨정신이 아닌 상태에서 계약이 불발될 가능성이 있었기 때문이다. 그러나 차철재는 밭 매매에는 별 관심이 없는 듯했다.

계속하여 박기남에게 술을 권하면서 살아가는 일상적인 얘기만 했다. 박기남도 그런 것이 싫지는 않은 것 같았다. 오늘 마무리 하지 못하면 내일 해도 된다는 심정인 듯했다.

옆에 있던 박순향은 이런 상황을 예상하고 있었기 때문에 자신의 역할이 필요한 시간이 왔다고 생각했는지 주섬주섬 가방에서 서류를 꺼냈다. 이를 본 차철재는 박기남에게 술을 한 잔 더하자면서 자기가 모시겠다고 했다.

박기남도 별다른 고민 없이 흔쾌히 승낙했다. 거간꾼과 박순향은 더 이상 인삼밭 매매에 대해 말을 꺼낼 수 없는 상황이 됐다. 차철재는 거간꾼에게 인삼밭 매매는 내일 해도 된다면서 두 사람을 모시고 자기 집으로 오라고 했다. 사업상 처음 만나는 박기남과 박순향을 갑자기 자기 집으로 초대한 것이다.

즉흥적으로 이루어진 차철재의 초대에 숨겨진 그의 깊은 생각은 집에 도착했을 때 알 수 있었다. 집에는 마침 군대에서 휴가 나온 막내아들 차길수가 있었고, 그는 첫눈에 박순향을 막내며느리 감으로 점찍었던 것이다. 그는 두 사람을 집으로 모신 다음 차길수를 불러 인사시켰다.

이렇게 박순향과 차길수의 운명적인 첫 만남이 이뤄졌다.

차길수는 그 당시 서울 명문 ○○대학교 3학년을 다니다가 군대에 갔고 제대가 1년 정도 남아 있었다. 키는 작은 편이었고 몸집 또한 남자치고는 가냘픈 편이었지만, 박순향은 그의 첫인상이 선한 학을 보는 것 같았다고 고백했다. 짧게 깎은 머리에 '나는 부모님 말씀 잘 듣고 공부 잘하는 모범생입니다.'라고 적혀 있는 듯한 전형적인 얼굴이 그녀에게는 동질감을 주었다.

차길수도 나중에 고백했지만 그녀를 보고 한눈에 반했다고 했다. 박기남이 차길수를 어떻게 봤는지는 모르겠지만, 이렇게 두 사람은 양쪽 아버지들의 묵인 하에 운명적인 연애를 하게 되었다. 물론 인삼밭 매매계약도 성공적으로 성사되었다.

두 사람은 서로의 호감을 바탕으로 차길수가 군대에서 제대할 때까지는 편지 연애를 했고, 제대한 이후에는 장거리 연애를 했다. 두 사람은 동갑이라 처음부터 친구처럼 편한 사이로 잘 어울렸다. 차길수가 대학을 졸업하자마자 두 사람은 곧바로 결혼식을 올렸다. 그는 아버지 밑에서 목재 사업을 돕기로 했으므로 신혼집은 영월에 마련하게 되었다.

차철재가 박순향을 처음 보고 막내며느리 감으로 점찍은 이유는 그녀의 미모도 물론 영향이 있었겠지만, 또 다른 중요한 이유가 있었다는 사실이 밝혀진 것은 먼 나중 일이었다.

3.

박순향은 며칠 전에 갑자기 제천경찰서에서 남편 차길수가 사체로 발견됐다는 청천벽력 같은 통보를 받았다.

작년 11월 하순경 갑자기 얼마 동안 어디 좀 갔다 온다는 말만 남기고 집을 나갔던 차길수가 두 달 후에 사체로 발견됐다는 것이다. 자기 방에서 목을 맨 상태로 발견된 그의 옆에는 유서가 있었고, 별다른 외부 침입 흔적이 없어 경찰은 자살로 결론을 낸 모양이었다.

남편의 자살 소식에 잠시 졸도한 박순향은 정신을 차리자마자 부랴부랴 아들과 함께 제천에 가서 차길수의 사체를 확인했다.

자살했다는 이유로 차길수의 형과 누나들은 장례를 조용히 치르자고 강권했다. 그 제안에 동의할 수밖에 없었던 박순향은 아들 차강윤만 데리고 영월에서 장례를 치르고 그를 아버지와 어머니 옆의 가족 묘지에 안장했다.

그녀가 핸드백에서 반이 접힌 종이 한 장을 꺼내 천천히 길 원장에게 내밀자, 길 원장은 종이를 받아 조심스럽게 펼쳤다. 차길수의 유서였다.

사랑하는 수인아!

너를 하늘나라로 보낸 지도 10년이 지났구나.
지금쯤 살아있었으면 어엿한 숙녀가 되어 있었을 텐데 미안하구나.
아빠가 아무런 할 말이 없어.
아빠가 지난날 큰 잘못을 저질러 결국 너를 잃고 말았구나.

이젠 아빠도 곧 너를 보러 갈 거야.
그때 수인이가 아빠를 많이 이해해 줘.

사랑한다, 수인아! 안녕.

딱히 유서라는 말은 적혀 있지 않았지만 내용상 명백한 유서였다. 죽은 딸에 대한 미안함과 그리움, 그리고 자살을 암시하는 내용이었다. 글씨는 아주 간결하게 잘 쓰여 있었다.
'아빠가 지난날 큰 잘못을 저질러 결국 너를 잃고 말았구나.'라는 문구가 길 원장의 눈길을 잡아끌었다.

"따님도 오래전에 잃으셨나 보네요?"

길 원장이 조심스럽게 물었다.

"네, 수린이가 아홉 살 때 뺑소니를 당해서….''

그녀도 길 원장이 무슨 생각을 하고 있는지 바로 눈치채고 말을 이어갔다.

"수린이가 아빠 약을 사러 갔다가 뺑소니 사고가 났기 때문에….''

"남편분이 평소 아프셨나요?"

"아, 그런 건 아니고, 남편은 사건이 있기 한 달 전쯤 술에 만취해서 집에 돌아오던 중 그만 발을 헛디뎌 개울물에 빠졌는데, 그때 발목을 심하게 다쳐 응급치료는 했지만 진통제를 계속 복용해야 하는 상황이라….''

그녀는 그때 일이 기억나는지 잠시 말을 잇지 못하고 가벼운 한숨을 내쉬었다.

"약국에 다녀오는 길에 사고를 당했으니 남편은 자기 때문에 수린이가 죽었다고 늘 마음속에 담아 두고 있었죠."

길 원장도 아빠 약을 사 오다가 딸이 뺑소니 사고로 죽었다면 아빠로서는 충분히 자책할 만하다는 생각이 들었다.

"유서 필체는 물론 수인이 아빠 필체, 맞죠?"

"네, 물론입니다. 남편은 글씨를 자기 성격에 맞게 깔끔하고 예쁘게 쓰는 스타일인데, 남편 글씨체인 것은 확실하네요."

자기 필체로 이런 유서를 남겼다면 차길수의 자살은 확실시되었을 것이다. 그런데 박순향이 그의 자살에 어떤 의혹을 가졌다면 뭔가 또 다른 중요한 이유가 분명히 있을 것 같았다.

"고모님은 남편분 유서에 무슨 사정이 있다고 생각하시나요?"

길 원장은 모든 것이 조심스러운 듯 물었다.

"남편은 지금까지 수인이라는 이름은 전혀 사용한 적이 없었는데 유서에는….”

"그게 무슨 말씀인지?"

"수린이가 태어났을 때 할아버지가 출생신고를 하면서 수린이의 한자 이름을 수인으로 바꿔 잘못 신고했는데, 가족들은 수린이가 초등학교에 들어갈 때까지도 호적이 잘못된 줄은 전혀 모르고 있었고요.”

길 원장은 순간 호기심이 발동하면서 뭔가 흥미롭게 전개될 것 같다는 예감이 들었다. 그녀의 이어질 말이 궁금했다.

"원래 남편은 수린이의 한자 이름을 빼어날 수(秀), 맑을 린(潾)으로 지었는데, 읍사무소 직원이 ‘린’ 자를 이웃 린(隣) 자로 잘못 읽어 여자 이름에 이웃 린 자가 들어가면 팔자가 사납고 불쌍해진다는 속설을 얘기했고, 그것 때문에 수린이 할아버지와 크게 실랑이를 벌였는데….”

그녀는 말을 멈추고 잠시 숨을 가다듬었다.

"할아버지는 술김에 맑을 ‘린(潾)’ 자를 어질 ‘인(仁)’ 자로 바꿨고요. 나중에 안 얘기지만 할아버지는 술에 취해 그런 사실을 전혀 기억도 못하셨죠.”

"시골에서는 가끔 실제 이름이 호적과 다른 경우가 있는데 수린이도 그런 경우네요.”

길 원장은 문득 자신의 시골 고향 친구도 그런 경우가 있었다는 사실을 떠올렸다.

"남편은 자기가 작명소까지 찾아가서 지은 수린이라는 이름에

애착을 가졌고, 가족들도 자연스럽게 집에서는 수린이라고만 불렀는데….."

"그런데 유서에 수인이라고 적혀 있는 것이 이상하다는 거네요."

"네. 수린이가 초등학교에 입학하면서 밖에서는 어쩔 수 없이 수인이라고 불렸지만, 남편이 수인이라고 부르는 것을 한 번도 본 적이 없었는데, 유서에는… 뭔가 사정이 있었던 것은 아닌지 꺼림칙하네요."

길 원장은 신중하게 생각했다. 그녀가 왜 차길수의 유서에 의혹을 품었는지 충분히 이해는 됐다. 그러나 유서는 차길수의 필체가 명백하므로 그것만 가지고는 그의 자살에 어떤 의혹을 품기는 어려울 것처럼 보였다.

"그런 사실을 경찰에 얘기하셨나요?"

"아니요. 그 당시는 경황이 없었고 남편 필체가 명확해서, 그리고…."

그녀는 무슨 말을 꺼내려다가 주저하면서 갑자기 입을 닫았다. 표정에는 순간적으로 어떤 두려움이 살짝 엿보였다.

"계속 말씀해 보세요."

길 원장은 편안한 말투로 부드럽게 말을 꺼냈다.

"사실 수린이 뺑소니 사건의 유력한 범인으로 남편이 의심받았었죠. 그런데… 유서에 남편이 자기 잘못으로 수린이가 죽었다고 하니까 남편이 정말로 뺑소니를 낸 것이 아닌지 순간 덜컥 겁이 났고, 지금에 와서 그런 말을 꺼내기도 그렇고 해서 저만 가슴에 품고 있었는데."

길 원장은 아빠가 딸 뺑소니 사건의 유력한 용의자라는 것이 선뜻 이해되지 않았다. 당연히 아빠는 사고 난 딸을 살리려고 무슨 짓이라도 할 텐데, 죽어가는 딸을 놔두고 도망가는 아빠가 어디 있단 말인가?

"그럼, 수린이 뺑소니 범인은 아직 잡지 못했나요?"

"네. 10년이 지났지만 범인을 잡았다는 연락은 받지 못했네요."

"경찰에서는 남편분을 범인으로 의심했었다면 그만한 이유가 있었을 텐데?"

"수린이가 죽어가면서 바닥에 네 개의 숫자를 써놓았다고 하는데 경찰에서는 그것을 범인의 차량 번호로 판단했고, 그 숫자가 남편이 타고 다니던 차량 번호와 거의 일치했어요. 그리고 수린이 옷에 미세하게 검은색 차량 페인트가 묻어 있었는데 남편도 그 당시 검은색 차를 타고 다녔고요."

길 원장은 그런 상황이라면 그녀의 남편이 충분히 범인으로 의심받았을 수도 있을 것 같다는 생각이 들었지만 뭔가 의심받을 만한 사정이 더 있었을 것으로 추측했다.

"그 당시 남편분의 행적은 확인되지 않았나요?"

"그날 남편이 정선에서 손님을 만나고 영월로 넘어오다가 피곤해서 30분 정도 길가에 차를 세우고 쉬었다고 했는데, 경찰은 그 부분을 의심했던 거 같네요."

"경찰에서는 남편분이 거짓말한다고 생각했나 보네요."

"네. 남편이 음주 운전한 사실은 인정했지만, 30분 정도 쉬지 않았다면 수린이가 사고당할 시간쯤에 영월에 도착했을 시간이라, 그 사실을 숨기기 위해 거짓말을 한다고 생각한 거 같았죠."

"아무리 그렇다고 하더라도 아빠가 딸의 사고를 보고도 도망칠 리가 없을 텐데요."

"경찰에서도 그 부분에 대해 여러 의견이 있었던 모양인데, 남편이 음주 상태로 운전했기 때문에 딸이라는 사실을 알지 못했을 수도 있다고."

충분히 일리 있는 말이었다. 길 원장은 그저 고개만 가볍게 끄덕였다.

"경찰에서는 음주 운전 사실을 숨기기 위해 그대로 도망치는 뺑소니 범인의 특성상 충분히 가능성이 있다고도 했고요."

뺑소니 범인은 피해자가 자기 딸이라는 사실을 알면 도망칠 일은 없겠지만 딸인지 몰랐다면, 그리고 음주 운전을 했다면 그 순간을 모면하기 위해 그대로 도주하는 것은 충분히 있을 수 있는 일일 것이다.

"그래서 고모님은 유서에 수린이가 죽게 된 것이 남편분의 잘못이라고 언급되어 있어 남편분이 다시 뺑소니 범인으로 몰릴까 봐 경찰에 아무런 말씀을 못 하신 거네요."

"네, 저로서도 어떻게 해야 할지 몰라…."

잠시 정적이 흘렀다.

"그런데 아무리 제 마음속에만 묻어가려고 해도 갑갑하기만 하고, 또 만약 남편이 범인이고 그것 때문에 자살했다고 하더라도 진실은 알아야 할 거 같은데, 경찰에 말하기는 쉽지 않아 이렇게 염치 불고하고 찾아왔네요."

길 원장은 그녀의 고민에 수긍이 갔다. 뺑소니 사건 피해자의 엄마인데, 가해자가 남편으로 밝혀진다면 그 심정이 어떨지 생각만 해도 아찔했다. 섣불리 경찰에게 그런 말을 꺼낼 수도 없을 것이다. 그래서 경찰에 알리지 않고 개인적으로 자기를 찾아왔다는 것도 십분 이해됐다. 그리고 그녀는 남편이 만약 뺑소니 범인으로 밝혀진다고 하더라도 진실은 알고 싶은 마음일 것이다.

"그리고 또….""

그녀는 조심스럽게 다시 말문을 열었다.

"남편이 자살한 방에 수린이가 뺑소니 당할 때 없어졌던 슬리퍼 한 짝이 있어서….""

길 원장은 조용히 그녀를 응시했다. 이건 또 어찌 된 영문인가? 잠시 후 그녀가 계속 말을 이어갔다.

"그 당시 슬리퍼 한 짝이 사고 현장에서 발견되지 않았는데 그것이 이번에 남편 방에서….""

"뺑소니 현장에 남아 있었던 한 짝을 남편분이 지금까지 보관하고 있었던 것은 아니었나요?"

"아, 아니에요. 그 한 짝은 제가 수린이 옷과 함께 분명히 태웠는데, 이번에 발견된 건 그 당시 현장에서 없어졌던 나머지 한 짝이 분명해요."

"그때 경찰은 왜 슬리퍼 한 짝을 찾지 못했다고 하던가요?"

"경찰은 별로 대수롭지 않게 생각하는 거 같았죠. 어디엔가 휩쓸려갔을 수도 있고, 또 현장에서 제대로 찾지 못했을 수도 있고. 뺑소니 사건에서는 가끔 피해자의 소지품이 유실되는 경우가 있다는 말도 있어서."

그렇다. 경찰은 뺑소니 범인을 찾는 것이 중요하지, 피해자 소지품이 일부 유실되는 것에는 별로 신경 쓰지 않을 수도 있었을 것이다.

"그런데 이번에 남편분이 자살했던 방에서 잃어버린 슬리퍼 한 짝이 발견됐다는 거네요."

길 원장은 느릿한 혼잣말로 그 말의 의미를 되새겼다. 그렇다면 어떻게 되는 것인가? 아빠가 범인이라는 말인가?

그녀도 더욱 조심스러운 태도를 취했다. 뺑소니 현장에서 없어졌던 슬리퍼 한 짝을 남편이 자살할 때까지 가지고 있었다면 범인일 가능성이 더욱더 높아질 것이 분명하니….

길 원장은 이를 의식한 듯 그녀의 표정을 살피면서 말을 이어 갔다.

"만약 남편분이 현장에서 슬리퍼 한 짝을 일부러 가져갔다면 피해자가 수린이라는 사실을 알았을 텐데, 그대로 도주한다는 것은 앞뒤가 맞지 않는 거 같지 않나요?"

그녀는 길 원장의 물음에 아무런 표정 변화가 없었다. 잠시 딴 곳을 응시하고 있었다.

"피해자가 딸인 사실을 알고도 아빠가 그대로 도주한다는 것은 아무리 자신이 음주 운전을 했다고 하더라도 상상하기 어려운 행동이 아닌가요?"

그녀도 이내 길 원장의 말에 수긍하는 표정으로 고개만 천천히 끄덕였다. 그러나 그녀의 입에서는 아무런 말이 나오지 않았다.

"이런 말씀을 드리기는 죄송한데, 혹시 남편분이 수린이에게 어떤 해악을 가할 가능성은…? 친딸이 아니라고 의심했다거나, 뭐 드라마 같은 곳에서 가끔 나오는 그런 일이 있었는지…."

그녀는 눈을 크게 뜨면서 말했다.

"절대 그런 일은 없었다고 단정할 수 있습니다. 남편이 수린이를 진심으로 사랑했다는 것은 제가 보고 느낄 수 있었고… 남편은 정말 딸밖에 모르던 사람이었죠."

"죄송합니다. 저는 다만 범인이 피해자의 소지품을 가져갔다면 단순한 뺑소니 사건이 아닐 수도 있다고 생각해서, 너무 마음에 담아 두진 마세요."

그녀는 가볍게 고개만 끄덕였다.

"그런데 왜 남편분이 죽기 전까지 수린이 슬리퍼 한 짝을 가지고 있었는지 뭐 집히는 것은 없나요?"

"저도 수린이 슬리퍼 한 짝을 보고 너무 놀라서, 왜 이 양반이 여태까지 그것을 가지고 있었는지 전혀…. 수린이가 죽고 나서 지금까지 그런 낌새는 없었는데, 어찌 된 일인지 도통 모르겠네요."

"그리고 유서를 보면 수린이에 대해서만 언급되어 있고, 다른 가족에 대한 내용은 없는데 그 부분은 어떻게 생각하시나요?"

"어찌 보면 그 부분도 이상해 보이네요. 남편은 저한테 뿐만 아니라 강윤이한테도 참 자상한 아빠였는데, 남편이 마지막 남긴 말이라면 저나 강윤이한테도 분명 어떤 말을 남겼을 텐데."

길 원장은 의사 관점에서 본다면 순간적으로 자살을 결심한 사람은 어떤 한 곳에만 집중했을 수도 있을 거라고 생각했다. 차길수는 그렇게 마음속으로 자책하고 있던 딸에 대한 그리움, 그리고 딸을 만나러 간다는 마음에 딸만 언급했을 가능성도 충분했다.

"그런데 남편분은 왜 제천에서?"

"사실 그것도 저는 이해되질 않네요. 남편이 왜 집을 나가 연고도 없는 제천 단칸방에서 지내고 있었는지, 지금도 의문이네요."

"남편분이 연락도 안 했었나요?"

"남편은 가끔 전화로 마무리할 것이 있는데 곧 끝난다고만 했고, 자살하기 일주일 전쯤에도 곧 일이 해결된다는 말은 했지만 죽음을 암시하는 내용은 전혀 없었는데…."

그녀의 말투는 속으로 자책하는 뉘앙스였다.

"다만, 한 가지 의심되는 것은 작년 11월 중순경 한창 인삼 수매로 바쁜 가게로 발신인이 적혀 있지 않은 편지 한 통이 온 적 있었는데, 가게에는 전국에서 인삼을 우편으로 주문하는 경우도 많기 때문에 별로 신경 쓰지 않았죠. 그런데 남편은 그 편지를 보고 한참 멍하니 먼 산을 바라보기만 한 적이 있어서…."

길 원장은 어느덧 그녀의 말에 빨려 들어가는 느낌이었다. 심상치 않은 뭔가가 더 있을 것 같다는 확신이 들었다.

"저는 남편의 행동이 이상해서 무슨 편지냐고 물었지만 남편은 어떤 미친놈의 편지라고 하면서 그대로 밖으로 나가버렸죠. 멀리서 보니 편지를 찢어 어딘가에 버리는 거 같았고."

"편지 내용을 보진 못했나요?"

"남편 어깨 너머로 언뜻 보긴 했지만 내용은 알 수 없었고, 컴퓨터로 몇 줄 작성된 편지였던 거 같네요."

"그 편지가 이번 자살과 관련 있다고 생각하시나요?"

"그 후부터 남편은 수린이가 죽은 후 끊었던 술까지 다시 마시고, 밤에 잠도 제대로 못 자는 거 같았죠. 그러다가 며칠 정도 지난 후 갑자기 얼마간 집에 못 들어올 거 같다는 말만 남긴 채 어디로 간다는 말도 없이 그냥 집을 나가서…."

"누가 편지를 보냈는지 전혀 짚이는 것이 없나요?"

"네, 전혀. 금산에 내려온 이후에 남편은 모범적인 생활을 했고, 가정적으로도 전혀 문제가 없었죠. 남편이 편지 때문에 제천에 갔을 거라고만."

"제천이라?"

길 원장은 그녀의 남편이 왜 제천에 갔는지를 밝히는 것이 이번 사건을 푸는 해결의 열쇠가 될지 모른다는 생각이 들었다.

"저도 이번에 경찰서에서 연락이 왔을 때 처음으로 남편이 제천에 있었다는 사실을 알게 됐네요. 겨울철이라 가게 일이 그리바쁜 시기는 아니어서 빨리 돌아오라고 강하게는 말하질 못했는데, 남편은 어디에 있다는 말은 하지 않고 단지 해결할 일이 있다고만."

"그래도, 뭐 생각나는 것이라도 있지 않을까요?"

"제천이 남편 고향인 영월과 가까운 것으로 봐서는 집안 문제일 거라는 생각이 들기는 하는데."

그녀는 시댁 일이어서 그런지 조심스럽게 말을 꺼냈다.

"시아버지가 갑자기 돌아가신 이후 상속 문제로 형과 두 명의 누나 사이에 계속해서 다툼이 있었고, 지금도 송사를 벌이고 있다는 말을 들은 적이 있어요. 남편은 이복동생인 데다 막내여서 강력한 발언권은 없었지만 누나들 편이었던 거 같았죠."

길 원장은 수린이 뺑소니 사건이 부각되다가 갑자기 형제들 재산 문제로까지 번지자, 궁금증이 더해갔다.

"남편은 금산에 온 후 시댁 식구들과는 인연을 끊고 살았는데, 그래도 가끔 막내 누나와는 통화하는 거 같았죠. 작년 여름에도 통화하는 것을 옆에서 들었는데 그때 남편 표정이 무척 심각해졌던 적이 있었고요."

"그 부분이 마음에 걸리나 보네요?"

"지금에 와서 생각해 보니 그렇긴 한데, 제가 남편한테 빨리 돌아오라고 강하게 말하지 못한 것이 못내 후회스럽네요."

그녀는 가지고 있던 손수건으로 천천히 눈가의 눈물을 닦았다. 마음속 응어리를 누구한테 하소연하지도 못하고 내내 속으로만 끙끙 앓고 있었던 것이 틀림없었다.

길 원장은 지금까지 그녀의 말을 들어보면 차길수의 자살이 수린이 뺑소니 사건이나, 아니면 형제들 간의 재산이나 어떤 다른 다툼과 관련 있을 것이라는 생각이 들었다. 일단 수린이 뺑소니 사건에 대해 더 정보를 얻어야 할 것 같았다.

"그런데 수린이 뺑소니 사건은 언제 적 일인가요?"

"2003년 10월 24일, 평생 잊을 수 없는 날이죠."

그 당시 뺑소니 사망 사건은 공소시효가 10년인데 그러면 이미 몇 달 전에 공소시효가 지났다는 말인가? 그렇다면 이젠 범인의 정체가 밝혀진다고 하더라도 형사적으로는 처벌할 수 없는 사건일 것이다.

"뺑소니 사건이 어떻게 진행됐는지 더 말씀해 주실 수 있나요?"

"경찰은 처음에는 남편을 의심했다가 별 진전이 없자 그다음부터는 여러 방향으로 수사했다는 소식은 들었어요. 하지만 그 후 어떻게 됐는지는 잘 모르겠네요."

"그럼, 어떻게 결론이 났는지도 모른다는 말씀이네요."

"네. 수린이 사고 후 몇 달 만에 수린이 할아버지가 갑자기 돌아가셨고, 남편은 영월에서 더 이상 살기 싫다며 장인의 도움을 받아 가족들이 도망가다시피 금산으로 이사를 와서."

"남편분한테 무슨 얘기를 들은 것은 없었나요?"

"경찰이 남편에게 무슨 말을 했는지는 모르지만, 남편이 저한테 아무 말을 하지 않은 것으로 봐서는 남편도 특별히 아는 것이 없었을 겁니다."

"남편분은 갑자기 딸과 아버지를 잃고 고향을 떠나왔는데 외지에서 적응은 잘하셨나요?"

"남편은 금산으로 이사 온 후 술도 끊고 장인의 도움으로 인삼

도소매상을 운영했죠. 장인이 인삼을 대량으로 매입해서 남편에게 넘겨주면 남편은 다시 소매상들에게 판매하는 일인데, 저도 옆에서 도와줬고요.

길 원장은 지금까지 그녀의 얘기를 들었으나 차길수의 자살에 확증적으로 의심이 가는 정도는 아니었다. 다만, 몇 가지 의혹이 있다는 생각은 들었다.

"저도 고모님 말씀을 들으니 이해 안 되는 부분이 조금 있는 거 같네요. 일단 남편분이 제천에서 무엇을 하고 계셨는지 확인하는 것이 우선일 테니, 제가 시간을 내서 제천에 한번 갔다 와 보죠. 너무 기대는 하지 마시고요."

"괜한 폐를 끼치는 건 아닌지 모르겠네요."

"아닙니다. 저도 무엇이 진실인지 궁금하네요."

길 원장은 마음속으로 그녀의 지금까지 얘기를 정리하기 시작했다.

"마지막으로 다시 한번 확인해 보고 싶습니다만, 고모님은 의문의 편지, 유서에 나온 '수인'이라는 언급, 그리고 자살 현장에 있었던 수린이 슬리퍼 한 짝 때문에 남편분의 자살에 어떤 의혹이 있다고 생각하신다는 거죠?"

"네, 정리하면 그렇게 되네요."

"그리고 만에 하나 남편이 뺑소니 범인으로 밝혀진다고 하더라도 진실을 확인해 보고 싶다는 것이고요?"

"설사 남편이 수린이를 죽인 범인으로 밝혀진다 해도 남아 있는 가족들을 위해 진실을 알고 싶은 것이 현재 솔직한 심정이네요."

"한 가지만 더, 솔직히 답해 주세요. 지금 고모님은 남편분이 범인이 아니라고 확신하고 계시나요?"

"…저는 남편이 처음 범인으로 몰렸을 때 추호도 의심하지 않았고, 그리고 지금까지 그 믿음이 틀렸다곤 생각하지 않았죠. 그런데…."

그녀는 잠시 생각을 정리하는 것처럼 보였다.

"솔직히 수린이 슬리퍼가 남편의 유서 옆에 나란히 놓여 있었던 것이 못내 마음에 걸리네요. 남편의 자살 전후에 일어난 일들을 보면 제 믿음이 틀렸을지 모른다는 막연한 불안감이 있는 것도 사실이고요."

그녀의 마지막 말은 왠지 모르게 힘이 없게 느껴졌다.

"네, 무슨 말씀인지 잘 알겠습니다. 오늘은 모든 걸 잊고 오랜만에 대전에 나오셨으니 조카와 오붓한 데이트를 즐기시죠. 그리고 혹시 나중에 필요할지 모르니 남편분의 사진을 제가 한 장 받아봤으면 하네요."

"그렇지 않아도 혹시 필요할지 몰라, 아무리 찾아봐도 남편 혼자 찍은 사진을 찾을 수 없어 어쩔 수 없이 저와 같이 찍은 사진을."

그녀는 길 원장에게 핸드백에서 꺼낸 사진 한 장을 건넸다.

길 원장은 사진을 받아 천천히 살펴봤다. 최근에 찍은 사진인 것으로 보였다. 금산에 있는 대둔산 정상 마천대에서 두 사람이 다정한 포즈로 찍은 사진이었다.

차길수는 중년으로 접어든 나이에 걸맞게 전체적으로 안정된 느낌을 주었고, 얼굴에서도 선한 표정이 읽혔다. 옆에 있는 박순향도 행복한 표정을 짓고 있었다. 하지만 지금 앞에 있는 그녀는 근심 가득한 표정을 담고 있었다.

그리고 그녀는 핸드백에서 사진 한 장을 더 꺼내 길 원장에게 내밀었다. 슬리퍼 사진이었다. 하얀색으로 양쪽에 코스모스 꽃무늬가 그려져 있는 어린이용으로 조금 전에 말한 차길수 자살 현장에서 발견된 수린이의 슬리퍼 한 짝으로 보였다.

"이것도 혹시 도움이 될지 몰라…."

그녀가 차길수 사진과 수린이 슬리퍼 한 짝이 찍힌 사진을 미리 준비해서 찾아올 정도라면 단단히 각오하고 있음이 틀림없을 것이다.

길 원장은 박 간호사를 불러 고모님을 모시고 나가도록 했다. 박 간호사의 얼굴에는 미안한 표정이 역력했다. 두 사람이 나가자 길 원장은 눈을 감고 생각에 잠겼다. 일단 제천에 가기로 했으니 생각을 먼저 정리할 필요가 있었다.

4.

길 원장은 직원들이 모두 퇴근해서 조용해진 원장실에서 혼자 생각을 정리하고 있었다.

나름 추리소설이나 범죄 전문 서적을 누구보다도 많이 읽었고, 시간을 내서 인터넷에 추리소설을 연재하면서 추리는 누구보다도 자신 있다고 생각하고 있었다. 길 원장은 요즘 한창 인기 있는 인터넷 커뮤니티〔살인범은 흔적을 남긴다〕라는 추리동호회에서도 '길석'이라는 닉네임으로 활약하고 있었다.

비록 인터넷상이지만 「사라진 시체」, 「어느 유괴범의 고백」, 「가면 속의 비밀」 등 이미 추리소설을 연재한 경험도 있었다. 「사라진 시체」의 경우 독자들이 폭발적인 반응을 보였는데, 인기를 실감하다 보니 전문 소설 작가의 길로 들어설까 하는 고민을 잠시 하기도 했다.

하지만 아직 젊은 나이이고, 한의학도 더 연구해 보고 싶은 마음이 가득해서 전문 작가의 길은 일단 미루기로 했다. 그 일은 좀 더 나이가 들었을 때 시작해도 늦지 않는다는 생각이었다. 지금은 순수 아마추어로서 인터넷에 소설을 연재하는 즐거움에 만족하고 있다.

그러나 지금 이 순간 실제 상황에 부딪혔다고 생각하자 묘한 긴장감이 들었다. 현실은 가상의 소설과는 전혀 다르다는 것을 잘 알고 있었다.

길 원장은 한때 아버지의 뒤를 이어 범죄 현장에서 뛰는 검사나 경찰이 되고 싶었다. 길 원장의 가족은 경찰관 집안이다. 아버지는 퇴직 경찰관이었고, 매형은 현직 경찰관이다. 아버지는 점찍어 두었던 자신의 부하 직원을 자연스럽게 누나와 연결하여 결혼에까지 이르게 했다.

길 원장은 대학교 때 한의사가 되는 것을 포기할지 진지하게 고민한 적이 있었다. 아버지 몰래 사법시험을 준비하기도 했었다. 특히 형법이나 형사소송법에 관심이 많았다. 범죄 수사가 딱 자기 적성에 맞는다는 생각이 들었다. 그때 쌓은 법률 지식이 상당했다. 이번 일을 경험하면서 톡톡히 도움을 받는 것도 물론이다.

길 원장의 아버지는 아들의 재능을 모르지는 않았을 터이다. 그러나 길 원장의 뜻에 대해 완강히 반대한 아버지였다. 어렵게 이룬 한의사라는 매력적인 직업을 쉽게 포기하면 안 된다고 생각한 것 같았다. 어쩌면 평생 범죄자를 상대해야만 했던 자신의 힘든 과거에 대한 성찰일지도 모를 것이다. 결국 길 원장은 그 꿈을 바로 포기할 수밖에 없었다.

그러나 지금 박순향의 얘기를 듣고 난 후, 자신의 마음속에 아직도 그 꿈이 심하게 꿈틀거리고 있음을 느끼며 새삼 놀랐다. 어쩌면 이런 순간을 지금껏 기다리고 있었을지 모른다는 생각까지 들었다. 실제 사건을 맞닥뜨려서 깔끔하게 해결하는 자신의 모습을 늘 마음속에 그리고 있었던 것이다.

비록 박순향의 일은 불행한 일이기는 하지만 이미 벌어진 일이다. 이것을 한 점 의혹 없이 해결하는 것은 불행과는 별개로 봐야 할 것이다.

앞으로 벌어질 일은 자신이 가보지 못한 새로운 세상이라는 생각이 들자, 자신도 모르게 흥분하고 있었다. 실제 상황이라고 하더라도 소설 속과 별반 다르지 않을 것이라고 애써 스스로 위안을 삼았다.

그리고 자기 최면을 걸었다. 충분히, 그리고 잘해 낼 수 있을 것이라고…. 그래, 한번 부딪혀보자.

길 원장은 노트북을 꺼내 생각을 정리하며 메모하기 시작했다. 먼저, 최종적으로 확인해야 할 것은 두 가지다.

큰 틀에서 보면 첫째, 차길수가 뺑소니 사건의 범인인가? 아닌가? 두 번째로 범인이 아니라면 차길수의 자살이 뺑소니 사건과 관계가 있는가? 아닌가? 이 두 가지만 확인하면 박순향에게 진실의 답을 줄 수 있을 것이다.

그리고 세부적으로 들어가면 이번 일의 핵심 키포인트는 세 가지다. 의문의 편지, 유서 속 '수인'이라는 글자, 그리고 차길수가 자살하면서 남긴 수린이 슬리퍼 한 짝이 그것이다. 이 세 가지가 서로 어떤 연관이 있는지 밝히는 것이 진실로 가는 길일 것이다.

확인해야 할 것들을 이어서 쭉 적어 내려갔다. 그다음에 현재 자신의 생각을 적었다. 그래야만 나중에 자기 생각이 잘못됐다면 왜 잘못 생각했는지 쉽게 확인할 수 있을 것이다.

길 원장은 메모를 마친 다음 다시 한번 쭉 읽어 내려갔다. 갑자기 의욕이 넘쳐났다. 자신이 생각해도 물음표가 너무 많다. 어떤 흑막이 숨어 있을 개연성도 충분하다는 생각이 들었다. 이것만 제대로 밝힐 수 있다면 실제 상황도 멋들어지게 해결하는 케이스가 될 것이다. 추리소설의 재료로도 유용하게 사용할 수 있을 것이다.

길 원장은 원장실을 빠져나오면서 앞으로 해야 할 일을 천천히 머릿속에 담았다. 먼저 차길수의 사체를 발견한 고등학교 친구 강재석을 만나보는 것이 우선일 것이다.

박순향의 말로는 강재석은 차길수와 가장 친한 친구로, 지금은 제천 인근의 충주호에서 낚시 가게를 운영하고 있고 차길수가 집을 나가 강재석의 도움을 받은 사실을 이번에 알게 되었다고 했다.

이때까지만 해도 길 원장은 자신이 이 사건 속으로 그렇게 깊이 빨려 들어갈 것이라고는 상상조차 못 했다. 박순향의 부탁을 받고 얼떨결에 제천에 한번 가보겠다고는 했지만 뭘 꼭 확인해서 답을 줄 수 있을 것이라고는….

자신도 모르는 사이 이미 거역할 수 없는 운명의 소용돌이가 길 원장 주위에서 심하게 꿈틀거리고 있었다.

2장.

미궁 속 추적

1.

길 원장은 다음날 출근해서 직원들에게 휴식도 취할 겸 약초를 연구한다는 명목으로 2박3일 정도 제천에 다녀오겠다고 통보했다. 도망가다시피 바로 제천으로 출발했다. 제천이 전국 약초 집산지로 유명한 도시인 것은 사실이었다. 박 간호사만 빼고 나머지 직원들은 속으로 또 원장이 놀러 갈 심산이라는 표정이었다.

길 원장은 자신의 애마를 몰고 중부고속도로를 거쳐 평택제천 고속도로를 쭉 달렸다. 충주를 지나 제천 초입에 다다르자, 유행가 가사로 익숙한 박달재가 나왔다. 왜 울고 넘는 박달재인지는 잘 모르겠다. 새로 뚫린 국도 옆으로 옛 박달재 길이라는 이정표가 보이기는 했으나 지금은 그런 여유를 보일 때가 아니었다.

제천에 도착하자마자 박순향이 알려준 강재석의 낚시 가게로 바로 찾아갔다.

강재석이 운영하는 〈월척 낚시〉는 한눈에 봐도 규모가 꽤 커 보였다. 저 멀리에는 충주호가 한눈에 들어왔다. 한겨울이라 생각보다는 운치는 없었지만, 한 폭의 그림인 것은 매한가지였다. 누군가 제천시의 면 이름은 하나 같이 아름답다고 한 말이 기억났다. 청풍면, 수산면, 백운면, 한수면, 덕산면, 금성면, 송학면 등등. 〈월척 낚시〉는 청풍면에 위치하고 있었다.

길 원장은 가게 외관을 한 번 쭉 훑어본 후 문을 열고 들어갔다. 가게 안에는 낚시 도구가 빽빽이 정리되어 있었다. 처음 보는 낚시 도구도 군데군데 눈에 들어왔다. 벽면 상단에는 어탁(魚拓)들이 줄줄이 액자에 걸려 전시되어 있었다. 가게에 들어오는 손님들은 어탁 안에 있는 물고기의 크기를 보는 순간 분명 기가 죽을 것이다.

가게 안에는 주인으로 보이는 사람 혼자였다. 강재석이 틀림없어 보였다. 그는 전형적인 동네 아저씨의 모습으로 40대 중반임에도 뱃살이 장난 아니었다. 얼굴이 햇볕에 검게 그을려서 그런지 차길수와 고등학교 친구라고 믿기 어려울 정도로 나이가 들어 보였다.

그는 낚시 도구를 정리하다가 문이 열리는 소리를 듣고 반가운 표정으로 손님을 바라보고 있었다. "어서 오세요!"라고 말하는 것이 시원시원하고 활기차 보였다.

길 원장은 명함을 건네면서 박순향의 부탁으로 여길 찾아왔다고 첫마디를 던졌다. 그는 환하게 웃으며 반가운 표정으로 자리를 권했다. 이유를 묻지 않는 것으로 봐서는 필시 박순향이 미리 연락했을 것이다. 겨울철이고 한가한 시기라 손님이 없으니 편하게 계시라면서 믹스 커피를 타서 길 원장 앞에 놓았다. 길 원장도 평소 낚시에 관심이 많아 이것저것 물었다.

그는 지금은 한가하지만 여름철은 몰려오는 손님으로 아르바이트생을 둘 정도로 바쁘다며 은연중 자기 자랑을 하고 있었다. 충주호가 낚시꾼들 사이에서는 그래도 대물이 나오는 명당 포인트가 몇 개 있는 곳으로 유명하다고 했다. 손님들의 요구에 어쩔 수 없이 가게에서 1킬로미터 정도 떨어진 곳에 실내 낚시터를 만들어 겨울철에도 낚시할 수 있게 만들었다고 했다.

길 원장은 잠시 뜸을 들이다가 차길수의 사체를 어떻게 발견하게 됐는지 조심스럽게 묻기 시작했다. 그는 그 말을 듣는 순간 얼굴이 일그러졌다. 아직도 트라우마가 있어 보였다.

강재석은 차길수의 단칸방을 자기 집 근처에 자기가 구해줬다고 한다. 차길수의 단칸방은 70대 후반 노부부가 사는 낡은 한옥이었다. 주인이 거주하는 안채와 별도로 떨어진 셋방이었다. 그전에는 노부부 아들이 혼자 살다가 따로 분가해서 그때는 빈방이었다.

차길수로부터 기간을 정하지도 않고 다만 얼마간 머물 곳을 알아봐달라는 부탁을 받았다. 마침 노부부 아들이 분가했기 때문에 바로 구할 수가 있었다. 가재도구도 그대로 있어 몸만 들어가면 되는 곳이라 딱 그가 원하던 방이었다. 주인 할아버지는 치매 기가 있는 데다가 할머니 또한 귀가 어두워 주인집 사람들은 사고가 났을 때도 그 사실을 전혀 모르고 있었다.

차길수는 제천에 온 이후 특별한 일이 없으면 아침에 함께 차를 타고 가게에 와서 충주호에서 낚시를 하거나 아니면 실내 낚시터에 가서 시간을 보내는 것이 일과였다.

강재석은 그날도 아침 8시경 가게에 가기 위해 차길수의 단칸방에 갔다가 아무런 인기척이 없어 방문을 열었다. 그 순간 그가 목을 매 죽어 있는 상태를 보고 뒤로 나자빠졌다.

차길수가 왜 제천에 왔는지 그 이유를 딱히 듣진 못했다. 심경이 복잡해서 그냥 쉬러 왔다는 말만 들었다. 그는 별다른 일이 없을 때는 낚싯대만 드리운 채 멍하게 물만 쳐다보고 있는 경우가 많았다. 어차피 겨울철이라 물고기가 잘 잡히지 않았지만 낚시에는 전혀 관심이 없는 것처럼 보였다. 잠시 머리를 식히려 친구를 찾아온 것으로만 생각했다.

다만, 차길수는 제천에 와서 며칠이 지난 후 영월경찰서에 근무하는 고등학교 친구 엄상록의 전화번호를 물어보고, 그를 만나러 간 사실이 있었다. 그 후 한두 번 영월에 더 갔던 것으로 기억하고, 자살하기 얼마 전에는 서너 번 정도 먼 곳을 갔다 온 것 같았다. 그런데 행선지가 어딘지는 말하지 않았다.

차길수가 엄상록을 만나러 간 것으로 봐서는 고향인 영월에 사는 형, 누나들과 관련해 어떤 분쟁이 있었을 것이라고만 막연하게 추측했다. 최근에 차길수의 아버지가 타인 명의로 남겨놓은 임야가 발견되어 형제들이 그 임야와 관련해서 소송을 벌이고 있다는 소식을 들은 적이 있었다. 아마도 차길수가 그 일 때문에 영월에 갔을지도 모른다고 생각했다.

"차길수 씨가 자살하기 전에 어떤 낌새 같은 것은 없었나요?"

"그 전날도 저와 함께 반주를 곁들여 저녁을 먹었고, 그다음 날도 같이 가게에 가기로 했기 때문에 전혀 그런 낌새는 없었죠."

강재석은 차길수의 자살이 마냥 자기 잘못인 것처럼 잠시 망설이다가 말을 이어갔다.

"다만 자살하기 며칠 전에 술을 마시다가 지나가는 말로 곧 떠나야 할 거 같다는 말을 언뜻 한 적이 있었던 거 같은데, 그땐 제가 별로 주의 깊게 듣질 않아서…."

"그러면 강 사장님은 차길수 씨가 왜 자살했는지 지금도 전혀 떠오르는 것이 없나요?"

"네, 한마디로 저도 뭐가 뭔지 모르겠네요. 길수가 무슨 고민을 하고 있는 거 같긴 했지만 자살한다고는 전혀 생각조차 못 했죠."

그는 다시 한번 머리를 감싸며 자책하는 모습을 보였다.

"죄송하지만, 엄상록 씨를 한번 만나봐야 할 거 같은데, 제가 찾아간다고 전화 좀 부탁드려도 될까요?"

"네, 물론. 친구 때문에 고생하시는데 제가 도울 일이 있으면 당연히 도와야죠."

길 원장은 가게를 나오면서 어느 면으로 봐도 차길수와 강재석은 참 많이 다른 것 같은데 제일 친한 친구라는 사실에 웃음이 저절로 나왔다.

2.

길 원장은 일단 강재석으로부터는 더 이상 들을 말이 없다고 생각하고, 엄상록의 전화번호를 받아 바로 영월로 넘어가기로 했다.

영월로 넘어가는 사이 눈이 내리기 시작했다. 제법 꽤 내리고 있었다. 역시 대전보다는 추운 지방이라 그런지 산 곳곳에는 아직도 녹지 않은 잔설들이 보였다. 지금이 막 오후 3시를 지났는데 나중에 돌아올 때가 더 걱정이었다. 안 되면 영월에 숙소를 잡아야 할 것 같았다.

느릅재를 넘자마자 함박눈은 세찬 바람과 함께 눈보라로 바뀌고 있었다. 역시 강원도의 겨울 추위는 매서운 것이 분명했다. 오히려 느긋하게 마음을 먹기로 했다.

엄상록은 현재 영월경찰서 소속 ○○파출소장으로 근무하고 있었다. 길 원장은 파출소 앞에 도착해 전화를 걸었고, 곧이어 받은 그는 건너편 건물에 커피숍이 있으니 거기서 기다리면 볼일을 마치고 30분 안에 가겠다고 했다.

커피숍 안은 오후 시간이라 그런지 한산했다. 가끔 여자 종업원들이 보자기에 커피포트와 잔을 싸서 나가는 모습이 보였다. 이곳은 시골이라 그런지 아직 티켓다방의 흔적이 보이는 것 같았다. 잔잔하게 최백호의 노래 '낭만에 대하여'가 흘러나오고 있었다. 지금 분위기에 딱 맞는 노래이긴 한데, 다만 굳은비가 아니라 세찬 눈보라일 뿐… 밖은 계속해서 눈보라가 휘몰아치고 있었다.

길 원장은 이런 날 무거운 주제만 아니라면 정말 낭만에 대해 누군가와 편안하게 대화를 나누고 싶다는 생각이 문득 들었다. 시선은 계속 창문 너머 먼 산을 향하고 있었다.

갑자기 인기척을 느꼈다. 고개를 돌려 바라보니 경찰복을 입은 중년의 남자가 앞에 떡하니 버티고 있었다. 엄상록이었다.

엄상록은 40대 중반으로 들어서다 보니 약간 배가 나와 아저씨 티가 나는 것 같았지만 전체적으로 몸매는 다부졌고 눈매만큼은 날카로운 인상이었다. 웃음기 없는 얼굴에 짧게 깎은 머리 탓인지 쉽게 접근하기 어려워 보였다. 그에 대한 첫인상은 한마디로 경찰 정복이 잘 어울리는 사람이었다.

그는 왜 자살한 친구의 일로 한의사가 찾아왔는지 의아해하면서도 속으로 긴장하고 있는 표정이 역력했다. 경계심을 보이는 것 같기도 했다.

길 원장은 무엇을 마실 건지 물어 커피 두 잔을 주문했다. 명함을 건네면서 박순향으로부터 차길수 자살에 대해 몇 가지 확인해 달라는 부탁을 받았다고 찾아온 용건을 간단히 말했다. 그도 친구의 자살 얘기가 나오자 충격을 받았는지 표정이 어두워졌다.

"강 사장님 말씀에 의하면 차길수 씨가 소장님을 찾아갔었다고 하는데 혹시 무슨 일로 찾아왔는지 궁금해서 이렇게."

그는 길 원장의 질문을 어느 정도 예상했는지 표정 변화는 없었지만 잠시 뜸을 들였다.

"어느 날 길수가 연락도 없이 갑자기 찾아와서 저도 깜짝 놀랐는데, 길수 딸이 뺑소니 사건으로 사망한 사실은 알고 계시죠?"

"네, 알고 있습니다."

"길수는 뺑소니 사건 수사가 지지부진하고, 길수 아버님이 갑자기 돌아가시자마자 여길 떠나 한 번도 보지 못했으니 10년이 넘었는데…."

차길수는 엄 소장을 만나자마자 미안하고 고맙다면서 수인이 뺑소니 사건이 어떻게 진행됐는지 물었다. 엄 소장은 그 당시 수인이 뺑소니 사건 담당 수사관이었다. 차길수는 뺑소니 사건 수사가 종결되기 전에 영월을 떠났으니 그 후 소식을 모를 수도 있겠다 싶어 물어본 것 같았다.

엄 소장은 고개도 들지 못하고 별 진전 없이 사건이 종결됐다고 했다. 차길수는 그렇게 열심히 했는데 어쩔 수 없다며 오히려 그를 위로해 줬다.

그러다가 갑자기 차길수가 혹시 사건 수사 기록을 볼 수 있는지 조심스럽게 물었다. 엄 소장은 깜짝 놀랐다. 그리고 바로 수인이 뺑소니 사건은 공소시효 10년이 지나 이미 종결되어 수사 기록을 볼 수 없다고 에둘러 말했다.

사실 경찰서에는 수사 기록 사본이 있었다. 나중에 언제든지 다시 수사할 수도 있다는 생각에 엄 소장이 강력하게 우겨 사본을 따로 복사해 놓았기 때문이다. 엄 소장 입장에서는 사건이 그냥 이렇게 검찰로 송치되면 영영 미제(未濟) 상태로 남을 것이라는 불안감이 커서 그렇게 우겼다고 솔직히 고백했다.

또한 그 당시 차길수가 유력한 용의자로 지목된 적이 있었기 때문에 당사자가 그 기록을 보는 것은 적절치 않아 기록이 없는 것처럼 말했다.

엄 소장은 그가 왜 갑자기 기록을 보려고 했는지 의구심이 생겨 그 이유를 물었다. 그는 별다른 이유는 대지 않고 그냥 어떻게 종결됐는지 보고 싶다고만 말했다. 엄 소장은 그가 아직도 그 사건에 미련이 남아 있는 것 같아 지금은 범인을 밝혀내더라도 처벌할 수 없는 상황이니 그냥 가슴에 묻어두라고 말했다. 혹시 그가 어떤 새로운 단서를 발견했을지 모른다는 생각이 들어, 만약 단서가 발견됐으면 비록 공소시효가 지났다고 하더라도 수사는 경찰이 할 테니 말해달라고 했다. 그러나 그는 그런 것은 없다고 했다. 그날은 그렇게 그는 고맙고 미안하다는 말만 되풀이하고 돌아갔다.

그 후 차길수는 자살하기 2주 전쯤 다시 한번 찾아와서 사건 기록을 한 번이라도 볼 수 있는 방법이 있으면 알려 달라고 끈질기게 사정 투로 부탁했다. 엄 소장은 수사서류 유출이라는 문제가 있었지만 이미 종결된 사건이고 그는 유족이므로 기록을 볼 권리가 있다고 생각해서, 결국 고민 끝에 복사해 놓은 기록을 보여줬다. 물론 그가 유력한 용의자였기 때문에 그 부분은 감안해서 보라고 사전에 고지했다.

차길수는 수사 기록을 열심히 들여다보는 것 같았다. 그러나 나중에는 크게 실망한 표정으로 인사도 없이 넋이 나간 사람처럼 파출소를 떠났다.

엄 소장은 그때가 그의 마지막 모습이었다고 하면서 눈시울을 붉혔다.

길 원장은 처음 예상한 것처럼 차길수는 수인이 뺑소니 사건 때문에 제천에 온 것이 틀림없다고 생각했다. 그는 분명 뺑소니 사건과 관련해서 어떤 새로운 소식이나 무슨 단서를 알게 되어 그것을 확인하러 온 것으로 보였다. 현재로서는 그가 받았다는 의문의 편지에 그것이 언급되어 있었을 가능성이 높을 것이다.

그리고 그는 엄 소장을 만나 수사 기록을 두 번이나 보려고 했고, 결국 기록을 봤다. 그런데 그 결과는 엄 소장 말에 의하면 그의 예상과는 다른 것처럼 보였다.

길 원장은 엄 소장이 수인이 뺑소니 사건 담당 수사관이었다고 하니 그 사건에 대해 자세히 물어보기로 했다. 수인이 뺑소니 사건이 차길수 자살과 어떻게든 연결됐을 가능성이 높았기 때문이다. 그 실체를 확인하는 것이 우선일 것이다.

"소장님께서 수인이 뺑소니 담당 수사관이었으니 그 당시 수사 상황에 대해 자세한 내막을 듣고 싶네요."

그는 길 원장의 질문이 의외라는 표정이었다.

"원장님은 길수 자살과 수인이 뺑소니 사건이 서로 관련 있다고 생각하시는 건가요?"

"네, 그렇습니다. 그 이유는 소장님 말씀을 듣고 나서 설명드리죠."

엄 소장은 뺑소니 사건이 발생했을 당시 형사과 소속이어서 담당 교통과는 아니었다. 그러나 그 당시 영월에서 뺑소니 사망사고는 몇 년 만에 한 번 발생할까 말까 하는 극히 드문 경우여서 경찰서가 발칵 뒤집어졌다. 특히 영월 갑부 차철재의 손녀딸이 피해자였기 때문에 서장은 전전긍긍하여 수사팀 보강을 명했다.

형사과 소속인 엄 소장도 차출됐다. 나중에 알게 됐지만 엄 소장이 수사팀에 차출된 것은 다른 이유가 있었다. 그 당시 차길수가 유력한 용의자였기 때문에 그를 설득해서 자백을 받아낼 사람으로 친구인 엄 소장이 지목됐던 것이다.

엄 소장은 차길수와 고등학교 때 같은 반이었지만 그리 친한 사이는 아니었다. 공부도 잘하고 샌님 같은 그와는 코드가 맞지 않아 어울리지 않았다. 특히 엄 소장은 그 당시 자격지심이 있었다고 고백했다. 엄 소장의 아버지는 차철재가 운영하는 대성목재 직원이었다. 차길수와 엄 소장은 소위 사장 아들과 직원 아들 관계였기 때문에 이유 없이 그에게 반감이 있었다고 했다.

엄 소장은 뺑소니 사건이 발생한 지 며칠 후 수사팀에 차출됐다. 그 당시 수사팀에서는 차길수가 유력한 용의자로 지목되어 사실상 그에 대해서만 수사가 진행되고 있었다.

수사팀 내부는 차길수가 유력한 용의자라고 주장하는 부류와 아니라는 부류로 나뉘어 있었다.

유력한 용의자로 보는 부류는 차길수가 고의로 수인이를 들이받지는 않았겠지만 음주 운전 사실을 은폐하고자 도주했을 가능성이 높다고 판단했다. 또한 그의 알리바이가 불명확하고, 수인이가 죽어가면서 남긴 숫자 네 개 중 앞자리 세 개가 정확히 일치했다. 수인이가 쓰다 멈춘 마지막 한 자리 또한 그의 차량 번호일 가능성이 높다는 이유 때문이었다. 그의 차량이 검은색이었다는 점도 주요 근거로 더해졌다. 그리고 그가 소식을 듣고 밤늦게 경찰서에 달려왔을 때 "내가 죽였어! 내가 죽였어!"라고 울부짖은 사실이 있었는데 이는 사실상 자백한 것 아니냐는 주장도 나왔다.

반대 부류의 주장도 만만치 않았다. 차길수가 비록 음주 운전으로 수인이를 들이받았다고 하더라도 죽어가는 딸을 살려야 하는데 그대로 도주했다는 것은 그의 평소 성격과 맞지 않는다는 것이었다. 수인이가 남긴 다잉 메시지도 앞 세 자리만 그의 차량 번호와 일치하고, 쓰다 멈춘 네 번째 숫자까지 일치한다고 단정할 수 없다는 점이 주요 근거로 주장됐다.

수사팀에서는 차길수가 자기 딸인지 모르고 도주했을 가능성이 충분하고, 수인이가 죽기 직전에 자신을 들이받은 차량 번호를 남기려다가 아빠 차인 것을 알고 네 번째 숫자는 일부러 쓰다 말았다는 주장까지 나오기도 했다.

그 당시 차길수가 운전하고 다니던 차는 대성목재 회사 차량으로 2001년식 검은색 그랜저 차량이었다. 그랜저 차량의 앞 범퍼 부분에는 여러 번 어디에 부딪힌 흔적이 있었다. 하지만 수인이를 들이받은 흔적인지는 명확히 확인되지 않았다.

수사 결과는 차길수의 차량 번호와 수인이가 남긴 다잉 메시지가 거의 일치한다는 사실 이외에 다른 증거가 없는 상황에서 그에 대한 명확한 혐의를 확정하기 어려웠다.

결국 수인이 뺑소니 사건은 별다른 성과 없이 흐지부지되어 6개월 정도 경과된 후 성명불상 피의자, 기소중지 의견으로 검찰에 송치됐다.

"그 당시 소장님은 차길수 범인설 쪽이었나요? 아니면?"

"제가 가장 강력하게 반대했었죠."

"그럼 나름대로 이유가 있었을 텐데요?"

"아마 고등학교 1학년 겨울 때일 겁니다. 당시 교실 중앙에 난로가 있었고 그 위에 학생들이 도시락을 올려놓곤 했었죠. 1교시 수업 시간이 끝나고 쉬는 시간에 누군가가 길수 도시락을 절반 정도 먹은 적이 있었는데, 그때 길수는 자리에 없었고요. 그런데 마침 2교시 수업이 독사라는 별명의 수학 선생님이었고, 그 선생님은 특히 예민해서 딱 교실에 들어오자마자 반찬 냄새가 난다며 누가 도시락을 까먹었냐고 호통을 치셨죠. 그런데 아무도 자수하는 학생이 없자 선생님은 모든 도시락을 검사했고, 결국 길수 도시락이 반쯤 먹은 상태로 발견된 거였죠. 그 당시 독사 선생님한테 걸리면 거의 죽음이었는데, 딱딱한 의사봉으로 학생들의 엉덩이를 무차별적으로 가격하는 것으로 유명했고 그 상처가 일주일 이상 가는 것이 다반사였으니까요. 독사 선생님은 길수가 범인으로 밝혀지자 의외라고 생각하는 거 같았죠. 길수는 반에서 1등을 놓치지 않았고, 영월 갑부의 아들이었으니…. 그래도 선생님은 체면이 있으니 길수에게도 체벌을 가하긴 했는데 평소보다 훨씬 약한 것이 눈에 보였죠. 그런데 길수는 끝까지 자기가 아니라고 변명하지 않았어요. 결국 자기가 혼자 다 뒤집어쓴 거죠. 그때 반 학생들은 길수를 다시 보게 됐고, 물론 저도 다시 보게 됐고요. 뭐라고 할까? 구차한 변명은 하지 않고 자기가 책임진다는 뭐 그런 것이…. 길수 범인설이 나왔을 때 저는 그때 그 일이 선명히 떠오르더군요."

엄 소장은 당시 일이 생생히 기억난다는 듯 잠시 감상에 젖은 표정을 지었다.

"적어도 길수는 뺑소니 당시에는 피해자가 딸이라는 사실을 몰랐다고 하더라도 나중에 그 사실을 알게 됐다면 자신이 범인임을 깨끗이 인정할 사람이라고 생각했죠."

길 원장은 그의 주장이 딱히 틀린 것 같지는 않다는 생각이 들었다. 그저 고개만 끄덕였다.

"그때 길수 몰래 도시락을 까먹은 친구가 낚시꾼 재석이였는데, 재석이는 그때 마음이 엄청 조마조마했을 텐데 길수가 끝까지 진실을 밝히지 않았으니 생명의 은인이라고 해야 하나…."

길 원장은 순간 차길수와 전혀 어울릴 것 같지 않다고 생각했던 강재석의 얼굴이 떠올랐다.

"그 후부터 재석이는 길수를 진정한 친구로 대했고, 솔직히 길수 옆에는 친구들이 없었거든요. 그때 우정이 지금까지 이어지고 있다고 봐야죠."

엄 소장은 잠시 말을 멈추고 허공을 바라보면서 상념에 잠겼다.

"참 아이러니하네요. 길수 마지막 가는 길을 재석이가 발견했으니."

엄 소장 또한 차길수의 기구한 운명을 안타깝게 생각하고 있는 것처럼 보였다. 딸을 뺑소니로 잃고 결국 자신도 자살로 생을 일찍 마쳤으니, 남들이 부러워한들 무슨 소용이 있을까 하는 생각일 것이다.

"차길수 씨가 '내가 죽였어! 내가 죽였어!'라고 울부짖었다고 했는데 그 부분은 잘 해명된 건가요?"

"뭐, 그렇다고 봐야죠. 길수는 다음날 제정신으로 돌아와서는 자신이 그렇게 말한 걸 기억도 못 했으니까요."

"수사팀에서 기억나지 않는다는 변명을 그대로 믿진 않았을 거 같은데?"

"길수는 자신이 설사 그렇게 말했다고 하더라도 수인이가 자기 약을 사 오다가 그렇게 됐으니 자기가 죽인 거나 마찬가지라고 변명했었죠. 수사팀에서도 술에 취한 상태에서 딸의 죽음을 목격한 아빠의 울부짖는 말을 딱히 자백이라고 보기는 어렵고 해서…."

길 원장도 수긍이 간다는 듯 고개를 가볍게 끄덕였다.

"그렇지만, 팀장님은 끝까지 차길수 범인설을 강력하게 주장했던 기억이 나네요."

"팀장님이 그렇게 주장하는 것에는 나름 이유가 있었을 텐데요?"

"그렇죠. 길수가 경찰서에 왔을 때는 이미 술이 어느 정도 깬 상태였고, 수사하는 사람들 사이에서는 무언의 철칙이란 것이 있는데, 사건 직후 최초 진술이 진실에 가장 가깝다는 뭐, 그런 것이 있었죠."

이젠 길 원장 차례였다. 그한테는 사실대로 말하는 것이 좋을 것 같았다. 그래야만 나중에 그의 도움을 받을 수도 있을 것이다. 앞으로 현직 경찰관의 도움이 필요한 일이 분명 있을 것이라고 확신했다.

"소장님은 그 당시 사건 현장에서 수린이가 신고 있던 슬리퍼 한 짝이 없어졌다는 사실을 알고 계시죠?"

길 원장은 첫 질문부터 조심스럽게 물었다.

"네? 그 당시 제가 수사팀에 합류했을 때는 이미 교통사고 현장 조사가 마무리된 상태라서, 수인이 슬리퍼 한 짝이 없어졌는지는 잘 기억이…."

그는 의외의 질문에 약간 당황했는지 자신 없는 투로 말을 이어갔다.

"저는 수사 초반에는 길수를 조사했고, 그 후로는 수인이가 남긴 다잉 메시지 차량을 추적하는 것이 주 임무였기 때문에 솔직히 수인이 슬리퍼 한 짝이 없어졌다는 사실은 오늘 처음 듣는 말이라…."

그는 말하면서도 계속 고개를 갸웃거렸다.

"아마 기록에는 있겠지만 그것이 뺑소니 사건에서 크게 중요한 거 같지는 않아 보여 그냥 흘려보낸 것일 수도….."

"박순향 씨는 수린이가 뺑소니 당할 때 슬리퍼 한 짝을 찾지 못했는데 이번에 차길수 씨 자살 현장에서 그때 없어졌던 슬리퍼 한 짝이 발견됐다고 하네요. 그것도 차길수 씨의 유서와 함께 나란히."

그는 마시려고 들고 있던 커피잔을 바닥에 내리치면서 깜짝 놀랐다. 그 충격으로 커피가 탁자 곳곳에 튀었다.

"길수가 없어졌던 수인이 슬리퍼 한 짝을 가지고 있었다고요?"

"차길수 씨가 언제부터 가지고 있었는지는 모르겠으나 자살 현장에 있었던 것은 사실이네요. 여기 사진이."

길 원장은 그에게 슬리퍼 한 짝이 찍힌 사진을 건넸다.

"아마 수사 기록에 수린이 유류품 사진이 남아 있을 테니 이 사진과 비교하면 바로 확인할 수 있을 겁니다."

"길수가 지금껏 수인이 슬리퍼 한 짝을 가지고 있었다는 것이 말이 되는 겁니까?"

그는 길 원장에게 반문하듯이 물었다.

"그럼, 정말 길수가 수인이 뺑소니 사건과 관련 있다는 말인가요?"

다시 한번 물었다. 차길수가 범인이라는 말은 차마 하지 못하고 관련 있다는 말로 에둘러 물었다.

"차길수 씨가 어떤 경위로 수린이 슬리퍼 한 짝을 가지고 있었는지 그 여부를 지금으로서는 알 수 없으니, 현재로서는 관련 있다고도 단정하기 어려울 거 같네요."

길 원장이 보기에는 그의 머릿속에는 차길수가 범인일지도 모른다는 생각이 스치는 것 같았다. 표정이 그랬다. 아마도 담당 수사관이었으니 다른 사람보다는 짚이는 심증이 더 있을 것이다.

"그래서 제수씨가 길수 자살에 어떤 의혹이 있다고 생각하는 건가요?"

"이번에 슬리퍼 한 짝이 발견된 것도 그렇지만 다른 이유도 있어 박순향 씨는 차길수 씨 자살에 의혹을 품고 있는 거 같습니다."

"다른 이유가 또 있나요?"

"소장님은 혹시 차길수 씨가 자살할 때 남긴 유서 형식의 메모 내용을 알고 있나요?"

"그 내용은 모르는데, 재석이한테 듣기로는 길수가 자살하면서 가족에게 남긴 유서가 있었다는 말만 들었습니다만."

"박순향 씨는 그 유서 내용에 대해서도 의혹을 갖고 있어서."

길 원장은 그에게 차길수가 남긴 유서 형식의 메모지를 건넸다. 그는 메모를 천천히 읽어나갔다.

"음… 유서가 맞긴 맞네요. 오래 전이지만 길수 글씨체도 기억나는 거 같고, 길수가 글씨를 깨끗하고 예쁘게 쓰는 것으로 고등학교 때 유명했던 기억이 있네요."

"유서 글씨가 차길수 씨 글씨체인 것은 확인됐죠. 다만 유서 내용에 이상한 것이…."

"아빠가 지난날 큰 잘못을 저질러 결국 너를 잃고 말았구나. 라는 내용 말인가요?"

"차길수 씨는 자기의 큰 잘못으로 수린이가 죽었다고 생각했던 거 같은데, 소장님은 어떻게 생각하시나요?"

"열 길 물속은 알 수 있어도 한 길 사람 속은 알 수 없다고 하더니, 길수가 수인이를….."

"박순향 씨는 큰 잘못이라는 것은 수린이가 아빠 약을 사 오다가 그렇게 됐기 때문이라고 말하던데, 소장님 생각은 어떤가요?"

"조금 전에 말씀드렸듯이, 그 당시에도 길수는 그것 때문에 엄청 괴로워했었죠. 자기 때문에 수인이가 죽었다고, 죽고 싶다는 말도 여러 번 했었고. 저나 제수씨도 길수가 뭔 일을 저지를지 몰라 노심초사하기도 했는데, 다행히 제수씨가 중심을 잡고 있어서 별일은 없었지만."

그는 잠시 말을 멈추고 뭔가를 깊이 생각하는 것처럼 보였다.

"그렇긴 하지만, 제 생각에는 그 이유는 아니라고 봅니다. 길수가 괴로워한 것은 맞지만 10년이나 지난 후에 그것 때문에 갑자기 자살한다는 것은 이해가 되지 않네요. 자살하려면 그때 하지, 왜 지금에 와서?"

그는 근본적인 의문을 표시하듯 고개를 갸웃거렸다.

"그럼, 소장님은 차길수 씨의 큰 잘못이라는 문구에 대해 다른 뭐가 떠오르는 것은 없나요?"

"길수가 뺑소니 사건과 어떻게든 관련이 있다는 건데, 길수가 정말 범인이란 말인가? 현재로서는 그것밖에 떠오르지 않네요."

"그리고 유서에는 또 다른 의문이 있는데, 혹시 소장님은 수인이 원래 이름이 수린이인 사실은 알고 있나요?"

"네, 알고 있죠. 그 당시 길수가 계속 수린이라고 불러 그 이유를 물었던 적이 있는데, 수린이 할아버지가 술에 취해 출생신고 때 이름을 잘못 적었다고."

"박순향 씨는 그 부분에서 제일 이해되지 않는다고 하네요. 차길수 씨는 평생 수인이라는 이름을 사용한 적이 없고, 항상 수린이라고만 불렀다고 하는데, 죽기 전 메모지에 수인이라는 말을 썼다는 것이 도통 이상하다고."

"어! 그러고 보니 이상하네. 죽기 직전에 평소 부르지 않던 수인이라는 표현을 쓴 것이… 왜 그랬을까?"

그는 자문하듯 혼잣말로 중얼거렸다.

"혹시 그 당시 사건 이름을 어떻게 불렀나요?"

그는 길 원장을 뻔히 쳐다봤다. 이윽고 천천히 "그 당시에는 범인을 특정할 수 없어서 그냥 차수인 뺑소니 사건이라고 불렀습니다만."

"의심을 하자면 한이 없지만, 단순하게 생각하면 차길수 씨는 차수인 뺑소니 사건이란 말을 수없이 들었으니 수린이보다는 수인이라는 이름이 더 각인됐기 때문에 그렇지 않았나 싶기도 하고요."

"그렇게 이해하면 되긴 되겠지만 그래도 뭔가 찝찝하네요. 메모지에는 분명 길수가 수인이를 부르는 형식으로 되어 있는데… 왜 수린이가 아니고 수인이라고 불렀을까요?"

"만약, 이것은 만약이라는 가정하에 차길수 씨가 수인이라는 표현을 쓴 것은 살아있는 사람들에게 무슨 단서를 남기려는 것은 아니었을까요?"

그는 상황이 이상하게 흘러간다는 듯 선뜻 대답하지 못했다. 표정에는 일말의 불안감이 스쳐 지나가는 것 같기도 했다.

"차길수 씨가 자살하면서 메모지에 글을 남길 당시 자의에 의하지 않은 어떤 상태였을 가능성이 있다면 말입니다."

길 원장은 자신도 모르게 평소보다도 더 강한 톤으로 힘줘 말했다.

"길수가 자의에 의한 상태가 아니었다는 것은… 누군가의 협박을 받아서 유서 내용이 강요된 거라거나 유서가 위조됐다는 말인가요?"

"유서 내용이 위조됐다고는 보기 어려울 거 같네요. 우선 차길수 씨 필체를 위조하기는 쉽지 않아 보이고, 더군다나 유서 내용이 차길수 씨 가족 문제이니 그 내용을 잘 아는 사람이 아니면 어려울 테니까요."

"그럼, 누군가가 길수를 협박해서 뺑소니 사건의 범인임을 자백이라도 받아냈다는 말인가요?"

"음… 그럴 가능성을 배제할 순 없겠죠."

"결론적으로 원장님은 길수가 뺑소니 사건의 범인일 가능성이 높다고 생각하시는 건가요?"

"아! 꼭 그런 것은 아니고. 그리고 한 가지 더 의문스러운 것이 있네요."

그는 또다시 놀라고 있었다. 계속되는 놀라움에 정신이 없는 모양이었다.

"또 의문스러운 것이 있다는 말인가요?"

"소장님은 차길수 씨가 왜 제천에 와 있었는지, 혹시 그 이유를 알고 있었나요?"

"네? 재석이 말로는 길수가 상속 문제로 제천에 왔다면서, 영월에 바로 가기는 뭐해서 제천에서 바람도 쐴 겸 마음 편한 재석이 옆에서 형제들과 재산 문제를 해결하려고 한 거 같다고 하던데, 아닌가요?"

"차길수 씨가 재산 상속과 관련해서 어떤 말을 한 적이 있던가요?"

"그런 것은 없었죠. 제가 지나가는 말로 길수 형님의 안부를 물은 적이 있었는데 그때 길수 낯빛이 어두워진 적은 있었습니다만, 가족 문제라 더 이상 묻지는 않았죠."

길 원장은 곰곰이 뭔가를 생각하고 있었다. 뭔가가 잡힐 듯 말 듯 눈앞에서 아른거리는 느낌이었다.

"수인이 뺑소니 사건이 가족 간의 재산 문제 때문에 발생했을지도 모른다는 말인가요?"

그는 재촉하듯 물었다.

"그건 아닙니다. 다만 차길수 씨가 자신의 큰 잘못으로 수인이가 죽었다고 하기에 혹시라도 그런 것이 얽혀 있을지도?"

"그런데 제수씨는 길수가 왜 제천에 갔다고 하던가요?"

"작년 11월 중순경 차길수 씨가 의문의 편지 한 통을 받은 적이 있는데 그 편지를 받고 갑자기 사람이 이상해졌다고 하네요. 그 편지 때문에 남편이 제천에 갔을 거라고 추측만 하는 상태이고요."

"편지에 뭐가 적혀 있었다고 하던가요?"

"편지 내용은 전혀 모르고, 차길수 씨는 그 편지를 바로 찢어 없앴다고 하네요."

"그 편지에 가족 간의 재산 문제와 관련된 어떤 언급이 있었다고 생각하시는 건가요?"

"그것까지는 무리한 추측이고, 제 생각에는 아마도 수인이 뺑소니 사건에 대한 어떤 언급이 있지 않았나 싶습니다. 차길수 씨가 제천에 와서 그것을 확인하고 다녔으니."

"길수가 어떤 의문의 편지를 받고 제천에 왔고, 제천에서는 수인이 뺑소니 사건을 확인하고 다녔고, 그러면 그때 수사가 잘못

됐다는 말인가?"

그는 말을 끝내자마자 깊은 한숨을 내쉬었다. 10년 전 뺑소니 사건이 지금에 와서 이상하게 흘러간다고 생각하고 있을 것이다.

"결론적으로, 박순향 씨는 수린이 슬리퍼 한 짝, 이해할 수 없는 유서 내용, 그리고 의문의 편지로 인해 차길수 씨 자살에 어떤 의혹이 있지는 않는지 걱정하고 있어서."

"허, 참! 어찌 이런 일이!"

"아울러, 차길수 씨가 정말 수인이 뺑소니 사건과 관련 있는지 그 여부도 확인받고 싶은 심정이라고 하네요."

"제수씨는 길수가 범인이라고 의심하고 있는 거 같군요."

"결과가 그렇게 나오면 그 부분도 각오하고 있는 거 같고요."

"그럼, 길수에게 이상한 편지를 보낸 사람은 길수가 범인임을 알고 있다는 취지로 보냈을 가능성이 있겠네요."

"그렇죠. 그것도 아주 차길수 씨를 가까이서 잘 아는 사람일 겁니다. 뺑소니 사망 사건 공소시효 10년이 지나자마자 편지를 보냈다는 것은 차길수 씨의 형사처벌은 원치 않지만 어떻게든 그 진실을 밝히려는 사람의 의도일 수도 있겠죠."

"그렇다면, 길수가 제천에 온 이유는 누가 자기에게 그런 편지를 보냈는지 확인하려는 것이었단 말이네요."

"아니면, 편지를 보낸 사람으로부터 어떤 협박을 받았을 수도 있어서 그것을 해결하러 왔을 수도 있고요."

그는 "와!" 하면서 또다시 깊은 한숨을 내쉬었다.

"길수가 범인이든 아니든 범인은 우리 가까이 있었다는 건데, 저는 그것도 모르고 전국 방방곡곡을 돌아다니면서 수인이가 남긴 숫자 차량 번호만 확인하고 다녔으니…. 제가 생각해도 한심하다는 생각밖에 안 드네요."

그는 맥이 빠지는 듯 허탈한 표정을 지었다.

"차길수 씨는 뺑소니 사건 기록에서 편지를 보낸 사람에 대한 단서를 찾으려고 한 것은 아니었을까요?"

"원장님 말씀을 듣고 보니 그랬던 거 같기도. 그래서 길수가 기를 쓰고 수사 기록을 보려고 했었나?"

그는 자문하듯 대답했다.

"차길수 씨가 수사 기록을 본 이후 별다른 말은 없었다고 하셨죠?"

"네. 아무 말이 없었고, 그때 길수 표정을 보면 실망하는 표정이 역력했었는데. 그럼 그 단서를 찾지 못했기 때문일 지도…."

그는 차길수가 뺑소니 범인임을 더욱더 확신하는 것 같았다. 그가 범인이라면 이해되지 않는 것들이 있긴 하지만 길 원장의 말을 계속 듣다 보니….

"차길수 씨가 기록을 본 이후에는 더 이상 연락이 없었다는 거죠?"

"그건 아니고, 작년 연말에 한 번 길수가 더 찾아오긴 했지만 그땐 제가 외근을 나가서 보지는 못했죠. 그간 고맙다면서 간단한 메모와 선물을 사무실에 놓고 갔었는데, 며칠 후 재석이한테 길수가 자살했다는 연락을 받고 얼마나 놀랐는지…."

그는 그때 일이 기억나는지 잠시 말을 잇지 못했다.

"혹시 제가 사건 기록을 보여줘서는 안 되는데 보여줘서 자살한 것은 아닌지 일말의 죄책감이 있었어요…. 솔직히 지금 머릿속이 너무 복잡하네요."

"차길수 씨는 자신이 범인이라는 사실을 아무도 모를 거라 생각하고 있었는데 누군가가 그 사실을 알고 있었고, 또 그 사실이 곧 폭로될지 모른다는 두려움과 딸을 죽인 죄책감이 복합적으로 작용해서 자살했을 가능성도 있고, 그리고 또….”

길 원장은 잠시 숨을 고르면서 말을 이어갔다.

“무엇보다도 차길수 씨가 범인이라는 사실이 알려지면 과연 차길수 씨는 부인이나 아들에게 고개를 들 수 있었을까요?”

“그렇겠죠. 길수 입장에서는 자신이 범인이라는 사실이 알려지면 제수씨나 강윤이한테는 정말 큰 죄를 지은 것이 될 테니까요.”

“만약 차길수 씨가 범인이 맞는다면 아마도 남아 있는 가족들에게 사죄한다는 의미에서 자살했을 가능성이 충분히 있다고 봐야겠죠.”

“결국 길수가 범인이든 아니든 길수 주위의 누군가는 범인을 알고 있었다는 거네요.”

“현재로서는 그럴 가능성이 높다고 봐야겠죠. 그 때문에 차길수 씨가 제천에 와서 뭔가를 확인하러 다녔던 거고, 그 마지막은 자살이라는 비극으로 끝난 거고요.”

“그 당시 팀장님 멱살을 잡으면서까지 길수는 범인이 아니라고 우겼었는데, 길수가 나까지 감쪽같이 속였다니, 세상 참 허망하네요.”

“아직 차길수 씨가 범인으로 밝혀진 것은 아니니 너무 허탈해하실 것까지는….”

“그래도 지금까지 원장님이 말씀하신 것으로 봐서는….”

“소장님은 수사 당시에는 차길수 씨가 범인이 아니라고 강력히 주장하셨다고 했는데, 지금은 그렇게 생각하지 않고 계신 건가요?”

"그땐 길수를 믿었는데, 솔직히 지금은 자신이 없네요. 제가 엉뚱한 방향으로 수사했을지도 모르고요."

"차길수 씨가 범인이라면 죽음이라는 결말로 책임졌다고 볼 수 있지만 그렇다고 뺑소니 사건이 완전히 해결된 것은 아니니 그 부분은 더 확인해 볼 필요가 있어 보이는데, 소장님 생각은 어떤가요?"

"잊힌 사건이었지만 새로운 단서가 나왔으니 당연히. 만약 길수가 범인이라면 비록 죽음으로 책임졌다고 하더라도 더욱더 진실을 확인해 봐야죠."

그는 잠시 뜸을 들이다가 말을 꺼냈으나 갑자기 단호해졌다. 뺑소니 사건 수사 담당자로서의 책임을 느끼는 것 같았다.

"차길수 씨 자살에 대해 좀 더 알아봐야 할 거 같은데, 편지를 받고 제천에 왔으니 차길수 씨에게 편지를 보낸 사람은 분명 이 근처에 있다고 봐야겠죠."

그는 말없이 고개만 가볍게 끄덕였다.

"그래서 말인데요, 초면에 죄송하기는 한데…."

길 원장은 말을 멈추고 잠시 그의 눈치를 살폈다.

"저는 계속해서 편지를 보낸 사람의 흔적을 찾는 방법을 고민해 볼 테니, 소장님께서는 지금까지 제가 언급한 것을 토대로 기록을 다시 한번 검토 부탁드립니다. 차길수 씨가 기록에서 무엇을 찾으려 했는지, 분명 그 안에 무슨 단서가 있을 겁니다."

그는 아무런 표정 변화가 없었다. 딱히 길 원장의 말에 대해 긍정이나 부정의 의사를 명확히 표시하지 않았다.

"그리고 차길수 씨가 뺑소니 사건 때문에 제천에 온 거라면 분명 제천보다는 영월에서 그 무엇인가를 확인하고 다녔을 겁니다. 그렇다면 영월에서 그 흔적을 찾을 수도 있을지 모르니 그 부분도 부탁드립니다. 갑자기 찾아와서 이런 부탁을 드려 거듭 죄송하네요."

길 원장은 최대한 공손하게 말했다.

"길수가 억울하게 죽었는지 아니면 죄책감에 죽었는지 지금으로서는 알 수 없지만, 제가 길수 친구로서 자존심을 걸고 다시 수사한다는 각오로 기록을 이 잡듯이 뒤질 겁니다."

"그렇게 말씀해 주시니 정말 감사합니다."

"만약 길수가 영월에서 무엇을 확인하고 다녔다면 영월이 좁은 동네다 보니 분명 그 흔적을 찾을 수 있을 겁니다. 제가 그래도 명색이 경찰인데 그 부분도 제가 맡아야죠."

"잘 아시겠지만 앞으로 어떻게 진행되든 수사로서는 큰 의미가 없을 수도 있을 겁니다."

"그게 무슨 말씀인지?"

"설사 지금 범인을 밝힌다고 하더라도 이미 공소시효가 지났으니 형사처벌의 문제는 배제해야 할 겁니다. 그리고 만약 차길수 씨가 범인으로 밝혀진다고 하더라도 이미 책임을 졌다고 봐야 할 테니까요."

"그렇다고 하더라도 제 명예를 위해서라도 꼭 범인을 밝혀내고야 말 겁니다. 범인이 누구든 수인이는 억울하게 죽었으니 수인이를 위해서라도."

길 원장은 그의 다짐이 든든하기도 했지만, 한편으로는 미안하다는 생각도 들었다. 실패한 수사를 다시 꺼내 들고 나왔으니 말이다.

두 사람은 그날은 그렇게 헤어졌다.

길 원장은 솔직히 앞으로 어떻게 할지 막막했다. 본인 입으로 말한 것처럼 뺑소니 범인을 밝힌다고 해도 이미 공소시효가 완성된 사건으로는 처벌할 수도 없는데, 어떤 실익이 있을 것인지….

그리고 최악의 경우 차길수가 범인이라면 이제 와서 파헤쳐본들 가족들에게 무슨 소용이 있는지도 의문이 들었다.

그래도 진실을 밝혀야 한다. 지금까지 못 본 뭔가가 더 있을 것은 분명했다. 그걸 밝히는 것이 본인이 해야 할 일이라는 생각뿐이었다.

일단 제천 또는 영월에서의 차길수의 행적을 더 확인해야 할 터이다. 그러나 어디서부터 확인해야 할 것인지는 현재로서는 전혀 감이 잡히지 않았다.

길 원장은 다시 강재석을 찾아가기로 했다. 다행히 지금은 세찬 눈보라는 그치고 간간이 눈발만 날리고 있었다. 하지만 도로가 미끄러워 조심스럽게 운전하다 보니 갈 때보다 두 배는 더 걸린 것 같았다.

길 원장은 강재석에게 차길수가 엄 소장을 만난 이유는 수인이 뺑소니 사건 때문으로 보이는데 그 사건에 대해 어떤 말을 들은 적은 없었는지 물었다. 그러나 그는 그런 말을 들은 적이 없다고 했다.

저녁 6시 30분경 그와 헤어졌지만 딱히 어디로 갈 곳을 정하지 못했다. 일단 오늘은 제천에서 머물기로 했다.

주변에 보이는 모텔 한 곳에 들어가서 방을 잡고, 근처 식당에서 간단히 저녁도 해결했다. 혼자 먹는 저녁이 영 쓸쓸해서 소주라도 마실까 생각했지만 일단은 참기로 했다. 객지에서 혼자 소주를 마시는 자신의 모습을 상상하니 술맛이 확 달아났다.

다시 모텔 방에 들어와서 박순향에게 전화를 걸었다. 차길수는 수인이 뺑소니 사건 때문에 제천에 간 것 같다고 전했다. 제천에서 구체적으로 무엇을 했는지는 아직 확인되지 않았지만 더 확인해야 할 것들이 있다고만 말해줬다.

엄 소장과의 대화 내용에 비추어보면 차길수가 수인이 뺑소니 사건에 깊이 관련됐을 가능성이 아주 높아 보였다. 그렇다면 그의 자살이 수인이 뺑소니 사건과도 분명 연계되어 있을 것이다. 그렇지만 그녀에게는 차마 그 말을 꺼내기가 어려웠다.

그녀는 자기 때문에 괜한 고생만 했다며 거듭 고맙다고 말했다.

2003년 10월 말 저녁 8시 10분경.

강원도 영월은 백두대간의 기슭에 자리 잡은 비교적 고도가 높은 곳이다. 지금쯤이면 전국 대부분 지역이 한창 단풍철일 터이다. 그러나 이곳은 단풍철이 이미 지난 상태로 나무들은 서서히 겨울 준비에 들어가려고 낙엽을 몸에서 털어내고 있었다. 아침, 저녁에는 제법 매서운 바람이 불고 있었다. 곧 서리도 내릴 기세였다.

영월 읍내에는 1980년대부터 31번 국도변을 따라 콘크리트 건물이 연이어 신축되면서 소규모 도시로서의 면모를 보이기 시작했다. 읍 단위에서는 꽤 큰 슈퍼마켓을 중심으로 중국음식점을 비롯한 여러 식당과 주민 편의시설이 속속 들어섰다. 호프집, 미용실, 커피숍, 단위 농협, 잡화점 등이 콘크리트 건물의 간판을 장식하고 있었다.

태백시에서 내려오는 31번 국도는 영월 읍내를 지나 평창읍으로 쭉 이어졌다. 31번 국도가 계속 내리막길로 이어지면서 영월 읍내를 벗어나는 마지막 지점 건물 1층에 〈부부약국〉이라는 조그만 동네약국이 있었다.

〈부부약국〉은 2층 건물의 1층에 자리 잡고 있었다. 2층은 정 약사 부부가 가정집으로 사용하고 있었고, 저녁 8시까지 영업하는 것이 원칙이었다. 하지만 응급 상황을 대비해서 밤 9시까지는 항상 불을 밝혀놓았다.

그 시각 어린 한 소녀가 〈부부약국〉에서 아빠가 먹을 진통제와 몇 가지 상비약을 사서 집으로 돌아가고 있었다. 아빠가 발목을 다친 이후부터는 일주일에 한 번씩 〈부부약국〉에서 진통제를 사 오는 심부름이 어린 소녀의 정기적인 일과였다.

그러나 그 소녀는 약국에서 불과 200미터 정도 떨어진 31번 국도 변에서 영영 돌아올 수 없는 다리를 건너고 말았다. 그 당시 소녀의 나이는 아홉 살이었다. 소녀를 하늘나라로 데리고 간 것은 자동차였다. 그 소녀는 별다른 흔적도 남기지 않은 뺑소니 차량에 희생된 것이다.

사고 현장에는 소녀가 산 약봉지가 어지럽게 널브러져 있었다. 소녀가 신었던 슬리퍼 한 짝이 주인을 잃은 채 외롭게 바닥에 나뒹굴며 참혹함을 더하고 있었다.

3.

길 원장은 아직 모텔 방 침대에 누워 있었다. 평소 같으면 벌써 일어나 아침 운동을 할 시간인데 오늘은 뭘 해야 할지 몰라 그냥 침대 위에서 뒹굴고 있었다. 방음이 잘되지 않는지 옆방에서 부스럭거리는 소리 때문에 잠을 설치고 말았지만, 시골 모텔이라 뭐라고 말하기도 그랬다.

그때 마침 진동으로 해 놓은 휴대폰이 부르르 떨기 시작했다.

본능적으로 앞에 걸려 있는 시계를 봤다. 아직 7시 반밖에 되지 않았는데 이른 아침부터 누구한테 전화가 온 건지 순간 이상했다. 모르는 전화번호였다. 전화를 받자 씩씩한 목소리가 흘러나왔다.

"어제 만난 엄 소장입니다. 너무 일찍 전화 드린 건 아닌지 모르겠네요."

어제 본 영월의 엄 소장이었다. 미처 전화번호를 입력해 놓지 못해 몰랐다.

"아, 괜찮습니다. 그런데 아침 일찍 무슨 일로?"

"어제 원장님과 헤어지고 난 다음에 다시 기억을 떠올려 수인이 뺑소니 사건을 곰곰이 생각해 봤습니다. 원장님 말씀이 너무 충격적이어서."

"갑자기 그 얘기를 꺼내 저도 죄송한 마음이네요."

분명 어제 갑자기 나타난 길 원장으로 인해 엄 소장은 마음속이 심란했을 것이다. 자신의 잘못이 낱낱이 까발려지는 느낌이었을 수도 있을 것이다. 그 마음을 충분히 이해하기에 길 원장도 조심스럽고 미안한 마음이 앞섰다.

"길수가 수인이 뺑소니 사건과 관련 있을 가능성이 높다는 것도 그렇고… 길수 자살도 이상하고…. 그래서 그때 수사 상황을 천천히 떠올려 봤는데… 그런데…."

길 원장은 순간 그의 말투가 예사롭지 않다는 느낌이 들었다. 무슨 말이 나올지 온 신경이 귀로 집중되고 있었다.

"불현듯 떠오른 사실이, 그 당시 길수가 뺑소니 사건의 유력한 용의자였던 건 맞지만 또 한 명의 용의자가 더 있었죠."

"네?"

"길수 형 차길준도 한때 용의자였었죠."

"네에? 그게 무슨 말씀인지? 아니, 아니, 제가 지금 바로 영월로 갈게요. 마침 대전으로 돌아가지 않고 제천에 있는데, 바로 가죠."

"그럼, 도착하면 전화 주세요. 어제 그 커피숍에서 보죠."

길 원장은 휴대폰을 내려놓고 바로 화장실로 들어가 씻기 시작했다.

아니, 이게 무슨 말인가? 아빠가 딸 뺑소니 사건의 유력한 용의자였었는데 거기에 큰아빠까지 유력한 용의자였었다니….

아무리 생각해도 잘 이해되지 않았다. 어차피 엄 소장을 만나면 그 궁금증이 해결될 것이라고 애써 마음을 추스르고 나갈 채비를 서둘렀다.

어젯밤 내린 눈으로 인해 도로는 빙판길이었다. 월동 장비도 없는 상황에 할 수 있는 건 조심스럽게 운전하는 것뿐이었다. 다행히 간선도로는 제설작업으로 인해 큰 불편은 없었다.

바로 출발했음에도 시간이 꽤 걸려 오전 10시가 조금 안 돼 커피숍에 도착했으나 아직 문이 열리지 않은 상태였다. 그곳 종업원에게 엄 소장을 여기서 만나기로 했다며 양해를 구했다.

길 원장이 도착했음을 전화로 알리자 잠시 후 그가 커피숍 문을 열고 들어왔다.

"아침은 드셨나요?"

"네, 대충 때웠죠."

"하! 이거 참! 10년 전 뺑소니 사건이 갑자기 땅에서 솟아올라서, 거참 난감하네요."

그는 첫마디로 답답한 현재 자신의 심정을 솔직히 표현했다.

"그래도 지금이라도 진실을 밝힐 수만 있다면 다행이지 않을까요?"

"당연하죠. 제가 얼마나 뛰어다니면서 고생한 사건인데요. 솔직히 그때만 생각하면 쥐구멍에라도 숨고 싶은 심정이네요. 지금까지 아무것도 해결된 게 없어서 길수한테 죄인 된 심정인데, 길수가 살아만 있었어도…."

길 원장이 생각하기에 그는 10년이 지나 수인이 뺑소니 사건이 다시 불거진 것에 대해 한편으로는 착잡한 심정이고, 한편으로는 일말의 불안감이 있는 것처럼 보였다. 혹시 자신이 수사를 잘못한 것이 아닌지 하는….

"아까 말씀하신 것 좀, 도대체 차길수 씨 형까지도 용의자가 됐다는 말이 도저히 이해되질 않네요."

"길수가 용의자가 됐던 것은 수인이가 죽으면서 남긴 다잉 메시지 때문이었고, 길수가 운전하던 차량은 대성목재 회사 차량이라는 사실은 어제 말씀드렸죠."

"네, 그랬죠."

"그런데 대성목재 회사 차량은 길수가 운전하던 차량만 있었던 것이 아니고, 세 대를 동시에 구입하면서 차량 번호도 줄지어 발급받는데, 차량 세 대는 아버지 차철재, 큰아들 차길준, 그리고 길수가 운전하고 다녔죠."

그때 종업원이 커피를 가지고 오자 그는 잠시 말을 끊고 커피 잔에 살짝 입만 갖다 댔다.

"그래서 그 당시 차길준이 운전하던 차량 번호도 수인이가 남긴 다잉 메시지 네 자리 숫자 중 앞자리 숫자 세 개가 일치했던 거죠. 물론 차 색깔도 검은색이었고."

"그럼, 차길준도 그 당시 알리바이가 불분명했다는 거네요."

"네, 맞습니다. 길수 아버님이 운전하고 다니던 차량은 수인이가 사고당한 시간에 그 소재가 명확히 확인됐지만, 차길준이 운전하던 차량은 명확하지 않았거든요."

"그런데 박순향 씨는 그런 내용을 전혀 모르고 있던 거 같던데?"

"네, 아마 그럴 겁니다. 처음에 차길준도 용의자였었는데 얼마 되지 않아 알리바이가 확인돼서 바로 용의선상에서 제외됐죠."

"네? 그러면 소장님께서 갑자기 그 얘기를 꺼내신 것은… 무슨 사연이 있다는 건가요?"

차길준의 알리바이가 명확히 확인됐다면 그가 굳이 그 얘기를 꺼낼 이유가 없는데 그 얘기를 꺼냈다는 것은 뭔가가 있다는 느낌이 들었다.

"제가 그 당시 그쪽을 수사한 것이 아니라 잘은 모르겠는데."

그는 목이 타는지 이번에는 커피를 마시지 않고 차가운 물을 벌컥벌컥 마신 다음 다시 말을 이어갔다.

"그쪽은 형사과에서 같이 차출된 우 형사가 맡았죠. 그런데 어느 날 우 형사가 차길준 알리바이는 확인돼서 용의자에서 제외됐다면서 자신은 형사과로 복귀한다고 했고, 저는 그 사실을 까맣게 잊고 있었는데…."

그는 또다시 말을 멈췄다. 일부러 뜸을 들이는 것 같기도 했다.

"어제 원장님께서 길수 주변에 있는 사람이 길수에게 편지를 보냈을 거라고 하기에 갑자기 그 사실이 생각난 게, 그때 우 형사는 차길준 알리바이가 어떻게 확인됐는지 물어도 대답을 해주지 않아 조금 이상하다고 생각했던 기억이…."

"그럼, 소장님은 그 당시 차길준 알리바이가 명확히 해소된 것으로 되어 있었지만, 사실은 거기에 어떤 흑막이 있었을 가능성이 있다는 건가요?"

"그것이… 참, 말하기가 뭐하지만 그 당시 차길준은 서장과 친분이 아주 두터웠죠. 소위 지방 유지와 경찰서장과의 친분 같은 거."

길 원장도 그 상황이 이해된다는 듯 가볍게 고개만 끄덕였다.

"그리고 차길준은 뺑소니 사건이 있기 1년 전 도의원 선거에도 출마하려고 했었죠. 어찌 된 일인지 결국 출마는 하지 못했지만 한마디로 아버지의 후광을 받는 작은 시골 지방의 유지였죠, 유지."

"차길준이 아무리 서장과 친분이 있었다고 하더라도 알리바이만 명확히 확인됐다면 별문제가 없는 거 아닌가요?"

"그건 그렇죠. 그런데 그 당시 차길준은 좋게 말하면 한량이었고, 나쁘게 말하면 양아치 같은, 길수와는 전혀 딴판이라. 젊어서부터 사고도 많이 쳤고, 술 좋아하고, 여자 좋아하고, 노름 좋아하고, 그때마다 아버지나 서장 백으로 무마된 적이 한두 번이 아니었죠."

"그러면 그 당시 차길준의 알리바이도 서장 백으로 유야무야 넘어갔다는 말인가요?"

"그런데 그것이 10년이나 지난 지금에서야 어떤 이유에서인지 모르게 이 세상에 다시 나왔다면…."

그는 자신 없는 표정으로 말끝을 흐렸다.

"소장님은 그 사실을 차길수 씨가 알았을 수도 있다는 거죠. 편지에 그런 내용이 적혀 있어서."

"그래도 만약 두 사람 중에 한 사람이 뺑소니 사건과 관련 있다면 아직은 차길준보다는 길수가 가능성이 더 있다고 봐야 하는 거 아닌가요? 길수가 자살하면서 수인이 슬리퍼 한 짝도 가지고 있었다면서요."

"차길수 씨의 죽음이 자살이 아니라고 하면은요?"

"네?"

그는 깜짝 놀라는 표정이었다. 하지만 완전히 터무니없는 내용이라고 생각하지는 않는 것 같았다.

"자기 형이 수인이 뺑소니 사건과 관련 있다는 사실을 알고 그것을 확인하려다가 뜻하지 않게 죽음을 맞이했을 수도 있다는… 한마디로 그럴 가능성이란 말인가요?"

그는 신중한 자세였다.

"아니면, 어제 말씀드린 것처럼 차길수 씨가 뺑소니 사건과 직접 관련 있는데 그 사실을 알고 있는 누군가가 있었다면, 차길수 씨는 그 누군가를 확인하려다가 뜻하지 않게 죽음을 맞이했을 가능성도 있고요."

길 원장도 차마 차길수가 범인이라고는 말하지 못하고 단지 뺑소니 사건과 직접 관련 있다는 투로만 말했다. 아직 아무것도 제대로 확인된 것이 없으니….

"아무튼 차길수 씨가 제천에 와서 뺑소니 사건을 다시 확인하고 다녔던 것은 확실한 거 같고, 지금으로서는 가능성이긴 하지만 형이 뺑소니 사건과 관련 있다는 사실을 알게 됐을지도 모르고요."

"음…."

그는 커피잔을 응시하면서 뭔가를 깊이 생각하는 듯 낮은 신음소리를 내고 있었다.

"차길수 씨가 제천에 와서 뺑소니 사건을 다시 확인하고 다녔다면 어떻게 했을까요?"

길 원장은 신중하게 물었다.

"형이 관련 있다는 것을 확인하고 다녔다면 형 주변을 맴돌았을 텐데, 제가 길수를 만났을 때 느낀 감으로는 전혀 그런 거 같지는 않았는데."

"아마 그랬을 겁니다. 제가 잘 알지는 못하지만 그냥 막연한 생각으로는 차길수 씨 성격상 무턱대고 형을 찾아가지는 않았을 거 같네요. 형과의 사이도 좋지 않았던 것으로 보이고."

"그런데 길수가 수인이 뺑소니 사건을 확인하고 다니다가 갑자기 자살했다? 이건 뭔가가 도무지. 뭐가 어긋나도 심하게 어긋난 거 같은데?"

그는 현재 이 상황이 전혀 이해되지 않는다는 투로 고개를 갸웃거렸다.

"그래서 말인데요. 죄송하지만 우 형사라는 분을 한번 만나서 그 내막을 알아볼 수는 없을까요? 그때 무슨 내막이 있었다고 하더라도 이미 뺑소니 사건 공소시효도 지났는데 무슨 말이라도 나올지?"

"아마도 그건 신중하게 접근해야 할 거 같네요."

그는 잠시 뜸을 들였다. 이런 말을 해도 되는지, 고민하는 모습이었다.

"만약 차길준이 뺑소니 사건과 관련 있다면 말이죠. 차길준은 이번 6월 지방선거에서 영월 군수로 출마할 것이라는 소문이 파다해서, 그런데 지금에 와서 그런 사실이 알려지면 당연히 선거에 영향을 미치겠죠."

"차길수 씨가 그런 형에게 접근했다가 뜻하지 않게 어떤 변을 당했을 수도 있지 않나요?"

길 원장이 은근히 그를 압박하자 그는 선뜻 대답을 내놓지 못했다. 잠시 어떤 각오를 다지는 것 같았다.

"일단은… 제가 우 형사를 한번 만나 슬쩍 떠보죠."

"고맙습니다. 그건 그렇고, 지금 차길준 씨는 어떻게 지내고 있나요?"

"아버지 사업을 물려받았는데 사업수완은 그럭저럭 있는지 규모를 훨씬 늘렸고, 겉으로 보기에는 사업이 잘되고 있는 거 같습니다. 그리고 들리는 소문에 의하면 이번에 영월 군수 선거에 출마하는 것이 거의 확실하다고 하네요. 도의원을 두 번이나 했으니 더 욕심이 나겠죠."

'군수로 출마할 예정인데 갑자기 동생이 나타나서 방해됐다면….'

길 원장은 밖으로 말은 꺼내지 못했지만 마음속으로는 막연한 불안감이 몰려오고 있었다.

"혹시나 해서 말인데요. 두 사람 사이에 이복형제 이외의 다른 문제는 없었나요."

"그건 뭐 때문에 그러시죠?"

"차길수 씨가 자살한 방에서 수인이 슬리퍼 한 짝이 발견되었다는 것이 못내 이상하네요. 그것은 어쨌거나 범인이 수인이 슬리퍼 한 짝을 가져갔다는 말인데, 일반적으로 뺑소니 범인이 피해자 유류품을 가져갔다는 것이 특이해서요. 단순 뺑소니 사건이 아닐 수도 있다는 생각이 들어서 말입니다."

그도 길 원장의 말뜻을 이해하는 듯 고개를 가볍게 몇 번 끄덕이면서 말을 꺼냈다.

"수인이 뺑소니 사건에 가족 간의 원한 같은 거 뭐 그런 것이 얽혀 있을 수도 있단 말인가요?"

"지금으로서는 뭐라고 단정하기는 어렵지만 차길수 씨 자살에 이해되지 않는 뭔가 있다는 느낌이 듭니다."

그도 동감의 표시로 가볍게 고개만 끄덕였다.

"그리고 참, 차길수 씨 아버지도 수인이 사고 이후 얼마 되지 않아 돌아가셨다고 하던데?"

그는 길 원장을 빤히 쳐다보고 있었다. 길 원장의 지금 이 말은 전혀 예상하지 못했다는 투였다.

"길수 와이프가 그 부분도 의혹을 가지고 있던가요?"

"아, 아닙니다. 박순향 씨는 그저 시아버지가 갑자기 돌아가셨다고만 말씀하셨는데, 그냥 제가 여러 가지 궁금한 것을 물어보는 정도입니다."

"허, 이거 참!"

그는 선뜻 말을 잇지 못했다.

"이런 말씀 드리기는 뭐하지만, 길수 아버님이 돌아가셨을 때 이상한 말이 있었던 것은 사실이죠. 길수 아버님은 차길준 가족과 함께 살고 있었는데 집에서 주무시다가 갑자기 돌아가셨으니 주위에서 말들이 좀."

"어떤 말들이 있었나요?"

"뭐, 그런 거 있지 않습니까? 누군가가 사망하면 그 사망으로 인해 이득을 보는 사람이 있는데, 결국 길수 아버님이 돌아가시면서 차길준이 제일 많이 이득을 봤을 테니까요."

"지금도 가족 간의 상속 문제로 다툼이 있다고 하던데, 그 경위도 알고 계신가요?"

"그런 말들이 있다는 것은 알고 있지만, 정확한 내용은 모르겠네요."

"강 사장님 말씀에 의하면 최근에 차길수 씨 아버님이 타인 명의로 해 놓았던 땅이 발견돼서 관련 소송도 있다고 하던데, 그 소식은 못 들으셨나요?"

"제가 그런 쪽에는 별로 관심 없어서 자세히는 알지 못하고, 단지 영월과 제천 사이에 농공단지가 들어오고 보상 문제가 불거지는 과정에서 일부 임야의 실제 주인이 길수 아버님이었다는 말은 들은 적이 있죠."

"원칙적으로 차길수 씨 아버님 땅이 새로 발견됐다면 그 소송은 자식들이 해야 하고, 그러면 차길수 씨도 당연히 소송에 참여했단 말인데, 박순향 씨는 그런 부분을 잘 모르고 있는 거 같더라고요."

"원장님은 길수 자살이 가족 간의 재산 문제일 수도 있다고 생각하는 건가요? 그리고 길수 아버님의 사망까지도 의심하고 있고요?"

"현재로서는 차길수 씨가 여기서 무엇을 확인하고 다녔는지를 모르니까 모든 가능성을 열어놓고 생각해 봐야겠죠. 그런데 그 당시 차길수 씨 아버님 사인은 무엇이었나요?"

"잘 기억나지 않는데, 아마도 뇌출혈이었던가? 나이가 70대면 충분히 예상할 수 있는 사망원인이겠죠. 더군다나 길수 아버님은 워낙 술을 좋아하셔서 그렇게 돌아가셨다고 해도 전혀 이상한 것은 아니었죠."

"죄송하지만 그 부분도 확인할 수 있으면 확인 좀 부탁드리죠."

"너무 판을 키우는 것은 아닌가요?"

그는 길 원장의 입에서 또다시 예상 밖의 말이 나온 것에 놀란 눈치였다. 사건이 점점 이상한 방향으로 흘러간다는 느낌이었을 것이다.

"만약 그게 사실이라면 판을 벌여야 하겠죠."

길 원장은 그에게 다시 한번 부탁드린다면서 그날은 그렇게 헤어졌다. 일단 여기에서 특별히 더 할 일이 없다고 생각되자 대전으로 돌아가기로 했다.

엄 소장으로부터 어떤 의미 있는 답을 받길 기대하면서….

4.

그다음 날 오후 늦은 시간에 길 원장은 엄 소장의 전화를 받았다. 지금까지 그가 확인한 사실을 알려주는 통화였다.

엄 소장은 길 원장과 헤어진 후 그날 저녁 바로 우 형사를 만나 저녁을 같이했다. 우 형사는 현재 영월경찰서 강력계장으로 근무하고 있었다. 엄 소장보다 나이는 한 살 많지만 경찰학교 동기생이어서 친구처럼 말을 놓고 지내는 동료였다. 엄 소장이 경찰서 안에서 흉금을 터놓고 이야기할 수 있는 몇 안 되는 사람이라고 했다.

엄 소장은 그와 저녁을 먹으면서 단도직입적으로 물었다. 10년 전 수인이 뺑소니 사건이 발생했을 때 차길준의 알리바이를 수사한 내용에 대해서.

그는 왜 갑자기 지금에 와서 그때 일을 묻느냐는 듯이 얼굴빛이 이상해졌다. 엄 소장은 일단 확인할 게 있어서 묻는다면서 대답을 듣고 나서 자초지종을 설명하겠다고 했다.

우 계장은 그 당시 차길준이 알리바이에 대해 함구하고 있었기 때문에 수사에 어려움이 있었다.

차길준은 뺑소니 사건이 발생한 날 처음에는 서울에 있는 사업상 필요한 업자를 만나러 갔었다고 말했다. 그러나 확인 결과 그날 차길준이 업자를 만나기로 예정되어 있었던 것은 사실이지만 2, 3일 전에 갑자기 차길준이 약속을 취소했다. 결국 그날 차길준과 업자의 만남이 이루어지지 않은 것이 사실로 밝혀졌다. 그 사실이 밝혀지자 차길준은 당황했다. 그날 서울에 갔는데 술을 많이 마셔 그날 일을 잘 기억하지 못한다며 황당한 변명만 늘어놓았다.

그러던 중 우 계장은 서장으로부터 차길준이 알리바이를 진술했으니 확인해 보라는 지시를 받았다. 다른 사람들에게 그 사실이 새어나가지 않도록 극비로 조사하라는 지시도 덧붙여졌다. 우 계장이 들은 차길준의 알리바이는 뺑소니 사건이 있던 날 밤에 평소 알고 지내던 여자와 함께 용평에 있는 골프장 숙소에서 자고 그다음 날 골프를 쳤다는 것이다.

우 계장은 그 여자와 나머지 일행들을 상대로 차길준이 그날 골프를 쳤다는 사실을 확인했다.

차길준이 그렇게 알리바이를 감춘 이유는 그 여자와의 불륜이 발각될지 모른다는 것 때문이었다. 그 여자 또한 유부녀였고 남편이 어느 정도 이름이 있는 사람이어서 사태가 걷잡을 수 없을 것 같아서 그랬다고 했다. 더욱이 그 당시 차길준은 그 전부터 여자 문제로 워낙 사고를 많이 쳐서 아내하고도 이혼을 하니 마니 하는 정도로 심각했었다. 그래서 아내에게 발각되면 자신도 난처한 상황에 빠질 수밖에 없어 어쩔 수 없이 그 사실을 숨겼다고 했다.

우 계장은 갑자기 엄 소장이 10년 전 차길준의 알리바이에 대해 물어보는 이유가 차길준 아내의 부탁을 받고 알아보는 것으로 의심했다. 지금도 차길준은 아내와 사이가 좋지 않아 그의 아내가 어떤 단서를 잡으려고 옛날 일을 확인하는 것은 아닌가 하는 생각이 들었다고 했다. 엄 소장은 그런 것은 전혀 아니라고 했다.

그러자 우 계장은 다시 차길준의 군수 출마를 방해하려는 상대방 측의 의도가 아닌지도 물었다. 엄 소장은 그 질문 또한 의외이지만 전혀 터무니없는 것만은 아니라고 생각했다.

엄 소장은 차길수의 자살로 인해 수인이 뺑소니 사건이 다시 불거지면서 그 당시 차길준의 알리바이를 다시 한번 확인하는 것이라고 사실대로 말했다. 이 말을 들은 우 계장은 허탈해하면서 차길준은 수인이 뺑소니 사건과 아무런 관련이 없다고 자신 있게 대답했다.

엄 소장은 여자와 다른 일행들이 차길준과 같이 골프를 쳤다고 진술했더라도 그 사실을 객관적으로 확인했는지를 물었다. 우 계장은 차길준이 자신의 치부를 드러내면서까지 알리바이를 말했고, 다른 일행들도 모두 차길준의 말이 맞다고 해서 세세히 확인하지는 않았다며 말끝을 얼버무렸다. 당시 서장도 그 정도면 됐다고 하면서 다시 형사과로 복귀하라고 해서 그렇게 자신의 일은 끝났다고 했다.

엄 소장은 차길준 일행이 골프를 쳤다고 하더라도 중요한 것은 수인이가 죽던 날 밤 8시경에 차길준이 어디 있었는지가 핵심인데 그것을 확인했는지 집요하게 물었다.

우 계장은 지금은 솔직히 그 여자와 일행들이 진술한 내용을 정확히 기억할 수 없다고 했다. 다만 어렴풋이 기억나는 것은 그날이 금요일이었고, 그 여자가 회사 일을 마치고 서울을 출발해서 어딘가 고속도로 휴게소에서 차길준을 만났다는 것이다. 저녁을 먹고 골프장 숙소에는 꽤 늦은 시간에 들어갔다고 말했던 것 같다고 했다. 그 여자 말대로라면 차길준은 물리적으로 그날 밤 8시경 뺑소니 현장에 있을 수 없는 상황이었던 건 분명히 기억하고 있다고 했다.

엄 소장은 우 계장의 말을 되짚어보면서 차길준의 알리바이가 명확히 해소됐다고 단정하기는 어렵다고 생각했다. 그날 수인이가 사고를 당한 시간은 밤 8시 10분경이었고, 그 31번 국도는 영월에서 용평을 가거나 영동고속도로 어느 휴게소에 가려면 반드시 지나가야만 하는 도로였기 때문이다.

차길준이 그날 몇 시경에 그 여자를 만났는지가 중요한데 우 계장의 말은 어딘가 모르게 불분명했다. 차길준이 어디선가 그 여자를 만나기로 했다면 그 약속 시간이 상당히 늦은 시간이 될 수도 있었을 것이다. 그렇다면 그날 밤 8시경 차길준이 사고 장소를 지나갔을 수도 있었을 것이다. 그리고 그 여자와 일행들이 차길준을 위해 허위로 진술했을 가능성도 있었을 것이다.

길 원장은 휴대폰 너머로 엄 소장의 말이 끝날 때까지 조용히 듣고만 있었다.

"우 계장님 말씀이 어느 정도 설득력이 있긴 하지만, 차길준에 대해 명확히 의구심이 해소됐다고 보기는 어렵겠네요."

"네, 그렇다고 봐야죠. 차길준이 그 여자와 몇 시에 어디에서 만났는지만 명확히 확인되면 알리바이가 증명됐다고 할 수 있을 거 같은데, 우 계장이 그 부분을 정확히 기억하지 못한다고 하니 갑갑하네요."

"10년이나 지났으니 그럴 수도 있겠죠."

"우 계장은 그 여자의 진술과 뺑소니 사건 발생 시간에 비추어 차길준은 뺑소니 현장에 있을 수 없다는 결론이 나와서 차길준을 용의선상에서 제외한 거 같다고만 기억하더라고요."

"소장님께서 조금 전에 말씀하신 것처럼 혹시 그 여자나 일행들이 차길준 부탁을 받고 허위로 알리바이를 증명해 줬다면 어떻게 되는 건가요?"

"그럴 가능성을 배제할 순 없지만, 설마 차길준이 자신의 치부를 드러내면서까지 그렇게 했을까요?"

"자신의 치부도 치부겠지만 수인이가 죽었으니까요. 만약 차길준이 범인이라면 그것이 자기에게는 훨씬 중요하고 치명적이라고 생각할 게 뻔하겠죠."

엄 소장도 길 원장의 말을 딱히 반박하기 어렵다고 생각했는지 아무 말이 없었다.

"아무리 차길준이 수인이 뺑소니 사건과 관련 있다고 하더라도 현재로서는 그것과 차길수 씨 자살과는 전혀 매치가 되진 않네요."

"그렇긴 하네요."

"특히 차길수 씨가 자살하면서 남긴 수인이 슬리퍼 한 짝도 전혀 이해되지 않고, 그리고 수인이라고 쓴 유서도 이해 안 되고."

"저희가 찾지 못한 뭔가가 있다는 말인데…."

"현재로서는 누가 편지를 보내 차길수 씨를 제천에 오게 했는지가 제일 핵심인데, 우 계장님이 하신 말씀이 의미심장하네요."

"어떤 말요?"

"소장님이 10년 전 차길준 알리바이를 다시 조사하고 다니는 이유에 대해서요."

"음…."

휴대폰 너머 들려오는 엄 소장의 목소리는 뭔가를 깊이 생각하는 뉘앙스가 담겨 있었다.

"차길준 와이프나 정적(政敵)이 10년 전 뺑소니 사건에 차길준이 관련 있고, 또 불륜을 저질렀다는 사실을 알게 됐다면, 그러면 문제가 달라질 수도 있겠죠."

"그 사실을 아는 누군가가 길수에게 편지를 써서 10년 전 뺑소니 사건을 다시 조사하도록 했고, 그 과정에서 길수가 의문의 죽음을 당했다는 말인가요? 이건 한 편의 소설이네요."

"아니면, 그 당시 차길준의 알리바이를 증명해 준 어떤 사람이 차길준과 사이가 틀어져 그 알리바이가 거짓이라는 사실을 알리려고 편지를 보냈을 가능성은 없을까요?"

"그것도 하나의 가능성이긴 하지만, 그 전제는 차길준이 수인이 뺑소니 사건과 관련 있어야 하는 건데…."

엄 소장은 자신 없는 투로 말끝을 흐렸다.

"그 당시 수사팀에서는 그 이후로 차길준에 대해서는 더 이상 조사가 없었나요?"

"수사팀에서는 수인이가 남긴 숫자 네 개 중 앞 세 개가 일치한다는 것만으로는 길수를 계속 용의자로 몰고 갈 수 없었고, 차길준도 똑같은 케이스여서 차길준이 뺑소니 사건과 관련 있다고는….”

그는 지금은 차길수와 차길준이 뺑소니 용의자라는 사실 자체에 선뜻 동의하지 않는 것 같았다. 새로운 단서가 나올 때마다 생각이 왔다 갔다 하는 것처럼 보이기도 했다.

길 원장은 당연히 그럴 만도 하다고 생각했다. 전혀 예상치도 못한 단서들이 나오니 어제는 차길수가 범인이 됐다가 오늘은 차길준이 범인이 됐다가, 그러다가 곰곰이 생각해 보면 두 사람 모두 범인이 아닌 것 같기도 하고….

“원장님은 누군가 차길준의 알리바이를 허위로 진술해 줬을지 모른다고 생각하는 특별한 이유라도 있나요?”

“뺑소니 공소시효가 지나자마자 차길수 씨에게 편지가 전달됐다는 것이 못내 걸리네요.”

“우연일 수도 있지 않을까요?”

“그럴 수도 있지만, 일부러 공소시효가 지난 것을 확인하고 편지를 보냈다면 그 사람의 의도는 일단 뺑소니 범인이 처벌받지 않기를 바라는 것일 테니까요.”

“그럼에도 편지를 보냈다는 것은?”

“그 사실은 세상에 알리고 싶다는 거일 테죠.”

그는 길 원장의 말에 긍정의 의미로 침묵을 지키고 있었다.

“만약 차길수 씨가 어찌어찌해서 형이 뺑소니 사건과 관련 있다는 사실을 알게 됐다면 그 죄책감으로 자살했을 가능성은 없을까요?”

“길수가 원래 남을 배려하고 소심한 성격인 것은 맞지만 자기 잘못이 아니고 형 잘못인데 왜 자살을? 그럴 거 같진 않는데, 그렇게 묻는 이유는?”

"차길수 씨가 남긴 유서에 자신의 큰 잘못이라는 표현이 있어서, 그게 혹시 형과의 불화 때문인 것으로 생각한 건 아닌지?"

"그건 너무 막연한 추측 같은데요."

"아무튼 제가 전에 말씀드린 거 좀 더 확인 부탁드리죠. 제가 해야 할 일을 하시게 해서 정말 죄송하고, 고맙습니다."

"그런 말씀 마세요. 수인이 뺑소니 사건은 제가 담당했던 사건이고, 길수는 제 친구인데요. 당연히 제가 해야 할 일이죠."

길 원장은 그의 말에 큰 위안이 됐다. 그는 차길수와의 개인 인연도 인연이지만 자신이 경찰관 신분임을 잊지 않고 있음이 분명했다.

5.

오리무중이던 차길수의 행적은 우연찮게 엉뚱한 곳에서 툭 튀어나왔다.

길 원장은 이틀 후 아침 한의원에 출근하자마자 박순향의 전화를 받았다. 어제 오후에 갑자기 주차위반 딱지가 날아 왔는데 차길수가 서울에서 주차위반을 했다는 내용이라고 했다.

"어디에서 주차위반을 한 것으로 되어 있나요?"

"위반 장소가 서울 광진구 자양동 노상이고, 일시가 2013년 12월 15일 오후 2시 37분으로 되어 있네요. 차는 수린이 아빠 차가 맞고요."

"남편분이 서울 자양동에 간 이유에 대해 짚이는 것이 있나요?"

"전혀 모르겠네요."

그녀는 자신도 궁금하다는 듯이 느릿한 목소리도 답했다.

"네, 알겠습니다. 일단 주차위반 딱지 사진을 보내주시면 제가 확인해 보죠."

"계속 폐만 끼쳐서 죄송하네요."

길 원장은 잠시 후 휴대폰으로 도착한 주차위반 딱지를 유심히 살펴봤다. 그녀가 말한 대로였다. 차길수가 뺑소니 사건과 관련해서 서울에 갔을 것이라고 추측은 되지만 그 이유는 전혀 감이 잡히지 않았다. 며칠 전에 엄 소장으로부터 차길준이 10년 전에 같이 골프를 쳤다는 여자가 서울에 산다는 말을 들었던 것 정도만 순간 머릿속에 떠오를 뿐… 서울이라는 말이 너무 낯설게 느껴졌다.

일단 인터넷 지도를 검색해서 서울 광진구 자양동이 어떤 곳인지 확인했다. "구의역 지하철이 있고, 구의역 앞에는 서울동부지방법원과 검찰청이 있고, 그 동쪽에는 워커힐호텔이 있고…."

길 원장은 곰곰이 생각했다. 차길수가 법원, 검찰청과 관련된 일 때문에 서울 자양동에 갔을 가능성이 높다는 생각이 들었다. 자양동에는 법원, 검찰청 이외에 별다른 관공서가 없고, 특이할 만한 건물도 보이지 않았기 때문이다.

차길수가 무슨 이유로 법원이나 검찰청에 갔을까? 아무런 연고도 없는 서울에 갑자기 간 이유가 무엇일까? 그가 자신의 일로 가지는 않았을 것이다. 자신의 일이라면 박순향이 모를 리 없고, 제천에서 갑자기 서울로 간 것도 이상했다. 그리고 2013년 12월 15일은 그가 제천에 머물면서 한창 수인이 뺑소니 사건을 확인하고 다니던 시기였다. 분명 그 사건과 관련해서 서울에 갔음이 틀림없다고 생각했다.

길 원장은 다시 한번 직접 부딪쳐 보기로 했다. 지도만 봐서는 보이지 않은 그 무엇인가가 찾기 위해서였다.

길 원장은 다음 날 아침 일찍 주차위반 장소인 서울 광진구 자양동 72-1번지로 향했다. 평일임에도 서울에 들어오기 전부터 차가 밀리기 시작했다. 예상 시간을 훨씬 초과해서 도착했다.

그곳은 서울동부지방법원 앞길이고 법원 정문에서 약 200미터 정도 떨어진 곳이다. 그 위로는 지하철이 지나가고 있지만 지하철이 아니고 지상철이었다. 지상에 구의역이 있고 지하철 2호선이 다니고 있었다.

도로 위에는 불법주차를 단속한다는 표지판과 함께 CCTV가 설치되어 있었다. 그 CCTV가 차길수의 주차위반을 잡아낸 것이다. CCTV가 설치되어 있어 주정차하는 차량은 보이질 않았다. 그럼에도 차길수가 그곳에 주차한 것으로 봐서는 어지간히 급했든지, 제정신이 아니었던 것으로 보였다.

주차위반 딱지를 떼인 그곳에서 360도를 돌아 주위를 살펴봤다. 역시 직접 오기를 잘한 것 같았다. 주위에는 ○○○ 변호사 사무실, 법무법인 ○○ 등 변호사 사무실과 ○○○ 법무사, 속기하는 곳, 공증인가 사무실과 같은 대부분 법률 관련 사무실 간판이 즐비하게 걸려 있었다.

차길수는 법적인 문제로 이곳에 온 것이 틀림없을 것이다. 그런데 무슨 이유로 온 것일까? 수인이 뺑소니 사건 관련인 것으로 추정은 되는데 왜 하필 서울동부지방법원 앞일까? 뺑소니 사건과 서울동부지방법원과의 관련성은 전혀 떠오르지 않았다.

길 원장은 자신이 차길수 입장이라고 생각하고 주변 간판들을 다시 한번 천천히 돌아봤다. 딱히 짚이는 것은 없었다. 죽은 사람을 상대로 물어볼 수도 없는 형편이라 답답했다. 그가 왜 서울동부지방법원 앞까지 왔는지 전혀 알 수는 없지만 오히려 오기가 생겼다. 더욱더 사건의 진상을 파헤쳐보고 싶다는 생각이 들었다.

그렇다면 차길수라는 사람에 대해 더 속속들이 알아야만 할 것이다. 먼저 그를 누구보다도 잘 아는 사람들부터 만나보기로 했다. 와이프인 박순향이 아닌 형제들이나 영월의 주변 사람들을…. 일단 현재로서는 차길준을 만나기는 부담스러울 것 같고, 다른 주변 사람들부터 만나봐야 할 것 같았다. 바로 발길을 영월로 향했다.

길 원장은 엄 소장을 바로 찾아갔다. 현직 경찰관을 계속해서 불러내는 것이 약간 미안하다는 생각도 들었다. 어찌 보면 개인적인 일일 수도 있는데 말이다. 그래도 그는 현재 자기가 수사 중인 사건인 것처럼 적극적이었다. 그에게 지금까지 진행된 상항을 간단히 설명하고, 그가 추가로 확인한 내용들을 듣고 싶었다.

그는 길 원장의 말에 상당히 관심 있는 것처럼 주의 깊게 듣고 있었다. 그도 차길수가 왜 서울동부지방법원 앞에 갔는지 전혀 추측이 안 된다고 했다.

길 원장은 그가 그간 조사했던 내용에 대해 자세한 설명을 들었다.

엄 소장은 일단 무작정 차길준을 만나러 대성목재 사무실에 찾아갔다. 친구의 형이고 어려서부터 알고 지내던 터라 그도 반갑게 맞아줬다. 이런저런 얘기를 하면서 자연스럽게 차길수 얘기도 꺼냈다. 갑자기 제천에서 비명횡사한 차길수가 안타깝다는 말부터 꺼냈다. 그 말을 들은 그의 표정에는 별다른 변화가 없었다.

말이 나온 김에 그에게 차길수가 자살한 이유에 대해 아는 것이 있는지 집요하게 물었다. 그도 왜 차길수가 제천에서 자살했는지 전혀 이해할 수가 없다고 했다. 차길수가 죽기 전에 찾아왔는지도 물었다. 그는 차길수가 금산으로 이사 간 후 한 번도 연락하거나 만난 적이 없다고 했다.

엄 소장은 현재 그가 영월 군수 출마를 위해 동분서주하고 있다는 것을 피부로 느낄 수 있었다. 이야기하는 도중에도 끊임없이 울리는 휴대폰 벨소리 때문이었다. 그를 계속 붙잡고 있기가 뭐해서 올해 선거에서 좋은 소식이 있기를 기대한다면서 사무실을 나왔다.

다만 엄 소장은 흥미로운 얘기 하나를 꺼냈다.

차길준이 친한 친구 놈한테 배신을 당해 이번 선거가 결코 만만치 않을 것 같다고 투덜거리면서 그 친구 욕을 바가지로 했다고 한다. 그 친구 이름은 홍상일인데 10년 전 차길준이 몰래 골프장에 갔을 때 같이 간 일행이었다. 지금은 같은 당 후보로 차길준과 경선을 준비 중인 도진만 후보 측의 최측근이 되어 열심히 뛰어다니고 있었다. 차길준은 요즘 그 친구가 자신의 비리를 캐고 다닌다며 욕을 해댄 것이다.

길 원장도 엄 소장의 말에 구미가 당겼다.

"홍상일은 어떤 사람인가요?"

"저도 잘 아는 형님인데, 차길준과는 어려서부터 동고동락했던 친구죠. 40년 이상 친구로 지냈으니 그런 친구한테 배신당했다면 속이 많이 아팠을 겁니다."

"그런 친구 사이라면 기꺼이 거짓 알리바이를 말해줄 수도 있겠네요."

그도 길 원장이 무슨 생각을 하고 있는지 안다는 듯 묘한 표정을 지었다.

"두 사람의 우정은 영월 바닥에서 유명했죠. 홍상일도 차길준 못지않은 한량이긴 하지만 훨씬 호탕하고 마음 씀씀이는 더 좋다고 해야 하나?"

길 원장은 전체적인 그림이 그려진다는 듯 가볍게 고개만 끄덕였다.

"홍상일도 아버지로부터 재산을 물려받아 읍내 요지에 건물이 몇 채 있을 겁니다. 건물 임대료로 먹고사는데 세상 태평한 사람이죠. 그 부인은 자기 건물에서 피아노 교습소를 운영하고 있고요."

그는 말을 끝내는 순간 갑자기 무엇이 떠올랐는지 "어라?"라고 가벼운 소리를 질렀다.

"왜 그러시죠?"

"잠깐만 뭐 좀 확인하고요."

그러면서 그는 어딘가에 전화를 걸어 뭔가를 확인하고 있었다.

"이게 우연이라고 하면 할 수 있지만, 참 묘하네요."

길 원장은 그가 무슨 말을 할지 상당히 궁금했지만, 묵묵히 기다렸다.

"수인이 뺑소니 사건을 신고한 사람이 홍상일 와이프 최 원장이었죠. 제가 사고 현장을 조사한 것이 아니라 전혀 생각하지 못하고 있었는데 어렴풋이 기억나서 그때 담당자한테 확인해 보니, 맞답니다."

"최 원장이 최초 신고자라?"

"그날 피아노 학원에서 일을 끝내고 집에 돌아가다가 쓰러져 있는 수인이를 발견하고 신고했답니다."

"음…."

길 원장은 심각한 표정을 지으며 뭔가를 곰곰이 생각하고 있었다.

"너무 깊게 생각하실 건 아닐 수도 있고요. 영월이라는 동네가 워낙 좁다 보니 충분히 가능할 수도 있죠."

"그렇다고 하더라도 하필 그날 왜 최 원장은 그 길을 지나갔을까요?"

"홍상일 집이 길수 집과 불과 100미터도 떨어져 있지 않았으니 최 원장이 퇴근하면서 수인이를 발견한 것이 이상하지는 않죠."

"차길수 씨에게 편지를 보낸 당사자가 홍상일일 가능성에 대해선 어떻게 생각하시나요? 차길준 말로는 홍상일이 자신의 비리를 캐고 다니고 있다면서요."

엄 소장도 사건이 이상하게 꼬여간다고 생각했는지 별다른 말이 없었다. 그 또한 뭔가를 깊이 생각하는 모양새였다.

"그리고 만약 홍상일이 차길준을 위해 허위로 알리바이를 진술해 줬는데 지금에 와서는…. 홍상일은 차길준의 아킬레스건을 잡았다고 생각하지 않을까요?"

믿었던 친구한테 배신을 당해 자신의 지난날 잘못이 낱낱이 까발려진다면 선거를 코앞에 둔 차길준의 입장에서는 결코 가볍게 생각할 일이 아닐 것이다. 만에 하나 차길준이 수인이 뺑소니 사건과 관련 있다면 그리고 그날 알리바이가 조작됐었다면 차길준은 친구한테 결정적인 약점을 잡힌 것일 것이다.

"그렇지 않아도 마침 오늘 저녁에 홍상일을 만나기로 했으니 일단 그 부분은 제가 확인해 볼 겁니다."

그는 속으로 의지를 다지고 있음이 분명했다.

그리고 엄 소장은 차철재가 사망했을 당시 사체를 검시한 의사도 만났다고 했다. 한마디로 검시 의사는 차철재의 사망은 지나친 음주와 고혈압, 당뇨 증세가 심했는데도 평소 몸을 제대로 관리하지 못했던 것이 복합적으로 작용해서 사망한 것이라고 단정했다. 그는 다른 사망원인이 있었을 가능성에 대해서도 은근히 떠 봤지만, 검시 의사는 그럴 가능성은 희박했던 것으로 기억하고 있었다.

엄 소장은 차길수가 영월에 와서 무엇을 하고 다녔는지도 백방으로 수소문해 봤으나 차길수의 행적을 알 만한 흔적은 전혀 나오지 않았다고 했다. 심지어 차길수가 자신을 만나러 온 날에도 다른 흔적은 전혀 확인되지 않았다고 했다. 자신만 만나고 급히 영월을 뜬 것 같다고 추측했다.

길 원장은 차길수 형제들에 대해 박순향에게 간단히 듣기는 했어도 자세히 듣진 못했다. 그리고 차길수가 자라온 과정에 대해서도 잘 알지 못해 그에게 자세히 물었다. 영월이라는 좁은 동네에서 일어나는 일이었고, 엄 소장은 경찰관 신분이다 보니 차길수 가족의 이력과 주변 사람들의 근황을 비교적 소상히 알고 있어서 다행이었다.

차길수는 차철재의 2남 2녀 중 막내였지만 형, 누나 둘과는 어머니가 달랐다. 차철재는 첫째 부인을 잃고 얼마 지나지 않아 그 당시 원주에 살고 있던 차길수의 어머니를 안방에 들였다. 두 사람의 만남이 어떻게 이루어졌는지는 잘 모르지만 결혼이 급속도로 진행됐기 때문에 주변에서는 말들이 많았다.

그 당시 차길수의 형과 누나들은 초등학생이어서 큰 반감은 없었다. 다만 차길수가 태어나고 형과 누나들이 중고등학생이 되면서부터 차길수와 그의 어머니에 대해 공개적인 반감을 갖기 시작했다.

차길수가 중학생이 되던 해에 어머니를 잃었다. 그의 어머니는 평소 몸이 약하고 매사 힘이 없어 지병으로 비교적 젊은 나이에 세상을 떠났다. 그때부터 차길수는 외톨이가 됐다. 아버지는 사업 때문에 밖으로 돌아다니기 일쑤여서 형제들의 의도적인 무시 속에서 혼자 보내는 시간이 많았다. 성격이 소심해지고 남하고 어울리는 것을 극히 꺼렸다. 가족들은 차길수가 혼자 방 안에 틀어박혀서 무엇을 하는지 몰랐다. 학교에서는 성적이 뛰어난 우등생이었지만 친구들과 어울리는 적은 거의 없었다.

엄 소장은 차길수가 고등학교에 올라오면서부터는 곧잘 친구들과 어울리는 것을 몇 번 목격했다. 나중에 강재석한테 들은 얘기지만 차길수가 고등학교 때 얼굴이 그나마 좋아진 것은 형이 대학을 졸업하고 군대에 갔기 때문이었다. 차길수는 형에게 어떤 학대를 받고 있던 것으로 보였다. 다행히 큰누나는 원주에 있는 ○○대학에 다니고 있어 영월 집에 없었다. 집에 있던 작은누나는 그래도 차길수에게 잘해 줬다. 서로 말이 통했던 사이였다.

뺑소니 사건이 있은 지 3개월 정도 지날 즈음 차철재가 갑자기 사망했다. 차철재 밑에서 형과 함께 일을 도와주고 있던 차길수는 형과의 관계 때문에 어쩔 수 없이 쫓겨가다시피 영월을 떠났다.

엄 소장은 그 당시 형제들 사이에 있었던 일에 대해서는 잘 알지 못한다고 했다. 차길수 입장에서는 수인이 사건도 있었고, 형과의 불화로 인해서 영월을 떠나는 것이 마음이 편했을 것이라고만 생각했다. 나중에 차길수가 처가가 있는 금산으로 이사 갔다는 소식만 들었다.

차길수가 영월을 떠난 후 형과 누나들 사이에 상속 문제로 인해 법적 분쟁이 있었는데. 구체적으로 어떻게 결론 났는지는 알 수 없었다. 다만 지금은 차길준이 대성목재를 물려받아 가업을 잇고 있었다.

차길수의 젊은 시절 얘기를 알고 싶으면 작은누나를 만나보는 것이 가장 효과적일 것이라고 했다. 작은누나는 현재 태백시청에 근무하는 공무원의 아내로 지내고 있었다.

길 원장은 태백에 가서 그의 누나 차선영을 한번 만나보기로 했다.

어느덧 저녁때가 다 됐다. 엄 소장이 홍상일을 저녁에 만난다고 했으니 그 결과를 직접 들어야 할 것 같고, 또 내일은 차선영을 만나보기로 했으니 오늘은 영월에서 묵기로 했다.

6.

다음 날 아침 10시경, 길 원장은 느긋하게 모텔을 나와 주변을 산책하고 있었다. 영월은 시내 외곽으로 동강이 흐르고 있어 시내 전체가 제법 운치가 있는 곳이다. 대학교 때 무전여행으로 청령포를 들렀다가 영월역에서 태백선을 탔던 기억이 났다. 태백까지 가는 중간에 추전역이 있었고 그 역이 우리나라에서 가장 높은 곳에 있는 역이어서 특히 기억에 남았다. 그리고 태백에서 일부러 스위치백 열차를 타기 위해 어딘가 갔는데 지금은 기억이 가물가물했다. 기차가 높은 고도를 지나가기 위해 전진, 후진을 반복하면서 천천히 앞으로 나가는 것이 신기했었다. 지그재그로 기차가 서서히 전진하는 형식이었다. 잠시 추억이 젖어 있던 중 엄 소장으로부터 전화가 왔다.

그는 지금 잠시 어디 갔다 올 곳이 있으니 점심식사나 같이 하자고 했다. 점심시간에 맞춰 그가 알려준 어죽칼국수 집에 도착했다. 점심시간이라 그런지 식당은 손님들로 가득 찼다. 그가 자랑한 지역 주민들만 아는 맛집인 것이 틀림없어 보였다.

10여 분이 지나자 그가 도착했다. 두 사람은 주위가 시끄러워서 그런지 별다른 말 없이 칼국수만 먹었다. 그는 해장에는 매운 칼국수가 최고라면서 아직 겨울이 가지 않았음에도 연신 땀을 뻘뻘 흘리고 있었다. 길 원장도 이마 근처에 땀이 송골송골 맺혔다. 어죽칼국수가 꽤 맵지만 맛은 좋았다.

두 사람은 파출소 앞 커피숍으로 자리를 옮겨 커피를 주문하면서 대화를 이어나갔다.

"그렇게 길수 행방을 찾았는데 엉뚱한 곳에서 길수 행방이 나왔네요."

엄 소장의 첫마디부터 의미심장했다.

"네?"

"어제 홍상일과 얘기하던 중 뜬금없이 홍상일이 길수를 만난 적이 있다고 하네요."

"네? 언제 만났다고 하던가요? 자세히 좀."

"제가 지금 영월 바닥에 차길준과 홍상일 사이가 틀어졌다는 소문이 파다한데 그 이유가 뭐냐고 은근히 물었죠. 그랬더니 홍상일이 버럭 화를 내면서 차길준 욕을 막 해대는데, 허, 참!"

길 원장은 생동감 있게 전달하는 그의 언변에 감탄하면서 조용히 듣고 있었다. 보기와는 달리, 그는 듣는 사람을 묘하게 빠져들게 하는 달변가였다. 지금은 상황이 이래서 그렇지 평소에는 농담도 잘하고 주위 사람들로부터 꽤 호감을 끄는 스타일이었다.

"홍상일은 차길준이 길수에게 얼마나 못된 짓을 했는지 아냐면서 말끝마다 차길준 욕을 하는데, 어휴!"

그는 잠시 숨을 돌리다가 다시 말을 이어나갔다.

"홍상일은 아마도 제가 길수 친구니까 길수를 위한다고 생각했는지 많이 흥분했던 거 같긴 한데."

"차길준이 차길수 씨에게 못된 짓을 했다?"

길 원장은 혼잣말로 다시 한번 되새겼다.

"홍상일은 그러면서 차길준이 지난날 길수에게 한 짓을 생각하면 아무리 길수가 자살했다고 하더라도 장례는 제대로 치러줘야지 그렇게 무성의하게 장례를 치른 차길준은 정말 나쁜 놈이라고."

"차길수 씨 장례가 문제 됐나 보네요."

"홍상일은 장례식 전까지만 해도 차길준을 영월 군수로 만들기 위해 어떤 일이든 하겠다고 생각했었는데 장례식 때 대판 싸웠다고 하네요."

"장례식 때라?"

길 원장은 고개를 갸웃거리면서 뭔가를 생각했다.

"자기는 친구한테 충고했다고 생각했는데, 차길준은 전혀 그렇게 받아들이지 않았다고."

"차길준이 지난날 차길수 씨에게 무슨 짓을 했다는 건가요?"

길 원장도 약간 조바심이 났다.

"저도 그게 궁금해서 홍상일에게 다그치듯 물었죠. 그런데 그때부터는 입을 싹 닫는 바람에."

"네에?"

"그러면서 다 지난 일이라고 대충 얼버무리다가, 그 와중에 우연히 길수를 만난 적이 있다고 말이 나왔죠."

길 원장도 뭔가가 더 있을 것 같다는 생각에 홍상일의 대답이 못내 아쉬웠다.

"그래, 어떻게 만났다고 하던가요?"

"그것도 좀 이상하더라고요."

그는 잠시 뜸을 들였다.

"작년 크리스마스 며칠 전 저녁에 최 원장이 길수와 함께 있는 걸 봤다고."

"차길수 씨가 최 원장과 함께 있었다고요?"

길 원장은 의외의 상황에 내심 놀랐다.

"홍상일이 피아노 교습소에 갔는데 그 자리에 뜬금없이 길수가 있더랍니다. 두 사람이 심각하게 무슨 얘기를 하고 있었다고 하면서, 그때 우연히 길수를 만났다고는 했는데⋯."

"우연이라고 말하기는 뭔가?"

"최 원장이 마침 뺑소니 사건 신고자인지라, 제 생각도 이상하게 뭔가 꼬였다는 생각이 드네요."

"차길수 씨가 최 원장을 만난 것도 뺑소니 사건 때문일 가능성이 높겠네요."

차길수의 지금까지 행적으로 봐서는 그것밖에 생각나는 것이 없었다.

"네, 맞습니다. 지금 여기 오기 전에 최 원장을 만나서 확인했는데 길수가 뺑소니 사건에 대해 꼬치꼬치 물었다고 하더군요.”

“그 부분은 일단 잠시 있다 듣기로 하고, 우선 그래서 홍상일은 차길수 씨와 무슨 얘기를 했다고 하던가요?”

“홍상일 말로는 10년 만에 만났으니 서먹서먹해서 금산에서 잘 지냈는지, 사업은 잘되는지 등등 소소한 일상에 대해서만 몇 마디 얘기하다가 헤어졌다고 하네요.”

“두 사람 사이에 차길준 얘기는 없었다고 하던가요?”

“뭐, 홍상일 말로는 자기가 일부러 차길준 얘기를 꺼내기도 그렇고, 길수도 얘기를 꺼내지 않았다고.”

“홍상일이 거짓말하는 거 같지는 않던가요?”

“그 양반은 뭐 찔리는 말을 할 때는 말을 약간 더듬기도 하는데 어제는 뭐 딱히….”

“그래요? 그럼, 현재로서는 홍상일이 차길수 씨에게 편지를 보냈을 가능성은 그리 높진 않겠네요.”

“그렇게 단정 짓기는 어렵지 않을까요?”

그는 일말의 가능성이라도 남겨두고 싶은 모양이었다.

“차길수 씨가 편지를 받은 것은 작년 11월 중순이었으니 그때는 홍상일과 차길준 사이가 좋았던 때라는 것인데, 그렇다면 홍상일이 편지를 보냈다고 보기에는….”

“음… 듣고 보니 그렇겠네요. 홍상일 말로는 길수 장례식 때 둘 사이가 틀어졌다고 했으니.”

그는 한 줄기 끈이 없어진 것이 못내 아쉬운 것 같았다.

“그래도 40년 우정이 한순간에 무너지진 않겠죠. 어쩌면 홍상일은 차길준을 배신하기 위해 그전부터 차분히 준비하고 있었을 가능성도 있으니, 아직까진 홍상일이 편지를 보냈을 가능성을 완전히 배제할 순 없겠죠. 그건 그렇고, 최 원장 얘기 좀 해주시죠.”

“아! 네. 길수가 10년 만에 갑자기 찾아와 자기도 깜짝 놀랐다고. 길수 처와는 언니, 동생처럼 친하게 지냈는데 수인이 일이 있고 나서 길수 가족이 금산으로 떠날 때 제대로 인사도 못 했다면서.”

“그럼, 차길수 씨가 일부러 최 원장을 찾아간 거네요.”

“네. 길수가 찾아와서 정신 나간 사람처럼 앞뒤 안 맞는 말을 몇 마디 하더니, 대뜸 수인이를 발견했을 때 뭐 이상한 거 없었냐고 다짜고짜 물었다고 하네요.”

“뭐 이상한 거요?”

“네. 길수에게 어떤 이상한 건지 구체적으로 말해 달라고 했더니 그때 혹시 서울 차를 보지 못했냐고 물었다고 하네요.”

“서울 차요?”

“네. 최 원장은 못 봤다고 했는데도 길수는 서울 차를 보지 못했냐고 몇 번이나 계속해서 묻기만 했다고.”

“흠… 그렇다면 차길수 씨는 수인이를 친 차량이 서울 차라는 어떤 단서를 잡았다는 것인데, 소장님한테도 그런 말은 하지 않았다고 했죠.”

“네. 저도 그 말을 듣고 깜짝 놀랐죠. 길수가 저한테도 숨기고 뭔가를 조사하고 있었던 거 같네요.”

“그것 말고 다른 말은 없었다고 하던가요?”

“네. 뭐, 최 원장은 그 얘기를 나누던 중에 남편이 들어와서 그냥 그렇게 끝났고, 아래층에 내려가 교습소를 정리하고 다시 남편한테 갔더니 길수는 이미 가고 없었다고.”

“홍상일이 차길수 씨와 어떤 얘기를 했는지, 최 원장은 아무 말을 하지 않던가요?"

"네. 두 사람은 그냥 길수 가족이 불쌍하다는 말만 주고받았다고."

"흠, 결국 서울 쪽에 뭔가 단서가 있다는 얘기네요. 차길수 씨가 서울동부지방법원 앞에 간 것도 그렇고, 서울 차를 찾아다닌 것도 그렇고."

"길수는 어떻게 그런 단서를 찾았을까요?"

"아마도 편지에 단서가 있었겠죠."

"길수 이 자식! 그런 단서가 있었으면 나한테 귀띔이라도 해줄 거지. 결국 저를 못 믿었다는 거네요."

"아마 그렇지는 않았을 겁니다. 확실한 단서가 있었다면 당연히 소장님한테 말했겠죠. 차길수 씨도 확실하지 않으니 자기 나름대로 확인하러 다녔을 테고."

그래도 그는 차길수에게 서운해하는 것 같았다. 표정이 꼭 그랬다.

"그런데 아무리 생각해도 뭔가 이상하네요."

"뭐가 말입니까?"

"차길준이 수인이 뺑소니 사건을 저질렀을 가능성이 있다는 전제는 그 당시 차길준이 운전하던 차량 번호 때문이고 그건 강원도 차일 텐데, 왜 차길 수씨는 서울 차를 찾았을까요?"

"어? 그리고 보니 이상하네."

그도 뭔가 이해되지 않는다는 표정이었다.

"저희가 찾지 못한 뭔가가 있는 것은 분명한데."

길 원장도 차길수가 서울 차를 찾는 이면에는 지금까지 밝혀지지 않은 뭔가가 있다고 확신했다.

"그래도… 서울과 관련 있는 사람으로는 차길준이 제일 유력하겠죠. 아마 차길준은 서울에도 별도 차가 있었을 거고, 골프장에 같이 갔던 여자가 서울 사람이라는 것도 맘에 걸리고."

"차길준이 서울에도 차가 있었나요?

"대성목재에서 차길준과 길수는 하는 업무가 달랐는데, 길수는 산림조합 등에서 나무를 매입하는 일을 전담했고, 차길준은 가공한 목재를 판매하는 일을 전담하고 있어서 오히려 서울이 주된 사업장이었죠. 그래서 서울영업소도 맡아서 운영하고 있었고, 일주일에 절반은 서울에 상주했던 것으로 기억되는데, 분명 서울에 별도의 차가 필요했을 겁니다."

"음… 일단 차길준 관련 얘기는 좀 더 천천히 생각해 보시죠. 그럼 저는 태백에 가서 차선영 씨를 만나볼 테니 소장님께서는 차길수 씨 행적을 더 알아봐 주시면…."

그는 아무런 대답이 없었다. 아마 딴생각을 하는 것 같았다.

"차길수 씨가 최 원장까지 찾아간 것으로 봐서는 영월에서 그냥 있지는 않았을 겁니다."

"아! 네. 길수가 아무리 흔적을 남기지 않았다고 하더라도 이렇게 엉뚱한 곳에서 튀어나오기도 하니까요."

그는 퍼뜩 정신을 차린 듯했다.

"그리고 이젠 어느 정도 방향이 정해진 거 같으니 혹시 두 사람 범죄경력 조회에 서울동부법원과 관련 있는지 확인 좀…."

길 원장은 조심스럽게 말했다. 그는 약간 난감한 표정을 지어 보였다. 개인 정보를 민간인에게 유출하는 것이 적절한지 생각하는 것 같았다.

"뭐, 크게 보면 뺑소니 사건을 추가 수사하는 것이라 생각하고 확인하면 되는 거 아닌가요?"

길 원장이 능글맞게 말을 건네자 그도 말없이 고개만 가볍게 끄덕였다.

길 원장은 태백으로 바로 출발하기로 했다. 차를 몰고 엄 소장이 적어준 차선영의 집을 향해 달렸다.

태백은 완전히 눈꽃 세상이었다. 태백산이나 함백산에 오르기 위해 태백에 몇 번 들르긴 했지만 겨울에 들르는 것은 처음이었다. 한때는 대표적인 탄광지역이었으나 지금은 오히려 관광지역으로 변모하고 있다는 소식을 신문지상에서 본 기억이 있었다. 우리나라 대표적인 강인 한강과 낙동강의 발원지가 모두 태백에 있다는 것이 신기했다. 한강의 발원지는 검룡소, 낙동강의 발원지는 황지연못이라는 곳이다.

다행히 차선영은 집에 있었다. 그녀는 쉰 살 전후의 중년 여성으로 전형적인 가정주부의 모습을 하고 있었다. 남편의 공무원 직위는 어떤지 몰라도 알뜰하게 집안을 가꾼 티가 났다. 얼굴 모습이 차길수와는 딴판이지만 어쩐지 이미지는 많이 닮았다는 생각이 들었다.

길 원장이 첫마디부터 조심스럽게 꺼냈다.

"바쁘실 텐데 이렇게 만나주셔서 감사드립니다. 동생분의 불행한 일에 대해 몇 가지 확인할 것이 있어서…."

"아까 전화로 말씀하시는 것을 보니 저희 집 내막은 대충 아시는 거 같던데… 길수의 불행이 지금도 믿기지 않네요."

그녀는 말을 끝내자마자 가벼운 한숨을 내쉬었다.

"혹시 동생분의 자살에 대해 무슨 말씀이라도 해주실 게 있나요?”

“저는 지금도 믿기지 않는다는 말밖에 없네요.”

“말씀하시기 어려우실 수도 있을 텐데….”

길 원장은 좋지 않은 남의 가족사를 묻는 것이 매우 부담스러워 잠시 말을 멈췄다. 다행히 그녀의 표정은 편안해 보였다.

“동생분과 오빠 사이가 좋지 않았다고 하던데….”

“네, 그랬었죠. 오빠가 워낙 욕심이 많아서, 하긴 오빠 잘못만도 아니죠. 저나 언니도 오빠와 한편이었으니까요.”

“욕심이라는 것이 금전적인 욕심을 말하는 건가요?”

“금전적인 욕심뿐만 아니었죠. 오빠는 새엄마 자체를 싫어했으니 길수의 모든 것이 싫었을 겁니다, 아마.”

“좀 더 구체적으로 말씀해 주실 수 있나요?”

“그게 길수 자살과 별 상관도 없을 텐데, 굳이 지금에 와서 그런 말을 하기도 그렇기는 하네요. 그냥 그 정도로만.”

길 원장은 그저 고개만 가볍게 끄덕였다. 그녀에게 차길수 자살에 차길준이 관련되어 있을 수도 있다는 말을 꺼내고 싶었지만, 아직 명확하게 확인된 것이 없다 보니 그 말을 꺼내기가 부담스러웠다. 길 원장도 그 정도로만 묻기로 했다.

“그럼 혹시, 동생분이 서울에서 대학에 다닐 때 뭐 특별히 생각나는 일은 없었나요?”

“네? 뭐, 특별한 것은…. 길수는 대학교 때 어머니가 이미 돌아가신 상태라 방학 때에도 이런저런 핑계를 대고 거의 집에 내려오지 않아서.”

“혹시 서울 광진구 자양동에 연고가 있거나, 서울동부법원, 변호사 등 법적인 문제에 엮인 적은 없었나요?”

그녀는 길 원장의 질문에 순간 멈칫거렸다. 잠시 뭔가를 떠올리는 것 같기도 했다.

"어라? 그러고 보니 생각나는 것이 하나 있네요."

길 원장은 솔깃했다.

"정확히 기억나진 않지만, 아마도 길수 일로 아버지가 작은아버지와 심각하게 상의했던 적이 있었는데, 무슨 사건 때문에."

"어떤 내용이었나요?"

"아버지가 서울의 어떤 분과 몇 번 통화하는 것을 들은 적이 있는데 구속, 집행유예, 합의 등 법적인 말들이 오갔어요. 하지만 그 내용은 모르겠고, 간간이 길수 이름도 나왔던 기억이."

"그 후로는 어떻게 됐나요?"

"그 후 아버지가 서울에 몇 번 올라가긴 하셨지만 가족들에게는 그 내용에 대해 일체 말씀이 없어서, 잘."

"그래서 동생분은 별일 없었나요?"

"약 한 달 후쯤 아버지가 길수에게 영월로 내려오라고 해서 길수가 내려왔는데 별다른 일은 없었던 것으로…."

길 원장은 약간 실망스러웠다. 뭔가 새로운 단서가 나올 수도 있을지 모른다고 생각했는데 핀트가 어긋났다는 느낌도 들었다.

"그런데 한 가지 이상했던 것은… 길수는 오빠와 마찬가지로 대학을 졸업하고 군대 가기로 했었는데 갑자기 3학년 때 휴학하고 군대에 가서 의아했던 기억이 나네요."

"동생분이 갑자기 군대 간 것이 조금 전에 말씀하신 것과 관련 있을 수도 있다는 말씀인가요?"

"이건 그냥 제 생각인데… 아버지가 작은아버지와 길수 일로 뭔가를 상의했다면 보통 일이 아닐 수도 있어서, 그때는 그 일 때문에 길수가 갑자기 군대 갔다고만 생각했었거든요."

"그렇게 생각하셨던 이유는?"

"그 당시 작은아버지는 영월 검찰청에 근무하고 계셔서 무슨 사건이 벌어진 것은 아닌지, 그런 생각이 들었던 기억이 나네요. 그런데 이런 것들이 길수 자살과는 무슨 상관이 있다고?"

"아, 아닙니다. 동생분의 마지막 행적을 확인하는 과정에서 동생분이 서울 광진구 자양동에 있는 서울동부법원에 갔던 적이 있어서…. 제가 생각해도 동생분의 자살과는 아무 관련이 없을 거 같긴 하네요."

길 원장도 막연한 자신의 심정을 솔직하게 말했다.

"그리고 또, 상속 문제로 가족들 사이 소송이 있었다고 들었는데…."

"그 얘기는 하고 싶지 않네요. 정 듣고 싶으면 오빠한테 가서 물어보세요."

그녀는 단호하게 대답을 거절했다. 표정도 순간 심하게 일그러졌다. 그녀의 이 말 한마디 속에는 차길준에 대한 적의가 강하게 드러나 있었다.

"그럼, 혹시 동생분이 자살하기 전에 찾아오거나 통화한 적은 없었나요?"

"1년에 한두 번 통화하는 정도라서, 저는 길수가 영월 근처에 와 있는지도 몰랐네요."

"작년 여름경에 동생분과 통화한 적이 있었다는 거 같던데?"

"잘 기억이 없네요. 아마 통화했다면 안부 전화였겠죠. 아님, 새로 발견된 아버지 땅 때문일지도 모르겠네요."

"아버지 땅이 새로 발견됐으면 형제들 모두 소송을 해야 할 거 같은데, 동생분이 그 소송에 참여했나요?"

"길수는 아버지 재산에 대해서는 전혀 관심 없다며 자기는 빠지겠다고 했었죠. 아마 오빠한테 된통 당한 적이 있어서."

"된통 당했다는 것이?"

그녀는 계속 말을 꺼내야 할지 망설이는 것 같았다. 길 원장은 무작정 기다렸다. 잠시 후 그녀가 입을 열었다.

"솔직히 아버지가 살아계실 때 대성목재를 동생에게 물려준다는 말이 있었고, 오빠는 그거 때문에 아버지와 대판 싸운 적도 있었는데, 갑자기 아버지가 돌아가시는 바람에…. 그 결과는 알고 계시죠?"

"그래도 오빠가 장남인데 왜 아버지께서는 그런 결정을 하셨을까요?"

"오빠가 믿음을 주지 못했던 거 아닌가요? 다 지난 일인데."

"상속 문제가 불거졌을 때 동생분은 그 부분을 따지지는 않았나요?"

"길수는 오빠를 많이 두려워했었죠. 따지고 말고 할 분위기도 아니었고 그냥 도망가다시피 영월을 떠났고, 그게 길수 입장에서는 최선이었을 테죠."

"대성목재를 동생분에게 물려준다는 말이 언제 처음 나왔나요?"

"아버지가 돌아가시기 반년 전쯤에 그런 말이 나왔던 거 같네요."

길 원장은 순간 이번 사건이 전혀 다른 방향으로 흘러갈지도 모른다는 생각이 들었다. 차철재가 사망하기 반년 전쯤이면 수인이 뺑소니 사건이 발생하기 얼마 전에 그런 말이 나왔다는 것인데…. 막연하게나마 수인이 뺑소니 사건과 차길수 자살 사건에 가족 간의 재산 문제가 얽혀 있을 수도 있다는 묘한 분위기가 감지되었다.

차선영과의 만남은 여기에서 끝났으나 어느 정도 성과가 있었다고 나름대로 자평했다.

길 원장은 그녀와 헤어지고 대전으로 돌아오는 도중에 엄 소장에게 전화를 걸었으나 통화는 하지 못했다.

차길수가 20여 년 전 대학교 때 형사 사건과 관련해서 서울동부법원에 일이 있었거나 변호사를 만나러 갔을 가능성도 있다고 생각하고 박순향에게도 전화를 걸었다.

"혹시 고모님은 남편분이 대학교 때 무슨 사건에 연루된 사실을 알고 있나요?"

길 원장은 조심스럽게 물었다.

"남편한테 그런 얘기는 전혀 듣지 못했네요. 그런데 갑자기 왜 그런 질문을…."

"아, 아닙니다. 여러 가지 가능성을 확인하는 과정에서 나온 것이니 신경 쓰지 않으셔도."

길 원장은 전화를 끊었다. 30분 정도 지나자 엄 소장으로부터 전화가 걸려 왔다.

"길 원장입니다."

"그래, 차선영은 만나보셨나요?"

"네, 만나보고 지금 대전으로 내려가는 중입니다. 그건 그렇고, 두 사람 서울동부법원에 무슨 관련 있는 게 나오던가요?"

"이게 뭔가 이상하게 꼬이는 거 같아서. 길수는 아무런 관련이 없는 것으로 나오는데, 차길준은 2002년 12월 29일 서울동부검찰청에서 뺑소니 사건으로 혐의없음 처분을 받은 것이 한 건 나오네요."

"네? 차길준이 뺑소니 사건으로 혐의없음 처분을 받은 적이 있었다고요?"

길 원장은 놀라면서 혼잣말로 되물었다.

"길수가 형의 뺑소니 사건을 확인하러 서울동부검찰청 앞에 갔을까요?"

그도 뺑소니 사건이 겹친 것으로 봐서 우연치고는 뭔가 석연치 않다는 말투였다. 그러나 목소리 톤으로 봐서는 확신하는 것 같지는 않았다.

"현재로서는 그럴 가능성도 있다고 봐야겠죠. 그리고 참, 차선영 씨는 차길수 씨도 대학교 때 어떤 형사 사건에 연루된 적이 있었다고 하는 거 같은데 그건 확인 안 되나요?"

"아! 길수도 한 건 있긴 합니다. 서울중앙지방법원에서 1992년 4월 28일 강간죄로 공소기각 판결이 난 것이 있네요."

"강간죄라고요? 그리고 공소기각 판결을 받았고요?"

길 원장은 또다시 의외라는 듯 되물었다. 차선영이 말한 그 사건인 것으로 추측됐다. '구속', '합의', '집행유예' 그런 단어와 어울리는 사건이었다.

"그건 이번 사건과는 아무 관련 없을 거 같긴 한데, 그래도 의외네요. 저는 길수가 모범생이라고 생각했었는데 강간죄로 연루된 적이 있었다니."

"강간죄의 경우 말이 강간죄지 강간이라고 보기 어려운 사건도 허다하겠죠. 서로 좋아서 합의하에 관계를 가졌다가 나중에 수가 틀리면 고소하는 경우도 많을 테니까요. 차길수 씨 경우도 공소기각 판결이 난 것으로 봐서는 여자가 바로 고소를 취하한 거 같아 보이네요."

"그리고 또, 차길준의 범죄경력 조회에 흥미로운 점이 더 있네요."

"네?"

"차길준이 2002년 뺑소니 사건으로 혐의없음 처분을 받을 당시 그전에 음주 운전으로 사람을 쳐서 집행유예 기간 중이었고, 또 음주 운전으로 이전에 벌금형을 세 번이나 받은 적도 있었고요."

"그럼 차길준 씨는 상습으로 음주 운전을 하고 사고를 내기도 했다는 거네요. 뺑소니 사건으로 혐의없음 처분 받기가 쉽진 않을 텐데, 뭔가 흥미로운 사정이 있을 수도."

"그렇겠죠. 그 당시 차길준이 만약 뺑소니로 처벌받게 된다면 집행유예 기간 중이었으니 가중 처벌을 받을 수밖에 없었겠죠."

"정확히 집행유예 형이 어떻게 되나요?"

"2001년 1월 28일에 확정됐고, 징역 1년 6월에 집행유예 3년이네요."

"만약 차길준이 수인이 뺑소니 사건 범인이라면 그때도 집행유예 기간 중이었다는 거네요."

"어? 그러네. 2004년 1월이 돼야 집행유예 기간이 끝나니까."

"차길준의 입장에서는 2002년 뺑소니든, 2003년 수인이 뺑소니든 죽기 살기로 빠져나가야 할 절박한 상황이었다는 말인데."

"아! 어찌 이렇게 사건이 꼬이나?"

그는 새로운 사실이 밝혀질 때마다 수인이 뺑소니 사건이 상상하지도 못한 방향으로 흘러간다고 생각하는 것 같았다.

"그렇다면 차길수 씨가 형의 뺑소니 사건을 알아보기 위해 서울동부검찰청 앞에 갔을 가능성이 높겠네요."

"길수가 형의 뺑소니 사건에 무슨 문제가 있다는 사실을 알고 그것을 확인하려고 했다면 아마도 편지에 그런 내용이 적혀 있었겠죠?"

"아마 그럴 겁니다. 그러니 차길수 씨가 딱 찍어서 서울동부검찰청 앞에 갔을 테고요."

"길수 이 자식! 그런 단서가 있었으면 나하고 상의했으면 될 텐데. 참 못난 놈!"

그는 겉으로는 차길수에게 서운한 것처럼 말했지만 속으로는 자신이 믿음을 주지 못했다고 자책하는 것 같기도 했다.

"아마도 차길수 씨는 형의 변호사를 만나러 갔던 게 아닐까요? 변호사 사무실이 즐비한 도로에서 주차위반 딱지를 떼인 것도 그렇고, 변호사로부터 사건 내용을 듣는 것이 가장 확실할 테니까요."

"차길준이 변호사는 선임했겠죠."

"만약 차길준이 뺑소니로 처벌받는다면 집행유예 기간 중이었으니 무조건 실형을 살 수밖에 없었겠죠. 그렇다면 무슨 수단이라도 써야 했을 테니 당연히 변호사도 선임했을 테고. 그리고 또, 혐의없음 처분을 받았다면 변호사가 상당한 역할을 했을 가능성도 높고요."

"그러면 우리도 차길준의 변호사를 찾아서 확인하면 되겠네요."

"차길준 본인에게 물어볼 수도 없으니 어떻게 찾아야 할지 딱히 생각이 떠오르지 않네요."

"…."

그도 딱히 방법이 떠오르지 않는지 별다른 대꾸가 없었다.

"음… 일단은 차길준이 혐의없음 처분받은 불기소 이유를 확인해 보면 어떤 단서가 있을지."

"아! 그거 좋은 방법이겠네요."

"그렇게 하려면, 우리는 당사자가 아니니 공문 형식으로 발급받아야 할 겁니다."

그는 고민하는지 바로 답이 없었지만 잠시 후 그 부분은 자신이 알아서 하겠다는 답이 돌아왔다.

길 원장은 그에게 좋은 소식을 기다리겠다는 마지막 말을 건넨 후 전화를 끊었다.

7.

엄 소장은 영월경찰서로 출근해서 김진영 과장에게 수인이 뺑소니 사건에 대해 지금까지 밝혀진 사실을 간략하게 보고했다. 김 과장도 그 사건 당시 영월경찰서에 근무하고 있었고, 비록 직접 수사에 관여하진 않았지만 경찰서 전체가 떠들썩한 사건이어서 내용은 어느 정도 알고 있었다. 김 과장은 엄 소장의 보고에 관심을 보였다.

"아마 영월지청에서는 공소시효가 지났으니 이미 공소권 없음으로 종결했을 텐데."

"일단 추가로 수사할 단서가 나왔으니 저희가 자체적으로 보완 수사를 하고 그 결과에 의미가 있으면 그때 지청에 보고하면 되지 않을까요?"

"그런데 엄 소장!"

김 과장은 엄 소장을 부른 후 잠시 뜸을 들였다.

"엄 소장 마음은 알겠는데, 설사 지금에 와서 범인이 차길준이라는 사실을 밝혀낸다고 하더라도 처벌도 할 수 없을 텐데 굳이 그렇게까지 할 필요가 있을까?"

엄 소장은 김 과장의 말이 틀린 것은 아니라고 생각했다. 그러나 결과가 뻔한 수사라도 진실을 꼭 밝히고 싶었다. 그리고 그때 실패했더라도 지금이라도 이를 만회하고 싶은 간절한 욕심도 있었다.

"과장님께서 무슨 의미로 말씀하시는지는 잘 알겠습니다. 그 말씀에 동감도 하고요. 하지만… 과장님! 길수가 수인이 뺑소니 사건을 자책하다가 자살했다는 사실은 알고 계신가요?"

"그래? 차길수가 자살했다는 소식은 접했지만 수인이 뺑소니 때문에 자책했다는 말은 못 들었는데."

"길수가 유서에 수인이가 그렇게 된 것이 자기 잘못 때문이라는 문구를 남기고 자살했습니다. 길수의 친구로서 비록 공소시효가 지났다고 하더라도 진실은 꼭 밝히고 싶습니다."

김 과장은 책상에 턱을 괴고 심각히 고민하면서 한동안 아무런 말이 없었다. 잠시 후 김 과장의 입이 열렸다.

"엄 소장 말이 사실이라면 지금으로서는 차길준이 수인이 뺑소니 사건과 관련이 있다고 볼 수 있는데, 차길수가 유서에 자기 잘못이라고 자책하는 문구를 남겼다면 차길수가 범인일 가능성도 있는 것이 아닌가? 그 당시 차길수가 유력한 용의자였었잖아."

"네, 맞습니다. 차길준뿐만 아니라 길수가 범인일 가능성도 열어두고 수사해 볼 생각입니다."

"그래? 다시 시작했으면 결과를 가져와야 해. 괜히 공소시효도 지난 것을 끄집어냈다가 아무것도 나온 것이 없으면 우리만 독박 쓸 테니까."

"넵, 명심하겠습니다."

"그런데 참, 그 당시 차길준의 차량 번호도 수인이가 남긴 숫자와 거의 일치했던 것으로 기억되는데 왜 그 부분은 수사가 안 됐지?"

김 과장은 우 형사가 서장의 지시를 받고 차길준의 알리바이를 극비리에 수사한 부분에 대해서는 잘 모르는 것 같았다. 그런 내막을 모르고 있다면 당연히 궁금한 질문일 것이다.

"그땐 최 서장님과 차길준이 워낙 친했으니까요. 그건 저도 잘 모르겠네요."

엄 소장은 얼떨결에 거짓 핑계를 대고 과장실을 급히 빠져나왔다. 그리고 속으로 다짐했다.

'그땐 실패했지만 이번엔 두 번 다시 실패하지 않을 겁니다.'

엄 소장은 곧바로 영월경찰서장 명의의 수사협조 요청 공문에 수인이 뺑소니 사건번호를 기재했다. 열람 내용에 "차길준의 특정범죄가중처벌에 관한 법률위반(도주차량) 사건 불기소 이유 열람"이라고 적었다.

엄 소장은 바로 그다음 날 서울동부검찰청으로 향했다. 민원실에 들어가자마자 경찰신분증과 수사협조 요청 공문을 제시했다. 담당 직원은 별다른 말 없이 불기소 이유 고지서(검사가 혐의없음 결정한 이유를 기재한 서류)를 발급해 줬다.

엄 소장은 민원실을 나오면서 벌써 흥분되기 시작했다. 혼자 근처 커피숍에 들어가서 불기소 이유 고지서를 자세히 살펴보기 시작했다.

다 읽기를 마치자 그의 표정은 이미 심각하게 변해 있었다. 이게 어찌 된 영문인가?

여기에도 홍상일이 등장하고 있었다. 단순하게 등장하는 것이 아니었다. 핵심 참고인으로 등장하고 있었다.

피해자는 분명 차길준이 운전석에 앉아 있는 것을 똑똑히 목격했다고 진술하고 있으나 홍상일은 자신이 운전했다고 정반대로 진술하고 있었다.

경찰에서는 피해자가 명확하게 운전자를 지목하고 있었고, 사고 차량이 대성목재 서울영업소 차량인 점 등 여러 정황상 차길준이 운전한 것이 분명하다며 차길준만 피의자로 입건했다.

그러다가 어느 순간 피해자가 진술을 번복하기 시작했다. 자신이 두 사람의 인상착의를 순간 헷갈려서 잘못 진술했다는 취지였다.

그러나 엄 소장의 생각은 달랐다. 차길준은 마른 몸매에 왜소한 편이지만 홍상일은 덩치가 상당히 큰 편이었다. 인상착의가 헷갈릴 정도는 아니었다. 거기에는 분명 뭔가가 있다고 볼 수밖에 없었다.

결국 검사는 차길준이 운전한 것으로 의심되지만 뚜렷한 증거가 없다는 이유로 혐의없음 처분을 내렸다. 대신 홍상일이 그 당시 음주 상태였으므로 홍상일을 음주 운전(위드마크에 의한 음주 수치 특정)으로 인한 교통사고처리특례법 위반 및 도로교통법 위반 혐의로 별도 입건한다는 내용이 부기되어 있었다.

현재로서는 홍상일이 그 후 어떤 처벌을 받았는지는 알 수 없었다. 그러나 만약 홍상일이 차길준을 위해 죄를 뒤집어썼다면 어떻게 되는 것일까? 분명 차길준은 그 당시 집행유예 기간 중에 있었으니 절박한 상황이었을 것이다. 무슨 수든 쓸 수 있으면다 썼을 것이다. 결국 피해자에게도 접근해서 회유했을 것이고성공했을 것이다. 그렇지 않다면 피해자가 갑자기 진술을 번복할 이유가 없지 않은가?

불기소 이유를 보면 그 당시 사고 현장에 차길준은 없었던 것으로 보였다. 아마도 차길준은 음주 상태였으므로 그 현장을 피했을 것이고 옆에 타고 있던 홍상일이 사고를 수습했을 가능성이 높아 보였다.

차길준, 홍상일의 관계를 잘 아는 엄 소장이 보기에는 이 사건은 증거가 조작되어 차길준의 범행이 은폐된 것이 분명해 보였다. 증거로써 판단해야 하는 검사로서도 어쩔 수 없이 차길준에대해 혐의없음 처분을 했다는 뉘앙스가 불기소 이유서 곳곳에보였다. 길 원장 말대로 그 과정에 변호사가 모종의 역할을 했을가능성도 의심됐다. 어쨌든 사건은 그렇게 종결됐다.

엄 소장은 기분이 착잡했다. 차길수는 형의 은폐된 뺑소니 사건을 확인하고 다녔던 것이 분명해 보였다. 그 과정에서 불의의죽음을 맞이했다. 거기에는 분명 아직 밝혀지지 않은 뭔가가 있을 거라는 확신이 들었다.

길 원장은 그날 저녁 늦게 엄 소장의 전화를 받았다. 그가 확인한 내용을 차분하게 들었다. 그는 드러내놓고 내색하지 않았지만 차길준이 수인이 뺑소니 사건과 관련이 있다고 확신하는것 같았다.

길 원장도 내심 동의했다. 분명 차길수가 형의 옛날 뺑소니 사건을 확인하고 다녔다면 그것이 수인이 뺑소니 사건과도 관련 있다는 어떤 단서를 잡았다는 것일 것이다. 현재로서는 그 단서가 뭔지 몰라도 분명 편지 내용에 들어 있었을 것이다. 편지를 보낸 사람은 차길준이 수인이 뺑소니 사건과 관련 있다는 결정적 단서를 제공했을 것이다.

그럼에도 불구하고 길 원장은 뭔가 석연치 않다는 생각을 떨쳐버릴 수 없었다. 차길준이 수인이 뺑소니 사건과 관련 있다고 하더라도 그것이 차길수의 자살과는 무슨 연관이 있을까? 차길수는 분명 자신의 손으로 유서를 쓰고 스스로 목을 매서 자살한 것이 분명한데….

길 원장은 내일은 토요일이니 오전 진료를 마치고 오후 늦게 영월로 가겠다며 전화를 끊었다. 자세한 내용은 만나서 상의하기로 했다.

토요일 늦은 오후에 길 원장은 항상 가는 커피숍에서 엄 소장을 만났다. 그는 휴무라 그런지 편안한 청바지에 점퍼 차림으로, 외모에 신경을 쓰는 편은 아닌 것 같았다. 평상복이 썩 어울리지는 않아 보였다.

커피숍 안에는 심수봉의 '그때 그 사람'이 은은하게 흘러나오고 있었다. 나이가 지긋한 주인은 비 오는 어느 날의 추억에 젖은 듯, 커피숍에서는 비와 관련된 오래된 옛날 노래가 계속 흘러나왔다. 노랫말 사이로 길 원장이 첫마디를 꺼냈다.

"홍상일이 두 건의 뺑소니 사건에서 결정적인 참고인으로 등장하는 것이 의미심장하네요."

"그땐 차길준과 홍상일이 24시간 붙어 다녔으니, 뭐 그럴 수도 있었겠죠."

그도 맞장구를 치듯이 대답했다.

"저희가 추정한 것처럼 만약 2002년도 뺑소니 사건이 홍상일의 허위 진술로 진실이 조작됐다면 수인이 뺑소니 사건의 알리바이도 원점에서 재검토해 봐야 하는 것이 아닐까 싶네요."

길 원장은 현재로서는 뭔가 모르게 확정적으로 말하기 어려웠다. 뭔가 놓친 것이 있다는 느낌 때문이었다.

"그래야겠죠. 그때 제가 수사를 잘못해서 모든 것이 엉망이 됐네요. 그리고 홍상일의 전과를 조회했더니 그 사건으로 징역 10월에 집행유예 2년을 선고받았고요."

"음… 이젠 차길수 씨가 서울동부검찰청 앞에서 무엇을 했는지 그 행적을 찾아야 하는데 차길준이나 홍상일에게 무작정 접근할 수도 없으니 갑갑하네요."

"홍상일이 지금은 차길준과 사이가 벌어졌으니 홍상일한테 그날의 진실을 이제라도 밝히라고 다그치면 어떨까요?"

"그것도 쉽진 않을 겁니다. 만약 홍상일이 차길준을 위해 증거나 알리바이를 조작했다면 자기도 완전 공범이 될 테니까요. 그리고 그 대가로 충분한 보상도 받았을 겁니다. 자기가 대신 형사처벌까지 받았으니."

"만약 홍상일이 수인이 뺑소니 사건에서 허위로 차길준의 알리바이를 진술했다면 길수에게 편지를 보낸 사람이 홍상일일 가능성이 높겠네요."

"그렇겠죠. 현재로서는 자신의 신분을 속이고 차길수 씨 주위에서 편지를 보낼 만한 사람은 홍상일밖에 떠오르지 않으니."

"차길준이 전부터 한심하다는 생각은 하고 있었지만 음주, 뺑소니 사고에 사건까지 조작하고, 참 대책 없는 사람이라는 생각밖에 안 드네요."

"그리고 차선영 씨는 차길수 씨 아버지가 대성목재를 차길수 씨에게 물려주겠다는 말을 한 적 있었다고 하는데, 그 사실은 알고 계신가요?"

"네? 금시초문인데."

"그런데 그 시기도 참 묘한 거 같네요. 차길수 씨 아버지가 돌아가시기 반년 전쯤에 그런 말이 나왔다고 하던데, 그렇다면 수인이 뺑소니 사건이 나기 얼마 전이었고, 더군다나 차길수 씨 아버지는 그 후 갑자기 돌아가셨으니…."

그는 길 원장의 말이 뜻밖이라는 듯 섣불리 말을 꺼내지 못하고 있었다. 분명 경찰관으로서의 어떤 감을 느끼는 것 같았다. 잠시 후 조심스럽게 말을 꺼냈다.

"수인이 뺑소니 사건이나 길수 아버님 사망 사건에 차길준의 보이지 않는 손이 개입되었을 수도 있다는 말인가요?"

"현재로서는 너무 막연한 추측이지만…."

길 원장은 잠시 말을 멈췄다가 다시 이어갔다.

"차길준 입장에서는 대성목재가 동생에게 넘어간다면, 과연 가만히 있었을까요?"

"음… 아무리 그렇다고 하더라도, 수인이 뺑소니 사건이 그것과 무슨 관련이 있다고…."

"수인이 뺑소니 사건은 그냥 실수로 일어난 사건이라고 하더라도, 차길수 씨 자살 사건이나 그의 아버님 사망 사건에는 어쩌면 차길준의 손이 개입되어 있을지도…."

"길수 자살이 어떻게? 길수가 대성목재 상속 건에 대해 시비를 걸자 차길준이 길수를 제거라도 했다는 말인가요?"

"차길수 씨는 평소 재산 문제에는 관심 없다는 말을 자주 했다고 하니까 그럴 거 같지는 않고, 다만 수인이 뺑소니 사건에 형이 관련 있다는 사실을 알았다면, 이 두 가지가 겹쳐 형에게 뭔가를 요구하거나 따지다가 문제가 생겼을 수도 있지 않았을까요?"

길 원장은 자신이 생각해도 너무 앞서 나간다는 느낌이 들었지만 그렇다고 전혀 터무니없는 것도 아니라고 생각했다.

"길수가 형한테 그걸 따지다가 갑자기 자살을…."

그는 자신이 말을 꺼냈음에도 스스로 그 말에 동의하지 못하겠다는 듯 고개를 절레절레 흔들었다.

"아무튼 수인이 뺑소니 사건에 차길준이 관련 있든 없든 차길수 씨 자살에 뭔가 석연치 않은 부분이 있는 거 같고, 그리고 또 이번 일에는 가족 간의 재산 문제가 복잡하게 얽혀 있을 가능성도 있으니 그 부분을 좀 더 살펴봐야 할 거 같긴 한데…."

길 원장은 큰 돌덩이가 앞을 가로막고 있다는 느낌이 들어서인지 어떻게 헤쳐 나가야 할지 뚜렷한 방법이 떠오르지 않고 있었다.

"현재로서는 뭐가 뭔지 모르겠지만 이번 일이 점점 더 이상한 방향으로 흘러가고 있는 것은 분명해 보이네요."

"혹시 영월지청에 근무했던 차길수 씨 작은아버지의 소재를 확인해 주실 수 있나요?"

"차 과장님은 갑자기 왜?"

그는 길 원장에게서 한 마디 한 마디 나올 때마다 의외라는 표정을 짓고 있었다. 한편으로는 새로운 사실이 계속 나오는 것에 대해 일말의 불안감도 엿보였다.

"차선영 씨는 차길수 씨가 대학 시절 무슨 문제가 생겼을 때 아버지가 작은아버지와 상의했다고 하던데, 차길준도 당연히 작은아버지와 상의하지 않았을까요?"

"차 과장님은 영월지청에서 사무과장으로 퇴직하신 후에 원주에 있는 아들집에 살고 계시다가 작년에 돌아가셨다고, 제 형이 차 과장님 아들과 친구여서 그 소식을 들었던 기억이 나네요."

"네? 돌아가셨다고요."

길 원장은 또다시 뭔가에 꽉 막히고 맥이 빠지는 느낌이었다.

"뺑소니 사건이라면 분명 차길준은 차 과장님과 상의했을 겁니다. 그래도 명색이 검찰청 수사관이었으니 뭔가 도움을 받긴 받았을 텐데?"

"뭐, 다른 방법이 없을까요?"

길 원장은 지푸라기라도 잡고 싶은 심정으로 물었다.

"혹시 아들 차길태를 만나보면 어떨까요?"

"네?"

"차길준은 친동생임에도 길수에게 냉담했지만, 차길태는 길수에게 잘 해줬거든요. 길수도 차길태를 많이 따랐고요. 혹시 차길태가 사건 내막을 알 수도 있지 않을까요?"

"그분 소재라도 확인해 주실 수 있나요?"

"원주에서 건축사무소를 운영하고 있다고 알고 있는데 형한테 물어보면 연락처를 알 수 있을 겁니다. 제가 바로 확인해 보죠."

엄 소장은 어디엔가 전화를 걸더니 뭔가를 메모하고 있었다. 차길태의 전화번호였다.

길 원장은 그 자리에서 차길태에게 전화를 걸었다. 간단히 자신을 소개한 다음 차길수의 자살 사건과 관련해서 문의할 것이 있다며 만나고 싶다는 의사를 표시했다. 차길태도 사촌동생의 불행한 일이라 생각했는지 흔쾌히 수락했다. 쇠뿔도 단김에 뺀다고 했다. 길 원장은 지금 영월이니 바로 원주로 넘어가겠다고 했다.

길 원장은 저녁 8시경 원주시 단구동에 있는 커피숍에서 차길태를 만났다. 차길수보다 형이라고 했으니, 나이상으로는 쉰 살 전후였을 테지만 나이보다는 젊어 보였다. 선한 인상의 그는 건축 설계 일을 하는 사람이라 그런지 성격이 꼼꼼해 보였다.

길 원장은 이미 전화상으로 차길수 자살 사건을 조사하게 된 경위에 대해 말해놓은 상태이므로 곧바로 본론부터 물어보기로 했다.

"혹시 차길수 씨가 자살한 것에 대해 어떤 사정이라도 알고 계신 것이 있나요? 생전에 두 분이 친하셨다고 하던데."

"저는 지금도 길수가 자살했다는 사실을 도저히 믿을 수 없네요. 비록 길수가 내성적인 성격이긴 했지만 누구보다도 가족에 대한 애정이 많았는데 그렇게 허망하게 가다니."

"차길수 씨가 자살하기 전에 혹시 어떤 고민이나 뭔가를 상의하지는 않았나요? 차길수 씨는 자살하기 직전까지 원주와 가까운 제천과 영월에 있었는데."

"길수가 금산으로 떠난 후에는 그래도 전화는 자주 했는데 통 만나지는 못했죠. 저에게 별다른 고민을 말한 적도 없었고요."

"혹시 수인이 뺑소니 사건에 대해 뭔가를 말한 적은 없었나요?"

"수인이 뺑소니 사건요? 전혀, 아픈 기억인데 저도 말을 꺼내기가 그렇고 길수도 그런 말을 꺼낸 적이 없었는데. 왜 그게 길수 자살과 관련 있나요?"

"차길수 씨가 자살하면서 유서에 수인이한테 미안하다는 말을 남겼는데 차길수 씨 부인은 그것이 자살의 원인이 아닌가 하는 생각을 하고 있어서요."

"수린이가 길수 약을 사러 갔다가 그랬으니 아빠 심정은 어땠을지…. 그래도 그건 한참 전의 일인데 그 일 때문에 길수가 갑자기 자살했다는 것은 잘 이해되질 않네요."

"그럼 차길준 씨가 서울동부검찰청에서 2002년경에 뺑소니로 조사받은 적이 있는 거 같은데, 혹시 그 내막은 알고 계신가요?"

"길준이 형 뺑소니 사건은 또 왜? 그것도 길수 자살과 관련 있나요?"

"꼭 그런 건 아니고, 단지 차길 수씨가 자살하기 보름 전쯤에 서울동부검찰청 앞에 갔었던 적이 있었는데, 뭐가 그렇게 급했던지 주차단속 지역임에도 주차했다가 단속된 적이 있었고, 가족들 말로는 서울동부검찰청과 관련 있는 거라곤 차길준 씨 뺑소니 사건밖에 생각나는 것이 없다고 해서."

"길준이 형 뺑소니 사건이라? 저도 자세히는…. 아버님한테 길준이 형이 뺑소니에 연루됐다는 말을 언뜻 들었던 거 같은데 그 이상은 아는 것이 없네요."

"그래도 기억나시는 대로 말씀해 주실 수 있나요?"

"길준이 형이 뺑소니로 몰려 난처한 입장에 빠졌는데 마침 아버님이 모셨던 검사님이 서울동부법원 앞에 변호사로 개업하셔서, 그분한테 부탁해서 잘 해결됐다는 정도만 알고 있네요."

"혹 그 변호사님 성함을 알고 계신가요?"

"저야 모르죠."

"그 변호사님 성함을 알 수 있는 방법이 없을까요?"

"…."

차길태는 무엇이라도 생각해 내려는 듯 연신 고개를 갸웃거렸다. 잠시 후 "어머님은 혹시 알고 계실지 모르겠네요. 그 변호사님이 제 결혼식에도 오셨다고 했으니… 제가 어머님께 전화 좀 해보죠."

"아! 감사하네요. 폐를 끼쳐 죄송하고요."

"죄송하긴요, 길수가 길준이 형한테 의지하기가 어려웠는지 저한테는 참 살갑게 잘했거든요. 둘이 같이 공부도 하고 여행도 참 많이 다녔는데, 당연히 제가 도울 일이 있으면 도와야죠. 잠시만 기다리세요."

차길태는 그 자리에서 휴대폰을 꺼내 어머니한테 전화를 걸었다. 간간이 들려오는 통화 내용에 비추어 그의 어머니는 그 변호사에 대해 알고 있는 것 같았다.

"정상진 변호사님이라고 하네요. 정 변호사님이 영월지청에 근무할 당시 아버님이 검사실 수사관으로 근무했는데 서로 죽이 잘 맞아서 가족들과도 친하게 지냈다고, 어머님은 정 변호사님 성함을 똑똑히 기억하고 계시네요."

"네, 감사합니다."

길 원장은 차길준의 뺑소니 사건과 수인이 뺑소니 사건이 서로 관련되어 있는지는 알 수 없어도 그래도 원주까지 온 보람이 있었다는 생각이 들었다.

"그런데 길준이 형 뺑소니 사건과 길수 자살이 도대체 어떤 관련이 있다고?"

차길태가 조심스럽게 물었다.

"현재로서는 전혀 관련성을 찾지 못했죠. 다만 자살하기 보름 전쯤에 급하게 뭔가를 확인했다면 충분히 개연성이 있다고 볼 수 있지 않을까요? 그냥 여러 가지 가능성을 확인하는 차원에서 여쭙는 겁니다."

"그렇지만 아무리 생각해도 저는 이해가 잘 안되네요."

"저도 그런 생각이 드네요. 아무튼 오늘 바쁜 시간을 내주셔서 감사합니다. 혹시 궁금한 것이 있으면 전화 드려도 괜찮겠죠?"

"아! 물론입니다. 길수와 관련된 일이라면 언제든지요. 그리고 길수의 죽음이 억울하지 않도록 잘 조사해 주세요. 저는 지금도 길수가 자살했다고는 생각하지 않네요."

길 원장은 그의 마지막 말이 묵직하게 가슴에 와닿는 느낌이었다. 차길수를 누구보다도 잘 안다는 박순향도 차길수의 자살에 의문을 품고 있다. 차길태 또한 의문을 품고 있다. 그 이면에는 분명 뭔가를 놓친 것이 있을 것이라는 막연한 생각이 들었다.

온 김에 차길태에게 차길수의 강간 사건도 물어볼까 했으나, 이미 고인이 된 그의 불미스러운 일을 굳이 꺼낼 필요가 없다고 생각해서 단념했다.

10시가 다 된 늦은 밤이었지만 대전으로 돌아가는 길이 한층 홀가분한 마음이었다.

3장

숨겨진 단서

1.

월요일 아침, 길 원장은 평소보다 일찍 출근했다. 아직 직원들은 출근하기 전이었다. 본업인 환자 진료를 소홀히 할 수 없다는 생각 때문이었다.

원장실에 앉아 노트북에 지금까지의 진행 상황을 자세히 적어나갔다. 성과도 있었지만 그에 못지않게 물음표도 더 생겼다. 이 물음표를 하나하나 지워나가다 보면 분명 결말에 이를 것이다. 반드시 해낼 것이라고 마음속으로 스스로 다짐을 받았다. 앞으로 해야 할 일을 추가로 적어 나갔다.

그리고 인터넷으로 정상진 변호사를 검색했다. 다행히 이름이 검색됐다. 정 변호사는 최근 이력이 서울동부법원 앞에 위치한 〈법무법인 화림〉의 변호사로 나와 있었다.

차길수가 정 변호사를 만나러 서울동부법원 앞에 갔을 가능성이 점점 높아졌다. 그렇다면 길 원장도 그의 뒤를 따라가야 할 것이다. 그가 형의 뺑소니 사건 변호를 맡은 변호사를 만났다면 차길수 자살 사건의 핵심에 접근하는 것일 수도 있을 것이다.

수인이 뺑소니 사건이 차길수나 차길준과 관련 있든 없든 차길수는 형의 뺑소니 사건 변호사를 만난 지 얼마 지나지 않아 자살했다. 그렇다면 차길수 자살의 단초를 찾을 수도 있을 것이다.

그렇지만 며칠간 본업을 소홀히 한 탓에 오늘만큼은 눈코 뜰 새 없이 바쁜 일정을 소화해야만 했다. 사건의 중심에 다가서고 싶은 마음은 아쉬워도 내일로 미뤄둘 수밖에 없었다.

길 원장은 다음 날 오전 일을 마치자마자 KTX를 타고 서울역에 도착해서 바로 서울동부법원 앞으로 갔다. 오늘은 차를 운전하고 가기엔 너무 피곤할 것 같아 기차를 타기로 했다. 며칠 만에 또다시 서울동부법원 앞에 온 것이다.

차길수가 주차위반으로 단속당한 장소에서 얼마 떨어지지 않은 정우빌딩 3층에 〈법무법인 화림〉이라는 간판이 크게 걸려 있었다. 차길수가 정 변호사를 찾아왔었기를 기대하면서 〈법무법인 화림〉 사무실 문을 열고 들어갔다.

"어떻게 오셨나요?"

여직원은 상냥하게 물었다.

"정상진 변호사님을 뵈러 왔는데, 자리에 계신가요?"

길 원장도 최대한 상냥하게 대답했다.

"네? 정 변호사님은 몇 년 전에 은퇴하셨는데요. 무슨 일 때문에 정 변호사님을 찾으시는지?"

길 원장은 난감했다. 이 부분은 미처 예상하지 못해서 어떻게 대답해야 할지 순간 망설여졌다.

"아! 네, 그렇군요. 예전에 정 변호사님 도움으로 어려운 일이 잘 해결돼서 뒤늦게나마 감사 인사를 드리려 왔는데 아쉽네요. 혹시 정 변호사님 연락처를 알 수 없을까요?"

이번엔 여직원이 난감한 표정을 지었다. 은퇴한 변호사의 연락처를 쉽게 알려줄 수는 없을 것이다. 길 원장도 여직원의 행동이 충분히 이해됐다.

"저는 대전에서 한의사로 일하는 사람입니다."

좀 더 강한 액션이 필요하다고 생각하고 지갑에서 명함을 꺼내 건네줬다. 이상한 사람이 아니라는 것을 행동으로 보여줬다.

여직원은 잠시 기다리라고 하면서 뒷자리에 있는 사무장인 듯한 남자에게 뭐라고 말하는 것 같았다. 잠시 후 그 남자가 길 원장에게 다가왔다. 40대 후반으로 보이는 이 남자는 귀에 연필을 걸치고 있어 한창 일을 하던 중에 불려 나온 것으로 보였다.

"저희가 변호사님 연락처를 함부로 알려드릴 수는 없고 정 변호사님은 은퇴 후에 대한노인회에서 어떤 직책을 맡고 있다고 하니 거기 가시면 뵐 수 있을 겁니다."

"아! 네, 감사합니다."

길 원장은 여기서는 더 이상 나올 게 없다는 생각이 들었으나 사무실을 나가려는 순간, 못 먹는 감 찔러나 본다는 심정으로 물었다.

"혹시 작년 연말쯤에 40대 중반의 남자가 변호사님을 찾아오지 않았나요? 저하고 같이 잘못한 일행 중 한 명도 변호사님을 찾아뵌다고 했는데."

"아! 네, 어떤 분이 오셔서 그때도 대한노인회를 찾아가라고 말씀드렸는데."

그 남자가 얼떨결에 대답했다.

길 원장은 다시 한번 고맙다는 인사를 건넨 후 사무실을 나왔다. 역시 차길수도 정 변호사를 찾아왔었음이 틀림없었다. 다음 행선지가 바로 정해졌다.

길 원장은 서울 효창동에 있는 대한노인회 사무실 문을 열고 들어갔다. 사무실 안쪽에는 여직원 두 명이 각자 중년의 여성 손님들을 상대하고 있었다. 노인회에 일이 있어 오신 손님이 젊은 40대의 여자들이라는 것이 의아해 보였다.

잠시 주위를 둘러보다가 손님 한 사람이 나가자 직원에게 다가가 명함을 건넸다. 그리고는 전에 변호사로 일하시던 정상진 변호사님이 여기에 계신다고 하여 잠시 뵙고자 찾아왔다며 용건을 사무적으로 말했다.

여직원은 별다른 질문 없이 지금 정 변호사님은 회장실 옆 사무실에서 회원들과 담소를 나누고 있다며 그 사무실 쪽을 손가락으로 가리켰다.

길 원장은 고맙다며 가볍게 인사를 하고 그 사무실 쪽으로 발걸음을 옮겼다. 유리문으로 된 사무실 문을 열기 전에 위를 쳐다봤다. 자그마한 글씨체로 '사랑방'이라고 쓰여 있었다. 회원들이 소일거리로 사무실에 나와 잡담을 나누는 공간으로 보였다. 유리창 너머로 몇 분은 바둑을 두고 있고, 몇 분은 편안한 의자에 앉아 신문이나 잡지를 읽고 있었다. 차를 마시며 이야기 삼매경에 빠진 어르신들도 보였다.

길 원장은 문득 빈손으로 들어가는 것이 영 이상해 급하게 사무실을 나왔다. 더욱이 용건이 있어 찾아가는 길을 빈손으로 간다는 것은 모양새가 좋지 않았다. 주변을 살피다가 프랜차이즈 빵집을 발견했다. 지금쯤 간식을 드셔도 될 시간이라 빵을 사 가는 것이 좋을 듯했다. 시원한 과일 주스와 종류별로 빵을 골라 봉지에 담다 보니 종이봉투가 꽤 묵직해졌다.

다시 사무실 문을 열고 들어가면서 사무실 입구에 있던 직원들에게도 주스 병 하나씩을 건넸다. 직원들은 고맙다는 표시로 눈인사만 했다.

길 원장은 다시 사랑방 앞에 이르러 어느 분이 정 변호사일까 찬찬히 살펴봤다. 수십 년간 변호사 일을 했다면 얼굴 인상이나 풍채에서 분명 그 흔적이 보일 것이다. 길 원장 눈에는 유력한 후보자 두 명이 보였다. 두 사람 모두 나이는 70대 중·후반

쯤으로 한 사람은 양복 차림으로 잡담을 나누고 있었고, 다른 한 사람은 캐주얼 콤비 차림으로 바둑을 두고 있었다. 두 사람 모두 얼굴 인상에서 지적인 일을 한 전문가의 포스가 느껴졌다.

조용히 문을 열고 들어가니 어르신들은 각자의 일에 열중할 뿐 길 원장에게 눈길을 주는 분은 아무도 없었다. 문 입구 가까이에서 신문을 읽고 계시던 노인분에게 정상진 어르신이 어느 분인지 조용히 물었다. 그 노인분은 캐주얼 콤비 차림으로 바둑을 두고 있는 분을 향해 "정 영감, 손님이 찾아왔네."라고 제법 큰소리도 알렸다.

바둑을 두고 있던 정 변호사는 몇 초 동안 길 원장을 찬찬히 살펴보고 있었다. 자기에게 찾아올 손님이 없는데 의아하다는 표정이었다.

길 원장은 순간의 침묵을 깨고 큰 소리로 말했다.

"어르신들 심심하실까 봐 간식을 조금 가지고 왔습니다." 그러고는 중앙에 있는 탁자에 사 온 빵 봉지를 올려놓았다. 어르신들이 이구동성으로 고맙다면서 탁자 주위로 몰려들었다.

"저는 대전에서 한의사로 일하는 길지석이라고 합니다. 변호사님을 뵌 적은 없는데, 개인적으로 여쭤볼 말씀이 있어서 이렇게 불쑥 찾아왔습니다. 미리 연락드리지 않고 찾아와서 죄송합니다."

길 원장은 정 변호사 앞으로 가서 최대한 공손하게 자기를 소개했다.

정 변호사의 반응이 궁금했다. 그는 얼굴에 엷은 미소를 띠며 길 원장에게 옆에 있는 의자에 앉으라고 권했다. 길 원장은 속으로 작은 뇌물이 통한 건가? 아니면 공손하게 인사해서 통한 건가를 가늠하면서 앉았다.

의자에 앉아 그의 얼굴을 세세히 살피기 시작했다. 그는 엷은 미소 그대로 길 원장을 바라보고 있었다. 그는 틀림없이 변호사로서 성공했을 것이다. 어려운 일로 자신을 찾아온 의뢰인을 위해 마음을 열고 고민을 들어줄 자세였다. 변호사로서의 습관이 몸에 밴 것이라고 생각했다.

길 원장은 순간 어떻게 말을 꺼내야 할지 고민이었다. 산전수전 다 겪은 변호사에게 두루뭉술하게 용건을 꺼냈다가는 오히려 역효과일 것이다. 정공법을 택하기로 했다.

"혹시 최근에 차길수라는 사람이 변호사님을 찾아오지 않았나요? 변호사님께서 오래전에 맡았던 사건 때문에요."

말투는 공손했지만 직설적으로 물었다.

정 변호사의 얼굴에 순간 긴장감이 돌았다. 동공이 확대되고 눈 주위에 미세한 떨림이 있었다. 한의사가 보기에는 뭔가 예상하지 못했을 때 나오는 증상으로 보였다.

잠시 후 그의 입에서 지극히 사무적인 질문이 나왔다.

"그쪽은 차길수와 어떤 관계인데 나를 찾아오셨나?"

길 원장은 직감적으로 최근에 차길수가 찾아왔음을 그의 말투에서 느낄 수 있었다. 다시 정공법을 쓰기로 했다.

"최근에 차길수가 자살했습니다. 차길수의 부인은 그가 왜 자살했는지 전혀 짚이는 데가 없다며 저한테 사정을 알아봐 달라고 해서 여기저기 뛰어다니다가 얼마 전에 차길수가 변호사님을 만났다는 사실을 알게 되어, 이렇게 여기까지 오게 됐습니다."

길 원장은 무미건조하게 톤이 없는 목소리로 대답했다.

그는 차길수가 자살했다는 말을 듣고 꽤 충격을 받은 모양인지 한동안 창밖을 멍하니 바라만 보고 있었다. 잠시 후 천천히 입을 열었다.

"차길수가 자살한 것이 확실한가?"

"자신의 방에서 목을 맸고, 자필 유서가 발견됐습니다."

그는 또다시 뭔가를 깊이 생각하는 듯 말이 없었다. 길 원장은 다시 한번 정공법을 썼다. 정중한 어조로 말했다.

"차길수는 변호사님을 만난 후 얼마 되지 않아 자살했습니다. 가족들 입장에서는 왜 자살했는지만이라고 알고 싶은 심정이라."

그는 꽤 난감한 표정을 짓고 있었다. 차길수가 찾아온 이유에 대해 말해줘야 할지 말지 고민하는 것 같았다.

"변호인은 의뢰인과 사이에 비밀 준수 의무라는 것이 있어. 사건과 관련해서는 다른 사람에게 함부로 말해줄 수가 없네."

그는 미리 주위에 장막을 쳤다.

"차길수 가족이 부탁하는 겁니다. 차길수는 이미 죽었고, 가족들 입장에서는 왜 죽었는지에 대해 알아야 할 권리도 있다고 생각됩니다."

길 원장은 공손하면서도 단호하게 말했다. 길 원장의 단호한 말이 먹혔는지 그는 어떻게 해야 할지 망설이는 표정이 역력했다.

길 원장은 더 강하게 다그치듯 물었다.

"차길수 본인 사건도 아니니 말씀해 주실 수 있지 않나요?"

"그게 무슨 말인가? 본인 사건이 아니라니?"

"차길수가 형 차길준의 뺑소니 사건 때문에 찾아온 거 아니었나요?"

그는 깜짝 놀라는 표정이었다. 길 원장이 그 사실을 알고 있어서 놀란 것인지, 아니면?

"차길수는 자기 사건 때문에 왔었네. 그래서 더욱 말해 줄 수가 없네."

잠시 정적이 흘렀다.

길 원장은 갑자기 난감해졌다. 잘못 짚은 것이다. 차길수가 확인하고 다녔던 것은 형의 뺑소니 은폐 사건이 아니란 말인가? 그럼 자기 사건이라는 것이 강간 사건을 말하는 것인가? 강간 사건도 정 변호사가 맡았다는 말인가? 물론 작은아버지의 도움으로 정 변호사가 맡았을 가능성이 높을 것이다. 아니면 또 다른 사건이라도 있단 말인가? 물음표투성이였다.

"차길수 강간 사건도 변호사님이 맡으신 건가요?"

"그 강간 사건을 아는가?"

"네, 알고는 있습니다만."

"차길수는 그 사건 때문에 날 찾아왔었네."

길 원장은 지금까지 헛다리를 짚고 여기저기 헤매고 다녔다는 생각이 들자 힘이 쭉 빠졌다. 더 이상 대화를 이어나갈 힘도 없었다. 순간 어떻게 해야 할지 망설여졌다.

그래도 차길수는 정 변호사를 만나고 얼마 있지 않아 자살했으니 비록 수인이 뺑소니 사건과는 관련이 없어도 자살의 단서는 찾을지도 모른다는 생각이 스쳐 지나갔다. 차길수가 왜 정 변호사를 찾아와서 자신의 강간 사건을 물었는지 그 이유라고 알고 싶었다.

"변호사님! 가족들이 애타게 궁금해하고 있네요. 차길수가 변호사님을 찾아온 이유가 자살과 관련 없다면 가족들에게는 굳이 말하지 않을 생각입니다. 말씀해 주실 수 있으면… 듣고 싶습니다."

그는 연신 난감한 표정을 지었다. 상당 시간 적막이 흘렀다. 이윽고 천천히 그가 입을 열기 시작했다.

차길수는 20여 년 전에 자기 사건을 맡아 잘 처리해 주셨는데 늦게나마 고맙다는 인사를 하러 왔다며 첫마디를 꺼냈다. 그날은 대한노인회 송년회가 예정되어 있었기 때문에 확실히 기억하는데 작년 12월 16일이었다.

정 변호사는 차길수의 이름과 얼굴을 보고도 어떤 사건인지 전혀 알 수 없었다. 차길수는 대학교 때 강간 사건으로 구속됐었는데 변호사님이 도와주셔서 바로 풀려났다며 사건 내용을 간단히 설명했다.

정 변호사가 한창 잘나갈 때는 한 달에 수십 건씩 사건을 수임했고, 그런 류의 사건도 수없이 처리했기 때문에 그렇게 말해서는 전혀 기억할 수 없다고 대답했다. 차길수는 자신은 ○○대학교 학생이었는데 변호사님과 동문이어서 더 신경 써주신 것 같고, 합의도 적극적으로 주선해 주셔서 구속된 지 한 달도 안 돼서 풀려났다고 말했다.

정 변호사는 순간 머릿속을 스치는 사건 하나가 기억났다. "혹시 고향이 어디인가?"라고 물었다. 차길수는 "영월입니다."라고 짤막하게 대답했다.

정 변호사는 다시 한번 차길수의 얼굴을 찬찬히 살펴보기 시작했다. 강간 사건 내용은 전혀 기억이 없었지만 어떤 사건인지는 기억이 났다. 영월지청 검사로 근무할 당시 직원이었던 차철진의 부탁으로 조카 사건을 수임한 적이 있었다.

"그래, 그때가 벌써 20년도 넘었지. 자네도 이젠 중년이 다 됐구먼. 자네야 구치소에서 몇 번 본 게 다였고, 자네 아버님하고는 자주 만나고 통화했었지. 그래, 아버님은 지금도 살아계신가?"

"아버님은 오래전에 돌아가셨습니다."

"어, 그래. 자네 아버님은 참 호탕한 분이셨는데. 근데 갑자기 어쩐 일인가? 단순히 인사하러 20년 만에 찾아온 것은 아닐 테고."

차길수는 잠시 머뭇거렸다.

"제가 저질렀던 사건이 피해자와 합의돼서 바로 석방되었다고만 알고 있는데, 아버님이 구체적으로 말씀해 주지 않아서 지금까지 그 내막은 잘 모르고 있었습니다."

차길수는 잠시 말을 멈추고 정 변호사의 표정을 살폈다. 뭔가를 탐색하는 느낌이었다.

"잘못을 저지른 놈 입장에서 아버지께 여쭙기도 어려웠고, 아버지는 다만 피해자와 잘 합의됐으니 앞으로 대학을 잘 다니라는 말씀만 있었습니다."

"그랬던가?"

정 변호사는 짐짓 모르는 표정을 지었다.

"저는 합의금으로 상당한 금원이 들어갔을 거라고만 추측하고 있었는데 어느 날 갑자기 그 여자와 아버지, 그리고 저희 아버님이 제 하숙집에 오셨습니다. 저는 너무나도 놀란 상황이었는데 나머지 분들은 모두 그 상황을 이해하고 있는 거 같았습니다."

"…."

정 변호사는 차길수의 의도를 정확히 읽을 수 없어 말없이 가만히 듣고만 있었다.

"그리고 아버님은 '네가 잘못해서 젊은 처자 신세를 망쳤으니 사내인 네가 책임져야 한다.'라고만 말씀하셨고, 그래서 저는 얼떨결에 그 여자를 연인으로…."

정 변호사는 차길수의 말을 듣는 중간중간에 그 사건의 합의 조건이 특이했었다는 사실이 기억났다.

"저는 그때 합의 내용에 제가 그 여자와 결혼하는 조건이 들어 있었을 거라 추측하고 있었는데, 그로부터 6개월쯤 후에 갑자기 아버님이 그 여자하고 헤어지고 당장 군대에 가라고 다짜고짜 말씀하셨고, 저는 아무 말을 할 수 없는 상황이라 아버님 말씀 따라 곧바로 군대에 갔습니다."

"그런데 지금에 와서 이 얘기를 왜 나한테 하는 건가?"

"아버님이 그때 왜 그 여자와 사귀라고 했는지, 또 왜 갑자기 헤어지라고 했는지 전혀 말씀해 주지 않으셔서 마음 한켠에 왠지 모를 불안감이…. 그래서 지금이나마 제가 알아야 할 거 같아 이렇게 변호사님을 뵈러 왔습니다."

"그걸 내가 알고 있다고 생각하나?"

"아버님은 그 여자 측에서 금전 배상을 요구해서 충분히 배상해 줬으니 아무 생각 말고 군대에 가라고만 하셨는데, 아무리 생각해도 아버님은 뭔가 숨기신 거 같고, 변호사님은 그 사실을 알고 계실 거 같아서…."

정 변호사는 20년이나 지나 그 사건이 다시 불거졌다는 사실이 무척 당황스러웠다.

그 당시 강간 사건은 친고죄여서 피해자와 합의돼서 고소가 취하되면 바로 그냥 끝나는 사건이었다. 변호사 입장에서는 강간 사건은 어떻게 해서든지 피해자와 합의 보라고 권하는 것이 일반적이었다. 그것이 사건을 가장 쉽고 빨리 해결하는 방법이니까. 정 변호사도 차길수 아버지에게 어떻게 해서든지 피해자와 합의하라고 권유했을 것이다.

정 변호사의 기억에는 그 사건이 강간에 해당하는지, 그 여부도 애매했던 것 같았다. 차길수는 술에 취해 전혀 기억이 없는데 여자는 강간당했다고 주장하는 상황에서, 차길수는 기억이 없으니 변명도 못하고 구속됐던 사건이었던 것으로 어렴풋이 생각났다. 합의되지 않으면 변호사는 무죄 주장을 해야 하지만 가해자가 술에 취해 기억이 없는데 무죄 주장을 해서 무죄를 선고받는 것은 하늘의 별 따기였다. 이런 사건은 합의가 최선인 것이다.

대부분이 금전적 합의일 수밖에 없는 강간 사건에서는 통상 합의가 쉽지는 않다. 최대한 합의금을 줄이려는 가해자와 최대한 많은 합의금을 받으려는 피해자 사이에서 쉽게 그 지점이 맞춰지지 않기 때문이다.

피해자는 자신이 가장 유리할 때 합의하려고 한다. 그때는 통상 가해자가 1심에서 실형을 선고받고 항소심 재판을 받을 때이다. 항소심에서 합의되지 않으면 강간 사건은 1심 형이 그대로 선고될 가능성이 농후하다.

가해자 입장에서는 1심에서 무죄를 주장했다가 통하지 않았으면 항소심에서도 통할 가능성이 별로 없다는 사실을 알기 때문에, 합의금이 더 올라가더라도 합의할 수밖에 없다. 즉, 피해자 입장에서는 몸값이 가장 높을 때를 기다려 합의하려는 것이 통상의 예였다.

정 변호사는 차길수 사건도 합의가 쉽지 않을 것이라고 예단하고 있었으나 의외로 합의가 쉽게 됐던 것으로 기억했다. 그의 아버지가 피해자의 아버지를 만나 합의금이 아닌, 그가 피해자를 책임지는 조건으로 합의했기 때문이다. 즉, 강간 가해자와 피해자가 결혼하는 것이었다.

이 제안을 누가 했는진 기억이 없지만 그의 아버지와 피해자의 아버지는 서로 합의 조건에 동의했다. 그 당시 상황으로 보면 피해자 입장에서도 썩 불리한 조건은 아니었던 것 같았다. 차길수는 서울 명문대 학생인 데다가 외모도 반듯하고, 더욱이 영월 갑부의 아들이니 피해자 집에서도 강간 사건만 아니라면 훌륭한 사윗감임이 틀림없었다.

차길수의 아버지 입장에서도 어쩔 수 없는 상황이었다. 아들이 구치소에 수감 중인 데다가 몇 년 실형을 받고 감옥에서 썩으면 아들의 인생도 끝장나는 것이었다. 아들을 감옥에서 꺼내는 것은 합의라는 방법밖에 없으니 울며 겨자 먹기 식으로 합의 조건에 순순히 동의했을 것이다. 어쩌면 그의 아버지가 적극적으로 이런 합의 조건을 제시했을 수도 있었을 것이다. 성격상 남자가 여자를 건드려서 인생을 망쳤으면 당연히 책임져야 한다는 그런 생각을 가지고 있었을 것이다. 그 당시에는 여자의 정조 관념에 비추어 충분히 가능한 합의 조건이었다.

아무튼 차길수 강간 사건은 의외로 쉽게 합의되어 그는 성동 구치소에서 바로 풀려났다. 그래서 그가 실제 그 여자를 강간했는지 안 했는지는 영영 세월 속에 묻히고 말았다.

그런데 갑자기 당사자인 차길수가 그 사건의 진상을 확인하기 위해 자신을 찾아온 것이다. 정 변호사는 자신도 그런 합의 조건에 빨리 합의하는 것이 최선이라고 조언했던 걸로 기억했다. 그 때문에 지금 이 순간이 무척이나 난감했다.

"그때 자네가 그 여자와 결혼하는 것이 합의 조건이었던 것은 사실이네. 다만 그 조건이 이행되지 않으면 금전적인 배상을 한다는 문구도 있었던 것이 사실이고."

정 변호사는 지금 차길수의 말을 통해 그 합의 조건이 지켜지지 않았다는 사실을 들었다. 그러나 그 사실은 이미 알고 있었다. 그 여자가 나중에 어떻게 됐는지 그의 말을 듣는 도중에 기억이 떠올랐기 때문이다.

정 변호사는 짐짓 모른 척 물었다.

"자네 말은 그 여자와 합의 조건이 이루어지지 않았다는 건데 지금에 와서 합의 조건이 왜 궁금한가? 그 여자가 다시 합의 조건을 문제 삼기라도 하고 있나?"

"아, 그건 아닙니다. 그 여자가 지금 어떻게 살고 있는지도 모르는데."

"그럼, 왜 지금에 와서 그것이 궁금한 건가?"

정 변호사가 재차 물었다. 차길수는 바로 답하지 않고 있다가 잠시 후 조심스럽게 말을 꺼냈다.

"여기 오기 전에 그 여자 집을 찾아봤으나 길도 변하고 집도 변하고 해서 도통 찾을 수가…. 지금이라도 그 여자를 만날 방법이 없을까요?"

"20년 전 사건이라 사건 기록도 다 없어지고, 나는 사건 내용도 기억이 없는데, 어떻게 찾겠나?"

정 변호사는 형식적으로 대답했다. 차길수는 수긍한다는 듯 고개만 가볍게 끄덕였다.

"갑자기 오는 바람에 아무것도 준비해 오지 못했네요. 죄송합니다."

차길수는 자리에서 일어나 가볍게 인사를 하고 사무실을 나가려다가 정 변호사를 돌아보면서 다시 물었다.

"변호사님은 아버님이 갑자기 그 여자랑 헤어지라고 한 이유가 단지 여자 측에서 돈을 요구한 것 이외에 다른 이유가 있었는지 정말 아시는 것이 없나요?"

"그건 자네가 그 여자를 좋아하지 않아서 그런 거 아니었나? 자네가 당사자인데 그걸 왜 나한테 묻지?"

정 변호사는 순간 당황해서 얼떨결에 대답을 꺼냈다. 차길수는 다시 고개만 끄덕였다.

"솔직히 아버님 강요로 그 여자와 몇 개월 사귀었지만 너무나도 딴 세상 사람 같아 보여서. 서로 술을 좋아하는 거 이외에 맞는 것이 하나도 없었고, 한마디로 저하고는 전혀 맞지 않았습니다."

정 변호사는 모든 일에는 순리가 있는데 차길수와 그 여자의 만남은 순리가 아니었던 것 같다는 생각이 들었다.

"저도 내심 잘됐다 싶어 아버님 말씀대로 그 여자와 연락을 끊자마자 군대에 입대했고, 그 여자에 대해서는 지금까지 잊고 지냈는데…."

차길수는 말끝을 머뭇거렸다.

정 변호사는 문득 차길수가 심성이 착한 사람이라는 생각이 들었다. 순간 그가 실제로 그 여자를 강간했는지도 의심스러웠다. 그 당시 그는 술에 취해 그 여자와 있었던 일을 전혀 기억할 수 없다고 했다. 불리한 사실을 변호사에게 숨기는 것이 일반 피의자들의 성향이므로 그가 사실대로 말했다고 단정할 수는 없었다. 하지만 그는 솔직히 기억나지 않아서 기억나지 않는다고 말했을 것 같았다. 지금이라도 실제 그 여자를 강간한 것이 맞느냐고 물어볼까도 생각했지만, 지금에 와서 아무런 의미도 없을 것이다. 괜히 당사자만 곤란하게 만들 것 같아 그만뒀다.

"지금이라도 그 여자를 만나 꼭 용서를 빌고 싶은데, 찾을 방법이 정말 없을까요?"

차길수가 또다시 물었다.

정 변호사는 20년이나 지난 일을 다시 끄집어내는 것이 아무런 도움이 되지 않는다는 생각이 들었다. 그 여자를 만나 용서를 빌고 싶다는 그의 마음도 한편으론 이해되었지만, 그를 단념시킬 생각으로 망설이고 있던 말을 꺼냈다.

"그 여자는 이미 이 세상 사람이 아니니 그만 단념하게."

"네에? 그 여자가 죽었다는 말인가요?"

차길수는 귀신에 홀린 듯 깜짝 놀라면서 되물었다.

"어느 날 뺑소니 사고로 사망했다는 얘기를 우연히 들은 적이 있었네. 그러니 더 이상 미련 두지 말게."

차길수는 온몸이 뻣뻣이 굳은 채 몇 초 동안 미동도 없었다. 잠시 후 금방이라도 쓰러질 듯한 모습으로 정 변호사에게 아무 인사 없이 정신 나간 사람처럼 사무실을 느릿느릿 걸어 나갔다.

정 변호사는 그의 뒷모습을 보면서 마지막 얘기는 해주지 말았어야 하는 건 아닌지 순간 후회했다. 그 여자는 불의의 사고로 이미 이 세상 사람이 아니라는 사실을….

그리고 정작 당사자는 모르고 있었지만 정 변호사는 그가 왜 그 여자와 헤어졌는지도 알고 있었다.

길 원장은 온 신경을 집중해서 정 변호사의 말을 하나도 놓치지 않고 듣고 있었다. 마지막 말이 가히 충격이었다. 그 여자가 이미 이 세상 사람이 아니라는 사실, 그리고 뺑소니 사고로 사망했다는 사실….

또다시 뺑소니 사건이 등장하고 있었다. 이게 무슨 의미일까? 머릿속은 얽힌 실타래처럼 뭐부터 풀어나가야 할지 전혀 감이 잡히지 않았다. 지금까지 의심했던 차길준의 뺑소니가 아니라 다른 뺑소니가 또 있었다니….

길 원장은 뒷얘기가 궁금해서 그 여자가 어떻게 사망했는지 물었다. 그러나 정 변호사는 갑자기 단호해졌다. 당사자 차길수가 아닌 제3자인 길 원장에게 또다시 같은 말을 꺼낸다는 것이 차길수의 변호사였던 자신의 윤리상 용납할 수 없다는 표정이었다. 그리고 또, 자신의 말로 인해 차길수가 자살했을지 모른다는 막연한 불안감 때문인지 적극적으로 자신을 변론하려는 것처럼 보이기도 했다.

길 원장도 현재 그의 심정이 충분히 이해됐다. 어쨌든 차길수는 그를 만나고 얼마 지나지 않아 자살했으니 그의 지금 마음도 몹시 착잡할 것이다. 오늘은 이만 단념해야 할 것 같았다. 하지만 다시 볼 기회가 있을 것 같은 예감이 들었다.

"오늘 시간 내주셔서 감사합니다. 정말 어려운 말씀을 꺼내주셨는데, 다시 한번 감사드립니다. 또 뵐 수 있을지 모르겠네요."

길 원장이 짐짓 선수를 쳤다.

"자네가 고생이 많구먼. 지금 가장 힘든 사람들은 차길수 가족들일 테니 자네가 잘 보듬어 주게."

정 변호사의 마지막 말이 가슴에 와닿았다. 자살로 자신의 과거를 덮으려고 했던 차길수를 생각해서 가족들에게도 오늘의 이 얘기는 하지 않는 것이 좋을 것 같다는 의미였을 것이다. 그에게 인사를 하고 사무실을 나오려는 순간 뜻밖의 질문이 나왔다.

"자네는 차길수가 정말 20년 전에 발생한 자신의 과거 잘못 때문에 자살했다고 생각하고 나를 찾아온 건가? 그리고 또, 형의 뺑소니 사건은 무슨 말인가?"

길 원장은 멈칫했다. 그에게 숨긴 이 사건의 핵심을 들켰을지 모른다는 생각이 들었다. 그는 천생 검사였다. 몸을 돌려 그를 바라봤다. 그는 길 원장이 자신에게 무언가를 숨기고 있다는 사실을 알고 있다는 듯 느긋한 표정을 지으며 길 원장을 바라보고 있었다.

길 원장은 순간 그의 뒤쪽 벽에 걸려 있는 시계를 올려봤다. 저녁 6시가 조금 못 되었다.

"마침 저녁 드실 때가 된 거 같은데 혹시 저녁에 시간 되시면 제가 모시고 싶습니다."

"자네 술 잘하는가? 나는 저녁 먹을 때면 술 생각이 나서 말이야. 자네가 술친구가 돼 준다면 기꺼이, 잘 가는 근처 단골집이 있는데 거기로 가세."

그는 길 원장의 답을 듣기도 전에 벌써 나갈 준비를 하고 있었다.

길 원장은 그가 부장검사까지 하다가 퇴직한 분이라 분명 이 사건에 관심을 가질 것이라고 생각했다. 그리고 남자에게 순순히 말을 꺼내도록 유도하는 가장 강력한 무기가 술이라는 사실도 잘 알고 있었다.

그가 안내한 단골집은 효창동 사무소 근처 건물 1층에 있는 〈동산참치〉 가게였다. 그가 들어가자 주방에 있던 주인 같은 사람이 반갑게 인사를 건넸다. 그 둘의 태도로 보아 아주 오래전부터 단골 가게였음이 틀림없었다.

두 사람은 참치회와 술이 나오자 별다른 말 없이 몇 잔의 술을 마셨다.

"변호사님은 제가 말씀드리지 않은 것이 있다는 사실을 어떻게 아셨습니까?"

길 원장은 짐짓 놀란 표정으로 물었다.

"오늘 얘기는 자네로서는 처음 듣는 얘기일 테니, 뭔가 의혹을 품고 나를 찾아왔다는 것은 다른 단서가 있었다는 뜻인데….."

그는 잠시 말을 멈추고 앞에 있는 술잔을 비웠다.

"자네는 오늘 그 얘기는 전혀 꺼내지 않았으니 나로서는 뭔가 중요한 얘기를 듣지 못했다고 생각할 수밖에."

길 원장은 그한테 제대로 한 방 얻어맞았다고 인정했다. 차길수의 자살에 수인이 뺑소니 사건이 어떻게든 관련 있다는 사실은 전혀 내색하지 않았다. 그리고 그것을 확인하는 과정에서 차길준의 은폐된 뺑소니 사건이 불거졌다는 사실도 언급하지 않았다. 그는 핵심을 찌른 것이다.

그렇지만 이젠 그 얘기를 꺼내야만 할 것 같았다. 다만 자신이 먼저 그 얘기를 꺼내기 전에 그로부터 궁금한 것들을 먼저 듣고 싶었다.

"변호사님은 그 여자가 어떻게 뺑소니 사고로 사망했고, 차길수가 왜 그 여자와 헤어졌는지 아신다고 하셨는데, 그 말씀을 먼저 듣고 싶네요."

그도 술이 몇 잔 돌자 길 원장에 대한 경계심을 놓은 것 같았다.

정 변호사는 강간 사건이 잘 처리된 지 1년 정도 지나서 검사들 모임에 간 적이 있었다. 이런저런 이야기를 나누다가 뜬금없이 후배 검사가 자기 사건 중에서 정 변호사 얘기가 나왔다는 말을 꺼냈다.

후배 검사는 경찰에서 송치된 뺑소니 사망 사건을 수사한 적이 있었다. 그 피의자는 경찰에서부터 자신이 차로 피해자를 치고 도망간 것은 맞는데 피해자가 갑자기 차에 뛰어들어 자기로서는 어쩔 수 없었다고 일관되게 변명하고 있었다. 한마디로 그 여자가 자살한 것이어서 자기는 억울하다는 취지였다. 경찰은 술에 취한 뺑소니 피의자가 혐의를 조금이나마 덜어보고자 피해자에게도 잘못이 있다는 취지의 터무니없는 변명을 한다고 판단했다. 그 내용을 무시하고 그대로 송치했다.

후배 검사는 그 뺑소니 피의자가 하도 강력하게 우겨서 피해자의 아버지를 불러서 조사했다.

아버지는 딸이 자살할 이유는 전혀 없다고 강력히 부정했다. 다만 후배 검사는 겨울철 늦은 밤에 딸이 혼자 술에 취해 길을 걷고 있었던 이유는 무엇이냐고 물었다.

아버지는 사기꾼 변호사한테 속아서 딸의 인생이 망가졌다는 취지로 한탄했다. 딸이 강간 피해자였는데 가해자 변호사의 감언이설에 속아 딸과 강간 가해자가 서로 사귀는 조건으로 합의했지만 얼마 가지 않아 딸이 그놈한테 배신당했다고 했다. 분명 변호사가 우선 가해자를 교도소에서 빼내기 위해 그렇게 코치한 것이 분명하다고 했다. 그 후 딸이 거의 매일 술을 마신 것은 사실이지만, 자살할 생각은 전혀 하지 않았다고 강하게 주장했다.

후배 검사는 그 과정에서 정 변호사가 그 사건을 수임했다는 것을 알게 됐지만 정식 조사는 아니었기에 기록에 정 변호사에 대한 언급은 전혀 없다고 선심을 쓰듯 말했다.

정 변호사는 그 소식을 듣고 차길수와 그 여자가 헤어진 사실을 알게 됐다. 자신 때문에 그렇게 됐다는 피해자 아버지의 말에 어처구니가 없었다. 자신은 그 후 전혀 차길수나 그 가족과 연락한 사실이 없는데 괜한 오해를 받았다는 생각이 들자, 피해자 아버지에게 미안하기도 하고 한편으로는 화도 났다.

그래서 차길수를 소개시켜 준 차철준에게 전화를 걸어 차길수가 왜 그 여자와 헤어졌는지 물어봤다.

차철진의 말에 의하면, 그 사건 이후 차길수와 그 여자는 서울에서 계속 만나면서 정식으로 사귀고 있었다. 그런데 어느 날 그 여자의 애인이라는 사람이 차길수의 아버지를 찾아와서 다짜고짜 자기 애인이 차길수에게 성폭행당했고, 그것도 모자라 애인을 빼앗아 갔다고 난리를 쳤다. 그러면서 그 여자에 대한 적나라한 부분을 언급하기도 했다.

차길수의 아버지는 차길수가 그 여자의 신세를 망쳤다고 생각했었는데 이미 다른 남자와 깊은 관계였다는 사실에 심한 충격을 받았다. 그 남자는 차길수의 아버지에게 돈을 요구하며 대판 실랑이를 벌였다. 차길수의 아버지는 그 여자가 자신의 과거를 속였으므로 합의 조건을 그 여자 쪽에서 파기한 것이라고 나름 생각했다. 합의가 파기됐을 때 금전적으로 배상하기로 한 약속이 있었기 때문에 그 남자에게 상당한 돈을 주고 끝냈다.

그리고 차길수에게 당장 그 여자와 헤어지고 군대에 가도록 종용했다. 차길수는 영문도 모른 채 아버지의 말을 따랐다. 자신의 잘못으로 벌어진 일이기 때문에 그 사건에 대해서는 아버지의 말에 어떤 반항도 하지 못하고 무조건적으로 순종할 수밖에 없었다. 차길수가 그 여자에 대해 어떻게 생각했는지 그리고 어떻게 이별 통보를 했는지는 알 수 없었다. 그 길로 차길수는 바로 휴학과 함께 군에 입대하는 길을 택했다.

"차길수가 자살한 숨은 이유는 무엇인가?"

정 변호사는 이젠 자신이 궁금한 부분에 대해 직설적으로 물었다.

"표면적으로는 차길수의 딸이 10년 전에 뺑소니 사건으로 사망한 사실이 있었는데 그 일로 인한 자책감 때문으로 보입니다."

"뭐라고?"

그는 또다시 뺑소니 사건이라는 말이 나오자 깜짝 놀랐다. 차길수의 옛 연인이 뺑소니로 사망했는데 딸도 뺑소니로 사망했다는 말이 예사롭지 않다고 느꼈을 것이다. 그리고 또, 길 원장은 처음에 차길수 형의 뺑소니 사건을 물어보지 않았던가?

그의 표정이 심각해지기 시작했다. 그제야 옛 연인이 뺑소니로 사망했다는 말을 들은 차길수가 왜 그렇게 넋이 나갔었는지 이해가 됐다. 무슨 불행으로 옛 연인과 딸이 모두 뺑소니 사건으로 사망하다니… 차길수도 참 불쌍한 사람이라는 생각을 하다가 갑자기 의아한 표정을 지었다.

"10년 전에 딸이 뺑소니로 사망했는데 그것이 옛 연인과 무슨 관계가 있다고 나를 찾아왔단 말인가? 지금 이 두 뺑소니 사건이 서로 관련 있다는 말인가?"

"아, 아닙니다. 저는 차길수의 옛 연인 얘기를 지금 처음 들었고, 더구나 뺑소니로 사망했다는 사실도 지금 처음 듣는데."

길 원장은 손사래를 치면서 말했다.

"그리고 참, 차길준의 뺑소니 사건은 왜 물었나?"

"그 사건도 변호사님이 수임한 것으로 알고 있는데?"

"그래, 그 사건도 내가 수임했고, 잘 마무리됐지."

"저는 차길수가 형의 뺑소니 사건을 확인하고 다니는 줄 알았습니다. 차길수가 딸 뺑소니 사건에 형이 관련 있다는 어떤 단서를 가지고 있다고 생각했었거든요."

"차길수는 그 사건에 대해서는 전혀 언급이 없었네. 그건 그렇고, 차길수가 10년 전 딸 뺑소니 사건 때문에 지금까지 자책하다가 최근에서야 자살했다는 말인가? 그건 너무 비약이 심한 거같은데, 그렇게 생각하는 근거는 무엇인가?"

"차길수의 유서입니다. 차길수는 유서를 남겼는데 죽은 딸에게 남긴 거였죠. 거기에 딸이 자기 때문에 죽게 되어 미안하다는 말이 절절히 적혀 있어서."

"아니, 왜? 딸이 차길수 때문에 뺑소니를 당해서 죽었단 말인가?"

"아빠 약 심부름으로 약국에 갔다 오던 길이었거든요."

그는 가볍게 고개를 끄덕였다. 수긍하는 표정인 것 같기는 하지만 일말의 의문도 있는 것 같았다.

"그것이 직접적인 원인도 아닌데 차길수가 너무 자책했던 것은 아닌가?"

"네, 그 말씀에 저도 동의합니다. 그런데 오늘 변호사님 말씀을 듣고 보니…."

길 원장은 잠시 말을 잇지 못하고 조심스러운 표정을 지었다.

"혹시, 딸의 뺑소니 사건이 차길수의 지난날 잘못에 대한 복수였던 것은 아닌지? 차길수는 그 사실을 알고 딸이 자기 때문에 죽었다고 자책했던 것은 아닌지? 제가 너무 나갔나요?"

"그럼, 옛 연인 가족이 차길수의 딸을 자신의 딸이 죽은 것과 똑같은 방법으로 죽이기라도 했다는 말인가?"

"너무 나가기는 했지만, 충분히 예상할 수 있는 시나리오 같기도 한데… 변호사님 생각은 어떠신지요?"

길 원장은 일단 말을 꺼내기는 했지만 스스로도 어떤 근거를 가지고 하는 말이 아님을 잘 알고 있었다. 그 또한 한참을 생각한 후 천천히 자신의 생각을 밝혔다.

"가족 입장에서는 그 여자가 차길수의 배신으로 인해 신세를 망치고 결국은 자살 내지 사고로 사망했다고 생각하면 복수심이 끓어오를 수도 있었겠지."

"그렇다고 과연 실제로 복수를 할 것이냐 말 것이냐는 복수심의 정도가 문제겠죠."

"자세한 기억은 없지만, 아마도 그 여자는 무남독녀 외동딸인데 모르는 놈한테 성폭행당해 신세를 망쳤다는 아버지의 넋두리를 후배 검사에게 들었던 거 같아."

무남독녀 외동딸이 어떤 놈한테 성폭행당하고, 또 결혼도 배신당했다. 그 충격으로 알코올 중독자가 되어 길을 헤매다가 뺑소니를 당했거나 아니면 지나가는 차에 뛰어들어 자살했다면, 아버지 입장에서는 차길수에 대한 복수심이 끓어올랐을 것이다.

"차길수가 어떤 이유로 10년이나 지난 후에 딸의 뺑소니 사건을 다시 조사하게 됐고, 결국 대학교 때 일어난 강간 사건까지 재조사하게 되었는지, 그 이유가 현재로서는 명확하진 않네요."

"적어도 차길수가 어떤 경위로든 딸의 뺑소니 사건과 자신의 강간 사건이 서로 연관되어 있다는 단서를 찾았단 말인데."

그는 사뭇 긴장한 표정이었다. 범죄를 접하는 검사의 표정 그대로였다.

"그 부분에 대해서는 한 가지 추정할 만한 단서가 있긴 하죠."

"그래?"

"차길수가 뺑소니 사건을 다시 조사하게 된 계기가 어떤 의문의 편지를 받고서부터입니다. 아마도 편지에 그러한 내용이나 단서가 있었을 거 같습니다."

"편지에 딸이 뺑소니 사고를 당한 것은 차길수가 한 여자를 배신한 것에 대한 복수였다는 그런 내용이 적혀 있었던 말인가?"

"현재로서는 그것이 가장 현실적일 거 같습니다."

"차길수는 나를 만나기 전까지는 자신이 그 여자를 배신했다는 것에 대해 정확히 그 이유를 알지 못하고 있었던 거 같던데?"

"편지에 배신에 관한 어떤 암시가 적혀 있지 않았을까요?"

"차길수는 그 여자가 뺑소니로 사망했다는 말을 듣고 나한테 인사도 못 할 정도로 충격적인 모습을 보였는데, 너무 나간 거 아닌가?"

"네, 저도 그런 생각이 듭니다. 변호사님 말씀을 듣고 보니 차길수는 자신이 왜 그 여자와 헤어졌는지 그 이유조차 제대로 알지 못하고 있었던 것으로 보이니까요."

"음… 그렇게만 단정할 수도 없을 거 같은데? 어쨌든 차길수는 어떤 단서를 가지고 있었으니까 나를 찾아왔겠지, 안 그런가?"

"차길수가 변호사님을 찾아온 것은 편지에 있는 내용을 다시 한번 확인하려고 한 것은 아니었을까요?"

"아니야, 아니야. 차길수는 분명 그 여자가 뺑소니로 사망했다는 말을 듣고 엄청 충격을 받았거든."

"편지에 뺑소니라는 구체적인 언급은 없었지만 배신을 의미하

는 어떤 언급이 있었다면, 차길수는 아마도 그 여자를 생각했을
거 같은데요."

"아무튼 결국 차길수 딸의 뺑소니 범인이 그 여자와 관련 있다
는 어떤 언급이 편지에 들어 있었다면 말이 달라지겠지"

"지금까지의 단서를 종합하면, 그것이 전혀 근거 없는 결론이
라고는 할 수 없을 거 같네요. 범인이 편지를 보냈을 가능성도
있으니까요."

"그렇다고 하더라도 이해가 안 되는 것은 범인은 왜 차길수의
대학교 때 있었던 일을 가지고 10년이 훨씬 지난 후에 복수를 하
고, 왜 또 10년이나 지난 후에 그 사실을 알렸을까?"

"그것은 범인에게 그럴 만한 사정이 있었겠죠. 그것이 사실이
라면 차길수에게 자식이 태어나기를 기다려야 했기도 하고, 또
긴 침묵의 시간이 필요했겠죠."

"음… 그건 그렇겠지."

"그리고 뺑소니가 발생하고 10년이 지난 후에 편지를 보냈다
는 것은 뺑소니 사망 사건의 공소시효가 10년이라는 계산도 했
던 것일 테고요.

"그래? 지금까지 자네가 추측한 것이 사실이라면 차길수의 딸
은 뺑소니로 사망한 것이 아니라 고의로 살해당했다는 말인데."

"네, 맞습니다. 만약 그 사건이 순수한 뺑소니 사건이 아니고 뺑
소니를 가장한 살인 사건이라면 살인죄의 공소시효를 적용해야
하는 것인데, 범인은 그 사실을 간과했을 수도 있었을 겁니다."

"그렇지. 일반인들은 뺑소니 사망 사건의 공소시효가 10년이
라고만 단순히 생각했을 수도 있었겠지."

그러다가 그는 갑자기 심각한 표정을 지으면서 정색했다.

"차길수가 자신의 지난날 잘못 때문에 딸이 뺑소니로 가장되어 살해됐다는 사실을 알았음에도 아무런 행동 없이 그냥 그것을 자책하다가 자살했다는 말인가?"

"차길수가 그 후로 어떻게 행동했는지는 지금부터 더 조사해 봐야 할 거 같네요. 제가 오늘 변호사님으로부터 너무 충격적인 얘기를 많이 들어서 거기까지는 아직…."

"그럼, 자네는 차길수의 자살에도 의문을 가지고 있다는 말인가?"

"솔직히 말씀드리면 그렇습니다. 차길수가 자살한 방에서 뺑소니 당시 없어졌던 딸의 슬리퍼 한 짝이 발견됐는데, 지금까지 저희가 추리한 가정이 맞다면 차길수는 범인과 자의든 타의든 어떤 접촉이 있었다는 결론이 됩니다. 더욱이 유서에 적힌 수인이의 이름도 이상하고요."

길 원장은 수인이 슬리퍼 한 짝이 발견된 경위와 유서에 적힌 '수인'이라는 표현에 나오게 된 경위에 대해 간략하게 설명했다.

"흠, 차길수의 사망도 자살로 위장됐다는 말인가?"

"차길수가 자기 잘못도 어느 정도 있었지만 그 여자와 헤어진 것 때문에 딸이 살해됐다는 사실을 알게 됐다면, 과연 그 사실에만 자책하다가 자살했을지… 그건 선뜻 이해되지 않네요."

그는 고개를 가볍게 끄덕였다. 그리고 뭔가를 심각하게 생각하는 것 같았다. 잠시 고민하듯 망설이는 모습도 엿보였다.

"앞으로 어떻게 할 생각인가?"

"솔직히 오늘 변호사님의 말씀이 전혀 상상하지도 못한 내용들이어서 저도 난감하네요. 앞으로의 계획은 이제 세워야겠죠."

길 원장은 정신을 가다듬을 생각으로 술잔에 손을 가져갔다가 마시지는 않고 다시 내려놓았다.

"변호사님을 만난 이후 차길수의 흔적을 계속 쫓다 보면 사망의 단서도 찾을 수 있을 거라고 생각됩니다."

"자네는 처음에는 차길수가 자살했다고 했는데 지금은 사망이라고 말을 바꿨네. 자살이 아니라는 강한 의혹을 품고 있구먼."

"여기까지 왔는데 최소한 억울한 죽음은 없도록 밝혀야겠죠. 차길수의 죽음뿐만 아니라 수인이의 죽음까지도."

"그래, 차길수의 그 후 행적을 확인할 단서는 있나?"

"현재로서는 없네요. 20년이나 지난 사건의 단서를 추적하는 일인데 쉽진 않겠죠. 혹시 변호사님께선 그 여자의 가족과 관련해 단서가 될 만한 내용을 기억하시는 게 있으신지요?"

"나는 전에도 강간 사건 내용을 전혀 기억 못하고 있었네. 단지 합의 과정이나 그 여자가 사망했다는 것들이 특이해서 그 정도만 기억했던 거지. 변호사도 오래전에 은퇴했고, 20년 전 사건 기록도 모두 폐기됐는데 딱히 방법이 떠오르지 않네."

"그 여자 부모에 대해서도 기억나시는 게 없나요? 직업이나 사는 곳, 아니면 그 여자의 남자친구에 대해서라도."

"전혀 기억이 없어. 그냥 무남독녀 외동딸이 변호사의 배신 때문에 죽었다는 후배 검사의 전언밖에."

길 원장은 고개만 가볍게 끄덕였다.

"그런데 이번 사건에 왜 갑자기 차길준이 등장하지? 그리고 차길준이 수인이 뺑소니 사건과 관련 있다는 건 또 뭔가?"

"수인이 뺑소니 사건 당시 차길준이 용의자였었거든요, 그리고 그땐 홍상일이 차길준의 알리바이를 증명해 줘서 잘 끝났는데, 변호사님도 기억하시겠지만 차길준이 뺑소니 사건으로 혐의없음 처분 받을 때도 홍상일이 결정적인 역할을 한 것 아니었나요?"

길 원장은 예민할 수도 있는 문제라 조심스럽게 물었다. 그가 그 사건의 담당 변호사였으니….

"그래, 그랬지. 그땐… 솔직히…."

그는 유심히 길 원장의 얼굴을 쳐다보다가 갑자기 말을 멈췄다.

"아니야, 아닐세. 다 지난 얘긴데."

길 원장도 그가 무슨 말을 하려다가 입을 닫았는지 알 것 같았다. 입장이 곤란해질 것 같아 더 이상 차길준에 대해서는 묻지 않기로 했다.

길 원장은 그날 일흔 살이 넘었음에도 아직도 술을 즐겨하는 정 변호사를 상대하느라고 고생했다. 자기도 술에 관해서는 누구한테도 밀리지 않는다고 생각했는데 그는 강적이었다. 그래도 오늘은 건진 것이 많은 하루였다는 생각에 술이 술술 넘어가기는 했다.

지금까지 확인된 사실에 비추어 보면 일단 차길수는 수인이 뺑소니 사건의 범인은 아닌 것 같았다. 그리고 지금까지는 그래도 차길수의 죽음이나 수인이 뺑소니 사건에 차길준이 어느 정도 관련됐을 가능성이 높다고 생각했는데, 정 변호사를 만나고 방향이 180도 확 달라졌다.

차길수는 집을 떠난 이후 형의 뺑소니 사건이 아니라 자신의 어긋난 과거를 확인하고 다녔던 것이다. 그리고 그것이 수인이 뺑소니 사건과 관련 있다는 사실을 어느 정도 감지하고 있었을 것이다. 차길수가 그 사실을 어떻게 감지했는지는 더 조사해 봐야 알 수 있을 것이다.

지금으로서는 형 쪽이 아니라 차길수의 옛 연인 가족 쪽이 훨씬 차길수의 죽음이나 수인이 **뺑소니** 사건에 개입됐을 가능성이 높다는 생각이 가슴속에 확고히 자리 잡기 시작했다.

2.

길 원장은 정 변호사를 만난 지 이틀 후 그로부터 갑작스러운 전화를 받았다.

그는 차길수 강간 사건을 추적할 만한 단서가 하나 있기는 있는 것 같다고 했다. 그날 저녁때도 말해줘야 할지 말지 망설이다가 고민 끝에 알려주는 것이 좋을 것 같았고, 또 차길수는 자기 잘못 때문에 죽었다고 하더라도 최소한 딸에 대한 억울한 죽음은 밝혀져야 한다고 생각해서 전화했다고도 했다. 역시 그는 검사라는 직업의식이 몸에 밴 분이었다.

"강간 사건을 합의할 당시 합의 조건이 특이해서 합의 이행을 확실히 담보하고 바로 강제집행을 할 수 있도록 합의 내용을 공정증서로 작성했었네."

"합의 내용을 공증했다고요?"

"어떻게 보면 특이한 합의 조건도 아니었지. 두 사람이 결혼한다는 합의 조건이 이행되지 않으면 통상의 금전 배상을 하기로 했으니, 잘못되면 배상을 요구하거나 해주면 되는 것이니 말이야."

"그럼, 현재 그 공정증서는?"

"그때 공정증서를 작성한 공증사무소는 내 선배가 운영하는 인률공증인가법률사무소였어. 거기 가서 찾아보면 될 거야."

"20년이 넘었는데 지금까지 남아 있을까요?"

"음… 원래 공정증서 원본은 보존기간이 25년이네만, 보존기

157

간이 지난 서류들을 폐기하려면 지방검사장 신고 사항이라 다들 귀찮고 해서 보관하는 경우가 왕왕 있다네."

"물론 변호사님께서 미리 확인해 보셨겠죠?"

길 원장은 가벼운 농담처럼 물었다.

"그 선배 사무실은 보관창고가 여유 있어 설립 이후 서류는 하나도 폐기하지 않았다고 하더구먼. 그러니 아마 보관되어 있을 걸세. 다만 일반인은 열람하기 어렵겠지. 공적인 업무라면 몰라도."

길 원장은 고맙다고 말하며 전화를 끊었다. 그의 마지막 말 또한 고마운 말이었다. 공적인 업무에 대해서는 현직 경찰관인 엄 소장이 있었기 때문이었다. 이 부분은 엄 소장과 상의해서 처리하기로 했다.

그날 오후 시간을 내서 다시 영월로 향했다. 영월로 가는 내내 잔뜩 흐린 날씨처럼 길 원장의 마음도 착잡했다. 사건의 진상을 들여다보면 볼수록 한 인간의 과거사가 낱낱이 까발려진다는 사실이 안타깝기도 하고, 한편으로는 이미 이 세상 사람이 아닌 차길수에게 동정이 가기도 했다.

길 원장은 엄 소장을 만나 지금까지의 조사 경과를 상세히 알렸다. 차길수의 강간 사건 발생 및 합의 그리고 배신, 나아가 강간 피해자의 사망 특히, 뺑소니로 사망했다는 사실까지 최대한 객관적으로 설명했다.

지금까지 밝혀진 차길수의 행적과 정 변호사의 말을 종합하면 일단 차길준 쪽보다는 차길수의 옛 연인 주변 인물 쪽이 수인이 뺑소니 사건이나 차길수의 사망에 관여됐을 가능성이 높다는 점도 강조했다.

영월에서 확인되지 않았던 차길수의 행적이 엉뚱한 서울에서 확인된 것이 의외였다. 아마도 차길수는 그 후로도 서울에 몇 번은 더 갔을 것이라는 예상도 충분히 할 수 있는 상황이었다.

엄 소장은 길 원장의 말을 듣는 매 순간마다 놀라는 표정을 감추지 못했다. 특히 수인이 뺑소니 사건이 뺑소니를 가장한 살인 사건일 가능성이 있다는 말에 가장 큰 충격에 빠졌다. 어떻게 말로 표현할 수 없다는 심정인 것 같았다. 한편으로는 자신이 제대로 수사를 하지 못해 10년이나 지나서야 엉뚱한 방향에서 수사가 다시 진행된다는 사실을 몹시 자책하기도 했다.

길 원장은 그의 얼굴에서 자책하는 모습을 읽었다.

"너무 자책하실 거까지는 없을 거 같네요. 만약 그 사건이 살인 사건이었다면 수인이에게 살해 의도를 가질 만한 주변 인물을 샅샅이 탐문하는 등 살인 사건 매뉴얼대로 수사를 했겠죠."

"아무리 그렇다고 하더라도, 그래도 명색이 강력계 형사인데."

"뺑소니 사건은 운전자가 실수로 사람을 치고 도주한 것이니 수사 방향이 전혀 다를 수밖에요."

"뺑소니 사건이 아니라 살인 사건일 수도 있다니, 허, 참! 어찌 이런 일이…."

"먼저 그 여자 가족들의 신원을 확보하는 것이 우선일 겁니다. 그중에서 아버지가 제일 유력할 테고, 딸에 대해 복수한다는 명분이 있었을 테니까요."

"그렇겠죠. 그럼, 그 여자 가족들의 신원을 어떻게든 확인하기만 하면 되는데…."

그는 깊은 고민에 빠진 모습이었지만 선뜻 머릿속에 떠오르는 것은 없어 보였다.

"마침 오늘 아침에 정 변호사님한테 연락이 왔는데 잘하면 여자 가족들의 신원을 확인할 수 있을지도."

"네?"

"강간 합의서가 공증사무실에 있을 거 같다고 하네요. 아마 합의서에는 인적 사항이 나오겠죠."

"그 공증사무실이 어딘가요? 제가 당장 확인해야죠."

역시 그는 무조건 돌격하는 전형적인 형사였다.

"이번에도 공정증서를 열람하려면 공문 형식을 취해야 할 겁니다."

"네, 그건 제가 알아서."

길 원장은 그와 헤어지고 바로 대전으로 돌아왔다.

엄 소장은 곧바로 영월경찰서장 명의의 수사협조 요청 공문에 수인이 뺑소니 사건번호를 기재했다. 열람 내용에 '차길수 강간 사건 합의에 관한 공정증서 열람'이라고 적었다.

바로 그다음 날 〈인륜공증〉 사무실이 있는 서울 서초구 서초동으로 향했다. 공증사무실에 들어가자마자 경찰신분증과 수사협조 요청 공문을 제시했다.

젊은 공증사무실 직원은 20년이 넘은 공정증서를 찾는 것에 대해 의아해하는 표정이었다. 그러면서도 별다른 이의 없이 잠시 기다리라고 하면서 창고로 들어갔다. 약 10분 후쯤 직원이 차길수 강간 사건 관련 공정증서를 가지고 나왔다.

엄 소장은 복사를 부탁해서 복사본을 받았다. 사무실을 나오면서 또다시 흥분되기 시작했다. 혼자 근처 커피숍에 들어가서 공정증서를 한 장 한 장 천천히 넘기기 시작했다.

– 합의서 –

차길수의 피해자 서진주에 대한 1992고합31호 강간 사건에 대하여 다음과 같이 합의한다.

가해자: 차길수(1970년 10월 21일생), 피해자: 서진주(1972년 2월 7일생)

1. 가해자 차길수는 합의 효력이 발효되는 즉시 피해자 서진주와 결혼을 전제로 성실히 교제하기로 한다.
2. 피해자 서진주도 차길수의 잘못을 용서하고 성실하게 차길수와 교제하기로 한다.
3. 만약 차길수, 서진주는 교제하다가 한 사람이라도 더 이상 교제를 원하지 않을 시에는 교제를 전제로 한 본 합의는 무효로 한다.
4. 교제를 전제로 한 본 합의가 차길수의 요구로 인하여 무효로 되었을 때는 차길수는 서진주에게 금 5,000만 원을 피해배상조로 지급하여야 한다.
5. 서진주의 요구로 무효가 되었을 때는 차길수는 서진주에게 금 3,000만 원을 피해배상조로 지급하여야 한다.
6. 본 합의는 피해자 서진주가 날인하는 즉시 효력이 발효된다.
7. 본 합의는 차후 법적인 분쟁을 피하기 위하여 공정증서 형식으로 작성한다.
8. 피해자 서진주는 본 합의가 발효되는 즉시 차길수에 대한 강간 고소를 취하한다.

참 특이한 합의 조건이었다. 강간 사건은 친고죄이니 피해자가 고소를 취하했다면 차길수는 그날 바로 석방됐을 것이다. 차길수는 합의 조건에 대해 정확히 알지 못한 채 아버지의 요구에 따라 피해자와 사귀다가 그리고 헤어졌다는 길 원장의 말이 생각났다.

엄 소장은 차길수의 성격이 소심하다는 것은 잘 알고 있었다. 하지만 자신의 인생이 걸린 문제에 너무 소극적이지 않았나 하는 생각이 들었다. 한편으로는 이해되는 면도 있었다. 차길수는 자기 잘못 때문에 강간 사건으로 구속됐으니, 그나마 어려워했던 아버지에게 뭐라고 할 말이 없었을 것이다. 그냥 아버지의 요구에 순응할 수밖에 없었을 것이다.

엄 소장은 지금이라도 당장 공정증서에 기재된 서진주의 생년월일을 검색해서 그 집에 찾아가고 싶은 심정이었다. 그러나 참기로 했다. 무작정 그녀의 집을 찾아간다고 해서 찾는다는 보장도 없었다. 오히려 그 가족들에게 알려지면 낭패일 수도 있었다. 일단 작전상 일보 후퇴를 택하기로 했다. 그렇지만 내심 다른 이유도 있었다.

평생 영월을 벗어나지 않은 엄 소장은 서울 공기 자체가 싫었다. 한시라도 빨리 서울을 벗어나고 싶은 생각뿐이었다. 며칠 전 서울동부검찰청에 왔을 때도 그랬고, 10년 전 뺑소니 사건을 추적하러 서울에 출장 왔을 때도 그런 느낌이었지만 지금은 더 심한 것 같았다. 곧바로 영월 행 버스에 올라탔다.

파출소로 돌아오자마자 수사요청 공문을 들고 근처 동사무소에 가서 서진주의 등본을 발급받았다. 아버지가 서정식임을 확인했다. 다시 서정식의 주민등록등본도 발급받았다.

서정식은 1975년부터 지금까지 서울 관악구 봉천동 산 18-1번지에 살고 있는 것으로 확인됐다. 40년 이상을 한집에서 계속 살고 있었던 것이다. 40년 동안 이사 가지 않고 계속 살았으니 차길수가 그 여자 집을 찾을 생각이었다면 찾을 수도 있지 않았을까? 차길수가 그 집에 한 번이라도 갔었더라면… 아마 갔을 것이다. 양쪽 아버지들의 강력한 의사에 의해 반강제적으로 사귀었으니 그 집에 한 번 이상은 들렀을 것이다. 정식으로 들르지 않았더라도 데이트하면서 집까지는 바래다줬을 것이다. 그의 성격으로는 반드시 그랬을 것이다.

그렇다면 아마도 차길수는 정 변호사를 만나고 나서 그 여자 집을 찾아갔을 것이다. 그렇지만 20년 이상 지난 후라 찾기는 쉽지 않았을 것이다. 주소는 그대로라도 40년 이상 거주했다면 집을 새로 지었을 가능성도 있다. 주변 도로나 주위 건물들도 많이 바뀌었고, 그리고 또 무작정 찾아가기도 어려웠을 것이다.

서정식이 수인이 뺑소니 사건의 범인일지도 모른다는 추측만 가지고 어떻게 하겠다는 말인가? 차길수의 성격상 분명 신중히 접근했을 것이다.

엄 소장은 그렇다면 우리도 신중히 접근해야 한다고 생각했다. 일단은 이 사실을 길 원장에게 알리기 위해 전화를 걸어 지금까지의 진행 상황을 설명했다. 어느 순간부터 자신이 길 원장을 상사처럼 대하고 있다는 것을 감지하고 내심 씁쓸해했다. 전에 길 원장이 지나가면서 건넨 말이 문득 생각났다.

"소장님은 옛날에 태어나셨으면 꼭 삼국지의 장비 같은 일을 해냈을 겁니다."

그 말을 칭찬으로 들었다. 저돌적인 장비라면 자신도 좋아하는 스타일이다. 그럼 길 원장은 제갈공명이 되는 것인가? 길 원장은 제갈공명이 되기에 충분한 자격이 있다는 생각이 문득 들었다.

길 원장은 내일 바로 영월로 가겠다고 했다. 만나서 향후 진행 방향에 대해 작전을 짜기로 했다.

3.

그다음 날 길 원장은 여느 때와 마찬가지로 파출소 옆 커피숍에서 엄 소장을 만났다.

"어떻게 확인해 보셨나요?"

"뭘 말인가요?"

그는 대뜸 말하는 길 원장을 향해 되물었다. 길 원장은 그라면 당장 확인했을 텐데 순간 의아했다.

"옛날 뺑소니 사건에서 수인이가 남긴 용의차량 번호가 있었다면서요. 그래서 그 차량을 전국적으로 수배해서 소유자들을 일일이 확인하고 다녔다고 하지 않았나요? 그 차량 소유자들이 수천 명이긴 했지만."

"…."

"그때는 용의자가 특정되지 않아 모래밭에서 바늘 찾기였겠지만, 지금은 용의자가 나왔으니 그 명단을 대조해 봐야 할 거 같은데…."

그의 얼굴에는 순간 당혹스러운 표정이 역력했다. 지금은 용의자가 한 명으로 특정됐으니 그 사람이 용의차량 소유자 명단에 있는지 확인하면 되는데 그것을 전혀 생각하지 못한 듯했다.

엄 소장은 불현듯 어제 꽉 막힌 서울에 출장 갔다 온 후유증으로 하루 종일 아무것도 생각하기 싫었던 것이 생각났다. 그냥 저녁을 먹자마자 곯아떨어졌다.

"지금 당장 확인하겠습니다."

그는 상사에게 혼난 것처럼 얼떨결에 대답했다.

"서정식의 주소가 서울 관악구니까 서울 주소지를 가지고 있는 사람들만 확인하면 될 겁니다. 만에 하나 타인 차량을 빌렸거나 렌트카를 사용했다면 그 명단에 없을 수도 있겠지만."

"어떤 단서가 분명 나올 겁니다."

그는 자신의 실수를 만회하려고 하는지 단서가 나올 거라고 확신하는 듯했다.

"서정식이 범인이라면 아마도 자기 차를 이용했을 겁니다. 들키지 않도록 신중하게 계획했을 것이니 들킨다는 생각은 하지 않았을 거고, 또 범죄에 남의 차를 이용하는 것도 어려웠을 테니까요."

"당연히 그럴 겁니다."

"이제야 이해가 되네요. 차길수 씨가 왜 서울 차를 찾았는지. 정 변호사 말을 듣고 뺑소니 사건에 서정식이 관련 있다는 사실을 눈치챘을 겁니다."

"길수 이 자식! 그런 사실을 나한테라도 알려줬더라면 그렇게 허망하게 죽지는 않았을 텐데."

그의 말에는 차길수에 대한 서운함보다는 수사를 제대로 하지 못했다는 자책감이 더 묻어나 있었다.

"일단 바로 가서 그것부터 확인해 보죠."

"그럼, 저는 기다리는 동안 점심을… 급하게 오느라 아침을 제대로 먹지 못해서."

그는 영월의 명물인 올갱이국을 잘하는 근처 식당을 추천했다. 길 원장은 자신의 고향인 금산도 올갱이국이 유명한데 영월도 그에 못지않다고 생각했다.

식사를 마친 후 동강 천변을 따라 유유히 걸으면서 산책하고 있었다. 이제 곧 봄이 올 것 같은 기세였다. 한낮에는 제법 따스한 햇볕이 온 대지를 비추고 있었다. 이름 모를 한 무리의 새들이 먹이를 잡으려는지 연신 물속을 헤집고 다니는 모습이 눈앞에 펼쳐지고 있었다.

그때 엄 소장한테 전화가 왔다.

"네, 접니다."

"용의차량 소유자로 올라왔던 명단에 서정식이라는 이름은 없네요."

그의 말투에는 실망감이 여실히 드러나 있었다.

"그래요?"

길 원장도 실망감을 숨김없이 드러냈다.

"서정식의 아내인 하옥진으로도 확인했는데 그 역시 없네요."

"아직 실망할 때가 아니니 다시 방법을 생각해 보죠."

"어디에서 어긋났을까요?"

"어차피 오늘은 영월에서 자야 할 거 같으니 일 마치면 저녁에 소주나 한잔하시죠."

길 원장은 지금까지 수고한 그를 위해 위로의 시간을 가져야 할 것 같았다.

"네, 그렇게 하시죠."

"그리고…."

"말씀해 보세요."

"문제가 되지 않으면 제가 한번 뺑소니 사건 기록을 봤으면 하네요."

그는 잠시 뜸을 들이다가 말을 꺼냈다.

"이따 저녁때 기록을 가지고 가죠."

길 원장은 저녁 시간에 맞춰 그가 예약한 '청풍명월' 한정식집에 도착했다. 미리 와 있던 그는 아직도 분을 삭이지 못하고 있는 것처럼 보였다.

"수인이가 죽으면서 남긴 숫자는 분명히 용의차량 번호가 맞을 텐데 왜 서정식의 이름이 없을까요?"

"음…."

"그렇다면 서정식이 남의 차량으로 범행을 저질렀다는 건데."

길 원장은 대답을 꺼낼 수가 없었다. 서정식이 남의 차량을 이용했다는 것이 선뜻 이해되지 않았기 때문이다.

"이제 용의차량을 어떻게 찾을 수 있을지 난감하네요. 아님, 수인이가 남긴 다잉 메시지가 용의차량 번호가 아니라는 말인가?"

그는 자문하듯 말했다.

"아마 용의차량 번호가 맞을 겁니다. 어린아이가 죽어가면서 생각해 낼 수 있는 것은 자신의 눈앞에 보이는 것일 테고, 그것이 차량 번호였으니 숫자를 적은 것일 겁니다. 분명 용의차량 번호가 맞는 것은 확실하긴 한데…."

"허, 뭔가 잘 풀리는가 싶더니."

"아마도 다른 곳에서 핀트가 엇나간 거 같네요."

길 원장의 말투도 왠지 힘이 없어 보였다.

"그때 제가 전국을 돌아다니면서 일일이 다 확인한 건데."

그도 힘없이 길 원장의 말에 동의한다는 의미로 고개만 끄덕였다.

그는 그 당시는 차량 번호가 전산화되어 있어시 시스템에 들어가면 차량 번호야 바로 확인이 가능했지만, 실제 그 차량이 뺑소니 차량인지는 직접 눈으로 확인해야만 했기 때문에 전국을 샅샅이 헤매고 다녔다고 했다.

"역으로 서정식이 소유하고 있었던 차량 번호를 찾아보면 어떨까요?"

"그것도 확인해 봤죠. 서정식은 지금은 차가 없고, 뺑소니 당시 차를 가지고 있었는지는 현재로선 확인되지 않는데, 아마 확인된다고 해도 용의차량에 서정식 이름이 없었다면 결과가 뻔할 겁니다."

"맞는 말씀 같네요. 내일이면 어떤 단서가 또 나올지도. 여기까지 온 것도 큰 성과인데 오늘은 그냥 술이나 마시죠."

그는 외모에 비해 바로 취했다. 평소와 달리 마음의 부담 때문에 금세 취했을 수도 있다. 길 원장은 택시를 타고 그를 집까지 바래다주었다. 그는 자기 집에서 한 잔 더 하자며 길 원장을 붙잡았지만, 길 원장은 서류도 봐야 하니 오늘은 그냥 바로 모텔에 가겠다며 겨우 그로부터 벗어났다. 택시기사에게 예약해 둔 청령포 모텔로 가자고 했다. 모텔에 도착해서 간단히 샤워하고 바로 뺑소니 사건 기록을 펼쳤다.

먼저 교통사고 실황조사서가 보였다. 일반 뺑소니 사건처럼 기록 자체는 단순했다. 왕복 2차선의 국도에 완만하게 내리막길인 데다가 오른쪽으로 굽은 도로에서 사고가 발생했다. 그때는 늦가을 밤이고, 그곳은 영월 읍내 외곽지역이라 사람들의 왕래가 뜸해 별다른 목격자가 없었다고 적혀 있었다.

수인이는 마침 퇴근하던 최 원장한테 발견됐다. 최 원장의 진술에 의하면 발견될 당시 수인이는 이미 사망한 상태였다고 했다. 수인이의 주된 사망원인은 역과(轢過 : 자동차가 피해자의 몸 위를 지나가는 것)에 의한 다발성 장기파열로 되어 있었다. 역과가 직접적인 사망원인이라면 가해 차량이 수인이를 들이받았을 때 생기는 충격 흔적이 외관상 명확히 나타나지 않을 수도 있었을 것이다.

차길수와 차길준의 차량에서 수인이를 들이받았다고 할 만한 흔적을 발견하지 못했다는 엄 소장의 말이 순간 떠올랐다. 수인이가 넘어지면서 머리가 바닥에 부딪힌 충격으로 당시 현장에는 피가 흥건했다고 쓰여 있었다.

그리고 기록 앞부분에는 대부분 차길수에 대한 조사가 주를 이뤘다. 그에 대한 알리바이와 차량에 대한 정밀 감식 등 나름대로 객관적으로 수사를 하려는 의지가 보였다.

조사 내용을 보면 차길수는 그 당시 정선군 신동읍에서 업자와 술을 곁들여서 저녁을 먹었다. 중요한 업자와의 약속이라 발목에 통증이 남아 있었음에도 약속을 미룰 수 없었다. 술을 마실 수 없다는 핑계는 대지 못하고 평소보다 술을 적게 마셨다. 업자와 헤어지고 술을 깨기 위해 길가에 차를 세우고 차에서 30분 이상 잠을 잤다. 다시 운전해서 영월로 돌아왔는데 집 근처에 도착해서야 수인이 사고를 알게 됐다. 일부러 그랬는지 그 여부는 알 수 없어도 휴대폰 배터리가 마침 방전되어 무용지물이었다는 내용도 나왔다. 참 일이 꼬이려면 어쩔 수 없는 것 같다는 생각이 들었다.

엄 소장 말대로 그 당시 수사 담당자들은 차길수를 유력한 용의자로 특정한 것이 틀림없었다. 영월이라는 좁은 동네에서 차량 번호 숫자 네 개가 수인이가 마지막으로 남긴 숫자와 거의 일치했고 검은색 차량을 가지고 있었던 사람이 몇 명 되지 않았던 것이 그 이유였을 것이다.

차길수는 술이 깬 다음 운전했다고는 했지만 완전히 깬 상태가 아닌 채 운전했을 가능성이 높다고 본 것이었다. 차길수가 수인이의 시신을 보고 "내가 죽였어! 내가 죽였어!"라고 말한 대목을 중점적으로 추궁하는 내용도 있었다. 차길수는 진통제를 복용하던 중에 술을 마셔 금세 취했기 때문에 그땐 정신이 없었다고 진술했다. 그리고 자신은 그런 말을 한 사실이 없다고 애매하게 부인했다.

그러나 수사팀에서는 차길수가 그렇게 아끼는 딸을 고의로 그렇게 했을 리는 없겠지만 음주 상태에서 실수로 사고를 내고 도주했을 가능성이 충분히 있다고 본 것 같았다.

차길수가 업자와 헤어지고 집으로 가는 동선이 뺑소니 현장을 지날 수밖에 없다는 사실에 어쩌면 딸을 죽인 유력한 용의자로 몰리는 불행으로 다가왔을 수도 있었을 것이다.

차길수가 신동읍에서 만난 업자에 대한 조사도 이루어졌다. 그날 차길수와 술을 곁들여서 저녁을 먹은 것은 사실이라고 했다. 차길수가 컨디션이 좋지 않다고 하여 5시 반경에 만나 7시경 헤어졌다고 적혀 있었다. 둘이 소주 3병을 나눠 마셨다고 했다.

차길수가 만약 술을 깨기 위해 차에서 쉬지 않고 그대로 운전하고 왔다면 얼추 뺑소니 사건 시간 정도에 영월에 도착했을 가능성이 높다고 확인한 자료도 있었다. 그러나 당시 정선·영월 간 국도에 별다른 CCTV도 설치되어 있지 않아 그가 정확히 몇 시에 영월에 도착했는지는 확인되지 않았다.

엄 소장이 말한 대로 차길준에 대한 수사 내용은 전혀 없었다. 차길준이 뺑소니 사건과 관련 없다면 굳이 그의 예민한 개인 문제를 기록에 남겨둘 리가 없을 것이다. 아마도 그 당시 서장의 배려가 있었을 것임이 틀림없었다.

그 후 수사 방향은 변경되어 수인이가 남긴 숫자와 옷에 묻은 검은색 페인트를 근거로 전국의 용의차량을 일일이 확인한 수사 보고가 기록의 거의 전부를 차지하고 있었다. 엄 소장이 열심히 발로 뛴 결과가 고스란히 기록에 녹아나 있었다. 그러니 그의 실망도 이만저만 아니었을 것이다.

그리고 기록에는 그 당시 수인이가 신고 있었지만 사고 현장에서 발견되지 않았다는 왼쪽 슬리퍼에 대한 언급도 간략하게 적혀 있었다. 그런데 수사팀은 그 사실을 그렇게 비중 있게 생각한 것 같지는 않았다. 사고 현장에서 찾지 못했거나 어디론가 쓸려갔다고 판단했을 것이다.

지금 생각하면 그것이 중요한 단서가 될 수가 있었지만 그 당시에는 피해자 슬리퍼 한 짝이 없어졌다는 것이 전혀 이상하지 않았을 것이다. 범인이 피해자의 슬리퍼 한 짝을 가져갈 이유가 없었을 것이니 말이다.

길 원장은 엄 소장이 놓친 부분은 없는지 기록을 다시 한번 꼼꼼히 살펴봤다. 하지만 그가 말한 내용에서 벗어나는 부분은 없었다. 수인이가 남긴 숫자에 대해 혹시 전화번호나 다른 숫자일지 몰라 유족들을 상대로 확인한 부분도 있었다. 기록은 그렇게 끝났다.

길 원장은 기록을 덮고 눈을 감은 채 생각에 잠겼다.
차길수도 이 기록을 읽어봤다. 자신이 유력한 용의자였던 사실이 기록 곳곳에 배어 있었다. 딸을 잃은 아빠의 심정에다가 자신도 용의자였었다는 사실에 자괴감이 컸을 것이다.

그러나 지금은 용의자가 서정식으로 특정됐다. 기록상 수인이가 남긴 숫자와 일치하는 차량의 소유자에 서정식이라는 이름이 없는 것은 분명했다. 그 부분을 두 번, 세 번 확인했지만 그대로였다.

수인이가 흘러내리는 자신의 피로 남긴 숫자 '414^', 곡선 형태에서 중간에 멈춰버린 마지막 숫자 일부까지 몇 번을 봤다. 숫자를 오인할 만큼 불분명하게 적혀 있는 것도 아니었다. 앞 숫자 세 자리는 분명히 '414'였다. 뒷부분의 곡선은 손끝이 오른쪽 곡선 끝에서 멈춘 것으로 봐서는 '2, 3, 8, 9'가 유력했다. 곡선을 거꾸로 쓰는 습관이 있다고 가정한다면 '0, 6' 정도일 것이다.

그 당시 수사팀에서 수인이의 숫자 쓰는 습관을 확인했는데 박순향은 수인이가 숫자 곡선을 똑바로 쓰는 것으로 기억하고 있었다.

수사팀은 414에 '0, 2, 3, 6, 8, 9'는 물론 '1, 4, 5, 7'까지 범위를 확대해서 용의차량을 특정했다. 그 당시는 용의차량의 범위가 너무 넓어 수박 겉핥기식으로밖에 확인하지 못했다.

기록에는 그 당시 차철재는 '강원 다 4141', 차길준은 '강원 다 4142', 차길수는 '강원 다 4143' 번호판을 단 차량을 타고 다녔다는 자료가 편철되어 있었다. 수인이가 마지막 숫자를 쓰다가 멈춘 형태가 ^이었으므로 차철재의 '1'은 명백히 아닌 것으로 보였다. 차길준의 '2'와 차길수의 '3'은 유력했다. 사실상 차길준과 차길수의 차량 번호 중 하나는 일치한다고 봐야 할 것이다. 수사팀에서는 당연히 그렇게 생각했을 것이다.

수인이가 마지막 숫자를 쓰려는 순간 아빠 차길수의 차량임을 알고 일부러 멈췄다는 수사팀의 의견도 있었다는 엄 소장의 말이 문득 생각나기도 했다.

지금은 차량번호판에 지방자치 시·도 이름을 넣는 것이 지역 감정을 유발한다는 이유로 새로 발급받는 차량번호부터는 시·도 이름을 넣지 않고 있다. 그러나 그 당시 차량번호는 번호판 상단에 시·도 이름이 적혀 있었다. 그리고 하단에는 한글 '가'부터 '하', '너'부터 '허', '도'부터 '호' 등 한글 자음과 모음이 결합된 글자 한 개와 그다음에 숫자 4자리가 기재되는 형식이었다.

따라서 수인이가 마지막까지 필사적으로 적은 '414^' 번호 조합은 시·도에 따라 그리고 '가'부터 시작하는 한글 한 글자에 따라 수만 가지 가능성이 나올 수 있었다. 거기에서 검은색 차량만 추려내고, 수인이 옷에 묻은 검은 페인트는 국산이라고 했으니, 외제차량을 제외하더라도 용의차량이 수천 대나 됐다. 길 원장은 하필 이럴 때 한국 사람들은 유난히도 검은색 차량을 선호해서 검은색 차량이 흰색, 회색과 함께 대다수였다는 사실에 못내 씁쓸했다.

그렇게 좁혀진 용의차량 중에서 서정식과 관련 있다고 할 만한 차량은 보이질 않았다. 결국 서정식이 타인 명의 차량을 이용했을 것이라고 생각할 수밖에 없었다.

그렇다면 원점에서 다시 수사를 해야 한다. 용의차량 중에 서정식과 관련 있을 만한 차량을 찾아야 하는데 그야말로 모래밭에서 바늘 찾기였다.

길 원장은 용의차량 중에 서정식과 관련 있는 차량이 나왔을 때를 가정해서 앞으로의 조사 방향을 생각해 본 적이 있었다. 그와 관련된 차량이 용의차량에 있었다고 하더라도 그 차량은 수천분의 일 중 하나일 뿐이다. 그것만 가지고 그가 뺑소니 범인으로 입증됐다고 할 수 있을까? 답은 아니라고 할 수밖에….

그 당시 그가 우연히 수천분의 일인 용의차량을 소유하고 있었다고 하더라도 그것이 뺑소니 차량이라는 사실은 당연히 추가 증거가 있어야 했다. 그러나 지금으로서는 추가 증거를 찾을 방법이 전혀 떠오르지 않았다.

더욱이 추가 증거가 나와서 그리고 어찌어찌해서 그가 뺑소니를 일으킨 장본인이라는 사실을 밝혀냈다고 하더라도 더 문제였다. 뺑소니 사건은 이미 공소시효가 지나서 처벌할 수 없었다.

그를 처벌하려면 실수로 교통사고를 일으켜서 도주한 것이 아니라 사람을 살해할 의도로 뺑소니 사고를 가장한 살인 사건을 일으켰다는 사실을 입증해야만 했다.

한마디로 첩첩산중이었다. 뺑소니 사건이 아닌 살인 사건을 입증해야 하는 것이다.

그래도 내일은 또다시 해가 뜬다고 생각하면서 일단 잠을 청하기로 했다.

4.

그다음 날 길 원장은 모처럼 오전 10시까지 푹 자고 일어났다. 그래도 어제 꽤 술을 마신 것 같았다. 정신을 차리기 위해 여관 창문 커튼을 열고 다시 창문도 열었다. 신선한 공기가 한꺼번에 몰려오는 느낌이었다. 저 멀리에는 청령포가 한눈에 들어왔다.

단종의 애환이 서려 있는 곳이라 그런지 고요한 적막만 흐르고 있었다.

모텔 앞에 있는 해장국집에서 간단히 아침을 먹고 엄 소장에게 전화를 걸었다. 점심에 맞춰 만나기로 약속을 잡았다. 어제 갔던 올갱이집에서 그에게 기록을 읽은 소감을 차분하게 말했다.

그리고 마지막으로 형사처벌의 관점에서는 설사 서정식이 뺑소니 범인으로 밝혀진다고 하더라도 아무런 의미가 없고, 우리는 살인의 고의를 밝혀야만 한다는 사실까지 상세히 설명했다.

그는 그 부분까지는 미처 생각하지 못한 건지 아니면 일부러 생각하지 않으려고 한 건지, 애매모호한 표정을 지었다. 그의 생각도 틀린 것은 아니었다. 서정식이 범인으로 밝혀진다면, 서울에 사는 서정식이 우연히 영월을 지나다가 오래전에 딸을 배신한 자의 딸을 실수로 교통사고를 내고 그대로 도주했다는 것 자체가 전혀 말이 안 된다고 생각하는 것 같았다. 그러나 심증만 가지고 처벌할 수는 없다. 심증에 부합하는 증거가 있어야만 했다.

서정식 입장에서도 뺑소니를 일으킨 범인이 자신이라는 사실에서 빠져나갈 수는 없어도, "그렇다. 내가 사고를 일으키고 도주한 것은 맞다. 하지만 실수로 사고를 일으킨 것이지 살해할 생각으로 교통사고를 가장한 것이 아니다."라고 주장하면 어떻게 할 것인가? 그때도 살인죄로 처벌할 수 있다고 자신 있게 말할 수 있을까? 한마디로 처벌하기 어려울 수도 있을 것이다.

그도 길 원장의 말을 듣고 수긍할 수밖에 없다는 표정을 지었다. 경찰인 엄 소장이 이를 모르지는 않을 터이지만 마음속으로는 인정할 수 없다는 생각일 것이다.

앞으로 어떻게 할 것인가? 길 원장은 자신의 복안을 조심스럽게 꺼내기 시작했다.

"먼저 서정식에게 접근해서 뺑소니와 관련한 어떤 단서를 찾아내는 방법이 있을 겁니다. 정확히 말하면 뺑소니 사건 관련이 아니라 살인 사건 관련 단서가 맞겠죠."

"그다음은요?"

"두 번째로 서정식이 뺑소니를 가장해서 수인이를 살해했다면, 그리고 차길수가 수인이 슬리퍼 한 짝을 죽기 전에 가지고 있었다면 두 사람은 분명 어떤 접촉이 있었을 겁니다. 그 부분을 더 파고들어야겠죠."

"아마 길수가 서정식에게 접근했을 가능성이 더 높을 겁니다. 그러다가 그 과정에서 길수가 뜻하지 않게 죽음에 이르렀다면…."

갑자기 그는 차길수의 죽음이라는 말을 너무 쉽게 꺼낸 자신이 신기하다는 듯 두 눈을 깜빡거리고 있었다. 뭔가 더 하고 싶은 말이 있을 것 같다는 표정도 읽혔다.

"서정식이 접근해 오는 차길수 씨를 자살로 가장해서 죽였을 가능성도 배제할 수 없을 겁니다."

"그 부분을 더 조사하시겠다는 거네요."

그도 자신이 하고 싶은 말이었다는 듯이 고개를 연신 끄덕였다.

"네, 그렇죠. 서정식을 가까이서 살펴보면 또 어떤 단서가 나올지도 모르죠."

"맞습니다. 만약 누구라도 억울하게 죽었다면 억울하게 죽은 사람을 위해서 뭐라도 해야지, 이렇게 손만 놓고 있을 순 없겠죠."

"소장님께서는 단순 뺑소니 사건이 아닌 살인 사건 관점에서 그 당시 수사가 미흡했다고 생각했던 부분이 있는지 다시 한번 검토해 주시면….”

“알겠습니다.”

그의 말투에 여느 때보다 더 힘이 들어갔다. 뭔가 당장 손에 잡히는 것은 없지만 무엇이든지 잡아야겠다는 의지를 다지는 모습이었다.

“10년 전에 발생해서 증거를 찾기 어려운 뺑소니 사건보다는 오히려 최근에 발생한 차길수 자살 사건에서 어떤 단서를 찾는 게 더 쉬울 수도 있으니 너무 무리하시진 말고요.”

“무슨 말씀인지 잘 알겠습니다.”

“그런데 혹시 수사팀 내에서 뺑소니 사건 수사 당시 기록에 보이지 않은 어떤 부분이 논의된 적은 없었나요?”

그는 길 원장의 의도를 눈치챘는지 한참을 생각했다. 이윽고 조심스럽게 말을 꺼냈다.

“교통사고 실황조사서에도 나와 있긴 한데 그 당시 한 가지 의아한 점이 있긴 있었네요.”

길 원장은 순간 솔깃했다. 자세를 고쳐 잡았다.

“통상 교통사고는 사고 순간 운전자가 피해자를 발견하면서 본능적으로 급제동을 하므로 스키드마크(skid mark)가 선명하게 찍히는데, 수인이 뺑소니 사고에서는 이상하게 스키드마크가 거의 없었죠.”

“그래서 수사팀에서는 어떻게 결론이 났나요?”

“수사팀에서 여러 가지 말이 나왔는데 범인이 사고 순간까지 수인이를 보지 못해서 급제동을 하지 않았다는 것으로 결론이 났고, 그렇다면 범인은 십중팔구 음주 운전을 했거나 졸음 운전을 해서 사물을 제대로 인식하지 못했을 것이라고 판단했었죠.”

"만약 수인이 사건이 뺑소니를 가장한 살인 사건이라면 범인은 수인이를 들이받을 때 굳이 급제동할 이유가 없었을 겁니다. 당연히 수인이를 죽일 생각이었으므로 오히려 급가속했을 수도 있지 않았을까요?"

그는 길 원장의 말을 듣는 순간 눈을 크게 뜨며 소름이 끼친다는 표정으로 가볍게 몸을 떨었다. 수인이 뺑소니 사건이 처음 수사 당시에는 전혀 생각지도 못했던 방향으로 흘러가는 것 같다는 표정이었다.

그렇다. 수인이 뺑소니 사건이 살인 사건이라면 그 당시 수사팀에서 의아하게 생각했던 스키드마크가 없었다는 사실이 명쾌히 해명될 수도 있을 것이다.

그는 차마 말을 꺼내지 못했지만 또다시 속으로 자책하는 것 같았다. 표정이 붉으락푸르락 수시로 변하고 있었다. 당장이라도 서정식을 체포할 것처럼 분을 못 참고 있었다.

"수인이 뺑소니 사건이 살인 사건이라면 범인으로 추정되는 서정식이 그날 우연히 영월을 지나가다가 갑자기 죽일 생각으로 수인이를 들이받았을 리는 없었을 겁니다."

"당연하겠죠."

"그렇다면 현장을 미리 답사하고, 수인이의 동선을 확인하는 등 사전 준비를 철저히 했을 겁니다. 비록 10년이 지났지만 그런 부분에 중점을 둬야 할 겁니다."

"결국 돌고 돌아 원점이네요. 처음부터 다시 수사를 해야 하니."

"범인은 수인이가 그날 그 현장에 지나갈 것을 알고 미리 기다리고 있었을 가능성이 높을 겁니다. 사고 현장이 국도이긴 하지만 차량 통행이 별로 없는 곳이라 사람들의 왕래가 흔치 않았다는 점도 고려됐을 거고요."

"…."

그는 아무런 대꾸도 하지 못하고 그대로 듣고만 있었다.

"우리는 모르지만 범인은 이미 수인이를 살해하려고 몇 번이나 시도했을 수도 있었을 겁니다. 자신의 딸이 뺑소니로 사망했으니 수인이도 똑같은 방법으로 살해하려는 의도가 강했을 테니까요."

"…."

"다만, 그 시각에 지나가는 다른 차량이나 행인이 없어야 하는데 그런 이유 때문에 타이밍을 놓쳐 여러 번 실패했을 가능성도 있었을 겁니다."

"…."

그는 길 원장의 말을 듣는 내내 얼굴이 빨개지면서 손을 어디에 둬야 할지 몰라 자꾸 애꿎은 손만 주머니에 넣다 뺐다 하고 있었다. 뺑소니 수사팀의 잘못을 일일이 지적하는 상사에게 추궁당하는 느낌이었을 것이다. 자신도 수사팀 일원이었으므로 그 잘못을 지적받는 것이 마땅하다고 생각하고 있을 것이다.

"이미 용의자는 특정되어 있으므로 그런 관점에서 다시 수사를 해서 어떤 단서라도 찾을 수 있으면 조그만 것이라도 찾아야 할 겁니다."

"네, 알겠습니다."

그는 겨우 들릴 듯 말 듯 대답하는 투가 갑자기 바람 빠진 풍선처럼 힘이 없어 보였다. 조금 전까지만 해도 스스로 의지를 다지던 그였지만, 길 원장의 몇 마디에 갑자기 힘을 잃은 것이다. 뺑소니 사건의 수사가 오롯이 자신의 잘못 때문이라고 생각하는 그를 길 원장은 가볍게 다독이며 대전으로 발길을 옮겼다.

5.

　길 원장은 차를 몰고 중부고속도로를 달리면서 차길수의 행적을 쫓을 방법을 생각해 봤다. 정 변호사로부터 옛 연인이 뺑소니로 사망했고, 그녀의 아버지 서정식이 수인이 뺑소니 사건의 범인일 가능성이 있다는 사실을 확인했다면 그는 어떻게 했을까?

　일단 신중하게 그 여자의 집을 찾았을 것이다. 그 여자가 죽었다는 사실은 확인됐다고 하더라도 서정식의 지금 상황을 우선 확인할 필요가 있었을 것이다. 서정식의 소재를 확인했다면 복수할 생각이었을까? 아니면, 용서를 빌었을까?

　박순향의 말에 따르면 차길수는 딸을 끔찍하게 챙기고 사랑한 소위 딸바보라고 했다. 비록 자신의 잘못이 있었다고는 하지만 수인이는 아무런 잘못도 없이 죽임을 당한 것이다. 자신의 목숨을 걸고서라도 딸을 죽인 범인에게 복수하겠다고 생각했을 가능성이 높을 것이다. 그 과정에서 서정식에게 역으로 당했을 가능성도 있을 것이다.

　강재석의 말에 의하면 차길수는 몇 번은 낚시터에 나오지 않고 아침에 나가서 저녁 늦게 어디를 갔다 온 적이 있었다고 했다. 아마 서울에 갔을 것이다. 한두 번은 정 변호사를 만나러 갔을 것이고, 나머지는 서정식을 찾아갔을 것이다.

　막연하게 생각하는 것보다 직접 부딪쳐야 뭔가를 건져도 건질 것이다.

　길 원장은 엄 소장한테 받은 서정식의 주소가 적힌 메모지를 다시 한번 살펴봤다. 서울 관악구 봉천동….

　엄 소장에게 전화를 걸어 서정식과 그 주변의 현재 상황을 파

악할 수 있는 만큼 확인해 달라고 부탁했다. 그리고 강재석에게
도 전화를 걸었다.

"강 사장님! 접니다."

"아, 안녕하세요? 엄 소장한테 원장님이 열심히 발로 뛰고 있
다는 소식은 듣고 있네요. 친구 일인데 고맙네요."

"혹시 차길수 씨가 서울 관악구 봉천동과 관련해서 어떤 말을
하거나, 그곳에 갔다 왔다는 그런 낌새는 없었나요?"

"서울 관악구 봉천동, 봉천동이라? 길수가 그런 말을 한 적은
전혀 없었는데…."

"그래요? 네, 잘 알겠습니다. 또 전화 드리죠."

길 원장이 전화를 끊으려는 순간 그로부터 다급한 말이 들려
왔다.

"잠시만, 잠시만 기다려 주세요."

길 원장은 무슨 일인가 순간 궁금했다. 곧이어 그의 말이 바로
들려왔다.

"어느 날인가 길수가 그동안 신세만 졌다며 정관장 홍삼 선물
세트를 준 적이 있었는데… 그냥 친구가 고마워서 그런 거라고
만 생각했었죠."

길 원장은 그가 갑자기 그런 말을 꺼내는 것이 이상하다는 생
각이 들었다. 그는 계속 말을 이어갔다.

"나중에 장모님 생신 때 선물로 드리려고 가게에 보관하고 있
었는데, 그때 언뜻 봤을 때 선물 포장지에 붙은 명함에 '정관장
봉천동 대리점'을 본 기억이 있어서…. 지금 다시 확인했는데 '정
관장 봉천동 대리점'이 맞네요."

이로써 차길수가 서울 관악구 봉천동에 갔었음이 확인됐다.

차길수는 예상대로 서정식을 찾아간 것이다. 그리고 정관장 선물을 그냥 가지고 왔다는 것은 그를 만나지 못했거나 만났으나 선물을 줄 상황이 아니었을 것이다. 선물을 그냥 가지고 내려왔다가 생각난 김에 그동안 고마웠던 강재석에게 줬을 것이다.

그런데 차길수는 서정식을 만나러 가면서 정관장 선물을 준비했다는 말인가? 그럼 복수하겠다는 생각이 아니라 용서를 빌겠다는 생각이었단 말인가?

차길수 입장에서는 그때까지만 해도 서정식이 범인이라고 단정하기 어려웠을 수도 있을 것이다. 정 변호사의 말만 듣고 그가 수인이를 죽였다고 확신하지는 못했을 것이다. 그렇다면 차길수는 그를 만나 탐색만 하려고 했을 수도 있을 것이다. 정말 그가 수인이를 죽였는지 아닌지를 확인하는 것이 최우선이었을 것이다. 그를 만나 대화해 보면 심증을 굳힐 수 있을 것이라고 생각했는지도 모를 것이다.

하지만 차길수의 성격상 20년이 훨씬 지난 후에 그를 대뜸 찾아가기도 어려웠을 것이다. 특히 자신이 서진주를 배신해서 헤어지고, 서진주가 그렇게 죽었다는 사실을 알면서도 무작정 그 앞에 서기는 어려웠을 것이다.

현재로서는 차길수가 그를 직접 만나지는 않았을 것이고 그의 행방만 확인하려고 찾아갔을 가능성이 더 높을 것 같았다. 그래서 정관장 선물은 강재석의 품으로 갔을 것이다.

"아! 그래요. 그 명함 사진 휴대폰으로 보내주실래요? 다음에 또 전화 드리죠."

길 원장은 그와 전화를 끊고 바로 엄 소장에게도 전화를 걸어 정관장 선물을 설명하면서 차길수가 서정식의 집에 찾아갔을 가능성이 아주 높다는 사실을 전달했다.

"나도 길수한테 정관장 선물을 받은 적이 있었는데, 전혀 생각지 못하고 있었네요."

엄 소장은 깜짝 놀라며 말했다.

"혹시 지금 보관하고 있나요?"

"제가 바로 먹어서 벌써 없어졌죠."

"그럼 혹시 선물세트에 명함은 없었나요?"

길 원장은 강재석에게 받은 명함 사진을 그의 휴대폰으로 보내줬다.

"명함 내용은 기억이 없지만 제가 받은 선물에도 명함이 있긴 있었죠. 길수가 신세만 져서 미안하다는 메모와 함께 선물을 놓고 갔었는데."

그렇다면 차길수는 최소 두 번 이상 서울 관악구 봉천동에 갔다고 봐야 할 것이다. 당연히 서정식과 관련해서 뭔가를 알아보거나 만나기 위해 갔을 것이다. 정관장 봉천동 대리점, 제일 먼저 가봐야 할 곳이 바로 그곳이다.

대전에 거의 다 도착할 무렵 엄 소장한테 다시 전화가 왔다.

"서정식은 서울 관악구에 있는 ○○고등학교 체육선생으로 근무하다가 2006년에 퇴직한 걸로 나와 있고, 부인 이름은 하옥진으로 현재 서정식과 같이 사는 것으로 되어 있는데 특이 사항은 없네요. 그리고 죽은 서진주 외에는 가족 사항으로 등록된 사람도 없고요."

"체육선생이라? 그럼, 현재 무슨 일을 하는지는?"

"그것은 확인되지 않는데 의료보험이 지역인 것으로 봐서는 은퇴 후에 별다른 직업은 없는 거 같네요."

"알겠습니다. 아마도 교사로 퇴직했다면 교원 퇴직연금을 받고 있을 테니 경제적으로는 별문제가 없을 거 같고, 현재 무슨 일을 하고 있는지는 직접 부딪쳐 보면 알겠죠. 다시 전화 드릴게요."

6.

길 원장은 일단 한의원 업무는 신참 한의사에게 온전히 맡기고 이번 일에 집중하기로 했다. 나름대로 진전이 있다고 생각했기 때문이다.

바로 그다음 날 서울 관악구 봉천동에 있는 정관장 봉천동 대리점에 찾아갔다. 전형적인 주택가에 위치하고 있었다. 야트막한 언덕길 옆으로 오래된 주택들이 줄지어 늘어서 있었고, 간간이 상가들도 보였다.

꽤 오래전에는 봉천동이 서울의 대표적인 달동네였으나 지금은 그 흔적을 찾아보기 어려웠다. 주변 곳곳에 대단위 아파트 단지가 보이기도 했다. 이곳이 아닌 다른 곳에는 아직 그 흔적이 남아 있을 수도….

대리점 문을 열고 들어서자 여직원이 반갑게 맞아줬다.

우선 직원에게 말을 걸려면 물건 하나를 사야 할 것 같아 차길수가 구입했을 것으로 보이는 선물세트 하나를 골라 포장해 달라고 했다.

그러면서 직원에게 친구도 최근에 여기서 두 번인가 몇 번 선물세트를 구입한 적이 있다고 흘리는 투로 말했다. 직원은 "아! 그분이신가 보다."라고 맞장구쳤다. 이 직원은 차길수를 기억하고 있음이 분명했다.

길 원장은 고개를 끄덕이면서 그 친구도 이것을 구입했냐며 짐짓 모르는 척 말을 걸었다. 직원은 며칠 상관으로 두 번이나 오셔서 똑같은 것을 구입하기에 두 번째는 "어디 선물할 때가 많은가 보네요?"라고 물어보았다고 했다. 그 사람은 은사님이 이 근처에 사시는데 오랜만이라 집을 잘 찾을 수 없어 처음에는 찾다가 그냥 갔고, 이번에 다시 찾으러 왔다고 했다. 맨손으로 갈 수 없기에 홍삼 선물세트를 사는 것이라고 하면서.

길 원장은 자신의 예상이 맞았다고 생각했다. 서정식은 고등학교 교사였다가 퇴직한 사람이었다. 차길수도 당연히 그의 직업을 알고 있을 것이고, 그를 찾으러 여기에 온 것이 틀림없었다. 아마도 홍삼 선물세트는 그를 만났을 때를 대비한 것일 것이다. 복수를 하든 용서를 빌든 옛 연인의 아버지를 만나는데 최소한의 예의는 갖춰야 했을 것이다. 아니면 예의를 갖추는 척이라도 했을 것이다. 아직 그가 수인이를 죽인 진범임을 확신하지 못했기 때문에 섣불리 행동하지는 않았을 것이다.

길 원장은 계산하면서 무심하게 물었다.

"그래서 그 친구는 다른 말을 하지 않던가요? 은사님을 찾았다든지 아니면 다른 뭐라도?"

"별다른 말은 없었는데요."

직원은 그것이 궁금하면 친구에게 직접 물어보면 되지 왜 나한테 묻느냐는 듯 순간 이상하게 쳐다봤다.

길 원장도 직원의 낌새를 눈치챘다. 그리고 속으로 대답했다.

'나도 그 친구에게 묻고 싶은데, 이미 하늘나라로 가서 묻고 싶어도 물을 수 없어 답답하다.'라고.

대리점을 나와 바로 옆 커피숍에 들어갔다. 커피를 주문하고 앞으로 어떻게 할지 생각에 잠겼다. 차길수가 봉천동에 와서 서정식을 찾았다는 것은 이전에 그의 집에 와봤다는 뜻일 것이다. 그리고 그때부터 25년 정도는 지났을 것이니 쉽게 찾지는 못했을 것이다. 차길수가 정 변호사에게도 그런 투로 말했다는 기억이 떠올랐다. 그 정도 시간이 지났으면 서정식의 집이나 주변 건물이나 도로도 몰라보게 바뀌었을 것이다.

길 원장은 자신이 차길수라면 어떻게 했을 것인지 생각해 봤다. 옛날 서진주가 살던 집이니 여기서부터 단서를 찾아야겠다는 생각에서 일단 무작정 봉천동에 왔을 것이다. 한집에서 수십 년을 살 수 있지만 이사 갔을 가능성이 더 높다고 생각했을 수도 있을 것이다. 설사 이사 갔더라도 그 단서는 여기서부터 시작할 수밖에 없다고 생각했을 것이다. 서정식을 만났을 때를 생각해서 실제 전달하려고 했든지 아니면 예의상이든지 홍삼 선물세트를 샀을 것이다.

그의 집을 찾아보긴 했어도 현재 정확히 어디인지는 몰랐을 것이다. 그렇다면 자신의 기억을 되살려서 그의 집 근처까지는 갔을 가능성이 높고, 그의 집을 확인하려면 어떤 방법이 있을지 생각했을 것이다. 일단은 집 근처까지 가서 주위 사람들에게 확인하는 것이 제일 빠를 것이다. 홍삼대리점 직원에게 핑계 댄 것처럼 옛 은사님을 찾는다면서 홍삼 선물세트를 들고 있었다면 주위 사람들은 '참 훌륭한 사람이다.'라고 생각할 것이다. 그리고 서정식을 알고 있는 사람이라면 흔쾌히 알려줄 것이다. 차길수는 그것을 노리고 홍삼 선물세트를 들고 있었을 가능성도 있을 것이다.

그렇다면 길 원장 자신도 직접 부딪쳐 보는 수밖에 없다고 생각했다. 서정식의 주소가 적힌 메모지를 다시 한번 펼쳐 봤다.

　홍삼대리점에 오기 전에 이미 그의 집을 확인한 터였다. 그는 그 집에서 40년 이상을 살고 있는 것으로 돼 있지만 외관상 집은 비교적 최근에 새롭게 단장한 것처럼 보였다. 깨끗한 2층 양옥집 형태였다. 주변 집들에 비해 월등히 깨끗해 보였다. 만약에 최근에 개축했다면 아마도 차길수는 옛날 기억만 있는 상태에서 다른 사람의 도움을 받지 않고서는 쉽게 찾기 어려웠을 것이다.

　40년 이상을 한곳에 살고 있다면 그 동네 터줏대감일 테니 주변 사람들과 친분이 있거나 잘 알 것이므로 일단은 신중해야 할 것이다. 누가 자신을 찾고 있다는 사실이 그의 귀에 들어가게 되면 긴장할 수도 있을 것이다. 특히 그가 뺑소니 사건의 범인이거나 차길수의 사망과 관련 있다고 한다면 더욱 그럴 것이다.

　그의 집을 확인했을 때 집 근처를 자세히 파악해 뒀고, 미리 생각해 둔 것이 있었다.

　그의 집 근처도 전형적인 주택가여서 상업시설이 별로 없었다. 동네 사람들의 생활에 필수인 슈퍼마켓, 세탁소, 철물점, 호프집, 분식집, 휴대폰 판매점 등등 소규모 가게들이 몇 군데 눈에 띄었다.

　그가 교사로 퇴직하면서 현재 집에서 40년 이상 살았다면 슈퍼마켓이든 세탁소든 분명 단골집이 있을 것이다. 특히 세탁소는 세탁물을 배달하려면 손님의 집을 정확히 알고 있을 것이고, 그에 대해 누구보다도 잘 알고 있을 것이다. 세탁소부터 시작하기로 했다. 아마 차길수도 그의 집 신상에 대해 잘 알고 있을 단골가게인 슈퍼마켓이나 세탁소 등을 먼저 떠올렸을 것이다.

길 원장은 누가 보는 사람이 없는지 주위를 살펴본 다음 바바리코트에 남아 있는 커피를 적당히 쏟았다. 혹여나 남들이 보면 미쳤다고 생각할 것이다.

잠시 후 서정식의 집에서 150미터 정도 떨어진 관악세탁소로 들어갔다. 그리고 자신의 급한 사정을 얘기했다. 오늘 사업상 중요한 일이 있어 꼭 이 코트를 입어야 하는데 커피를 쏟았다며 급속으로 커피 자국을 지울 수 없겠냐고 사정 투로 말했다. 세탁소 주인인 듯한 중년의 남자는 난감해했다. 아무리 급하게 하더라도 두 시간 정도는 걸린다고 했다. 두 시간 정도면 기다릴 수 있다고 했다. 남자 주인이 난감해한 이유는 또 있었다. 가격이 15,000원이라고 했다. 남자 주인은 길 원장의 행색이나 코트를 보고 실제 가격보다 높게 불렀음이 틀림없었다.

길 원장은 남자 주인이 미안해해야 자신이 원하는 정보를 쉽게 얻을 수 있으니 속으로 오히려 잘됐다고 생각했다. 근처 커피숍에서 기다리다가 두 시간쯤 후에 오겠다고 말하고 세탁소를 나왔다. 제법 날씨가 추운데 코트까지 없으니 몸이 으스스했다.

근처 조그만 커피숍에 들어가서 다시 커피를 주문했지만 거의 마시지 않고 명상에 잠겼다. 오후 늦은 시간이라 그런지 커피숍은 길 원장 이외에 다른 손님은 없었다. 동네 커피숍이다 보니 주인인 듯한 중년의 여자가 커피도 만들고 서빙도 하고 청소도 하는 모양이었다. 커피숍 주인은 젊은 남자가 혼자 들어와서 한 시간 이상 그저 눈을 감고 명상에 잠겨 있는 모습을 보고 참 이상하다고 생각하고 있을 것이다.

길 원장도 커피숍 주인의 눈치가 따가웠다. 아직 세탁물이 완성되지 않았을 것인데 일부러 한 시간 삼십 분쯤 지난 후에 세탁소에 다시 갔다.

세탁소에는 여자 주인인 듯한 사람이 카운터를 보면서 다림질 하고 있었다. 아마 부부가 같이 일하는 세탁소인지 아까 봤던 남편은 세탁소 안쪽에서 무슨 일을 하고 있는 것 같았다.

길 원장은 여자 주인에게 급속으로 맡긴 바바리코트를 찾으러 왔다고 했다. 여자 주인은 난감해하면서 한 삼십 분은 더 있어야 한다고 했다. 길 원장도 난감해하는 표정을 지었다. 여기서 잠깐 기다리겠다고 하면서 무작정 옆에 있는 의자에 앉았다. 여자 주인도 별말 없이 자신이 하고 있던 일을 계속하고 있었다. 잠시 후 길 원장은 무심한 듯 말을 꺼냈다.

"이 동네는 참 변하지 않네요. 제 친구가 이 근처에 살고 있어서 옛날에 자주 놀러 왔었는데."

"저희도 여기에서 30년 정도 장사했는데 항상 똑같죠. 그래서 그런지 사람들 인심 또한 변하지 않아서 좋긴 하지만."

"그럼, 단골도 많겠네요."

"저희 같은 동네 세탁소는 대부분 단골손님이라. 누구네 집 강아지가 어떻게 됐다는 것까지도 다 알고 있을 정도죠."

"참 부럽네요. 친구도 여기서 고등학교를 나와 이 동네에 친구도 많고 아는 은사님도 많아서 나쁜 짓을 하려고 해도 할 수가 없다고 하더라고요."

"그렇긴 해도, 여기도 곧 재개발된다고 하니까 무슨 냄새를 맡았는지 요즘은 외지인들이 부쩍 집을 알아보고 다닌다네요."

"재개발되면 여기 사람들은 좋은 거 아닌가요?"

"좋을 게 뭐 있겠어요. 그저 외지 사람들이 서서히 들어오다 보니 얼굴도 모르는 이웃들이 생기네요."

이내 여자 주인은 씁쓸한 표정을 지었다.

"여기 근처에 친구 선생님이 살고 계신다고 하던데? 체육 선생님이었던 거 같기도 하고? 지금쯤이면 벌써 은퇴하셨을 나이신데?"

길 원장은 말을 꺼내면서 은근히 그녀의 반응을 살폈다. 그녀는 계속 다림질을 하고 있었다.

"아! 저 언덕 위 2층 양옥집 서 선생님 말씀하시는 거 같은데? 그 선생님 벌써 은퇴하셨죠."

"그렇겠죠. 그 친구도 벌써 자식이 고등학교에 다니고 있으니."

"친구분도 ○○고교 나오셨나 보네. 여기 올라오다 보면 큰 사거리를 돌자마자 왼쪽이 있는 그 학교에서만 30년 넘게 근무하시다가 정년퇴임 하셨죠."

길 원장은 운전하고 여기로 오면서 언뜻 학교 건물 하나를 보기는 했지만 눈여겨보질 않았다. 미처 그 학교가 서정식이 근무했던 학교라고는 생각하지 못했다.

"얼마 전에 그 친구를 만났는데 우연히 학교 얘기를 하다가 선생님 생각이 난다면서 한번 찾아뵐까 하던데, 전화해서 찾아뵈라고 해야겠네요."

"근데 서 선생님 찾아가시려면 시간을 잘 맞춰야 하는데…."

그녀가 말끝을 흐렸다.

"왜 무슨 사정이 있나요?"

"사모님도 전에 선생님이셨는데 지금은 어디 김포 쪽 요양병원에 계신다고 해서…. 서 선생님은 요즘 별일 없으면 병원에 가시는 것이 일과니까 덜컥 찾아오시면 집에 안 계실 수도 있으니잘 알아보고 찾아가셔야 할 건데?"

"사모님이 아직 요양병원에 가실 나이는 아닐 거 같은데, 몸이 많이 안 좋으신가 보네요."

"하나밖에 없는 딸이 교통사고로 죽고 나서 서 선생님 집안이 하루아침에 풍비박산났죠. 아휴, 그런 일만 없었어도."

그녀는 땅이 꺼져라, 한숨을 내쉬었다.

"그 이후 사모님은 정신 나간 사람처럼 다녔으니 학교에서도 말이 많았죠."

그녀의 입에서는 또다시 깊은 한숨이 새 나왔다. 꼭 자기 가족의 일처럼 안타까워하는 것 같았다.

"그래도 계속 근근이 버티기는 했지만 결국 학교를 그만두셨고, 퇴직한 후에는 한동안 좋아지시는가 싶더니 언제부턴가 또 나빠지시기 시작했죠. 제가 말을 걸어도 별말씀도 없으시고 어떤 때는 저를 알아보지도 못하시고."

"쯧쯧, 충격이 무척 크셨나 보네요."

"겨우 버티다가 결국 몇 개월 전쯤 요양병원으로 모셨죠. 한순간에 불행이 왔으니 실어증 증세도 있고 치매까지 심해졌다고 하더라고요."

"요양병원에 모시기 전에는 서 선생님 혼자 간병하셨겠네요."

"네. 그렇죠, 뭐."

"치매에 실어증까지 걸린 분이면 간병하기도 어려웠을 텐데, 그래도 잘 버티셨나 보네요."

길 원장은 서정식에 대해 무슨 말이라도 더 듣고 싶어 계속 말을 걸었다.

"그런 일이 있기 전까지는 두 분 사이가 얼마나 좋았는데요. 주위에서 모두 부러워하는 부부였죠."

"그나마 사모님이 좋은 남편을 만나서 다행이네요."

"사모님도 얼마나 다정다감했는데요. 저희 집에 오시면 학교에서 있었던 재미있는 이야기도 자주 들려주셨는데. 쯧쯧, 참 안됐죠."

그녀의 얼굴에는 그때를 회상하는 표정이 역력했다.

"특히 서 선생님이 태권도 국제심판이라 외국에 나갔다 오실 때마다 선물을 사 오셨거든요. 그때만 해도 저희들은 상표도 알아볼 수 없는 그런 명품 같은 거 있잖아요. 그땐 사모님도 참 행복한 표정을 지으셨는데."

"말씀하시는 것을 보니 사장님도 무척 부러우신가 보네요."

"어휴! 말도 마세요. 언감생심 저희가 어떻게 그런 꿈을 꿔보겠어요."

그녀는 과한 몸짓으로 손사래를 쳤다. 강한 부정은 긍정을 뜻하는 것일 것이다.

"처음에는 저희도 난감했죠. 옷을 세탁하러 오시면 저희는 그런 옷을 세탁할 수가 없어서, 잘못 세탁하기라도 하면 배상도 해드릴 수 없는데."

"그렇겠네요."

"그래서 저희도 강남에 있는 대형 세탁소에 다시 맡겼죠. 그렇게 노력해서 단골을 잃지 않았는데, 참 불쌍하게 되셨죠."

"서 선생님 사정을 듣고 보니 친구에게 내일 당장이라도 찾아뵈라고 해야겠네요."

"어? 지금은 안 될 텐데? 서 선생님 요 며칠 전에 양복에 여행가방을 가지고 여기 앞을 지나간 것으로 봐서는 아마도 외국에 나가셨을 거예요. 요즘도 외국에 시합이 있으면 자주 심판으로 가신다고 하던데."

"아! 그런가요. 그러면 일정을 잘 맞춰야겠네요. 그 친구는 여기를 떠난 지 오래돼서 선생님 집을 찾을 수 있을지 모르겠다고 걱정하던데."

"오래전에 왔었다면 쉽게 못 찾겠네. 사모님 몸이 많이 안 좋아지자 집을 싹 다시 고쳤거든요. 거의 새집으로. 앞마당에 조그만 정원도 만들어 꽃과 나무도 기르고, 아무튼 선생님이 사모님을 지극 정성으로 보살피셨죠."

"아까 오다 보니 정원이 예쁜 집이 있던데 거긴가 보네요. 이 근처에서는 눈에 확 띄는 집이던데."

"맞을 겁니다. 이 근처에서 정원이 있는 집은 그 집밖에 없으니, 그 집은 누가 봐도 탐나는 집이죠."

그때 안쪽에서 세탁물 분류작업을 하고 있던 남자 주인이 나오면서 말을 꺼냈다.

"사모님을 요양병원으로 보내고 혼자 살기가 적적하다며 조그만 아파트로 가려고 집을 내놓았다고 하던데, 팔렸나?"

"아니야, 내놓았다가 바로 거둬들였대. 집이 좋으니까 관심 가진 사람들이 제법 있었는데 바로 거둬들였다고 성실부동산 박씨가 그러던데."

"사모님이 안 계시면 오히려 아파트 같은 곳이 혼자 살기 더 편할 텐데."

길 원장은 은근히 맞장구를 쳤다.

"그러게 말이죠. 단독주택에서 남자 혼자 사는 것이 쉽지는 않을 텐데."

남자 주인도 길 원장의 말에 동의를 표했다.

"박씨 말로는 선거 때마다 재개발, 재개발 하는 말들이 나오니 집값이 오를 거라고 생각해서 다들 그나마 있던 매물을 거둬들인다고 하더라고요. 서 선생님도 그것 때문에 집을 내놓았다가 취소했겠죠."

그녀는 남의 일인 양 무심하게 말을 내뱉었다.

"친구가 선생님을 뵈러 그전에 이미 찾아왔었나? 혹시 얼마 전에 서 선생님을 찾는 사람은 없었나요?"

"그런 사람은 없었는데, 여보! 당신한테 서 선생님 찾는 사람 있었어?"

"아니, 그런 사람 없었는데."

남자 주인도 무심하게 대답했다.

길 원장은 더 이상 물으면 이상하게 생각할 것 같아 문자가 온 것처럼 휴대폰을 꺼내 들여다보는 시늉을 했다. 잠시 후 여자 주인은 다 됐다고 하면서 바바리코트를 건넸다. 길 원장은 15,000원을 건네면서 오늘은 기대 이상으로 정보는 충분히 얻었다고 생각했다.

"고맙습니다. 감쪽같이 얼룩이 없어졌네요. 덕분에 일이 잘 성사될 거 같네요. 안녕히 계세요."

길 원장은 인사말을 건네면서 세탁소 문을 열고 나왔다.

세탁소 여자 주인 말에 따르면 서정식은 현재 외국에 나갔을 가능성이 높았다. 만약 외국에 나갔다면 내일 당장 그의 뒷조사를 하기는 어려울 것으로 보였다. 무엇이든지 그의 주변에서 단서를 찾아야 한다고 생각했는데 며칠 늦어질 것 같았다.

그는 별일 없으면 부인이 있는 요양병원에 가는 것이 일과라고 했으니 일단 대전에 내려갔다가 그가 외국에서 돌아온 다음에 그의 뒤를 밟기로 했다. 무슨 단서가 나올 것이라는 기대는 없지만 어쨌든 부딪쳐 봐야 할 것이다.

그리고 그는 집을 매물로 내놨다가 바로 거둬들였다고 하니 그 경위도 확인할 겸 차길수가 부동산에 들러 그의 집을 확인했을 가능성이 있으므로 성실부동산에 가보기로 했다. 아까 여자 주인이 말한 박씨가 운영하는 부동산 중개 사무실이다.

길 원장은 성실부동산 문을 열고 들어갔다. 안에는 50대 후반 정도로 보이는 남자가 혼자 텔레비전을 보고 있었다.

"요새 경기는 어떻습니까? 좋은 매물 있나요?"

부동산 사무실을 찾는 전형적인 용건을 건넸다.

"그놈의 재개발이 뭔지, 그 바람 때문에 요새 매물이 싹 다 들어가서 이렇게 개점휴업이죠."

"친구가 이 근처에 좋은 매물이 있다고 해서 자기도 한번 여기에 왔었다고 했는데."

길 원장은 말을 건네면서 부동산 주인의 눈치를 살폈다.

"어딜 말하는 거지?"

부동산 주인은 선뜻 어느 매물인지를 알아채지 못하는 것 같았다.

"이 근처 정원이 잘 가꿔진 집이 매물로 나왔다고 하던데."

"아, 서 선생님 집을 말하는 건가 보네. 그거 집주인이 내놨다가 얼마 되지 않아서 거둬들여서, 이미 물 건너갔죠."

"어, 그러면 친구가 잘못 알고 있는 건가? 혹시 40대 중반에 몸이 약간 마른 사람이 여기 찾아온 적 없었나요?"

"남자분이 서 선생님 집을 물어본 적은 없었는데, 여자들 몇 분은 찾아온 적이 있지만.”

“그 친구가 다른 부동산에 들렀나?”

길 원장은 짐짓 모르는 것같이 말했다.

“그런데 그 집은 왜 매물을 거둬들였다고 하던가요?”

“저야 모르죠. 저희야 의뢰인이 갑자기 매물을 거둬 달라고 하니까 그렇게 하는 수밖에 없죠. 그런데 뻔한 거 아닐까요? 집값이 당분간 계속 오를 거 같으니까 그때를 기다리려고 그러는 거겠죠. 아니면 이미 팔렸을 수도 있고.”

“이미 팔렸을 수도 있다는 말은 무슨 뜻인가요?”

“집을 내놓는 사람들은 부동산 한 곳에만 내놓는 것은 아니죠. 여러 군데 내놓았다가 빨리 팔리거나 가장 비싸게 가격이 형성되는 곳에서 계약하면 그만이니까.”

“그래도 거래 신의 상 그렇게 하면 안 되는 거 아닌가요?”

“다른 부동산에서 이미 계약했다면 나머지 부동산에다가는 그냥 매물을 거둬달라고 하면 되니까. 뭘 그런 거까지 따질 것은 아니고.”

“하긴, 그럴 수도 있겠네요. 참 좋은 기회였는데. 그런데 그 집은 왜 매물로 나왔다고 하던가요. 혹시 뭔가 안 좋은 일이라도 있었나?”

“그건 아니고, 그곳 사모님이 요양병원에 입원해서 남편 혼자 살기 적적하다며 내놓은 거였죠. 이 근처에서는 좋은 매물이었는데, 관심 있는 사람들도 많았고.”

부동산 주인은 그 매물을 자신이 차지하지 못한 것에 대해 못내 아쉬워하는 표정이었다.

“할 수 없죠. 다음에 기회 되면 다시 들르죠.”

길 원장은 인사를 건네고 사무실을 나왔다.

세탁소나 부동산 사무실 주인들의 말에 의하면 차길수가 들렀다는 흔적은 없어 보였다. 차길수는 어떤 방법으로 서정식의 집을 찾았다는 말인가? 아니면 찾지 못했다는 말인가? 차길수가 정관장 인삼세트 두 개를 그대로 가지고 왔다는 것은 그와 직접적으로 접촉하지 못했을 가능성이 높을 것이다. 그 후 차길수는 어떻게 했는지 현재로서는 전혀 알 길이 없어 마음이 답답했다. 오늘은 이만 여기에서의 일은 끝났다고 생각했다.

근처 공영주차장에 주차되어 있는 차에 올랐다. 차를 몰고 서초IC를 통해 경부고속도로로 들어섰다. 문득 앞으로 이 고속도로를 몇 번이나 더 왔다 갔다 해야 할지 모르겠다는 생각이 들었다.

길 원장은 생각난 김에 엄 소장에게 전화를 걸어 지금까지의 상황을 간단히 설명하고 서정식이 현재 외국에 나갔는지 출입국 조회를 부탁했다. 길 원장의 차가 서울 톨게이트를 벗어나자마자 그로부터 전화가 왔다.

"서정식은 2월 17일부터 중국으로 출국한 것으로 나와 있네요. 그런데… 그런데 우리가 지금까지 헛다리를 짚은 거 같네요."

그는 힘이 다 빠진 것처럼 말했다.

"그게 무슨 말씀인가요?"

"서정식 출입국 조회를 하면서 혹시나 해서 뺑소니가 발생한 시기 출입국 기록도 조회해 봤는데 서정식은 그때 필리핀에 있었던 것으로 나와 있네요. 2003년 10월 20일부터 11월 2일까지 필리핀에 갔다 온 것으로."

길 원장은 순간 머리에 심한 충격이 온 것처럼 멍했다.

"그럼, 서정식이 범인이 아니라는 말인가?"

길 원장은 혼잣말처럼 내뱉었다.

"이게 어떻게 된 건지 모르겠네요. 저희가 엉뚱한 사람을 쫓고 있었던 것은 아닌지."

그도 허탈해하고 있었다.

길 원장은 순간 아직 신갈JC를 지나지 않았음을 알아챘다.

"다시 생각해 봐야 할 거 같은데, 제가 지금 그곳으로 갈게요."

"네, 기다리고 있겠습니다."

그도 짤막하게 대답했다.

길 원장은 신갈JC에서 곧장 직진하지 않고 영동고속도로로 갈 아탔다. 자신의 본업도 급하지만 일단은 될 대로 되라는 심정이었다. 잠시 승용차 문을 열고 신선한 공기를 들어 마셨다. 복잡한 머릿속부터 정리하면서 차분하게 생각하기로 했다.

어디서부터 틀어진 것일까? 서정식이 범인이 아니란 말인가? 일단 그가 뺑소니를 직접 저지른 범인은 아닌 것이 명백해졌다. 그렇다면 청부했을 가능성이 높을 것이다. 그는 딸에 대한 복수로 수인이를 죽이면서 살인 사건을 뺑소니 사건으로 위장하는 치밀함을 보였다. 그런데 그런 일을 청부한다는 것이 선뜻 이해되질 않았다.

그가 범인이라면 자신의 손으로 직접 범행을 실행했을 가능성이 높다고 판단했었다. 아무런 잘못이 없는 어린 소녀를 살해하는데 그것을 남에게 맡긴다는 것이 아무리 생각해도 이해되질 않았다. 그로서는 피치 못할 사정이 있었을 수도 있을 것이다. 피를 나눈 형제처럼 가까운 사람이 대신했을 가능성도 있을 것이다.

아니면, 그는 수인이 뺑소니와 진짜 아무런 관련이 없었던 것은 아닐까? 서진주의 뺑소니 사건과 차수인의 뺑소니 사건이 우연히 형태만 일치한 것일 뿐 아무런 관련이 없었다는 말인가? 그렇다면 우리는 엄 소장 말대로 지금까지 헛다리만 짚은 것이란 말인가?

그러면 차길수는 서정식과 아무런 상관없이 정말 순수하게 자신의 약 심부름 탓에 수인이가 죽었다는 죄책감으로 자살한 것일까? 아니면, 처음에 추적했던 차길준이 관련 있다는 말인가? 그렇다고 생각하기엔 너무나도 이해 안 되는 부분이 많았다.

차길수는 정 변호사를 찾아갔고 그다음에 서정식을 찾아갔다. 서정식과 직접 대면했는지는 알 수 없지만 분명 수인이 뺑소니 사건과 관련 있다고 생각해서 서정식을 찾아간 것이다. 그렇지 않고서야 차길수가 자살하기 직전에 수인이 슬리퍼 한 짝을 가지고 있었다는 것을 어떻게 설명할 수 있을까?

그리고 아직 해결되지 않은 의문의 편지, 수인이라고 쓴 차길수의 유서 등 이해 가지 않는 것들 투성이다.

그래도 지금까지는 서정식이 수인이 뺑소니 사건과 관련이 있을 가능성은 아주 높아 보였다. 다만 그가 직접 범행을 실행하지 않았다면 뺑소니 사건을 입증하기는 더욱 어려워질 것이 분명했다.

더군다나 뺑소니 사건도 아닌 살인 사건임을 입증해야 한다. 현재로서는 직접 살인을 저지른 사람을 전혀 알 수 없다. 그리고 살인 도구로 사용된 차량의 흔적도 알 수 없다. 그렇다면 그가 수인이 살인 사건과 관련돼 있다고 하더라도 이를 밝히기는 사실상 어려울 수도 있을 것이다.

길 원장은 영월에 가는 동안만이라도 아무런 생각을 하고 싶지 않았다. 무념무상에는 음악이 최고였다. 자신이 애장하고 있는 푸치니의 오페라 '투란도트' CD를 틀자 웅장한 넬슨 도르마(Nessun dorma) 끝부분이 흘러나오고 있었다.

어느덧 저녁 시간이 한참 지난 다음에야 영월에 도착했다.

7.

길 원장은 엄 소장과 미리 약속한 장소인 '청풍명월' 한정식집으로 차를 몰았다. 저녁 시간이 한참 지난 시간임에도 그는 아직 저녁도 먹지 않고 기다리고 있었다. 풀이 죽어 있는 모습이 역력했다.

두 사람은 별다른 사건 얘기 없이 반주를 곁들여 저녁 식사를 했다. 산나물 위주의 한정식은 언제 먹어봐도 깔끔한 것 같았다. 그가 먼저 말을 꺼냈다.

"어디부터 잘못된 걸까요? 저는 서정식이 범인이라고 확신하고 있었는데."

"비록 서정식이 뺑소니에 직접 가담하지 않았다고 해도 관련이 있는 것은 분명한 거 같네요. 그렇지 않고서야 수인이 슬리퍼한 짝, 의문의 편지, 그리고 수인이라고 적힌 유서, 이런 것들이 도저히 이해되질 않으니."

길 원장은 잠시 말을 멈추고, 잔에 가득 담긴 소주를 한 번에 마셨다. 스스로 뭔가를 다짐하는 모습이었다.

"아마 청부했을 겁니다. 청부 살해를."

"청부 살해라? 그래서 수인이가 남긴 숫자에 서정식이 걸려들지 않았다는 말인가?"

그는 길 원장의 말을 받아 혼잣말로 읊조렸다.

"서정식이 청부 살해를 했을 것이라고는 선뜻 납득되지 않지만 현재로서는 그럴 가능성이 가장 높다고 봐야 할 거 같네요. 만약 그렇다면 더욱더 서정식의 범행을 입증하기 어려워졌다고 봐야겠죠."

그도 고개를 끄덕이면서 마음속으로 전에 길 원장이 말했던 것을 다시 한번 떠올렸다. 서정식이 뺑소니 범인임을 입증하기도 어려운데 공소시효가 지난 지금에서는 살인 사건의 고의를 입증해야 한다고 했던 것을….

거기에다 이제 청부 살해라면 살인을 직접 실행한 당사자까지 찾아야 하니 앞이 꽉 막히고 머릿속이 텅 빈 느낌이었다.

"다만 우리가 서정식의 사주를 받고 청부 살해를 한 당사자를 찾는다면 자연적으로 수인이 살인 사건에 대한 고의는 입증된다고 봐야겠죠."

"그게 무슨 말씀인가요?"

"서정식이 누군가에게 청부했다면 뺑소니하라고 청부하진 못했겠죠. 뺑소니는 실수로 교통사고를 내고 도주하는 형식인데 서정식이 그런 식으로 사주할 수는 없다는 거죠."

"듣고 보니 맞는 말씀이네요."

"수인이에게 교통사고를 내고 도주하라는 거 그 자체가 이미 수인이에 대한 살해 고의가 있었다고 봐야겠죠."

"그런데 정작 수인이를 살해한 놈을 찾을 수 없으니…. 나, 원, 참! 울화통 터지기 직전이네요."

그는 앞에 놓인 소주 두 잔을 연거푸 마셨다. 길 원장이 따라

줄 틈을 주지도 않고 스스로 자작해 버렸다. 그러다가 갑자기 표정이 진지해졌다.

"혹시 서정식이 정말 수인이 뺑소니와는 아무런 관련이 없을 가능성은?"

"음… 그 가능성도 배제할 수는 없을 겁니다. 두 개의 뺑소니 사건이 우연히 겹칠 수도 있고…."

길 원장은 선뜻 말을 이어가지 못하고 잠시 뭔가를 신중히 생각하고 있었다. 자신의 입으로 꺼낸 이 말이 사실이라면 지금까지 쌓아온 공든 탑이 한순간에 무너질 것이 뻔했다.

"그리고 서정식이 두 사람이 헤어진 이유에 대해 오해하고 있었듯이, 차길수도 뺑소니 사건에 서정식이 관련 있다고 오해했을 수도 있었겠죠."

"결국 다시 원점으로 돌아오는 거네요. 그렇다고 차길준이 범인이라고 생각하기에는 너무나도 이해 안 되는 것들이 많고…."

"아무튼 서정식이 귀국하면 그에 대해 좀 더 알아봐야 할 거 같네요. 뭔가 단서가 나오면 좋고, 아니면 우리의 괜한 의심이 해소돼서 좋은 거죠, 뭐. 그리고 참, 차길수 씨 영월에서의 추가 행적은 더 확인된 건 없나요?"

"네. 길수는 영월 땅에 머무는 거조차도 싫었던지, 몇 달간 제천에 있었으면서도 영월에는 저와 최 원장을 만나러 온 거 이외에 아무런 흔적도 남기질 않았네요."

"그럼, 일단 차길수 씨 행적을 정리해 보죠. 작년 12월 16일 정 변호사를 만났고, 그리고 바로 소장님을 만난 거 같은데 어떤가요?"

"네. 길수가 두 번째로 찾아와서 기록을 본 때가 작년 12월 20

일 전후일 겁니다."

"차길수 씨는 정 변호사를 만나 서정식의 존재에 대해 어느 정도 의심을 품었고, 그리고 기록에서 서정식의 흔적을 찾으려 했겠죠."

"그런데 아무런 흔적을 찾지 못해서 실망했고."

"그 후 차길수 씨는 최 원장을 만나 서울 차를 봤는지 확인했고요."

"기록에서 못 찾은 것을 신고자한테 찾으려고 했다는 거네요."

"그런 다음 작년 연말쯤 홍삼 선물세트를 소장님과 강 사장님한테 건네줬다는 것은 그때쯤 서정식을 찾으러 서울에 갔다는 거고요."

"그런데 며칠 후에 갑자기 자살했다?"

그의 말투는 차길수의 마지막 행적이 도저히 믿기지 않는다는 의문 부호였다.

"그렇다면 작년 연말쯤 차길수 씨가 서울에 있는 서정식의 집 주변에 갔다 온 후 며칠 사이에 어떤 일이 벌어졌거나 중요한 심경의 변화가 있었다는 말인데."

길 원장은 겉으로 표현은 하지 않았다. 하지만 속으로는 그 시기에 차길수와 서정식, 이 두 사람은 분명 어떤 접촉이 있었을 것이라는 확신이 들었다.

"결국 길수가 죽기 전 며칠 동안의 행적이 관건이라는 말인데."

두 사람의 대화는 여기서 끝났다.

길 원장은 그를 집까지 대리를 불러 태워다준 후 자신은 청령포 모텔로 들어왔다. 간단히 씻고 가방에서 노트북을 꺼내 자신이 처음 이번 일을 시작할 때 적어두었던 메모를 읽기 시작했다.

먼저, 최종적으로 확인해야 할 것은 두 가지다. 큰 틀에서 보면,

첫째, 차길수가 수린이 뺑소니 사건의 범인인가? 아닌가?

둘째, 범인이 아니라면 차길수의 자살이 수린이 뺑소니 사건과 관계가 있는지 아닌지?

이 두 가지만 확인하면 박순향에게 진실의 답을 줄 수 있을 것이다.

그리고 세부적으로 들어가면 이번 일의 핵심 키포인트는 세 가지다.

차길수에게 온 이상한 편지, 유서 속 '수인'이라는 글자의 의미, 그리고 차길수가 자살하면서 남긴 수린이 슬리퍼 한 짝.

이 세 가지가 서로 어떤 연관이 있는지 밝히는 것이 해답일 것이다.

첫째, 이상한 편지와 관련해서는,

① 차길수가 받은 이상한 편지에는 무엇이 적혀 있었길래 차길수를 제천으로 이끌었나?

아마도 수린이 뺑소니 사건에 관한 어떤 내용이 적혀 있을 가능성이 높다. 아니면 박순향이 모르는 전혀 다른 내용이 적혀 있을 수도 있다.

다만, 차길수가 그 편지를 받고 제천에 갔고 그곳에서 자살했으므로 그럴 가능성은 높아 보이지 않는다.

그리고 왜 하필 제천일까? 박순향도 차길수가 제천에 있었는지 모르고 있었다고 하는데 그러면 혹시 차길수가 그 사실을 고의로 숨긴 것은 아닐까? 아님, 그냥 편한 친구가 있어서?

② 차길수에게 이상한 편지를 보낸 사람의 정체는 누구인가?

차길수가 범인이라면 그 사실을 알고 있는 자라는 말인가?

아니면 수린이 뺑소니 사건의 범인가?

③ 그리고 왜 하필 뺑소니 사건 공소시효가 지난 다음에 차길수에게 이

상한 편지가 전달된 것인가?

차길수가 범인이라는 사실을 아는 사람이 보낸 것이라면 차길수가 형사처벌을 받는 것까지는 원하지 않았기 때문은 아닐까?

이상한 편지를 보낸 자가 범인이라면 공소시효가 끝났다는 사실을 알고 보냈을 가능성이 높다.

아니면 우연히 공소시효를 넘긴 것은 아닐까?

④ 이상한 편지를 보낸 사람은 왜 편지를 보낸 것일까?

편지를 보낸 사람이 범인이라면 자신의 범행을 밝히는 것인데 과연 그렇게 하는 범인이 있을까?

공소시효가 지나서 자신의 범행을 밝혀도 처벌받지 않는다고 생각하고 보낸 것일까?

아니면 다른 이유가 있는 것일까?

편지를 보낸 사람이 차길수가 범인임을 알고 있는 사람이라면 차길수를 협박하기 위해서 편지를 보낸 것일까?

비록 공소시효가 지나 차길수가 처벌되지 않는다고 하더라도 그 사실이 알려지면 차길수에게 치명적일 수밖에 없으니 그것을 미끼로 협박하려고 했던 것은 아닐까?

둘째, 유서에 적힌 '수인'과 관련해서는,

① 차길수가 죽기 직전에 딸 이름을 평소 부르지 않던 '수인'으로 적은 이유는 무엇일까?

단순히 아무 생각 없이 즉흥적으로 적은 것은 아닐까?

경찰에서 범인이 밝혀지기 전까지는 수사 편의상 사건명에 피해자의 이름을 넣는 것이 통상적이고, 그때도 수인이 뺑소니 사건이라고 불렸을 것이다. 차길수는 여러 번 조사를 받으면서 '수인이 뺑소니 사건'이라는 말을 수도 없이 들었을 것이다. 그렇다면 뺑소니 사건과 관련해서는 차길수도 딸 이름이 수린이가 아닌 수인이라고 인식하고 있었을 가능성이 있다.

아니면, 살아 있는 사람에게 어떤 단서를 남기려는 것은 아니었을까?

현재로서는 그럴 가능성이 별로 없어 보인다.

② 유서가 타인에 의해 대필되거나 조작되었을 가능성은 없을까?

현재로서는 그럴 가능성이 없어 보인다.

유서에 적힌 차길수의 글씨체는 남이 흉내 내기 어려워 보이고, 박순향도 단정적으로 차길수의 필체가 맞다고 확인했다.

그리고 타인이 조작했다면 유서의 구체적인 내용을 잘 알고 있기 어려울 텐데 유서 내용도 차길수의 심정과 일치한다고 보인다.

③ 차길수는 왜 유서에 '수인'이만 언급한 것일까?

차길수는 자기 때문에 수인이가 죽었다는 자책감과 죽음 직전의 사람이 이미 죽은 딸을 저승에서 만난다는 생각에 즉흥적으로 수인이만 언급해서 유서를 작성하였을 가능성이 충분히 있다.

아니면 다른 이유가 있었던 것은 아닐까?

마지막으로 수린이 슬리퍼에 관해서는,

① 차길수는 뺑소니 현장에서 없어진 수린이 슬리퍼를 어떻게 소지하게 되었을까?

차길수가 뺑소니 사건 범인이란 말인가?

차길수가 범인이 아니라면 범인으로부터 슬리퍼를 건네받았다는 것인데 어떤 경위로 건네받은 것인가?

그렇다면 차길수는 범인을 안다는 말인가?

② 차길수가 자살하면서 왜 뺑소니 사건 때 없어진 수린이의 슬리퍼를 현장에 남겼을까?

차길수가 실제 범인이라면 그 죄책감에 자살하면서 진실을 밝히는 자료로 남긴 것일까? 물론 그럴 가능성도 있다.

차길수가 범인이 아니라면 살아 있는 사람에게 범인을 밝혀 달라고 현장에 놓은 것일까? 그럴 가능성은 작다.

범인을 밝혀 달라는 취지였다면 유서에 직설적으로 그런 언급을 하는 것이 훨씬 효과적일 것이기 때문이다.

길 원장은 메모 내용을 두 번이나 읽었다. 지금까지 그나마 명확하게 확인된 것은 차길수가 제천에 간 이유와 뺑소니 범인이 아니라는 것 정도다. 그러다가 이마저도 아직 명확하게 해결된 건 아닐 수 있다는 생각이 들었다. 지금까지 사방팔방으로 돌아다녔건만 제대로 지워진 물음표는 하나도 보이질 않았다. 오히려 더 생긴 것만 같았다.

현재로서는 차길수가 뺑소니 진범일 가능성을 완전히 배제할 수 없을 것이다. 다만 차길수의 제천, 영월과 서울에서의 행적에 비추어보면 차길수가 범인일 가능성은 그리 높아 보이진 않았다. 차길준도 석연치 않은 점이 있지만 범인일 가능성이 희박해 보였다. 차길수의 지금까지 행적에 비추어보면 이번 사건에는 분명 서정식이 관련 있다는 의구심을 지울 수 없다.

길 원장은 쓸쓸한 표정을 지었다. 이번 일에 관여한 지도 두 달이 다 돼 가는데 제대로 밝혀진 것은 하나도 없고 다시 물음표만 가득한 원점으로 돌아왔다고 생각하니 스스로도 한심해 보였다.

하지만 난제를 풀면 그 희열이 배가 된다는 사실을 누구보다도 잘 알고 있는 길 원장이었다. 어려서부터 수학 문제 풀기를 좋아해 하루 종일 한 문제를 가지고 씨름한 적이 한두 번이 아니었다. 정답을 풀어가는 과정에서 희열을 느껴왔다.

더욱이 현실이 소설과 같이 술술 풀리지는 않을 것이라고 어느 정도 각오했기에, 이 정도 난관은 충분히 뚫고 나갈 수 있을 것이라 다짐했다. 반드시 박순향이 원하는 답을 찾고야 말겠다는 의욕이 불끈 솟았다.

4장.

_____

의심의 그림자

1.

며칠 후 길 원장은 엄 소장으로부터 서정식이 오늘 오후에 중국에서 입국했다는 소식을 통보받았다. 미뤄두었던 일을 해야 할 시간이 다가왔다. 내일 아침 일찍 다시 서울에 가기 위해 오늘 저녁에 약속된 술자리는 핑계를 대고 피하기로 했다. 누군지 의심은 가지만 앞에 있는 적은 보통이 아니었다. 맑은 정신 상태를 유지해야만 적을 이길 수 있을 것이다.

물론 가능성이기는 하지만 서정식은 뺑소니를 가장해서 수인이를 청부 살해하는 치밀함을 보였다. 10년이 넘도록 아무런 흔적을 남기지도 않았다. 그에 더해서 자신이 범인임을 밝힐 정도로 대담하게 차길수에게 편지를 보내기도 했다. 그리고 서정식이 차길수의 죽음에도 관여했다면 결코 만만히 볼 상대가 아니었다.

길 원장은 아침 10시가 조금 넘어서 서정식의 집 근처 공용주차장에 차를 세우고, 전에 바바리코트를 기다리면서 커피를 마셨던 그 커피숍 문을 열고 들어갔다. 오늘도 손님은 아무도 보이지 않았다. 여기 커피숍 창가에서 보면 그의 집 대문이 멀리 보였다. 커피를 주문하고 지그시 집 대문을 응시하면서 명상에 잠겼다.

그는 지금은 차가 없다고 했으니 외출하려면 걸어서 여기를 지나갈 것이다. 아마 그는 아직 외출하지 않았을 것이다. 중국에서 돌아온 여독이 있을 수 있어 오늘은 밖으로 나오지 않을 수도 있지만 외출할 가능성이 더 높을 것이다. 거의 열흘 동안 부인을 보지 못했으니 특별한 일이 없으면 부인이 있는 요양병원에 갈 것이다.

오전 11시가 조금 넘어서자 그의 집 대문이 서서히 열리고 있었다.

길 원장은 비록 거리가 멀긴 했지만 직감적으로 그임을 알아챘다. 그의 나이가 주민등록상 일흔 살로 되어 있어도 걷는 모습은 50대 후반 정도로밖에 보이질 않았다. 체육선생으로 근무했으니 신체 나이는 훨씬 젊을 것이라고 생각했는데 딱 그대로였다. 체격도 그 나이대에 비해 비교적 큰 키에 별로 군살이 없을 정도로 당당하게 보였다. 머리 스타일은 스포츠형 짧은 머리를 하고 있었다. 옷도 등산복 차림에 운동화를 신고 있어 평소 편하게 옷을 입고 외출하는 스타일인 것 같았다. 아니면 진짜로 등산하기 위해 나온 것일 수도 있을 것이다.

걸어오고 있는 그를 한의학적 관점에서 자세히 살피기 시작했다. 키가 크고 골격이 발달했고, 상체보다는 하체가 탄탄한 전형적인 태음인 유형이었다. 태음인은 통상적으로 성격이 차분하며 동적이지 않고 정적인 경향이 많아 행동이 가볍지 않다. 과묵하게 맡은 바 책임을 다하고 적응력이 뛰어난 것으로 알려져 있다.

길 원장은 그를 실물로는 처음 보지만 자신이 예상했던 모습에서 크게 벗어나지는 않았다고 생각했다.

그러나 그런 생각에는 하나의 오류가 있었다. 지금까지 그가 수인이 뺑소니 사건의 범인이고, 차길수의 사망에도 어느 정도 관련 있다는 전제하에 이미지를 그렸었다. 하지만 만약 그가 이 사건들과 관련이 없다면 그 전제는 잘못된 것이기 때문이다.

그는 천천히 걸으면서 관악세탁소 앞을 막 지나쳤다. 곧 커피숍 앞을 지나갈 것이다. 길 원장도 천천히 일어서서 커피잔을 반납하고 커피숍을 나왔다. 그 순간 그가 앞을 지나쳤다. 일정한 간격을 두고 뒤를 따랐다. 난생처음 해보는 미행이었다.

길 원장은 그가 요양병원에 갈 것이라고 예상하고 평상복 차림으로 바지는 베이지색 면바지와 검은색 점퍼 차림의 편한 복장을 하고 왔다. 그가 별로 의식할 것 같지는 않아 보였다.

날씨도 모처럼 쾌청했다. 어제까지만 해도 연일 방송에서 미세먼지로 서울의 가시거리가 얼마에 불과하다는 보도가 주요 뉴스로 다뤄졌다. 길 원장은 문득 날씨도 도와준다는 생각이 머릿속을 스쳤지만, 오히려 기분은 씁쓸했다. 무엇 때문에 씁쓸한지는 자신이 생각해도 의아했다.

그는 지하철 봉천역 방향으로 길을 걷고 있는 것처럼 보였다. 잠시 후 봉천역 입구로 들어갔다. 지하철 2호선을 타기 위함일 것이다. 예상대로 봉천역에서 지하철 2호선을 탔다. 김포 쪽으로 가려면 어디에선가 환승해야 할 것이다.

길 원장은 그를 놓치지 않기 위해 그가 들어간 칸에 잽싸게 같이 올라탔다. 지하철 안은 평일임에도 비교적 복잡했다. 사람들 사이로 겨우 그의 존재만 확인할 정도였다. 그가 신도림역이나 영등포구청역에서 환승할 것으로 예상하고 있었다. 지하철은 신도림역에 도착했지만 그는 내릴 생각을 하지 않았다. 신도림 다음다음 역인 영등포구청역에 도착하려고 하자 그가 입구 쪽으로 발길을 옮겼다. 영등포구청역에서 환승할 예정으로 보였고, 그곳에서 내린 다음 지하철 5호선 환승로를 따라 걸었다.

길 원장은 옆에 있는 서울지하철 노선도를 급히 봤다. 예상이 맞는다면 서정식은 5호선 방화역 방면 지하철을 탈 것이다. 그와 적당한 거리를 유지하며 뒤를 따랐다. 사람들이 제법 많기는 했지만 그를 놓칠 정도의 인파는 아니었다.

예상대로 그는 방화역 방면 지하철을 기다리고 있었다. 잠시 후 지하철이 도착하자 지하철 안으로 들어갔다. 길 원장도 따라 들어갔다. 지하철 5호선은 2호선보다는 덜 붐볐는지 그는 빈자리를 찾아 앉았다. 길 원장은 그가 잘 보이는 곳에 선 채로 지하철 노선도를 보는 시늉을 하고 있었다. 그는 조그마한 가방에서 책을 꺼내 읽고 있었다. 익숙한 모습으로 보였다. 지하철이 종착역인 방화역에 도착한다는 알림 소리를 듣고 책을 가방 속에 넣었다. 길 원장도 적당한 거리를 유지하며 방화역에서 내리는 그의 뒤를 따랐다.

그는 방화역 앞 택시 승강장 쪽으로 가자마자 줄지어 서 있는 택시를 잡아탔다. 길 원장도 순간 그를 놓칠 수 있다는 생각에 잰걸음으로 택시를 타려는 20대 여자 손님을 앞질러 기다리고 있던 택시를 탔다. 택시기사에게 앞 택시를 따라가 달라고 했다. 택시기사가 백미러로 힐끔 길 원장을 쳐다봤지만 별말은 없었다. 길 원장도 짐짓 아무 일도 아니라는 표정으로 창문 밖을 응시하고 있었다.

10여 분이 지나자 서울 외곽을 빠져나온 것 같았다. 곳곳에 한창 개발이 진행 중인 것처럼 듬성듬성 공사판이 보였다. 지금 택시가 가고 있는 곳은 김포시청 쪽인지 이정표에 김포시청이 계속 표시되고 있었다.

택시를 탄 지 20분 정도 지나 택시기사에게 이 근처에 노인 요양병원이 있는지 물었다. 택시기사는 이 근처에 하나 있기는 하지만 이 방향은 아니라고 했다. 길 원장은 순간 의아했다. 세탁소 여자 주인은 분명히 그의 부인이 김포에 있는 요양병원에 있다고 했다. 그리고 그는 김포에 왔다. 그렇다면 그는 분명 부인이 입원에 있는 요양병원에 갈 것임이 틀림없다고 생각했는데 아니란 말인가? 아마 택시기사가 모르는 요양병원이 근처에 있을 수도 있다고 생각했다.

잠시 후 그가 탄 택시가 멈추는 것이 보였다. 길 원장도 재빨리 지갑에서 현금을 꺼내며 택시기사에게 여기 근처에 요양병원이 있는지 다시 물었다. 택시기사는 없다고 단호하게 대답했다.

길 원장은 요금을 계산하고 택시에서 내렸다. 그도 이미 택시에서 내려 천천히 앞쪽으로 걸어가고 있었다. 그가 걸어가고 있는 도로 옆에 세워진 간판에는 '전통사찰(傳統寺刹) 안정사(安靜寺)'라고 적혀 있었다.

길 원장은 급히 주위를 둘러봤다. 그래도 이곳은 시내임에도 꽤 높이가 되는 산이 앞을 가리고 있었다. 그는 산 방향 외길을 따라 걸어가고 있었다. 절에 가는 것으로 보였다.

길 원장은 그를 더 따라갈까 말까 망설이다가 사람들이 없는 곳에선 들킬 염려가 있다고 생각해 그냥 입구에서 기다리기로 했다. 그가 이곳에서 무엇을 했는지는 내일 확인하면 될 것이다. 한 20분쯤 지나자 그가 산에서 내려오고 있었다.

길 원장은 옆 골목으로 몸을 숨기면서 휴대전화 통화하는 시늉을 했다. 그는 길 원장이 몸을 숨긴 골목길 앞을 지나 도로변으로 나가고 있었다. 길 원장도 천천히 그의 뒤를 따랐다. 그는 버스정류장 앞에 멈췄다. 순간 길 원장은 난감했다. 버스정류장에는 그 이외에 아무도 없었다. 그와 함께 버스를 타야 할지 말지 고민이었다.

길 원장은 버스정류장에서 약 20미터 못 미친 지점에 서 있었
다. 그는 아무런 표정도 없이 무슨 생각을 그리 깊이 하는지 앞
만 보고 있었다. 순간 저기 멀리서 버스 한 대가 오고 있었다. 길
원장은 일단 버스 번호를 외우려고 버스를 바라보는 순간 그의
목적지가 어딘지 바로 알 수 있었다. 버스 앞창에는 버스의 주요
노선도가 적혀 있었는데, 거기에는 '김포현대요양병원'이라는 글
씨가 댕그랗게 적혀 있었다. 그는 여기에서 버스를 타고 김포현
대요양병원에 가려는 것이었다.

길 원장은 자신의 예상이 맞았다고 생각했다. 그 전날 김포에
있는 요양병원을 인터넷으로 검색해서 유력한 요양병원 몇 곳을
미리 머릿속에 담아놓고 있었다. 김포현대요양병원도 머릿속에
있는 유력한 병원 중 하나였다. 서정식이 방화역에서 택시를 탈
때 그 병원으로 갈 것으로 예상했었다. 그런데 방향이 이상해서
택시기사에게 근처에 요양병원이 있냐고 물었던 것이다.

길 원장은 일단 그와 함께 버스 타는 것은 포기하기로 했다.
대신 그의 목적지를 최종적으로 확인하기 위해 버스가 떠나자마
자 택시를 잡아탔다. 길 원장을 태운 택시는 15분 만에 병원 앞
에 도착했다.

마침 버스정류장 앞에 커피숍이 보였다. 그곳에 들어가서 창
가에 자리를 잡은 다음 커피를 주문하고 마냥 기다렸다. 약 10
분 후에 길 원장이 외워뒀던 번호를 단 버스가 버스정류장에 멈
췄다. 다행히 그가 버스에서 내렸다. 길 원장은 일단 커피숍에서
그가 병원에 갔다 올 때까지 기다리기로 했다. 아무래도 그의 뒤

를 밟는 것은 여기서 마무리해도 될 것 같다는 생각이 들었다.

커피숍에서 두 시간쯤 기다렸을 때 그가 버스정류장 앞으로 서서히 걸어 나오고 있었다. 약 5분 정도 버스정류장에 있다가 오는 버스를 타고 그곳을 떠났다.

길 원장은 커피숍을 나와 바로 병원으로 향했다. 병원은 최근에 생겨서 그런지 꽤 깨끗해 보였다. 병원 문을 열고 들어가자 30대 중반의 여직원이 길 원장에게 다가오면서 말을 걸었다.

"무슨 일로 오셨나요?"

길 원장은 지갑에서 한의사 명함을 꺼내 그녀에게 건네면서 둘러대듯이 대답했다.

"제 어머니가 연세가 많으셔서 요양병원에 모시려고 하는데 자식 된 도리로 여기 시설이 어떤지 미리 알아보려고요."

"아, 그래요. 얼마든지 둘러보셔도 됩니다. 제가 안내할까요?"

그녀는 환자 한 분을 받을 수 있다고 생각했는지 무척이나 적극적이고 상냥하게 대답했다.

"네, 괜찮으시다면…."

길 원장은 그녀를 따라 병원 시설을 쭉 둘러보면서 중간중간 한의학 전문용어를 섞어가며 그녀의 기를 죽이기도 했다.

"저희 어머니는 중증 치매에 인지력이 떨어지고 말도 제대로 할 수 없는 상태인데…."

서정식의 부인 상태를 판박이로 옮겨 말했다.

"저희 병원에도 그런 분이 몇 분 계신데, 중증 환자들에 대해서는 24시간 돌봄 체계를 유지하고 있어 가족들이 모두 만족하고 있죠."

"여기 보호자 면회는 어떻게 되나요?"

병원 입구 쪽으로 걸어 나오면서 물었다.

"일반 환자 보호자는 하루에 한 번 오전 9시부터 저녁 6시까지 가능하고, 중증 환자로 분류된 환자 보호자는 하루 한 번 오후 2시부터 4시까지 면회가 가능하네요."

길 원장은 무심하게 시계를 봤다. 지금은 4시 30분을 막 지나고 있었다. 서정식이 오후 2시쯤 왔다가 4시 다 돼서 나갔으니 그의 부인은 중증 환자로 분류되었음이 틀림없을 것이다.

"노파심에서 한 가지만 더, 혹시 병원에서 사고 같은 것이 발생하기도 할 텐데 어떻게 대처하나요?"

"저희 병원은 개원한 지 5년 조금 지났지만 지금까지 불미스러운 일은 전혀 없었죠. 중증 환자들의 경우 곳곳에 CCTV를 설치해서 간호사들이 24시간 지켜보고 있고, 식단도 철저히 관리해서 아무런 문제가 없다고 장담할 수 있네요."

"그렇군요. 가족들과 상의해 봐야 할 거 같은데, 명함 하나만 주실래요?

길 원장은 그녀로부터 명함을 받은 후 병원 문을 열고 나왔다. 서정식의 부인에 대해 묻고 싶은 것이 있었으나 더 진도를 나가면 여직원이 의심할 것 같아서 포기했다. 서정식이 안정사에서 무엇을 했는지와 김포현대요양병원에서 무엇을 했는지를 구체적으로 확인하는 것은 자신이 할 수 없는 영역이라고 생각했다. 이 부분은 엄 소장에게 부탁하기로 했다.

길 원장은 그에게 지금까지의 상황을 간단히 설명하고 내일 서울로 출장 왔으면 좋겠다는 의향을 전했다. 그는 기꺼이 출동하겠다고 대답했다. 두 사람은 내일 10시에 서울남부터미널에서 만나기로 했다.

길 원장은 오랜만에 서울에 올라왔으니 잘 곳도 정해야 하고 저녁도 해결할 생각으로 젊은 나이에 대기업 임원으로 근무하고 있는 친구에게 전화를 걸어 저녁과 잠자리를 해결하라고 통보했다. 친구와 함께 저녁과 간단하게 술을 마시고 친구가 정해준 강남 베네치아호텔에서 잠을 청했다.

2.

길 원장은 아침 일찍 일어나자마자 근처 해장국집에서 해장한 후 지하철을 타고 봉천역에 내렸다. 서정식의 집 근처 공영주차장에 세워놓은 차를 운전하고 서울남부터미널에서 엄 소장을 기다렸다.

오전 10시에 맞춰 그를 차에 태우고 바로 김포로 향했다. 오늘도 서정식이 어제와 같은 일정을 갖는다면 동선이 겹칠 수 있으니 서둘러야 할 것이다. 두 사람은 11시 조금 못 미쳐 김포에 있는 안정사에 도착했다.

"서정식이 절에 온 이유는 뻔하지 않을까요? 절에 오는 사람이니 불공을 드리러 왔겠죠."

그는 당연한 질문을 하는 모양새다.

"뭐, 그렇겠죠. 그래도 서정식이 들른 곳이니 우리도 한 바퀴 돌아보죠. 온 김에 불공도 드리고."

길 원장도 가볍게 화답하면서 대화를 이어나갔다.

"혹시 소장님은 종교가 있나요?"

"제가 생긴 건 이래 봬도 모태신앙이네요. 어머니가 독실한 기독교인이셨죠. 그 덕에 마누라도 교회에서 만났는데 지금은 저만 바쁘다는 핑계로 이리 빼고 저리 빼곤 하고 있지요."

"의외인데요. 그럼, 교회 오빠시네요."

길 원장은 짐짓 놀란 표정으로 말을 건넸다.

"그래도 마누라 눈치 때문에 별일 없으면 주말에 교회는 빠지지 않으려고 노력하고 있죠."

"잘하셨네요. 신앙이 있으면 마음이 안정되겠죠."

"원장님은요?"

"저는 무교입니다. 저를 믿는 편이죠. 그럼, 불공은 저만 드리는 걸로."

"좋으실 대로 하시죠."

그도 가볍게 응수했다.

두 사람은 일반 참배객처럼 여유를 가지고 천천히 경내에 들어섰다. 경내 안쪽 중앙에는 대웅전이 자리 잡고 있었다. 대웅전 뒤로는 웅장하면서도 아늑한 느낌을 주는 산봉우리가 절 전체를 감싸고 있는 모습이었다. 한마디로 편안함을 주는 절이었다.

대웅전을 중심으로 양옆에 건물 두 채가 나란히 마주 보고 배치되어 있었다. 그 뒤로 몇 개의 작은 건물들도 보였다. 대웅전 앞에는 오래된 것으로 보이는 5층 석탑이 자리 잡고 있었다. 가까이 가보니 표지판에는 이 석탑이 보물로 지정된 연혁이 자세히 설명되어 있었다. 경내는 아담하면서도 오래된 사찰로서의 명성에 걸맞게 깔끔히 정리가 잘된 느낌이었다.

대웅전 계단을 올라 대웅전 안을 들여다봤다. 참배객 두 분이 절을 하면서 마음속으로 뭔가를 기원하고 있었다. 대웅전 안에는 여느 대웅전과 마찬가지로 중앙에는 부처님이, 양옆에는 작은 부처님인지 협시보살인지 구분하기 어려운 불상이 모셔져 있었다. 중앙의 부처님은 2,500년 전 중생을 구제하고자 이 땅에 오셨다는 석가모니 부처인 것처럼 보였다. 부처님의 수인(手印)이 시무외(施無畏) 여원인(與願印)을 한 모습이었다.

시무외 여원인은 오른손은 손바닥이 보이게 위로 올리고, 왼손은 아래로 내린 모양이었다. 모든 두려움을 없애주고 모든 소망을 들어준다는 의미라고 알고 있었다. 대학교 때 교양으로 불교학 강의를 들었던 기억이 어렴풋이 났다.

참배객들은 자기나 가족들의 모든 두려움을 없애주고 모든 소망을 들어달라는 마음으로 열심히 불공을 드릴 것이다.

대웅전 왼쪽 건물은 종무소이거나 스님들의 거처로 사용되는 것처럼 보였고, 오른쪽에는 무슨 건물인지 외관상으로는 확인하기가 어려웠다.

두 사람은 오른쪽 건물 쪽으로 방향을 향했다. 건물에 가까이 다다르자, 간판에 '극락당(極樂堂)'이라고 한자로 적혀 있었다. 그래도 이 절에서는 비교적 최근에 지은 것 같았다. 안으로 들어가자 이곳이 어떤 곳인지 바로 알 수 있었다. 안에는 가로, 세로, 높이 모두 30센티미터 정도의 칸으로 된 장식 공간이 일렬로 쭉 나열되어 있었다. 전체 높이도 어른 키를 약간 넘을 정도였다.

각 공간마다 망자들의 위패를 모셔 놓았다. 위패 옆에는 간간이 사진이나 망자들이 생전에 좋아했던 조그만 물건이 놓여 있었다. 가끔 소소한 꽃들도 보였다. 이 건물은 가족들이 망자들의 위패를 모시고 추념할 수 있도록 만든 곳이었다.

길 원장은 서정식이 여기에 왔다면 서진주의 위패를 여기에 모셨을 것이라는 생각이 들어 엄 소장에게 조용히 서진주의 위패를 찾아보자고 했다. 잠시 후 그가 길 원장을 불렀다. 그가 부른 곳을 가보니 이 건물에서는 비교적 구석진 안쪽에 서진주의 위패가 보였다.

'망(亡) 1993년 1월 3일 서진주'라는 글씨가 선명하게 적혀 있었다. 서정식은 죽은 딸을 보기 위해 매일 여기에 왔던 것이다. 위패 옆에는 서진주로 보이는 20대 초반의 여자 사진이 있었다. 돌하르방 옆에서 포즈를 취한 것으로 봐서는 제주도 여행에서 찍은 사진으로 보였다. 머리숱이 풍성해서 그런지 한마디로 귀여운 강아지 같은 인상이었다. 이목구비도 비교적 뚜렷해서 자기주장이 강한 이미지가 느껴졌다.

서정식의 팔자도 참 기구하다고 생각하니 못내 씁쓸했다. 외동딸은 꽃을 피워보기도 전에 저세상 사람이 되어 여기에 안치되어 있고, 바로 근처에는 부인이 사람을 알아볼 수 없을 정도의 정신 상태로 병원 침대에 누워 있으니….

길 원장은 서진주의 위패를 뚫어지게 바라보고 있다가 순간 머리가 멍한 느낌이 들었다. 이게 단순히 우연일 수 있을까? 옆에 있던 엄 소장이 이런 길 원장의 모습을 보고 옆구리를 살짝 쳤다. 길 원장은 정신을 차린 것처럼 그를 바라보면서 눈길로 서진주의 위패를 보라는 시늉을 했다.

"서진주가 사망한 날이 차길수 씨 사망한 날과 동일한 것으로 보이네요. 1월 3일, 차길수 씨의 시신이 1월 4일 아침에 발견됐으니 아마도 사망한 날은 그 전날인 3일일 겁니다."

"넷? 아니, 이게 말이 됩니까? 어째 이런 일이!"

"우연이라고 하기에는 참 묘하네요."

"서정식이 제 무덤을 판 겁니다. 서진주가 죽은 날을 택해서 일부로 길수를 죽인 것이 분명하네요. 이제 서정식은 뭐라고 변명도 하지 못할 겁니다. 딱 걸린 겁니다."

"아님, 단순히 우연일 수도 있겠죠."

"아니, 원장님! 뻔한 것인데 우연이라뇨?"

"굳이 서정식이 생각하기도 싫은 날을 택해서 차길수 씨를 죽이려 했다는 것이 선뜻 이해되질 않네요. 그리고…."

길 원장은 말을 꺼내면서도 쉽게 이어나가지 못했다.

"서정식이 수인이 뺑소니 사건에 관련 있다는 것은 어느 정도 알겠는데, 차길수 씨 사망에까지 관련 있다고는?"

"서정식은 길수를 죽이면서 너와 결혼할 뻔했던 서진주와 한 날에 죽어서 저승에서나마 같이 살라는 의미를 부여한 것은 아닐까요?"

"그래도 선뜻 이해되지 않네요. 서정식이 일부러 날짜를 그렇게 잡았다면 차길수 씨를 살해했다고 밖에 볼 수 없는데…."

길 원장은 신중히 단어를 골랐다. '살해'라는 말이 무슨 의미인지 잘 알고 있기 때문이었다.

"사람이 복수심에 불타면 무슨 짓이든 못할까요."

"그래도 현재까지는 차길수 씨의 죽음이 타인에 의한 죽음이라고 입증할 만한 단서가 전혀 없었는데, 그래도 미약하나마 의미 있는 단서는 하나 확보한 거 같네요."

그러나 그는 이 단서가 엄청난 의미를 불러올 수 있다는 것처럼 길 원장의 말에 동의하지 않는다는 표정이었다. 고개를 절레절레 흔들고 있었다.

길 원장은 다른 사람들은 어떤 사연이 있어서 여기에 있는지 무심코 옆 칸을 보다가 이번에도 머리에 쇠망치라도 맞은 것처럼 충격을 받았다. 앞에서 받은 충격보다도 훨씬 더 했다.

'망(亡) 2003년 10월 24일 차수인'

차수인의 위패가 바로 옆에 있었다. 멍한 표정으로 천천히 옆에 있던 그에게 얼굴을 돌렸다. 그도 길 원장의 표정을 보고 순간 어떤 예감을 느꼈음이 틀림없었다. 그는 길 원장이 가리키는 곳을 보자마자 갑자기 "앗!" 외마디 비명을 내질렀다. 그 소리가 건물 전체를 휘감고 있었지만 다행히 이 건물 안에는 두 사람 이외는 아무도 없었다.

차수인의 위패가 서진주의 위패 옆에 나란히 모셔져 있었던 것이다. 이것이 무엇을 뜻하는지 두 사람은 잘 알고 있었다. 서정식은 자기 딸 옆에 차수인의 위패도 함께 모셔놓고 극락왕생을 빌고 있었던 것이다. 차수인을 죽인 범인이 서정식임을 암시하는 대목이었다.

두 사람은 한동안 말없이 차수인과 서진주의 위패를 번갈아 바라보고 있었다. 잠시 후 엄 소장은 두 망자의 위패가 동시에 보이도록 사진을 찍었다. 결정적 증거를 확보한 셈이다. 그리고 둘은 아무런 말도 없이 느릿느릿 건물을 나왔다.

"누가 차수인의 위패를 모셨는지 당장 종무소에 가보죠?"

그의 목소리가 약간 들떠 있는 것처럼 다가왔다.

"서정식이 여기 김포에 딸의 위패를 모셨다면 분명 이 절과 인연이 있을 가능성이 높을 겁니다. 우리가 왔다 간 사실이 알려지면 서정식이 긴장할 것이 분명할 테니⋯."

"그럼?"

"지금 당장 확인하는 것은 위험부담이 크고, 누가 수인이 위패를 모셨는지는 충분히 짐작할 수 있으므로 큰 의미는 없을 겁니다. 나중에 서정식을 체포하면 그때 확인해 보시죠."

그도 길 원장의 말에 동의했는지 아무 말이 없었다.

길 원장은 안정사를 나오기 전에 뒤를 돌아 다시 한번 절의 전경을 바라보면서 생각에 잠겼다. 이 절의 부처님은 서정식과 차길수의 악연을 어떻게 생각하고 계실지 문득 궁금했다. 부처님 입장에서는 다 부질없는 것이라고 말씀하실 것만 같았다.

엄 소장도 길 원장을 따라 뒤를 돌아 절의 전경을 바라보고 있었다. 그는 친구의 딸 뺑소니 사건을 수사하면서 자신이 아무런 역할도 하지 못하고 공소시효를 도과시켜 사건이 종결됐다는 자책감이 있었을 것이다. 그런데 이제 범인을 잡았다고 생각하고 있음이 틀림없어 보였다.

그러나 길 원장은 이제 겨우 반 발자국 앞으로 나갔다고 생각했다. 아직 서정식이 범인임을 확증할 만한 직접적인 증거는 하나도 나오지 않았다고 봐야 할 것이다. 비록 서정식이 차수인의 위패를 서진주 위패와 함께 모셨다고 하더라도, 그리고 차길수와 서진주의 사망일이 같다고 하더라도 그것은 서정식이 범인일 가능성이 있다는 의심 정도일 뿐이다. 범인이라고 단정할 만한 결정적인 증거로 삼기에 부족한 것은 분명했다. 서정식 입장에서는 어떻게 보면 핏줄은 다르지만 차수인이 자신의 외손녀가 될 뻔했던 것이 아닌가? 참 기묘한 운명이었다.

두 사람은 근처 국수집에서 간단히 점심식사를 해결한 후 요양병원으로 가기로 했다.

"원장님이 무슨 생각을 하고 계신지 알 거 같습니다만."

그가 가볍게 말을 건네자 길 원장은 고개를 들어 말없이 그를 바라봤다.

"서정식이 뺑소니 범인이라는 심증은 있어도 직접적인 물증이 없다는 사실은 저도 잘 알죠. 그렇다고 물증만 가지고 수사할 순 없지 않나요?"

"..."

"서정식을 잡아다가 합리적인 근거를 대서 추궁하면 오히려 쉽게 자백할 수도 있지 않을까요?"

"'내가 차수인의 위패를 진주 위패 옆에 모신 것은 맞소. 어찌 보면 수인이가 내 외손녀가 될 수도 있었는데 어찌어찌해서 죽었다는 소식을 듣고 엄마가 될 수도 있었던 진주 옆에 모신 건데 뭐 잘못된 것이라도 있소?'라고 대답하면 어떡하실 건가요?"

그는 순간 먹고 있던 국수가 입에서 흘러나오는 것도 알아채지 못한 채 멍하니 길 원장만 쳐다보고 있었다.

"국수 흘러내리네요. 어서 드시죠. 서정식이 어제와 같은 일정을 가진다면 30분쯤 후에 여기 안정사에 올 겁니다. 일단 우리가 먼저 가서 지켜보죠."

그는 더 이상 아무 대꾸를 하지 않았다.

두 사람은 식사를 마친 후 안정사 입구에 차를 세워놓고 기다렸다. 얼마 지나지 않아 길 원장이 말한 대로 서정식이 택시에서 내려 안정사 입구 쪽으로 걸어오고 있었다. 세탁소 주인 말대로 서정식은 별일 없으면 매일 이런 일정으로 하루를 소화하고 있는 것으로 보였다. 은퇴하고 혼자서 딱히 할 일이 없는 그의 입장에서는 아주 유익한 소일거리라고 생각했을 것이다.

서정식이 안정사에 들어가자 길 원장은 차에서 기다리고 엄 소장이 그의 뒤를 따르기로 했다. 그래도 미행은 전문가가 하는 것이 낫다는 엄 소장의 주장이 받아들여졌다. 20여 분이 지나자 엄 소장이 먼저 내려왔다.

"여기서 해야 할 일은 다 한 거 같으니, 우리가 먼저 요양병원에 가죠."

길 원장은 시동을 걸고 김포현대요양병원으로 향했다.

"서정식 그 사람 딱 걸렸네요. 위패가 모셔진 건물에 들어가서 서진주 사진을 꺼내 한참을 바라보더니 바로 옆에 있는 수인이 위패도 한동안 멍하니 바라만 보고…. 수인이 위패도 서정식이 안치한 것이 분명하네요. 그 사람 이젠 빼도 박도 못할 겁니다."

길 원장은 그의 말을 듣기만 하고 아무런 반응을 보이지 않았다.

"요양병원은 환자 면회객들의 출입을 기록한 운영일지나 간호 기록지, 상담일지 등을 의무적으로 비치하고 있을 겁니다. 그것들을 확인해서 하옥진에 대해 뭐든지 최대한 알아낼 수 있는 것은 다 알아내셔야 합니다."

"어떻게든 알아내야죠. 안정사에서도 별로 건질 것이 없다고 생각했는데 전혀 예상하지 못한 건수를 올렸으니까."

"그리고 제일 중요한 것이 있는데, 만약 서정식이 차길수 씨 사망과 관련 있다면 올해 1월 3일에는 물리적으로 하옥진을 면회하긴 어려웠을 겁니다. 1월 3일에 실제 면회했는지 확인하셔야 하고, 혹시라도 운영일지가 조작될 수도 있으니 그 부분도 염두에 둬야 할 겁니다."

엄 소장은 천천히 고개를 돌려 운전 중인 길 원장을 바라보면서 말을 꺼냈다.

"원장님은 왜 한의사 하셨나요?"

"네?"

길 원장은 뜬금없는 그의 질문에 순간 당황했다.

"제가 보기엔 원장님은 검사나 판사 등 법조인이 됐으면 훨씬 더 잘 어울렸을 겁니다. 솔직히 제가 가끔 깜짝깜짝 놀라고 있네요."

"칭찬인 거죠? 저도 한땐 법조인이 되고 푼 꿈이 있었는데, 아! 물론 지금 생활도 만족하고 있죠. 대신 나중에 멋진 추리소설을 기대해 주세요."

어느덧 김포현대요양병원 팻말이 앞에 보였다. 이번에도 길 원장은 차에서 기다리기로 하고 엄 소장만 병원 문을 열고 들어갔다.

서정식이 병원에 오려면 아직 시간이 있기 때문에 그의 눈에 띌 리가 없어 길 원장도 같이 병원에 들어갈 수도 있었다. 그러나 이번에 병원에 들어가면 어제 그 여직원의 적극적인 태도에 비추어 매일매일 노래교실에서 열심히 노래 부르는 낙으로 사시는 어머니를 중증 치매 환자로 둔갑시켜 입원시켜야만 할 난처한 처지에 놓일 것이 분명했다.

엄 소장은 병원 문을 열고 들어가자마자 병원을 한번 쭉 둘러봤다. 어제 길 원장을 상대했던 그 여직원이 이번에도 그에게 다가와 용건을 상냥하게 물었다. 그는 무게를 잡고 경찰 신분증을 제시했다.

"저희가 보이스 피싱 사범을 추적 중인데 여기 병원에 입원해 의식도 제대로 없는 사람들 명의로 통장이 개설됐다는 제보를 받아서…. 협조 부탁드립니다. 한마디로 환자분 명의가 도용됐다는 첩봅니다."

"네? 원무과장 불러드릴까요?"

여직원은 깜짝 놀라며 말했다.

"일단 환자들이 직접 통장을 개설했을 리는 없을 테니 환자들 면회 오시는 사람들 명단을 보고 싶네요. 면회객 명단은 의무적으로 보관하고 있죠?"

"면회객들이 음식을 가져오셔서 환자들에게 드시게 하셨다가 문제가 발생하는 오연사고(잘못 삼킴)가 일어날 수 있어 면회객들 입·출입 내용은 꼼꼼히 기재하고는 있지만…. 그런데 혹시 어느 환자분 명의가 도용됐나요?"

"그건 수사 기밀이고 아직 범인이 확정되지 않았기 때문에 말씀드릴 수 없습니다. 확인되면 그때 말씀드리죠. 면회객 명단 부탁드립니다."

요즘 사회적으로 이슈가 되고 있는 보이스 피싱 때문에 여기저기서 피해를 입었다는 뉴스가 하루가 멀다 하고 보도되고 있었다. 엄 소장은 보이스 피싱 얘기를 꺼내면 병원 관계자들이 고분고분 수사에 협조를 잘할 것으로 생각하고 미리 보이스 피싱이라는 말로 기선을 제압하려고 했는데, 그 작전이 잘 먹혀들었다.

여직원은 쭈뼛쭈뼛 원무과라고 적힌 사무실로 들어가더니 잠시 후 40대 초반의 남자와 함께 나왔다. 그 남자는 두꺼운 안경을 연신 만지고 있어 당황한 표정이 역력했다. 여직원이 말한 원무과장이었다. 그의 손에는 일지 형식으로 편철된 서류철이 들려 있었다. 그는 별다른 말도 없이 엄 소장에게 들고 있던 서류철을 내밀었다. 분명 여직원으로부터 지금 상황을 보고받았을 것이다.

"잠시 앉아서 확인해도 될까요?"

"아, 네. 여기보다는 사무실이 편할 테니 안으로 들어가시죠."

엄 소장은 못 이기는 척 그를 따라 원무과 사무실로 들어갔다. 탁자 옆에 놓인 의자에 앉으면서 원무과장과 여직원에게는 신경 쓰지 말고 각자 일을 보라고 말했다.

서류철을 넘기기 시작했다. 다행히 올해 1월 1일부터 기록되어 있는 서류철이다. 매일 면회객들이 꾸준히 오는 편이어서 그런지 첫 장에는 1월 1일 면회객 명단으로 꽉 차 있었다. 1월 1일 첫 장에 서정식의 이름이 보였다. 그의 이름 옆에 '하옥진 보호자, 감귤 한 봉지'라고 적혀 있었다. 천천히 다음 장으로 넘겼다. 1월 2일에도 그의 이름이 보였다. 갑자기 흥분되기 시작했다.

1월 3일 면회객이 적혀 있는 페이지를 천천히 넘겼다. 1월 3일 면회객 명단에는 그의 이름이 보이질 않았다. 다시 한번 꼼꼼히 살펴봤지만 그의 이름은 분명 없었다.

엄 소장은 침을 꼴깍 삼켰다. 길 원장의 예상이 맞았다. 천천히 다음 장을 넘기자 1월 4일에는 그의 이름이 다시 등장했다. 그는 1월 3일에만 하옥진의 면회를 거른 것이다. 계속 서류철을 넘기면서 그의 이름을 확인했다.

하루도 빠짐없이 계속 보였다. 그가 중국으로 출국한 2월 17일 날짜까지 왔다. 역시 2월 17일부터 계속해서 그의 이름이 보이질 않았다. 엄 소장은 당연한 것이라고 생각했다. 이 서류철은 조작되지는 않은 것으로 보였다. 그리고 환자나 면회객의 특이 사항까지 꼼꼼히 수기로 기재되어 있었다. 요양병원은 사고 위험이 상존해서 법적인 대비를 철저히 한 결과일 것이다. 옆에서 계속 지켜보고 있던 원무과장에게 말을 걸었다.

"일단 저희가 쫓고 있는 용의자는 여기에 안 보이는 거 같은 데, 이 서류는 병원에서 의무적으로 보관해야 하는 것이 맞죠?"

엄 소장은 나중에 증거로 사용해야 할 서류라고 판단해서 그렇게 물었다.

"네, 5년 동안 의무적으로 보관해야 합니다.

"김포에 요양병원이 여기 말고 또 있나요? 일단은 이 병원은 아닌 거 같은데."

일부러 원무과장을 안심시키려고 이 병원은 혐의점이 없다는 사실을 강조하면서 다른 병원을 의심한다는 뉘앙스를 풍겼다.

"우리 병원 이외에 몇 군데가 더 있습니다만, 병원 이름 적어 드릴까요?"

원무과장은 엄 소장의 말에 안심했다는 표정이었다.

"네, 적어주세요. 그리고 제가 병원을 한번 둘러보겠습니다. 서류상에는 환자분이 입원해 있는 것으로 되어 있지만 가끔 환자분이 안 계시는 경우가 있기도 해서."

"저희 병원은 그럴 일이…. 저희는 개원한 지 얼마 안 돼서 철저히 관리하고 있습니다."

"과장님은 일 보시고 아까 그 여직원에게 병원 안내 부탁드려도 될까요? 여직원에게 환자 서류철도 가지고 오라고 하고요."

엄 소장은 원무과에 들어온 여직원과 함께 병원 내부를 둘러보기 시작했다. 먼저 경증 환자들이 입원해 있는 병동을 찾았다. 병실은 비교적 자유로워 보였다. 환자들도 특별히 몸이 불편해 보이지 않았다. 병실 옆에 있는 휴게실에서 휴식을 취하는 환자들도 보이고, 일부는 숫자 맞추는 게임 비슷한 것을 하는 환자들도 있었다. 다음으로 중증 환자들이 입원해 있는 병동으로 발걸음을 옮겼다.

"중증 환자들도 신체 상태나 정신 상태가 중증인 경우가 서로 다를 텐데, 어떻게 관리하죠?"

"당연히 분리해서 관리합니다."

"관리가 쉽지는 않겠죠?"

"네. 모두 관리하기가 어렵지만 정신 상태가 중증인 환자들을 관리하기가 더 어렵네요. 몸이 불편한 환자들은 하루 종일 침대에 누워 있으니 걱정이 없는데, 정신 상태가 중증인 환자들은 갑자기 어떤 난동을 필지 모르니…."

여직원은 순간 손으로 자신의 입을 막았다. 자기가 생각해도 말을 잘못 내뱉은 것을 바로 알아차렸다.

"난동은 아니고, 가끔 환자들 중 소란 피우는 경우가 있어서…."

엄 소장은 그냥 고개만 끄덕이면서 무시하기로 했다. '개나리실'이라고 적힌 병실 앞에 이르러 안을 자세히 들여다보기 시작했다. 하옥진이 입원에 있는 병실이다. 병실은 깔끔하게 단장되어 있었고, 침대 여섯 개가 배치되어 있었다. 여직원에게 환자 명단을 보여 달라고 해서 명단이 적힌 서류철을 받았다.

"여긴 중증 치매 환자들이 입원해 있는 곳인가 보네요?"

"네, 맞습니다."

"제일 안쪽 오른쪽에 계신 분이 김수영 환자분인가요?"

엄 소장은 하옥진의 상태를 물어보기 전에 먼저 관련 없는 다른 환자의 이름을 거명했다.

"네. 연세도 많고 우리 병원에 제일 먼저 입원한 환자죠. 치매 정도가 상당히 심하고요."

"그 옆에 분은 나이도 많지 않아 보이는데, 중증 환자실에 계시네요."

엄 소장은 하옥진의 이름을 보면서 말했다.

"네. 일흔 살도 되지 않았는데 무슨 사연이 있었는지 치매가 일찍 왔고, 상태도 중증이죠. 그런 데다가 하루 종일 아무런 말씀이 없네요. 보호자 말로는 몇 년 전부터 실어증 증세까지 있다고 하더라고요."

"가족분이 걱정 많겠네요."

"그래도 남편분이 지극 정성이죠. 거의 하루도 빠지지 않고 면회 와서 자리를 지키고 있다가 갑니다. 서로 아무 말도 없이 보기만 하다가 가네요."

"다른 가족들은 없나 보네요."

"네, 남편 이외에 면회 오신 분은 못 봤네요."

"하옥진 환자분은 무슨 이유로 여기에 오셨다고 하던가요?"

엄 소장은 짐짓 관심 없는 투로 물어봤다.

"다 사연이 있겠지만 남편분이 별다른 말씀을 안 해서…. 그냥 상당히 증세가 오래되었다고만 하시더라고요."

"중증 환자실에 계신 분들은 외출이 가능합니까?"

"아주 특별한 경우 보호자들과 상의해서 보호자의 인솔하에 외출이 가능한 경우가 있긴 합니다."

엄 소장은 여기서 알아볼 것은 다 알아봤다고 생각했는지 몇 가지 형식적인 질문을 더 던지고 이 병원은 별다른 혐의점이 보이질 않는다며 여직원을 안심시켰다.

"저희가 김포에 위치한 요양병원 환자 이름을 도용했다는 첩보를 입수한 건데 이 병원은 아닌 거 같고, 다른 병원을 찾아봐야 할 거 같네요. 혹시 다시 확인할 일이 있으면 연락드리죠."

"보이스 피싱 하는 놈들은 잡아다가 다 사형시켜야 돼요. 할 짓이 없어서 남 등쳐먹고 살다니!"

"그래서 저희가 이렇게 열심히 뛰어다니고 있는 거 아닌가요? 협조, 감사합니다."

엄 소장은 병원 문을 나오면서 시계를 봤다. 2시 10분 전이다. 곧 서정식이 이 병원에 올 것이다. 길 원장이 기다리고 있는 차에 올라탔다.

"남부터미널까지 모셔다드리면 되죠."

"그렇게 해주시면…. 알아본 결과 서정식은 금년 1월 3일만 빼고 계속 이 병원에 왔다고 기록이 되어 있네요. 1월 3일에는 피치 못할 사정으로 면회를 오지 못했다면… 차길수 사망 사건과 관련이 있음이 명백해진 거 아닌가요?"

엄 소장의 목소리는 약간 들떠 있었다.

"그다음 것도 확인하셨죠?"

"물론, 서정식이 중국으로 출국한 시기에는 면회 오지 않은 것으로 되어 있었고, 간호사들이 매일 수기 형식으로 순서대로 기재하기 때문에 서류를 조작할 가능성도 없어 보이네요."

"그렇다면 아마 서정식은 1월 3일에 제천에 있었을 가능성이 높다고 봐야겠죠. 제천에서 차길수 씨를 만났다 하더라도 살해한 것이 아니라면 차길수 씨는 왜 자살했을까요?"

길 원장은 자문하듯이 그에게 물었다.

"길수를 협박해서 자살하도록 강요한 것은 아닐까요? 아니면 자살로 위장해서 살해했을 수도….”

"두 가지 모두 가능성을 배제할 수는 없을 겁니다. 다만, 차길수 씨가 자필로 유서를 쓴 것은 명백한데…. 여러 가지 가능성은 있지만 현재까지는 수인이 슬리퍼 한 짝, 유서 내용, 그리고 의문의 편지 모두 명쾌하게 해명 되질 않고 있네요.”

길 원장은 신중한 표정을 짓고 있었다. 아직 퍼즐이 제대로 맞춰진 것은 아니라는 의미였다. 무엇보다도 차길수가 자신의 필체로 유서를 쓴 것이 이 상황에서는 전혀 이해되질 않았다. 그도 딱히 대답을 내놓진 못하고 있었다.

"서정식이 수인이 뺑소니 사건과 관련 있다는 사실을 확인하는 것이 우선일 겁니다. 그래야만 차길수 사망에도 관련됐다는 것이 자연스럽게 연결되는 구조가 될 테니까요.”

"수인이 위패를 서진주 위패와 함께 모신 것은 서정식이 분명하니까 그 부분을 중점적으로 추궁하면 자백하지 않을까요?”

"물론, 서정식이 수인이 위패까지 모셔놨다면 반성의 표현일 수도 있으니 자백할 수도 있겠죠.”

길 원장도 긍정의 의미로 가볍게 고개를 끄덕이면서 대답했다.

"인간이라면 그렇게 어린아이를 죽여 놓고 딱 잡아떼지는 못할 테니까요.”

"그러나 이 사건은 뺑소니가 아니라 살인 사건을 자백받아야 하니 더 확실한 물증이 있어야 할 겁니다.”

"원장님은 직접 수사를 해보지 않으셔서 잘 이해되지 않을 수도 있지만, 수사 실무에서는 의심이 되면 일단 체포해서 추궁하는 경우도 있고, 그리고 그 과정에서 의외로 쉽게 자백하는 사례도 많습니다.”

"물론 그럴 수도 있지만 이번 사건은 체포부터 쉽진 않을 거 같은데요."

"네?"

"서정식은 수인이 뺑소니 사건 당시 필리핀에 있었던 것이 명백한데 과연 범인으로 체포할 수 있을까요?"

"…."

"더군다나 뺑소니에 이용된 차량은 오리무중이고, 뺑소니 사건은 공소시효도 지났는데."

"…."

그는 더 이상 길 원장의 말을 반박하기가 어렵다고 생각했는지 침묵을 지키고 있었다. 어찌 보면 서정식이 범인이라는 의심만 있지 직접적인 증거는 하나도 없는 것이 현실이었다. 뺑소니 사건 당시 서정식은 분명 외국에 있어 물리적으로 직접 뺑소니를 실행할 수 없었다. 뺑소니 차량도 서정식과 관련 있다는 증거는 그 어디에도 없었다.

하지만 서정식이 수인이 뺑소니 사건과 관련 있다는 심증은 분명했다. 범인이 누군지 알 수 있음에도 처벌할 수 없다는 사실에 답답하고 분이 안 풀리는 모양이었다.

"저는 이 사건을 쭉 추적하면서 근본적으로 이해 안 되는 것이 하나 있네요. 출발점은 서정식의 딸에 대한 복수심이고, 그 복수심으로 1월 3일 차길수를 직접 만났던 것은 거의 확실해 보이는데, 그렇다면 뺑소니도 자신이 직접 실행하는 것이 논리적으로 맞을 겁니다. 그런데…."

길 원장은 말을 잇지 못하고 잠시 생각을 정리하고 있었다.

"그런데 남에게 청부했다는 것이 저로서는 선뜻 이해되지 않네요."

"개인적으로 피치 못할 사정이 있었다거나 자기가 의심받을까 봐 그걸 피하려고 했겠죠. 그러니까 자기 알리바이가 확실한 날을 택해서 뺑소니 사고를 가장해서 수인이를 살해하도록 사주했을 거고요.

"아무튼 여기까지 왔으니 계속 가야겠죠. 서정식이 수인이 뺑소니 사건과 차길수의 자살 사건에 모두 관련됐을 가능성이 매우 높아졌으니까요."

어느덧 길 원장이 운전한 차는 서울남부터미널 입구에 도착했다. 그에게는 앞으로 어떻게 할 것인지 고민한 다음 연락하겠다고 말하고 헤어졌다.

3.

며칠 후 길 원장은 엄 소장에게 전화를 걸어 오후에 영월에서 보기로 했다. 이 사건의 돌파구를 찾아야 하는데 현재로서는 명확한 방법이 떠오르지 않아 조급함만 앞서고 있었다. 서정식이 수인이 뺑소니 사건과 차길수 자살에 관여된 것이 심증상으로는 명백한데 이를 뒷받침할 뚜렷한 증거가 없어 답답하기만 했다.

서진주의 사망일이 차길수의 사망일과 같고, 서진주 위패와 차수인 위패가 함께 모셔져 있다는 사실만으로는 그 어떤 것도 입증됐다고 자신 있게 말할 수 없기 때문이었다.

이젠 지금까지 고민하던 결단을 내리기로 마음먹었다.

3월 중순으로 들어서자 봄이 가까워졌음을 느낄 수 있었다. 영월로 가는 내내 차창 문을 열고 신선한 바람을 온몸으로 받아들였지만 전혀 춥다는 생각이 들지 않았다.

이젠 서로 말하지 않아도 당연히 만나는 곳은 파출소 앞 커피숍으로 정해졌다. 길 원장은 엄 소장에게 차분하게 자신의 결심을 드러냈다.

"마침 제 고등학교 친구가 서울남부검찰청에서 검사로 근무하다가 이번 2월에 제천지청으로 발령받아 내려와서, 그 친구에게 차길수 자살 사건 재수사를 부탁해 볼 생각인데… 지금까진 선뜻 결심이 서질 않았네요."

"아, 그래요? 거 참 잘됐네요."

"친한 친군데 올해 초 통화할 때 충주와 제천지청을 1, 2순위로 적고 3순위로 천안지청을 지원했다고 했는데, 우연찮게 제천지청으로 발령을 받았으니, 운이 좋다고 해야 할지도 모르겠네요."

"당연히 운이 좋다고 봐야겠죠. 잘하면 일이 쉽게 풀릴 수도 있을 거 같은데요."

"친구한테는 아직 이번 일에 대해 말을 꺼낸 적이 없는데, 사적으로 사건을 부탁하는 거 같기도 하고, 한편으로는 암장된 사건을 파헤친다는 관점에서 보면 말해서 도움을 받아야 할 거 같기도 하고."

엄 소장은 길 원장의 고민을 이해한다는 듯 고개만 끄덕였다.

"아직 마음을 정하지 못하던 차에 수인이 뺑소니 사건의 실체에 접근하기가 더 이상 쉽지 않다는 생각이 들어, 일단은 친구한테 지금까지 조사한 내용을 다 털어놓고 도움을 받아 보면 어떨지 고민하고 있네요. 그 친구가 어떻게 생각할지는 모르겠지만."

"검사님이 나서 준다면야 훨씬 수사가 쉽겠죠. 심증은 확실하다고 생각하고 있지만 결정적인 물증이 없으니, 사실 저도 경찰서 윗분들에게 보고하기가 난감합니다."

길 원장도 그의 마음을 충분히 이해하고 남았다. 10년 전에 자기가 맡은 친구 딸의 뺑소니 사건이 이렇게까지 변질될 줄은 꿈에도 몰랐을 것이다.

"아무리 친구가 검사라고 해도 이미 종결된 변사사건을 별다른 이유 없이 섣불리 다시 수사할 순 없겠죠."

"지금까지 저희가 조사한 내용을 잘 설명하면 친구분도 당연히 재수사하지 않을까요?"

"음… 그건 우리 희망 사항인데. 공적 기관인 검찰청에는 내부 지휘 계통도 있을 거고, 단순히 사적 부탁으로 재수사하는 것은 무리일 겁니다. 어떻게 친구를 잘 설득하느냐가 관건인데, 이 부분은 제 몫이죠."

길 원장은 지금까지 제천과 영월을 몇 번이나 들르면서도 친구인 강일준 검사에게는 연락하지 않았다. 차길수 자살사건에 대해 조사한다는 사실이 그에게 알려지면 오히려 부담만 줄 것이라 생각했기 때문이다. 그러나 이제는 그를 만나야겠다는 결심을 굳힌 상태이다.

강 검사는 고등학교 3학년 때 같은 반이었고, 대학을 졸업한 이후에도 지속적으로 연락하고 지내는 가까운 친구다. 그는 검사답지 않게 외모가 온화하고, 친구들 사이에서 합리적이라는 평을 듣고, 검사라고 티 내지도 않으며 남의 말을 경청할 줄 아는 친구다.

길 원장은 그 자리에서 그에게 전화를 걸어 제천에 일이 있어

가겠다고 말하고 저녁이나 같이하자고 했다. 다행히 그도 오늘 저녁은 시간이 된다고 해서 영월에서 바로 제천으로 넘어가기로 했다. 공적인 일이지만 사무실에 찾아가서 말하면 그의 업무에 방해될 것 같고, 저녁 술자리에서 편하게 얘기하는 것이 좋을 듯 했다.

길 원장은 강 검사가 예약해 놓은 제천 '대추나무' 식당에 저녁 6시 반 약속 시간에 맞춰 도착했다. 그가 먼저 와서 기다리고 있었다.

그는 짙은 남색 양복에 단아한 하늘색 넥타이를 매고 있어 누가 봐도 공무원 티가 나는 스타일이다. 꽤 오랜만에 보는 얼굴이어도 몇 마디 하다 보면 금방 고교 시절로 돌아간 듯 편해지는 자리였다.

"너무 공무원 티 내고 다니는 거 아냐? 봄인데 양복도 좀 밝은 색으로 입지? 그래도 넥타이는 계절과 잘 어울리네."

"말도 마. 나도 그러고 싶지. 제천 정도만 해도 제법 중소도시라는 소리 듣지만, 우리 같은 사람은 일거수일투족이 쉽게 노출된다니까. 마음 편히 술 마시기도 어려워."

"그래도 뭐, 조용한 곳에서 마시면 누가 알아볼까?"

"이건 실화인데, 재밌는 이야기 하나 해줄까?"

"강 검사는 항상 진지하기만 한데 재미있는 얘기도 할 줄 아나?"

길 원장이 가볍게 농담을 던졌다.

"지청장님이 부임하던 날 기자들하고 티타임을 하다가 얘기 끝에 여기는 어느 술집이 제일 좋냐고 물었더니, 기자 한 명이

'어제 지청장님이 가신 술집이 그래도 제일 낫습니다.'라고 했다는 거야. 부임 전날 지청장님이 술 마신 것을 기자는 이미 알고 있었다는 거지. 지청장님도 그 말을 듣고 식겁했다고.”

“그래? 별걸 다 신경 써야 하니.”

“그래서 우리 같은 사람들은 책잡힐 일을 하고 싶어도 할 수가 없지.”

“업무 스트레스도 많은데 그런 것까지 신경 써야 하니 스트레스가 이만저만 아니겠네. 그래서 이렇게 친구가 멀리서 위문까지 오지 않았나? 편한 친구가 최고지.”

“유붕(有朋)이 자원방래(自遠方來)면 불역낙호(不亦樂乎)라!”

그는 길 원장의 말에 화답으로 고전 문구를 읊조렸다. 그의 주특기였다. 그는 어려서부터 할아버지한테 천자문뿐만 아니라 사서삼경까지 배워 곧잘 유식한 한문 성구를 인용하곤 했다.

길 원장은 이런저런 얘기 끝에 차길수 얘기를 조심스럽게 꺼내기 시작했다.

“전에 우리 간호사들과 같이 저녁 먹은 적 있었지? 제일 고참 간호사 기억나나? 이름이 박수정인데.”

“응, 기억나지. 매사 똑 부러지는 성격인 거 같던데, 술도 잘 마시고.”

“그렇지. 그 박 간호사, 고모가 한 분 있는데 남편이 최근에 자살했어. 그것도 여기 제천에서.”

“그래? 그럼 변사 사건으로 올라왔을 텐데 이름이 뭐였지?

“차길수라고.”

“어떻게 자살했는데?”

"자기 방에서 목매 자살한 것으로 되어 있어."

"차길수라? 언제쯤 자살했지?"

"약 두 달쯤 됐을 거야."

"그럼 내가 제천에 오기 전에 있었던 일이겠네."

"그렇지."

"박 간호사 고모가 원래 제천에 살고 있었나?"

"아니, 박 간호사 고모는 금산에 살고 있었고 어느 날 남편이 갑자기 집을 나갔는데, 제천에서 자살했다고 연락이 왔다고 해."

"아무런 연고가 없는 제천에서?"

"아무런 연고가 없다고는 할 수 없지. 박 간호사 고모부는 여기 옆인 영월이 고향이고 10년 전까지만 해도 영월에서 사업을 했으니 제천과는 어느 정도 인연이 있겠지."

"그런데 왜 자살했는데?"

"사실은 박 간호사 고모가 자기도 남편이 자살한 이유를 전혀 알 수 없다며 나한테 좀 알아봐 달라고 했거든."

"그래?"

"그래서 내가 제천과 영월에 몇 번 왔다 갔다 했었지. 지금은 상당 부분 자살한 이유도 확인했고."

"부인이 남편 자살 이유를 알 수 없다면 가정불화는 아닐 테고, 무슨 다른 이유라도 밝혀졌나?"

"이유는 어느 정도 밝혀졌는데…."

길 원장은 일부러 분위기를 잡을 요량으로 시간차를 뒀다.

"더 중요한 것은 자살이 아닐 수도 있다는 거야."

그는 길 원장의 말에 상당히 놀라는 표정이었지만 애써 내색하진 않았다.

"자살이 아니라? 타살이나 사고사라는 말인가? 목맨 것으로 되어 있으면 사고사일 가능성도 별로 없고."

"타살이거나 어쩌면 자살 강요 뭐 그런 것일 수도 있겠지."

"두 달 전에 벌어진 사건이었으면 이미 변사 사건은 종결됐을 거 같은데?"

"맞아. 단순 자살로 종결됐지."

"단순 자살이라고 판단했으면 그만한 증거가 있었겠지."

"그렇지. 현장에서 유서 비슷한 것이 발견됐거든."

"그럼, 부인이 모르는 남편의 다른 고민 때문에 자살했을 가능성이 높겠는데?"

"응. 지금까지 내가 확인한 바에 의하면 부인이 모르는 남편의 고민이 있었던 것은 맞아. 그런데 그 고민이 좀 이상해."

그는 길 원장의 말에 관심이 생긴 듯 눈이 빛나고 있었다.

길 원장은 지금까지 조사한 내용에 대해 상세히 설명하기 시작했다. 차길수와 박순향과의 만남, 차길수의 강간 사건 및 합의 과정, 차길수의 배신 등 오래된 얘기를 먼저 꺼냈다. 그리고 그 후 10여 년이 지나 발생한 수인이 뺑소니 사건, 또다시 10년이 지난 차길수의 자살 사건 내지 살인 가능성까지 언급했다. 마지막으로는 뺑소니 사건의 유력한 용의자로 서정식을 확인한 것도 논리정연하게 설명을 마쳤다.

그는 길 원장의 말을 다 듣고 나서도 한참 동안 침묵을 유지한 채 뭔가를 곰곰이 생각하고 있었다. 잠시 후 천천히 입을 뗐다.

"그렇다면 서정식이 딸을 배신한 차길수를 복수하기 위해 딸이 사망한 것과 똑같은 방법으로 청부해서 차길수의 딸을 살해했다는 말인가?"

"일단은 그렇지."

"거기다가 자신에게 접근해 오는 차길수를 자살로 위장해서 살해까지 했다는 거네."

"그럴 가능성이 충분히 있다는 거지."

길 원장은 단정적으로 말하지는 않았다.

"가끔 자살로 위장된 타살 사건이 있긴 하지. 더군다나 현장에서 유서가 발견됐고 명확한 타살 근거가 없었으면 자살로 쉽게 결론 내릴 수도 있었겠지."

"그렇지. 그때는 차길수가 쓴 명백한 유서가 있었으니."

"타살이 자살로 위장됐음에도 그냥 자살로 종결됐다면 검사에게 일차적인 책임이 발생할 수도 있겠는데?"

그는 신중하게 접근할 필요성이 있다고 생각하는 것 같았다. 조심스럽게 다시 말을 이어갔다.

"그래서 길 원장은 나한테 그 사건을 다시 수사해 달라는 말을 하고 싶은 거야?"

"이미 종결된 사건을 다시 수사한다는 것이 어렵다는 것은 나도 아는데, 내가 조사해 본 바에 의하면 차길수 자살 사건이나 딸 뺑소니 사건 모두 문제가 있는 것은 분명해 보여."

그는 평소 길 원장이 추리소설을 워낙 좋아하고, 한의사가 되지 않았다면 검사가 됐을 거라며 자신을 은근히 부러워한다는 사실을 잘 알고 있었다. 길 원장이 지금까지 확인한 사실과 그 사실을 바탕으로 도출한 추론은 상당히 객관적이고 합리적인 판단일 테지만, 현실 속에서는 정황만 가지고 자살로 종결된 사건이 타살임을 밝힌다는 것은 여간 쉽지 않을 것임을 잘 알고 있었다.

"서정식이라는 사람, 직업이 교사라고 했지?"

"응, 교사였는데 지금은 은퇴했지."

"교사가 이렇게까지 치밀하게 살인을 준비했다는 것이 선뜻 이해되진 않는데?"

"직업이 문제가 아니라, 자기 딸이 억울하게 죽었다고 생각하는 부모의 마음이 문제겠지. 서정식 입장에서는 부인도 이미 죽은 사람이나 마찬가지일 테니, 차길수로 인해 가족 모두가 피해를 입었다고 생각했을 거고."

"차길수 자살 사건도 문제지만 뺑소니 사건을 살인 사건으로 연결시키기는 더 어려울 거 같은데? 10년이나 지난 사건인데 증거가 제대로 남아 있겠나? 단순 뺑소니 사건이면 몰라도 살인 사건으로 가려면."

"그건 그렇겠지."

"뺑소니 사건 당시 서정식은 한국에 없었다며?"

"응."

"그리고 뺑소니에 이용된 차량도 전혀 확인이 안 되고."

"현재로서는 그렇지. 어찌 방법이 없겠나?"

그는 평소 성격답게 신중하게 생각하는 것 같았다. 한참 고민 끝에 일단은 자신이 먼저 기록을 살펴본 후 다시 얘기해 보자고 했다. 차길수 자살 사건을 어떻게 할 것인지에 대해 그 자리에서 명확히 답을 내놓지는 않았다.

그날 두 사람은 그렇게 헤어졌다.

그다음 날 길 원장은 강 검사의 전화를 받았다.

"차길수를 검시한 의사는 변사자가 자연적으로 목을 맸을 가능성이 높다는 소견을 밝혔어."

"….."

"검사도 차길수의 목에 나타난 색흔 형태나 유서가 발견된 점 등 별다른 타살 혐의점이 보이질 않아 자살로 결론을 내렸고."

"그랬겠지."

"엄밀히 따지면 변사자가 자연적인 상태에서 목을 매는 경우와 제3자에 의해 뒤에서 목이 졸리는 경우 목에 나타나는 색흔이 미세하게 다른데, 그 당시 의사는 육안으로 그런 미세한 부분을 확인하기 어려웠던 거 같아."

의사인 길 원장도 그의 말에 충분히 수긍했다.

"그런 경우 다른 정황에서 타살 의심이 있다면 부검하는 것이 맞는데, 차길수의 경우에는 오히려 유서가 발견돼서 쉽게 자살로 결론이 난 거 같아."

"현재로서는 다른 방법이 없겠나?"

"서정식이 뺑소니 사건과 직접적으로 관련이 있다는 사실만 밝혀지면 차길수 자살 사건도 다시 수사할 수 있을 텐데, 현재로서는 막연한 심증만으로 그럴 수는 없을 거 같고…."

그는 말끝을 흐리면서 자신 없게 대답했다.

"수사를 다시 시작하면 그 결과를 생각해야 하는데 아무런 결과가 나오지 않으면 오히려 그게 더 이상하기만 하고."

길 원장은 속으로 차길수 자살 사건에서 어떤 단서를 찾으려고 했는데 그는 오히려 수인이 뺑소니 사건에서 어떤 단서가 나와야 한다고 했다. 그의 말이 맞는 말이기는 하지만 뭔가 꽉 막힌 것처럼 답답하기만 했다. 일단 알았다며 전화를 끊었다. 자리에 앉아 녹차를 마시면서 수인이 뺑소니 사건을 다시 한번 천천히 복기하기 시작했다.

차길수 앞으로 왔다는 의문의 편지만 있었어도 막힌 실타래가 풀릴 수 있었을 텐데…. 그 편지는 이미 한 줌 휴지로 사라졌다. 차길수는 그 편지가 나중에 유력한 증거가 될 수 있었을 텐데 왜 없애버린 것일까? 가족들에게 지난날 자신의 대학 시절 범죄를 숨기고자 했던 마음이 더 강해 순간적으로 편지를 없앴을 것이다. 그 편지에는 차길수의 대학교 때 강간 사건과 수인이 뺑소니 사건에 관한 언급이 분명 있었을 것이다. 그 때문에 차길수는 단서를 찾으러 영월과 서울을 헤매고 다녔을 것이다.

지금까지 자신이 추리한 내용들이 맞다고 전제한다면 뺑소니 사건은 서정식이 누군가에게 사주한 것이라는 결론에 설득력이 있다. 그 편지 또한 서정식이 보냈음이 틀림없을 것이다. 아울러 차길수 자살 사건도 단순 자살이 아닐 가능성이 높을 것이다.

서정식이 수인이 위패를 절에 모시고 있는 자료는 물증으로서 가치가 충분하고, 금년 1월 3일 서정식은 제천에 간 것이 거의 확실해 보였다. 더욱이 무엇보다도 서정식이 수인이를 죽일 만한 동기도 명백히 있다고 보였다.

이 정도 자료와 심증이면 충분히 서정식이 수인이 뺑소니 사건이나 차길수 자살 사건과 관련 있다고 볼 수 있는데 강 검사는 신중하게 판단하는 것 같다는 생각이 들었다.

길 원장은 그날 저녁 뜻하지 않게 강 검사의 전화를 다시 받았다.

"오늘 내내 곰곰이 생각하다가 지청장님께 차길수 자살 사건을 보고했어. 오히려 지청장님은 흔쾌히 수사해 보라고 하시던데, 암장된 사건을 찾아내는 것이 검사가 해야 할 일이라면서."

길 원장은 속으로 쾌재를 불렀다.

"신경 써줘서 고마워."

"이것이 길 원장 개인적인 일도 아닌데 뭘, 결과야 어떻게 될지 모르지만 최소한 억울한 죽음은 없어야 하지 않겠나? 이런 심정으로 수사해 볼 생각이야."

"아무튼 내가 알고 있는 것이나 자료는 최대한 협조할게."

"그래서 말인데, 우선 재수사를 시작하려면 먼저 해야 할 일이 차길수 시신을 꺼내 부검해야 할 거 같은데, 가족들이 어떻게 생각할지 모르겠네. 가족들 설득은 길 원장이 좀 맡아줘."

"아마 진실을 밝히는 일이라면 차길수 부인도 협조할 거야."

그는 그 결과를 달라면서 전화를 끊었다.

이로써 차길수 자살 사건은 다시 세상에 나오게 되었다. 진실을 밝혀내는 일이 절대 만만치 않을 것이라는 생각이 머릿속을 계속 맴돌고 있었지만 그래도 일단 부딪쳐 보기로 했다.

4.

길 원장은 박 간호사에게 내일 고모님 모시고 한의원으로 나오라고 전했다. 박 간호사는 아무런 이유를 묻지 않고 알겠다고만 대답했다.

그다음 날 오전 10시에 박 간호사가 박순향과 함께 원장실로 들어왔다. 박 간호사는 바로 나갔다.

길 원장은 박순향에게 무슨 말부터 꺼내야 할지 난감했다. 그녀에게 현재까지 알아낸 모든 것을 말하는 것은 적절하지 않다고 생각했다.

"지금까지 제가 확인한 것들을 간단히 말씀드릴게요. 그리고 고모님의 협조를 구해야 할 것이 있어서 오늘 나오시라고 했습니다."

"네. 각오는 이미, 무슨 말씀이든 속 시원히 말씀해 주세요."

"지금까지 제가 알아본 바에 의하면 남편분의 죽음에 의문이 있다는 사실은 어느 정도 확인됐네요. 그래서 말인데요."

길 원장은 그녀의 표정을 살피면서 잠시 뜸을 들였다.

"그래서 지금이라도 남편분의 시신을 꺼내 부검해야 할 거 같아서."

"네에?"

그녀는 깜짝 놀라는 표정이었다. 길 원장의 지금 이 말은 자신이 각오한 것보다 훨씬 그 이상의 충격으로 다가온 것 같았다. 전혀 예상하지 못하고 있었음이 틀림없었다.

"그렇게 심각한가요?"

"아니, 그런 것은 아니고. 원칙적으로 자살에 의혹이 있으면 부검해야 하는데, 그때는 유족들이 자살에 의문점을 가지지 않았었고….."

길 원장은 말을 멈추고 또다시 그녀의 얼굴을 살폈다.

"그러나 현재는 고모님이 남편분의 자살에 의혹을 품고 있으니, 지금이라도 부검해야 하는 것이 원칙이라는 겁니다."

"그렇게 해야 한다면 해야 하는 것이 맞을 텐데, 저희가 원한다고 해서 되는 것은 아니지 않나요?"

"네. 그 부분은 제천지청 검사와 협의가 끝나서 고모님이 승낙만 하시면 바로 진행될 겁니다."

그녀는 바로 대답하지 않았다. 속으로 어떤 각오를 다지는 것 같았다.

"진실을 밝히는 일이라면 그 이상도 각오하고 있습니다. 그리고 만에 하나 남편이 억울하게 죽었다면 살아 있는 가족들이 한을 풀어줘야 할 의무가 있겠죠."

길 원장은 전에도 여러 번 생각했지만 그녀가 겉보기보다는 속이 훨씬 강하다는 느낌을 받았다.

"지금까지 제가 알아낸 것들은 나중에 차분히 말씀드릴게요. 그 부분도 어느 정도 각오를 하셔야 할 겁니다."

"한 가지만이라도 먼저 말씀해 주실 수는 없나요?"

"어떤 부분이죠?"

"남편이 수인이 뺑소니 사건에 정말 관련 있나요?"

길 원장은 한 대 얻어맞은 것처럼 멍한 표정으로 그녀를 천천히 바라봤다.

'맞다. 제일 중요한 부분을 까먹고 있었다.'

길 원장은 속으로 생각했다. 이 부분은 최소한 지금 그녀에게 말해 주는 것이 도리일 것이다.

"남편분이 돌아가시기 직전에 수인이 뺑소니 사건에 대해 자책한 건 맞지만, 지금까지 제가 알아본 바에 의하면 남편분이 뺑소니 범인이거나 또 직접적으로 관련되거나 한 것은 결코 아니니, 그 부분은 안심하셔도 됩니다."

"고맙습니다. 그럼 됐습니다."

그녀는 더 이상 묻지 않았다.

길 원장은 속으로 다시 한번 그녀에 대해 감탄했다. 곧바로 강 검사에게 전화를 걸어 그녀와의 대화를 전했다. 그는 절차적인 문제는 자신이 알아서 하겠다고 했다.

5.

강 검사는 모든 살인 사건의 기본은 피해자의 사체를 부검하는 것부터 시작된다고 초임 검사 교육 시절 법의학 시간에 지겹도록 들었다. 차길수 자살 사건이 타살 가능성이 있는 것으로 바뀌었다면 지금이라도 차길수의 사체를 부검해야만 한다.

차길수가 2014년 1월 초에 사망했으니 아직 석 달은 넘지 않았다. 모든 접촉은 흔적을 남긴다고 하지 않았던가….

사건 계장에게 차길수에 대한 변사 사건 기록에 정식으로 사건번호를 부여하도록 하고, 영월지청에 협조공문을 보내 수인이 뺑소니 사건에 대한 기록 송부도 요청하라고 지시했다. 차길수의 변사 사건 기록에 수인이 뺑소니 사건 기록을 편철했다.

지금까지 길 원장이 조사한 내용에 대해서는 모두 수사 보고 형식으로 자세히 기록되었다.

서정식은 수인이 뺑소니 사건의 유력한 용의자로, 서정식이 차길수와 악연이 있었다는 사실이 특히 강조되었으며, 차길수의 죽음이 자살이 아닐 수 있다는 정황 또한 최대한 객관적으로 서술되었다. 이러한 내용에 대한 출처는 내부 첩보라고 두루뭉술하게 처리했다.

그 수사 보고에 첨부된 자료도 속속 기록에 편철했다.

먼저, 엄 소장이 공증사무소에서 복사한 차길수와 서진주의 합의서 사본이 있다. 이것은 서정식이 차길수를 죽일 만한 동기가 있었음을 증명하기 위함이었다.

다음으로, 차수인이 뺑소니 사고로 죽었던 2003년 10월 24일에는 서정식이 필리핀에 있었다는 출입국 조회서와 안정사에서 찍은 서진주와 차수인의 위패가 나란히 놓인 사진이 있다. 그

것은 차수인 뺑소니 사건을 일으킨 직접적인 당사자는 서정식이 아니지만 누군가에게 청부했을 가능성이 높다는 사실을 강조하기 위함이었다.

그리고 검사실 수사관 정 주임에게 박순향을 소환해서 유족 진술조서를 다시 받도록 했다. 이번에는 차길수의 죽음에 의문을 가지게 된 계기와 부검에 동의한다는 진술까지 포함하라는 지시도 내렸다.

그다음 날 박순향에 대한 조사가 신속히 이루어졌다. 강 검사는 그녀를 보고 길 원장의 말처럼 심지가 굳은 사람이라고 생각했다. 딸과 남편을 연이어 불행하게 잃은 사람이라곤 믿기지 않을 정도로 침착하게 조사에 응했다. 그녀가 조사를 마치고 돌아가기 전에 결과를 예단할 수는 없지만 최선을 다해 수사하겠다며 협조해 줘서 고맙다는 다분히 형식적인 말을 건넸다. 그녀는 아무 말 없이 강 검사에게 가볍게 목례하고 검사실을 조용히 빠져나갔다.

강 검사는 정 주임에게 차길수에 대한 부검 영장과 제천경찰서의 협조를 얻어 차길수의 묘지에서 시신을 꺼낼 절차도 준비하라고 지시했다.

그리고 의자에 앉아 눈을 감고 지난날의 경험을 꺼내왔다.

검사 시보 시절 지도 검사가 갑자기 부검에 가야 하니 같이 가자고 한 적이 있었다. 첫 부검 참여 경험이었다. 그전까지만 해도 중학교 시절에 강에서 수영하다가 죽은 시신을 멀리서 본 적은 있었지만 가까이서 본 적은 없었다. 지도 검사의 말을 듣고 순간 움찔했다. 검사 시보 시절만 해도 막연히 향후 진로를 검사로 생각하고 있었지만 확정된 것은 아니었다. 그래서 그런지 첫 부검 참여가 일말의 두려움도 있었지만 호기심이 더 있었던 것으로 기억했다.

더욱이 시신이 놓인 병원 부검실에 가보니 시신은 바로 사망한 것이 아니라 몇 달 전에 사망해서 이미 땅속에 묻혀 있었던 것을 꺼낸 것이었다. 무덤 속에 있던 시체를 꺼내서 부검하는 아주 특이한 케이스를 얼떨결에 첫 부검에서 경험하게 된 것이다.

그 당시 강 검사가 들은 사건 내용은 이러했다.

시골 동네에 노인 한 분이 갑자기 돌아가셨다. 가족들은 노인이 매일 술을 마신 탓에 지병으로 돌아가신 것으로 판단해서 경찰에 변사 신고도 하지 않고 통상적인 장례 절차를 마치고 묘지에 안치했다.

그런데 두 달 후쯤 노인의 며느리가 사실은 시아버지가 병으로 돌아가신 것이 아니라 동네 고○○에게 죽임을 당했다고 동서에게 충격적인 고백을 했다.

그 얘기를 들은 동서는 경찰에 신고했고, 경찰은 바로 수사에 착수했다.

그 며느리가 왜 이제야 그런 사실을 밝혔는지도 확인됐다. 며느리는 고○○에게 수개월에 걸쳐 지속적으로 성폭행당하고 있었다. 그날도 자기 방에서 성폭행당하던 중 시아버지가 이를 목격했기 때문에 죽임을 당했다는 것이다. 그 며느리는 남편이 장기간 외지에서 일하고 있었기 때문에 처음에 고○○에게 성폭행당한 이후 지속적으로 체념 상태에서 성폭행당했다고 했다. 선뜻 이해되지는 않았지만 그 며느리는 지능이 정상인보다는 약간 낮았다.

고○○는 성폭행에 대해서는 순순히 자백했지만, 시아버지 살해 혐의에 대해서는 완강히 부인했다. 결국 살해 혐의를 밝히기 위해 무덤에 묻힌 지 두 달 만에 노인의 시신이 부검대에 오르게 된 것이다.

강 검사는 그 후 바로 검사 시보가 종료되어 그 사건의 결과가 어떻게 됐는지는 알지 못했다.

이젠 자신이 그때와 비슷한 사건을 해결해야만 하는 입장에 놓였다. 부검 결과 의미 있는 단서가 나오면 이번 사건은 예상보다 쉽게 해결될 수도 있지만 만약 단서가 나오지 않으면 난관에 봉착할 것임이 분명했다.

제천지원에 청구한 부검 영장은 바로 발부됐다. 정 주임은 부검 영장을 들고 차길수가 묻혀 있는 영월로 향했다. 차길수를 무덤에서 꺼내는 절차는 신속하게 진행되어, 저녁 무렵 그의 시신이 제천 ○○○병원에 안치됐다는 연락을 받았다.

강 검사는 검찰 수사관 김 계장과 함께 바로 그곳으로 향했다. 부검의는 제천 ○○○병원에 근무하는 젊은 의사였다. 원래 제천 경찰서로부터 검시와 부검을 전문으로 의뢰받은 촉탁의(囑託醫)가 별도로 있었다. 하지만 그 촉탁의가 몇 달 전에 차길수를 검시한 의사여서 객관성을 담보하고자 다른 의사로 하여금 부검을 맡도록 했다.

부검실에 들어서자 생각보다는 시체 냄새가 덜 났다. 3개월 정도 지났으면 시체가 부패하기 시작했을 텐데 다행히 차길수가 사망한 시기가 겨울이었고 영월이 다른 지역보다 평균 2~3도 정도 낮아 부패는 생각보다 덜 했다. 막 부패가 시작되려는 정도였다.

강 검사는 차길수의 얼굴을 천천히 들여다봤다. 현재로서는 자살인지 타살인지 알 수는 없지만 외관상 얼굴에서는 평온하게 삶을 마감한 것처럼 보였다. 고인을 위해 간단히 묵념하고 부검의에게 부검을 시작하도록 지시했다.

부검의도 시신을 몇 달 만에 무덤에서 꺼내 부검한다는 사실에 사건의 심각성을 느꼈는지 신중하고도 꼼꼼하게 부검하기 시작했다. 거의 한 시간 정도 걸렸다.

부검의는 자세한 결과는 정밀 감식을 해봐야 알겠지만, 몇 달 전에 작성된 최초 검시보고서와는 다른 몇 가지 특이한 사항이 발견됐다고 했다.

최초 검시보고서에는 변사자의 몸에 특이한 외상이 발견되지 않았다고 되어 있는데 지금은 변사자의 오른 팔꿈치 쪽에 골절 흔적이 보인다고 했다. 무엇에 의한 강한 충격을 받은 골절이라고 했다. 현재로서는 어떤 충격에 의한 것인지는 알 수 없다고 했다.

강 검사는 부검의에게 왜 최초 검시에서는 골절이 발견되지 않았는지를 물었다. 부검의는 충분히 그럴 수도 있다고 답변했다. 강한 충격이 몸 피부에 바로 와닿은 것이 아니라 어떤 완충 역할을 하는 무엇이 있으면 골절에 의한 피하출혈(명)이 하루 이틀 지난 다음에 나타날 수도 있다는 것이다. 아마도 사망 당시가 한겨울이었으니 변사자가 두꺼운 옷을 입고 있었을 테고, 그 위로 충격이 가해졌으면 바로 피하출혈이 피부 겉으로 나타나지 않았을 가능성이 있다는 것이다.

강 검사는 외부 충격이 타인의 외력에 의해 발생했을 가능성이 있는지 물었다. 부검의는 현재로서는 명확히 답을 줄 수가 없다고 했다. 다만 변사자가 그 당시 살아 있었다면 골절 상태로 보아 상당 기간 치료를 받아야 했을 것이라고 했다.

그리고 부검의는 변사자의 사인과 직접적으로 관련 있는 목 부위에도 특이한 점이 보인다고 했다. 최초 보고서에 변사자는 벨트로 목을 맨 것으로 되어 있고, 목 주위에 실제로 벨트 모양의 피하출혈이 위아래로 선명하게 보인다고 했다. 하지만 그 벨트 모양 주위에 약하게나마 넓게 또 다른 피하출혈이 보이고, 아마도 부드러운 천 종류에 의한 졸림으로 추정된다고 했다.

강 검사는 그 의미가 무엇인지를 부검의에게 질문했다. 부검의는 신중하게 대답했다.

먼저, 변사자의 목에 벨트가 감기기 전에 비교적 넓은 모양의 다른 압박 수단이 가해졌을 가능성이 있다고 했다. 다음으로, 변사자가 죽기 전에 고통을 견디지 못해 몸을 뒤흔드는 경우 목 주위에 넓게 피하출혈이 생길 가능성이 있다고 했다. 다만 그때는 몸무게가 있기 때문에 비교적 선명하게 피하출혈이 발생하는데 이 사례는 그 정도로 선명한 것은 아니어서 그럴 가능성은 높지 않다고 했다.

강 검사는 만약 변사자가 자살을 생각하고 목을 맸다면 목 주위에 피하출혈이 생길 정도로 몸부림치지는 않을 것 같은데 어떤지 물었다. 부검의도 강 검사의 말에 동의했다. 변사자는 창문틀 대못에 벨트를 걸고 목을 맨 것으로 되어 있는데 대못이 박힌 높이가 방바닥에서 1미터 50센티미터 정도이므로 자살을 시도했다면 다리를 구부린 채 순순히 자기 몸무게를 의지해서 목에 압박을 가했을 것이므로 몸부림치지는 않았을 것이라고 답했다. 몸부림칠 정도면 다리를 방바닥에 대고 충분히 목에 걸린 벨트를 풀고 나왔을 것이라는 의견을 제시했다.

　강 검사는 다시 부검의에게 그렇다면 첫 번째일 가능성이 높은데 그 의미는 무엇인지 물었다.

　부검의는 바로 대답하지 않고 무엇인가를 신중하게 생각하는 것 같았다. 잠시 후 그 경우에 몇 가지 가능성 있는 의견을 제시했다.

　우선 변사자가 벨트로 자살하기 전에 먼저 다른 것으로 자살을 시도했을 가능성이 있다는 것이다. 즉, 먼저 비교적 넓은 무엇으로 자살을 시도했다가 그것이 여의치 않자 다시 벨트로 자살했다면 목 주위에 벨트 이외의 다른 무엇인가로 졸린 피하출혈이 발생할 수 있다는 것이다. 일종의 주저흔 같은 것이라고 했다.

　그다음으로 타인에 의해 일차적으로 목이 졸렸을 가능성도 있다고 대답했다. 누군가가 일차적으로 벨트가 아닌 다른 것으로 변사자의 목을 졸라 사망에 이르게 하거나 정신을 잃게 할 정도의 압박을 가했을 수도 있다는 것이다. 그러나 그 가능성은 그리 높아 보이지 않는다고 했다.

　강 검사는 그럴 가능성이 왜 높지 않은지를 재차 물었다. 부검의는 누군가가 목을 졸랐다면 변사자는 분명 반항하면서 저항했을 텐데 그런 흔적이 현재로서는 보이지 않기 때문이라고 대답했다.

　강 검사는 만약 변사자가 타인에 의해 오른쪽 팔꿈치 부분이 가격을 당해 제대로 반항할 수 없는 상태였고, 약물 중독으로 의식이 없는 상태였거나 변사자 스스로 체념했다면 가능할 수도 있는 것이 아닌지 물었다.

부검의는 변사자가 그 당시 약물이나 다른 어떤 것에 중독되어 반항할 수 없었는지 여부는 위(胃) 내용물이나 장기 등을 정밀 감식해 봐야 확인된다고 했다. 하지만 외관상으로는 어떤 중독에 의한 특이점은 보이질 않는다고 했다.

강 검사는 다시 3개월이나 지났는데 약물 중독을 확인할 수 있는지 물었다. 부검의는 독극물이었으면 흔적이 남을 가능성이 높은데, 변사자의 외관을 보면 독극물에 중독됐을 가능성은 높아 보이질 않는다고 했다. 술이나 수면제 등 일반 약물이면 아마 정밀 감식을 해도 흔적이 발견되지 않을 가능성이 높다고 했다.

또한 부검의는 변사자가 체념했다면 죽임을 당하면서도 반항하지 않았을 가능성을 배제할 순 없지만, 그 부분은 수사로써 밝혀내야 할 부분이지 자신이 판단할 수 있는 영역은 아니라고 대답했다.

강 검사는 최초 보고서에는 변사자가 높이 1미터 50센티미터 위에 있는 대못에 벨트를 걸고 목을 맸다고 되어 있고, 변사자의 키가 대충 1미터 70센티미터라고 하면 목을 맨 장소가 키 높이에도 못 미치는데 그러한 정황에 비추어보면 타인에 의해 목을 맨 것처럼 가장됐을 가능성이 있는 것은 아닌지 물었다.

부검의는 오히려 반대 의견을 제시했다. 통상 목을 매 자살하는 사람들의 사례를 살펴보면 목을 맨 장소가 자기 키보다 낮은 것이 일반적이라고 했다. 사람들은 목을 맨 장소가 자살자의 키보다 낮으면 충분히 발이 바닥에 닿을 수 있기 때문에 자살이 어려우리라 생각한다고 했다.

하지만 이는 자살을 결심한 사람의 심리를 잘못 해석한 결과라는 것이다. 어떤 사람이 자기 의도와 다르게 목을 맸다면 당연히 발을 바닥에 딛고 살려고 하는 것이 일반적인 현상이나, 자살을 결심한 사람은 발을 바닥에서 올려 온전히 자기 체중을 싣고 자살을 시도하기 때문에 목을 맨 장소가 자기 키보다 낮다고 해도 전혀 이상한 것이 아니라고 했다. 오히려 정상적이라고 했다.

부검의는 그 외 특이 사항은 보이지 않는다고 했다.

강 검사는 일단 이 자리에서 더 확인할 것은 없다고 판단하여 부검의에게 수고했다고 말하고 부검을 종료했다. 부검의는 정식 부검보고서는 빠르면 내일 오후쯤 보낼 수 있겠다고 말했다.

강 검사는 사무실로 오는 차 안에서 여러 가지 가능성에 대해 생각했다. 부검의는 모든 사안을 신중하게 대답했다. 그러나 부검의의 전체적인 의견에 비추어보면 차길수는 타인에 의해 사망했을 가능성이 충분히 있다는 생각이 들었다.

일단 차길수의 오른쪽 팔꿈치에 나타난 골절이 왜 발생했는지가 첫 번째 의문이었다. 타인의 외력에 의해 골절이 발생해서 차길수가 제압당했다면 그 현장에 누군가 제3자가 있었다는 결론이 나온다. 그렇다면 자살로 충분히 위장될 상황이 발생할 수도 있었을 것이다.

다만 자살로 위장되는 과정에서 차길수가 아무런 반항을 하지 않았거나 못했을 상황이 발생해야 한다. 그러나 그 부분은 선뜻 이해되지 않았다. 아무리 한쪽 팔에 골절을 입었다고 하더라도 정신을 잃지 않았다면 분명 반항했을 것이다. 그런데 부검의는 그런 흔적이 보이질 않는다고 했다. 결국 그 부분은 부검의 말대로 수사로 밝혀야 하는 부분일 것이다.

그리고 벨트가 직접적인 사망의 도구가 된 것은 맞지만 그 이

전에 다른 어떤 도구가 사용됐을 가능성이 높다는 결과는 의외였다.

일단 최초 검시보고서와 다른 사실이 나왔다는 것만으로도 앞으로 수사를 더 진행해야 할 동력이 생긴 것이다. 결과적으로 오늘 부검은 상당한 성과가 있었다고 결론지었다.

그다음 날 오후 강 검사의 책상 앞에는 차길수의 부검보고서가 올라와 있었다. 부검의는 생각보다 빨리 보고서를 작성해서 보냈다. 부검의가 작성한 부검보고서의 내용을 요약하면 다음과 같았다.

---

1. 변사자는 목을 매 사망한 전형적인 의사(목을 매 죽는 것) 형태를 보이고 있고, 직접적인 사인은 경부압박에 의한 뇌손상으로 판단된다.

2. 변사자의 목에는 교사(끈으로 목을 졸라 죽이는 것)의 흔적이 보이기는 하지만 직접적인 사인이라고 판단되지는 않는다.

3. 변사자의 오른쪽 팔꿈치 부위에 강한 외부 충격으로 인하여 골절흔이 발견되었다. 이 또한 직접적인 사인과는 관련 없다.

4. 변사자의 위 내용물과 장기 부위를 감정했으나 독극물 등 약물 중독의 흔적은 발견되지 않았고, 알코올 성분도 발견되지 않았다.

※ 최초 검시보고서에는 변사자가 사망 직전 술을 마신 것으로 되어 있으나 이번 부검에서는 시일이 다소 경과하여 알코올 성분은 발견되

지 않았다.

5. 변사자의 손톱, 발톱이나 치아 등에서 특이 사항이나 타살을 의심할
만한 별다른 흔적은 발견되지 않았다.

6. 그 외 변사자의 몸에는 외상의 흔적은 발견되지 않았다.

강 검사는 부검보고서를 두 번이나 꼼꼼하게 읽었다. 어제 부
검의가 현장에서 말한 내용에서 크게 벗어나지 않았다. 차길수
의 죽음은 목을 맨 것이 직접적인 사인임에는 틀림없었다. 다만
목을 자신이 맸는지 아니면 타인이 맸는지가 문제였다.

차길수의 오른쪽 팔꿈치에 강한 외부 충격이 있었다면 스스로
넘어졌거나 아니면 그 자리에 누군가가 있어 누군가에 의해 충
격이 가해졌든지 둘 중 하나일 것이다. 그러나 차길수 스스로 넘
어져서 오른쪽 팔꿈치가 골절될 정도로 심한 충격을 받기는 어
려울 것이다. 비록 차길수가 그날 술을 마신 상태라고 하더라도
방 안의 구조상 넘어져서 팔꿈치가 골절될 정도는 아닌 것으로
보였다.

결국 차길수가 자살했든 아니든 간에 그가 죽음을 맞이하는
현장에 누군가가 있었을 가능성이 높고, 그 누군가는 길 원장이
추측하는 서정식일 가능성 또한 아주 높을 것이다. 길 원장의 신
중하고도 철저한 조사가 그러한 결론을 만들어 냈을 것이다.

강 검사는 이제 자신이 그 사실을 입증해야 하는 숙제가 남았
다고 생각했다.

6.

　길 원장이 마지막 환자 진료를 막 끝내고 원장실에 들어오자마자 휴대폰 진동이 울리고 있었다. 강 검사로부터 온 전화였다. 시간을 보니 저녁 7시가 넘었다. 전화를 받자마자 강 검사는 바로 부검 결과가 나왔다고 말했다.

　길 원장은 순간 숨을 멈췄다. 그의 말을 하나도 놓치지 않고 들었다. 통화가 끝난 후 생각 이상의 부검 결과에 심장이 뛰는 걸 느꼈다. 특히 차길수의 오른쪽 팔꿈치에 골절이 있었다는 사실과 차길수가 벨트로 목을 매기 전에 한 번 다른 것으로 목을 맨 흔적이 발견됐다는 것은 최초 검시보고서에서는 보이질 않던 특이한 사실이었다.

　이제 부검보고서 내용, 차길수의 유서, 그리고 현장에 있던 수인이의 슬리퍼 한 짝을 잘 결합해 그날 있었던 진실을 재구성해야 한다. 거기에 차길수에게 온 의문의 편지까지.

　통상 자살을 시도하는 사람들은 한 번에 성공하는 경우가 드물기 때문에 여러 번 시도하는 예가 많다. 따라서 차길수가 벨트로 목을 매기 전에 다른 것으로 목을 맨 흔적이 발견됐다는 것은 처음 자살을 시도했다가 실패한 흔적이라고 볼 수도 있다.

　하지만 차길수의 오른쪽 팔꿈치에 생긴 골절은 자살을 뒷받침하기 어려운 대목으로 보였다. 골절까지 생길 정도로 심하게 넘어지지는 않았을 것이고, 오른손잡이인 차길수가 무언가로 자신의 왼팔을 가격할 가능성은 있으나 왼손으로 오른팔을 가격한다는 것은 쉽게 납득되지 않았다.

　누군가에 의한 고의적인 타격일 가능성이 높을 것이다. 그 누군가는 정해져 있다. 그렇다면 차길수가 왜 순순히 유서를 썼는지, 아니 순순히 유서를 썼다고는 단정할 수 없다. 유서에 평소 쓰지 않던 '수인'이라는 표현을 썼으니, 이것은 지금까지의 상황에 비추어보면 차길수가 어떤 암시를 하려고 했던 것은 분명해 보였다.

차길수는 그 누군가가 그 현장에 있으며 자신은 그 누군가로부터 제압을 당한 상태라는 것을 암시하는 것일 수도 있다. 그것을 다른 사람이 알아주길 바라며 '수인'이라는 표현을 썼을 가능성도 있다. 결국 그의 의도대로 박순향이 그것을 알아본 것이다.

길 원장은 눈을 감고 그날 그 현장에서 무슨 일이 일어났는지 최대한 객관적으로 상상하기 시작했다.

서정식은 미리 준비한 어떤 무기를 들고 방에 잠입해서 잠을 자고 있든 아니면 술에 취한 차길수의 오른팔을 가격해서 차길수를 일단 제압했을 것이다. 차길수도 어느 정도 서정식이 자신을 찾아올지 모른다고 생각했을 수도 있을 것이다.

아무튼 서정식은 차길수를 외형적으로는 어느 정도 제압한 다음 서로 얘기를 했을 것이다. 주로 서정식이 말을 했을 것이다. 서정식은 강간 사건에서의 교묘한 합의 과정과 배신, 그리고 서진주의 죽음을 다그쳤을 것이고, 더 나아가 차수인 뺑소니 사건의 진실에 대해서도 폭로했을 것이다. 차길수는 평소 성격에 비추어 자신의 억울함을 소극적으로 변명했을 것이다.

그러던 중 결정적인 어떤 상황이 발생했을 것이다. 차길수가 모든 것을 체념하고 죽음에 이르도록 할 만큼의 어떤 결정적인 상황이…. 그 상황으로 인해 차길수는 순순히 체념하고 수인이에게 유서 형식의 편지를 쓰게 됐을 것이다.

그런 상황이 발생하려면 어떤 경우가 있을까? 길 원장의 머릿속에는 그런 상황이 발생할 수 있는 하나의 시나리오가 떠오르기는 했다. 그러나 그 시나리오도 앞뒤 상황에 비추어 선뜻 이해되지 않는 부분이 있었다. 그 부분은 결국 물증으로 입증할 수밖에 없을 것이다.

입증만 되면 차길수가 왜 유서에 '수인'이라는 표현을 썼는지, 그리고 차길수의 사망 현장에 왜 수인이의 슬리퍼 한 짝이 있었는지가 이해될 수 있을 것이다. 더 나아가 차길수가 의문의 편지를 받은 것까지도 한순간에 풀릴 것이다.

길 원장은 일단 강 검사가 수사를 시작했으니 자신은 한 걸음 물러나 있는 것이 도리라고 생각했다. 다만 그의 수사를 방해하지 않는 선에서 수사와 별개로 그리고 수사에 도움을 주고자 더 알아봐야 할 부분을 노트북에 메모하기 시작했다.

그다음 날 길 원장은 한의원에 출근해서 사무장을 대전법원 등기소에 보냈다. 한 시간쯤 지난 후 사무장이 발급받아 온 주택 등기부등본을 펼쳐봤다. 어느 정도 예상하고 있었지만 역시 서정식의 서울 관악구 봉천동 집이 타인에게 매도된 것으로 나와 있었다. 매도 일자는 2013년 12월 27일이었고, 매수자는 하영진으로 되어 있었다. 서정식은 차길수와 접촉한 것으로 추정되는 2014년 1월 3일을 며칠 앞두고 집을 급하게 타인에게 매도했다. 그렇지만 서정식은 지금도 그 집에 살고 있다는 것이 의외였다.

길 원장의 머릿속에는 어느 정도 그림이 그려졌다. 매수자 하영진은 주민등록번호를 보니 하옥진의 동생으로 추정됐다. 서정식은 집을 처남인 하영진에게 매도했지만 지금도 계속해서 그 집에 살고 있었던 것이다. 서정식이 지금도 그 집에 계속 살고 있다면 그 집에 대한 매매는 허위일 가능성도 있다. 아니면 실제로 매매는 했지만 사정이 있어 서정식이 계속 살기로 했을 수도 있을 것이다.

전에 그의 집을 탐색하면서 만났던 부동산 사무실 주인 말이 떠올랐다. 서정식은 처음에는 타인에게 그 집을 매도하려다가 갑자기 마음을 바꿔 처남에게 매도하면서 매물을 거두어들인 것이다. 그리고 그 집에서 계속 살고 있다. 그 이면에는 분명 무슨 사연이 있을 것이다.

길 원장은 엄 소장에게 전화를 걸어 주택 등기부등본에 적힌 하영진의 주민등록번호를 불러주면서 그의 신상을 확인해 달라고 요청했다. 그가 하옥진의 동생으로 추정된다는 말도 잊지 않았다.

엄 소장은 참으로 부지런하게 길 원장이 부탁한 지 반나절도 되지 않아서 답을 보냈다. 하영진은 예상한 대로 하옥진의 동생이며 다른 형제자매는 없고, 그는 현재 서울 송파구에 있는 농협 ○○지점 지점장으로 근무하고 있다는 것도 확인됐다고 했다.

"그런데 갑자기 하영진이 왜 등장하는 겁니까?"

그는 뜻밖에 하영진이 등장한 것이 놀라운 눈치였다.

"서정식이 차길수 씨와 접촉이 있었다고 추정되는 금년 1월 3일에서 며칠 전인 작년 12월 27일에 집을 하영진에게 매도한 것으로 되어 있네요."

"그런데 그것이 왜 갑자기 이 사건에서 중요해진 건가요?"

그는 자신의 머리로는 전혀 이해 안 된다는 말투였다.

"현재로서는 뭐라고 말할 수 없지만 좀 이상해서요."

"뭐가 이상하다는 말인가요?"

"서정식이 집을 처남에게 작년 연말에 매도했는데 아직도 그 집에서 살고 있으니 이상하지 않나요?"

"어, 그러네…. 이상하긴 해도 그거야 처남 매부 간이니 서로 사정이 있어 그랬겠죠."

"뭔가 사정이 있는 건 당연하겠지만, 서정식이 왜 그 시기에 그 집을 처남에게 매도했느냐가 문제겠죠."

"…."

"서정식이 그 시기에 집을 처남에게 매도할 어떤 사정이 있었다는 사실만 밝혀내면 우리가 찾고자 하는 진실에 한 발자국 더 접근할 수 있을지도 모르죠."

"돈이 필요해서 그랬던 것은 아닐까요?"

그는 가장 상식적인 선에서 물었다.

"서정식이 갑자기 돈이 필요해서? 아마 그렇지는 않았을 겁니다."

"우리가 모르는 어떤 경제적 사정이 있지 않을까요?"

"하옥진도 교원퇴직연금을 받는지 모르겠지만 서정식은 연금을 받고 있고, 또 자식들도 전혀 없는 상황에서 요양병원비로만 정기적인 돈이 들어가는데 집을 팔 정도까지 경제적으로 곤궁에 빠졌다고 보기는 어려울 겁니다."

"그렇긴 할 거 같은데."

"더군다나 서정식이 집을 하영진에게 매도하고도 계속 그 집에 살고 있는 것도 이상하고."

"그렇다면 서정식이 어떤 사정이 있어서 집을 하영진에게 매도한 것처럼 허위로 서류를 꾸몄다는 건가요?"

"네, 그 어떤 사정이 이번 사건과 관련 있을 수도 있다고 보이네요."

"어떻게 관련이? 혹시 서정식이 처남에게 집을 넘겨주는 대가가 수인이 청부 살해와 관련 있다는 말인가요?"

"네? 그건… 하영진이 살인을 저지를 만한 사람이라고 보기에는 너무 평범하지 않을까요? 그리고 수인이 뺑소니 사건은 10년 전 일인데."

"그럼, 집 매매대금이 길수 사망과 관련 있을 수도 있다는 말인가요?"

"그렇다고 보기에는…. 현재로서는 제가 생각해도 너무 막연해서, 좀 더 정리되면 그때 말씀드리죠."

"그렇다면 어쩔 수 없죠."

길 원장과 그의 통화는 여기에서 끝났다.

길 원장은 마지막 대화에서 그가 서운해한다는 사실을 눈치챘지만 현재로서는 어쩔 수 없었다. 아무런 물증도 없이 막연하게 자신의 생각만 늘어놓았다가 나중에 아닌 것으로 밝혀지면 모양새만 더 이상해질 것이다. 어느 정도 사실이라고 확인됐거나 충분히 개연성이 있는 경우로 밝혀졌을 때 말하는 것이 좋을 것 같다는 생각이었다.

7.

요 며칠 길 원장의 머릿속은 복잡했다. 이번 사건의 실체가 손에 잡힐 듯 말 듯 별다른 진전이 없어 마음속은 심란하기만 했다.

그런데 이 사건의 결정적 반전은 뜻하지 않은 곳에서 터져 나왔다. 어찌 보면 전혀 상상하지도 못한 것이다.

길 원장은 친구 부친상에 문상 갈 일이 있어 김천에 가려고 경부고속도로 위를 달리고 있었다. 가는 내내 온통 차길수 사건 생각뿐이었다. 지금까지 무엇을 놓치고 있다는 말인가? 스스로 자문해 봤다. 수인이 뺑소니 사건에서 뭔가 돌파구가 열려야 차길수 자살 사건에도 해결책이 보일 것 같았다. 사건 생각에 몰두하다 보니 고속도로를 달리는 차들 번호판밖에 보이질 않았다.

"7788, 저 차는 사고를 내도 뺑소니는 못 치겠네. 저런 차 번호는 누가 발급받았을까? 2974 저 번호는 선뜻 외워지지 않네."

외국에서는 차량 번호와 형식을 자기 마음대로 정한다는 말을 어디서 들었던 기억이 있다. 그런데 우리나라에서는 일정하게 정해진 규칙에서만 가능하다고 한다. 이젠 우리나라도 차량이 급속도로 많아지면서 차량 번호판 형태도 계속 바뀌고 있었다. 지금은 새로운 자동차 번호판을 단 차량이 대부분을 차지하고 있었다. 이전 양식인 시·도 이름이 적힌 번호판은 거의 보이질 않았다.

옥천IC를 막 지나면서 수인이 뺑소니 사건 당시 사용되던 번호판 양식을 단 차량이 지나가는 것이 보였다. '서울'이라는 글자 밑에 '나 3574'. '서울'이라는 이름이 적혀 있는 것으로 봐서는 연식이 상당히 됐을 것이라고 나름 생각했다.

어느 순간 '어라? 저런 경우는 어떻게? 혹시?' 생각하며 자신도 모르게 소리를 질렀다. 갑자기 길 원장의 차가 차선을 이탈하는 바람에 뒤에 오던 차가 깜짝 놀라 경적을 울려댔다. 길 원장도 놀라 급하게 비상등을 켜며 조심스럽게 차를 갓길에 세웠다. 하마터면 큰 사고가 날 뻔했다. 등에서 식은땀이 나고 힘이 쭉 빠지는 느낌이었다.

그런데 왜 그것을 미처 생각하지 못했을까? 그래서 선입견이라는 것이 참 무섭다는 생각이 머릿속에 스며들었다. 당장 확인해 봐야 할 것이 있었다.

박순향에게 바로 전화를 걸어 수인이의 필체를 확인할 수 있는 자료가 있는지 물었다. 그녀는 수인이의 일기를 지금도 보관하고 있다고 했다. 일기라면 길 원장이 원하는 답을 줄 수 있을 것이다. 그녀에게 그 이유는 말하지 않고 내일 박 간호사 편을 통해 수인이 일기장을 보내 달라고 부탁했다. 그녀도 그 이유에 대해 특별히 묻지 않았다.

길 원장은 장례식장에서도 온갖 딴생각으로 인해 제대로 문상도 하지 못하고, 상주인 친구에게 미안함을 전하며 잠시 머물다가 바로 자리를 떴다.

그다음 날 길 원장은 출근하자마자 박 간호사로부터 수인이일기장을 건네받았다. 지금 책상 위에 그것이 놓여 있다. 길 원장의 손이 미세하게 떨리고 있었다. 숨을 멈춘 후 조심스럽게 일기장을 펼치기 시작했다. 마침내 4월 4일 부분이 나타났다.

4월 4일, 화요일, 날씨 비.
내일은 식목일이다. 하늘에서 나무들에게 도움을 주려고 하는지 아침부터 비가 내리고 있다. 나도 내일 아빠와 함께 내 이름이 적힌 나무를 심기로 약속했다….

수인이는 그 당시 초등학교 2학년임에도 차길수와 비슷하게 글씨를 아주 예쁘게 또박또박 쓰고 있었다.

길 원장은 눈을 크게 뜨고 일기장 속 글씨를 자세히 살펴보고 있었다. 그리고 또다시 확인했다. 확인 결과 자신의 추측이 맞을 수도 있다는 생각이⋯.

어제 지나가는 차량 번호판을 보고 어쩌면 수인이가 죽어가면서 남긴 숫자에 대해 자신이나 엄 소장 그리고 그 당시 수사에 관여한 여러 사람이 근본적으로 잘못 알고 있었을 수 있다는 생각이 순간 머릿속을 스치고 지나갔다. 수인이 입장에서 번호판을 봐야 하는데 지금까지 모두 어른들 입장에서 번호판을 봤던 것은 아닐까?

만약 수인이나 수인이 또래의 어린이가 죽어가면서 차량 번호판을 보고 그것을 그대로 적어 내려갔다면⋯. 당연히 네 자리 숫자 앞에 적힌 한글부터 적지 않았을까? 어른들은 당연히 차량 번호판을 읽을 때 숫자 네 자리만 읽는 버릇이 관행처럼 되어 있다. 그러나 차를 그렇게 많이 접하지 않은 시골 어린이 아홉 살의 눈에는 숫자 네 자리 앞에 있는 한글부터 읽는 것이 더 상식적이지 않을까? 물론 정확히 하자면 숫자 위에 적힌 시·도 이름도 읽는 것이 맞지만 그 글씨는 숫자 글씨보다 작아서 언뜻 눈에 띄지 않았을 것이다.

수인이가 마지막에 필사적으로 적은 숫자 '414⌒'에서 첫 '4'는 한글 '나'라고 생각하면⋯. 비스듬하게 시작하는 숫자 '4'가 아닌 한글 'ㄴ'처럼 위에서 밑으로 시작해서 숫자 '4'와 비슷한 모양이 됐다면⋯,

차량 번호판은 한글 '나'와 숫자 '4'를 구분하기 위해 숫자 '4'는 비스듬히 시작하고, 한글 '나'는 위에서 아래로 시작하는 'ㄴ'의

형태를 띠고 있다. 그러나 사람마다 숫자 '4'를 쓰는 방법이 다를 것이다. 컴퓨터 자판처럼 비스듬히 쓰는 사람이 있을 수 있고, 한글 '나'처럼 쓰는 사람이 있을 것이다.

수인이의 필체를 확인해 봐야 한다. 수인이가 숫자 '4'를 쓸 때 한글 '나'처럼 쓰는 것인지 아니면 비스듬하게 시작하는 숫자 '4'를 쓰는 것인지를….

그리고 지금 이 순간 길 원장 앞에 놓인 수인이의 일기장 속에는 결정적으로 숫자 '4'가 한글 '나'와 같은 방법으로 적혀 있었다.

길 원장은 깊은 호흡을 내쉬면서 일기장을 덮었다. 그렇다면 수인이가 죽어가면서 남긴 '414^'는 '나14^'일 가능성이 있었다. 만약 그게 사실이라면 우리는 지금까지 너무나도 엉뚱한 차량 번호판을 찾고 있었던 것이다. 물론 아닐 수도 있지만 충분히 확인해 볼 가치는 있었다.

당장 엄 소장에게 전화를 걸어 다시 차량 번호를 확인하도록 했다. 서정식이 서울 사람이니 '서울 나 14^'로 시작하는 차량 번호를….

엄 소장은 길 원장의 전화를 끊고 나서 넋이 나간 사람처럼 한참 동안 멍하니 먼 산을 바라보고 있었다. 다리에 힘이 쭉 빠져 그대로 의자에 털썩 주저앉았다. 휴대폰 너머로 길 원장의 목소리를 듣는 동안 숨조차 제대로 쉬지 못했다. 길 원장의 말은 충격 그 자체였다. 자신이 얼마나 멍청했으면 지금까지 엉뚱한 방향으로 수사를 했다는 말인가? 스스로에 대해서 미치도록 화가 날 정도로 참담했다.

지금까지 뺑소니 사건의 결정적인 단서인 수인이의 다잉 메시지를 잘못 해석하고 있었다니…. 수인이 뺑소니 사건은 벌써 공소시효도 지나 종결됐는데 이제야 수사가 제대로 진행되다니….

길 원장은 몇 시간 후 엄 소장의 전화를 받았다. 서정식이 1999년식 '서울 나 1438' ef소나타 차량을 소유하고 있다가 뺑소니 사건 3개월쯤 지나 폐차한 자료가 나왔다며 흥분하고 있었다. 뺑소니 사건이 발생한 것이 2003년이니 1999년식 차량을 몇 년 지나지 않아 폐차했다는 것이 이상했다. 더욱이 뺑소니 사건 이후 얼마 되지 않아 폐차했다면 충분히 더 의심스러운 정황이었다.

수인이는 죽어가면서도 자신을 죽음으로 몬 차량의 흔적을 정확히 남겼을 가능성이 높았다. 수인이는 세 번째 숫자 '3'을 쓰다가 다 쓰지 못하고 생을 마감한 것이다. '수인이가 어떤 심정으로 차량 번호를 남겼을까?' 하는 생각을 하니 가슴 한쪽이 찡했다.

이제 수인이 뺑소니 사건을 일으킨 차량은 확인됐다고 볼 수 있다. 누가 범행을 실행했는지만 남았다. 서정식은 그때 필리핀에 있었으니 당연히 직접 범행을 실행하지 않았던 것은 분명했다. 범행 차량만 제공한 것이다.

길 원장은 '그럼, 누가 직접 실행했다는 말인가?' 신중히 생각했다. 막연하게나마 머릿속에 그리고 있던 시나리오가 구체적으로 떠오르고 있었다. 이젠 흩어진 퍼즐 조각을 하나하나 맞추는 작업만 남았다.

8.

길 원장은 엄 소장에게 전화를 걸어 내일 영월에 가겠다고 했다. 내일 만나기 전에 미리 확인해야 할 몇 가지가 있는데 그 내용은 문자로 보내겠다고 일러두었다.

그다음 날 점심시간에 맞춰 그를 만났다. 두 사람은 올갱이국으로 점심을 때운 후 커피숍으로 자리를 옮겼다. 점심 식사 내내 그는 침울한 표정이었다. 뭔가 마음속이 복잡한 듯했다. 길 원장도 그의 분위기에 맞춰 별다른 말은 꺼내지 않았다.

커피숍에 들어오자마자 종업원은 반갑게 인사를 건네면서 "커피 두 잔 갖다드릴까요?" 지레짐작해서 물었다. 몇 번 본 길 원장이 그저 반가운 손님으로 보였나 보다. 길 원장이 영월의 동네 커피숍에서는 보기 드문 손님인 것은 분명했다.

길 원장은 오늘에서야 이곳 커피숍 이름이 '정(情)' 커피숍인 사실을 알게 됐다. 처음 엄 소장을 만날 당시 그는 파출소 건너편 PC방 건물 1층에 커피숍이 하나 있다는 사실만 말했다. 길 원장도 별생각 없이 그 커피숍 문을 열고 들어왔었다. 그 후 몇 번을 더 들렀음에도 정작 커피숍 이름은 전혀 신경을 쓰지 않았던 것이다. 정신이 딴 데 팔려 있었음이 틀림없다.

"허, 참! 허탈하네요. 그 당시 수사를 엉망진창으로 했으니."

그는 자리에 앉자마자 또다시 자책부터 하고 있었다.

"아무런 관련도 없었던 길수와 차길준을 유력한 용의자로 보고 거기에만 집착했으니. 제가 생각해도 참 한심하네요."

"소장님 잘못도 아닌데요, 뭘."

"차길준이야 바로 용의선상에서 제외됐다지만 길수는 딸이 억울하게 죽었음에도 도리어 자신이 용의자로 몰려 조사까지 받았으니, 죽은 길수에게 차마 고개를 들 수 없네요."

그는 현재 자신의 심정을 그대로 대변하듯이 말했다.

"당시로서는 어쩔 수 없는 상황이었겠죠. 이번 일도 서정식이 차길수 씨에게 편지만 보내지 않았다면 영원히 묻히는 사건이었을 테니까요."

길 원장은 진심으로 마음을 담아 그를 위로했다. 종업원이 가지고 온 커피를 음미하면서 천천히 한 모금 마셨다.

"그건 그렇고, 제가 부탁한 것은 확인됐나요?"

"확인했습니다만, 어제 원장님 문자를 받고 나서 뭐가 뭔지 모를 정도로 머리가 복잡했네요."

"여러 가지 가능성을 확인하는 차원이니까 현재로서는 뭐라고 단정하긴 어려울 거 같네요."

"아닙니다. 저도 이것저것 여러 가지 가능성을 생각해 봤는데, 확실히 원장님 판단에 초점을 맞추는 것이 더 좋겠습니다."

서진주를 딸이라고 부를 수 있는 사람은 아빠 서정식만이 아니었다. 또 한 사람이 더 있었다. 엄마도 당연히 서진주를 딸로 여기는 사람이다. 서정식이 복수라는 명목으로 아무런 잘못이 없는 어린 소녀를 살해하는 데 타인에게 청부한다는 것이 잘 이해되지 않았다. 그리고 하옥진이 비교적 많지 않은 나이에 치매와 실어증이 왔다는 것도 이상했다. 그렇다. 하옥진이 뺑소니 범인일 수도 있을 것이다.

하옥진은 딸에 대한 복수라는 명목으로 수인이를 죽인 것에 대해 심한 자책을 하다가 미쳤을 수도 있을 것이다. 하옥진은 평범한 인간이었고, 엄마였고, 선생님이었다. 비록 한순간 복수심에서 수인이를 죽였지만 그 망령이 평생 그녀를 따라다니고 있을 것이다. 그 결과로 자신이 미쳐버렸을 것이다.

충분히 가능성 있는 생각이었다. 지금까지의 의문이 한순간에 걷히는 것 같았다.

"하옥진은 운전면허증이 있는 것으로 확인됐고, 1968년에 서정식이 근무하던 ○○고교에 근무하다가 3년 후인 1971년에 서울 구로구에 있는 □□고교로 옮긴 걸로 나와 있네요."

"구로구에 있는 □□고교라?"

"□□고교로 옮긴 해에 서정식과 결혼했고, 계속 □□고교에서 근무하다 2001년도에 퇴직한 것으로 되어 있어요."

"음… 30년 이상 교사로 근무했네요. 비록 퇴직할 때는 여러 가지 문제가 있었겠지만."

"원장님 생각처럼 서정식이 청부했다면 가장 믿을 만한 사람한테 했을 테니 처에게 맡겼을 가능성이 높을 겁니다."

"하옥진이 뺑소니 사건을 직접 실행했다고 하더라도 서정식이 거기에 관련 있다고 단정할 수는 없을 겁니다."

"네? 그게 무슨?"

"하옥진이 서정식 모르게 단독으로 저질렀을 가능성도 있다는 뜻이죠."

"흠, 하옥진이 단독이라?"

"서정식과 하옥진이 공모해서 뺑소니를 가장한 살인 사건을 일으키기로 했다면 서정식이 직접 실행하지, 굳이 하옥진을 시키진 않았을 겁니다."

"그렇게 생각하시는 특별한 이유라도 있나요?"

"특별한 이유가 있는 건 아니고, 다만 서정식에 대한 주위의 평판으로 봐서는 자신이 실행하지 못할 특별한 사정이 없는 한 하옥진에게 살인을 시키진 않았겠죠. 하옥진을 그렇게 끔찍하게 챙겼다고 하니 어떻게 하든 자신이 직접."

"듣고 보니 그렇겠네요. 그렇다면 하옥진은 서정식이 외국 출장 간 사이 혼자 뺑소니 사건을 일으켰을 가능성이 높다는 거네요."

"현재로서는 그것이 더 합리적일 겁니다."

"그럼, 길수 사망과 관련해선 어떻게 되는 겁니까?"

"차길수 씨 사망에는 서정식이 분명 관련되어 있을 겁니다. 그때는 하옥진이 이미 병원에 입원해 있는 상태였으니까요."

"그럼 이해 안 되는 부분이 있는데, 길수가 사망한 방에 수인이 슬리퍼 한 짝이 있었다면 길수 죽음은 뺑소니 사건과 관계있다는 건데 뺑소니 사건에는 서정식이 관련 없다고 하면 뭔가 앞뒤가 안 맞는 거 아닌가요?"

"이건 순전히 제 추측입니다만, 서정식은 그 후 어떤 경위로 하옥진이 뺑소니 사건과 관련 있다는 사실을 알게 됐을 겁니다. 하옥진이 그 죄책감으로 미쳐가고 있다는 사실도 알았을 테고요."

길 원장은 평소보다도 더 신중한 모습을 보였다. 단어 하나에도 신중을 기하고 있었다.

"그리고 서정식은 자신의 손으로 기나긴 악연을 마무리하기 위해 차길수 씨에게 죽음을 강요했거나, 아니면 차길수 씨를 제거했거나 둘 중 하나였겠죠."

"서정식 입장에서는 아무리 길수를 죽이고 싶도록 원한이 사무쳤다고 하더라도 수인이를 자기들이 죽였는데도 또 길수까지 죽음에 이르게 했다는 것은… 너무 나간 게 아닐까요?"

"아마도 서정식은 차길수 씨 근황을 계속 살폈을 겁니다. 그러니까 의문의 편지도 차길수 씨 인삼가게로 보냈을 테고요."

"아마 그랬겠죠."

"그렇다면 자기 가족은 딸이 죽고 와이프는 미쳐 병원에 입원했는데 차길수 씨 가족은 비록 수인이를 잃었지만 아무렇지 않게 정상적인 생활을 하고 있었고, 그 사실을 직접 목격했다면 생각을 달리 먹었을 수도 있었겠죠."

"음… 그렇다면 사건은 더 꼬였다고 봐야."

"그렇겠죠. 뺑소니를 직접 일으킨 사람이 하옥진이라면 현재로서는 하옥진으로부터 아무런 진술을 받아낼 수 없을 테니까요."

"하옥진이 실어증 증세가 있다고 하는 것이 혹시 연극은 아닐까요?"

"그렇진 않을 겁니다. 치매도 중증 치매라고 하는 거 같던데."

"그런데 뺑소니 사건에 하옥진이 관련됐을 거라고는 어떻게 생각하신 겁니까?"

"서정식이 근무하던 ○○고교가 집에서 채 500미터가 떨어지지 않았는데, 그렇다면 서정식은 출퇴근 때 걸어 다니는 것이 더 편했을 거고, 승용차가 있다는 건 아마도 하옥진이 출퇴근하는데 필요했던 건 아닌지 의문이 들더라고요."

그는 말없이 고개만 끄덕거렸다.

"하옥진이 차를 운전하고 다녔다면 뺑소니를 일으켰을 개연성도 충분히 있는데 우리가 너무 선입견에 빠져 있었던 것도 사실이고요."

"흠….."

"엄마도 딸의 입장에서 보면 같은 부모인데 아빠만 생각하고 있었으니까요.

"한번 잘못된 생각 때문에 이 지경까지 온 거네요."

"일단 뺑소니에 사용된 차는 확인됐다고 봐야 할 테고, 그리고 현재로선 차길수 씨는 수인이 뺑소니 사건을 확인하려다가 뜻하지 않게 죽었다고 봐야 할 거 같으니, 이 두 사건이 서로 연관됐을 가능성이 높겠죠."

"당장 강 검사님한테도 연락드려야겠죠."

"네. 이미 가는 길에 잠시 들르겠다고 말해 놓은 상태입니다. 그리고 참, 강 검사한테 들은 얘기지만 차길수 씨 부검 결과가 최초 검시보고서와는 다른 두 가지가 나왔다고 하네요."

"뭐가 나왔다고 하던가요?"

"차길수 씨의 직접적인 사망원인은 목을 맨 것이 분명하긴 한데, 오른쪽 팔꿈치에 골절이 있었고, 목을 매기 전에 다른 것으로 목을 맨 흔적이 있었다고."

"오른쪽 팔꿈치에 골절이 있었다는 것이 좀 이상하네요."

"그렇죠. 누군가가 고의로 골절이 생기도록 폭력을 가한 거라면 그 누군가는 저희가 예상하는 사람이라고 봐야겠죠."

"어휴, 길수가 한을 풀어 달라고 자신의 몸에 증거를 남긴 거네요.

"네, 그럴지도. 차길수 씨의 죽음 현장에 그 누군가가 있었다는 사실을, 그리고 자신의 한을 풀어 달라는 소리 없는 외침이 아니었을까요?"

"길수한테 미안하다는 생각밖에. 하마터면 친구의 한을 풀어

주지도 못하고 영영 그 진실이 묻힐 수도 있었던 거네요."

"조선시대 법의학 교본인『무원록(無冤錄)』의 뜻도 원통함이 없게 한다는 것이니….."

길 원장은 현재로서는 이 사건이 어떻게 결말이 날지 알 순 없지만 차길수가 자살이 아닌 원통하게 죽은 사실이 밝혀졌으면 하는 바람이었다. 엄 소장 또한 같은 마음일 것이라고 생각했다.

5장

불편한 대결

1.

길 원장은 한의원 이곳저곳을 다니면서 진료를 보다가 저녁 6시가 다 되어 겨우 원장실로 돌아왔다. 다 자기 업보라고 생각했다. 본업을 게을리하고 여기저기 뛰어다닌 결과, 이렇게 바쁜 나날을 보내고 있는 것이다.

잠시 한가한 틈만 나면 머릿속은 온통 이번 사건 생각뿐이었다. 며칠 전 강 검사에게 수인이 뺑소니 사건 차량을 확인했다는 사실을 알려줬을 때의 상황이 지금도 생생했다. 놀란 표정을 하는 강 검사의 얼굴이 계속 떠올랐다. 지금까지 그런 표정을 본 적이 없었다.

그의 입장에서도 수사의 획기적인 진전이라고 생각했을 것이다. 이번 사건이 증거법상으로는 입증하기 쉽지 않다고 각오하고 있었을 터인데, 수인이 뺑소니 사건과 차길수 사망 사건의 연결고리라고 할 수 있는 뺑소니 차량이 확인됐다는 것은 결정적인 터닝 포인트라고 생각했음이 틀림없을 것이다.

아울러 뺑소니를 실제 실행한 사람이 하옥진일 가능성이 높다는 길 원장의 주장에도 수긍하는 표정이었다. 이제 모든 것이 딱 들어맞는다고 생각했을 것이다.

강 검사에게 수사 진행 상황을 알아보기 위해 책상 위에 놓인 휴대폰 화면을 터치하자 부재중 전화가 와 있었다. 마침 그의 전화였다. 바로 전화를 걸었다.

"응, 길 원장인가? 지금 바쁜 시간은 아닌가? 내가 바쁜데 전화한 것은 아닌지 모르겠네."

"아니, 이제 겨우 한숨 돌렸어. 무슨 일 있나?"

어느 순간부터 그로부터 전화가 오면 꼭 무슨 일이 있을 것 같다는 예감이 들었다.

"내일 서정식을 체포하러 갈 예정이야. 그래도 길 원장한테는 미리 말해야 할 거 같아서."

"강 검사가 그렇게 결정했으면 충분한 이유가 있겠지. 그래도 수사가 많이 진척됐나 보네?"

그는 차길수의 시신 부검 이후의 수사 상황에 대해 수사 기밀이 유출되지 않는 한도 내에서 간단히 설명해 줬다.

강 검사는 차길수의 시신 부검 결과와 길 원장이 확인한 뺑소니 차량이 서정식의 소유라는 점에 비추어 차길수의 사망에 서정식이 개입했을 가능성이 높다고 보고 서정식의 주변에 대한 추가 수사를 벌였다.

먼저 법원으로부터 영장을 발부받아 서정식이 소지하고 있는 휴대폰 통화 내역을 조회했다. 그는 휴대폰을 소지하고 있었지만 거의 통화는 하지 않은 것으로 확인됐다.

다만 결정적으로 차길수가 사망한 2014년 1월 3일 오후 4시 17분경 원주에서 하영진에게 전화를 걸어 2분 정도 통화한 자료가 나왔다. 발신기지국을 확인하니 원주역 부근이었다. 서정식은 차길수가 죽던 날 몇 시간 전에 원주역 근처에 있었던 것이 확인된 것이다.

그 의미는 그가 제천으로 가는 기차를 타고 있었을 가능성이 높다는 것이다. 오후 4시 17분경에 원주역 부근을 지나는 기차를 확인한 결과 서울 청량리에서 오후 3시 10분에 떠나는 무궁화호 기차인 것으로 특정됐다. 그 기차는 오후 4시 58분에 제천역에 도착하게 되어 있었다. 시간상 서정식이 차길수와 접촉하는 데 전혀 무리가 없어 보였다.

길 원장은 강 검사와 통화하는 도중에 서정식이 원주역 근처에서 통화한 사람이 있다는 사실을 알고 먼저 혹시 그 사람이 하영진이 아닌지 물었다. 그는 어떻게 서정식이 하영진과 통화한 것을 알았는지 놀라는 눈치였다. 그도 하영진이 서정식의 처남이라는 사실을 이미 확인한 터였다.

그리고 서정식의 금융자료도 영장을 발부받아 확인했다. 서정식의 주거래은행은 농협으로 그 통장으로 교원퇴직연금이 입금되고 있었고, 그 통장에서 하옥진이 입원하고 있는 요양병원에 정기적으로 병원비가 송금되고 있었다. 통장에는 몇천만 원 단위의 잔고가 있지만 의심할 만한 금전거래는 확인되지 않았다.

서정식은 농협 발행의 신용카드 한 장만 사용하고 있는데 사용 내역에서도 의미를 둘 만한 자료가 나왔다. 2014년 1월 3일 오후 2시 50분경 청량리역에서 신용카드로 기차표를 구매한 것이다. 구매한 금액에 비춰보면 목적지가 제천임이 확인됐다. 다만 서정식이 제천에서 서울로 올라오는 기차표를 끊은 흔적은 보이질 않았다. 올라올 때는 신용카드를 사용하지 않고 현금을 사용한 것으로 추정됐다.

아울러 추가 보강수사도 이루어졌다.

먼저, 정상진 변호사로부터 전화 진술을 청취했다. 길 원장이 말한 대로 차길수와 서진주와의 만남, 강간 사건, 합의, 그리고 사귐과 이별까지 자세한 사정을 청취했다. 마지막으로 서진주가 뺑소니 사건으로 사망했다는 사실까지 확인했다.

그리고 법의학 전문가로부터 부검보고서에 기재된 내용을 토대로 그 당시 사건 현장에서 발생할 수 있는 여러 가능성에 대해 최대한 객관적으로 확인했다. 법의학 전문가의 말에 의하면 끈으로 목을 매 사망하는 경우(전문적 용어로 '의사'라 칭함)와 끈으로 뒤에서 목을 졸라 사망하는 경우(전문적 용어로 '교사'라 칭함)에는 일반적으로 변사자의 목에 색흔이 다르게 나타난다고 했다. 즉, 목을 매는 경우 변사자의 체중으로 인해 목 위에서 아래로 깊은 색흔이 나타나는 반면, 뒤에서 목을 조르는 경우 색흔이 비교적 목 옆쪽으로 나타난다고 했다. 이 두 사안은 보통 육안상 구별이 된다고 했다.

이번 사안은 교사의 흔적이 겨우 보일 정도여서 교사가 변사자의 사망에 어떤 영향을 끼쳤는지는 알 수 없다고 했다. 부검 결과만 가지고 보면 교사가 있었는지 그 여부도 명확하지 않다고 했다. 의사가 직접적이고 일차적인 사인임은 분명하다고 했다.

그리고 변사자의 오른쪽 팔꿈치에 나타난 골절의 경우, 그 골절 범위가 넓지 않아 최초 검시 당시에 피하출혈이 육안으로 보이지 않을 수도 있었을 것이라고 했다. 골절 상태로 보아 어떤 외부 타격에 의한 것으로 보인다고 했다. 또한 골절 범위가 넓지 않은 것으로 봐서는 흉기와 피부의 접촉 면적이 최소한으로 보이는데, 그런 경우 흉기는 아마도 각이 없는 둥근 형태의 둔기 종류로 추정된다는 의견이 제시됐다.

강 검사는 차길수가 죽기 전에 제 3자에 의한 외부 타격이 있었다는 사실만으로도 현재로서는 이 사건의 성과는 충분하다고 판단했다. 차길수가 순수하게 자살하지 않았다는 사실은 어느 정도 확인된 셈이다. 이제 차길수가 정확히 어떤 이유로 어떻게 죽었는지를 밝히는 것이 이 사건의 성공 여부를 판가름할 것이라고 생각했다.

결론적으로 지금까지의 수사상황 및 결과에 비추어 서정식이 차길수의 사망 사건에 관련이 있다고 판단하고, 서정식을 차길수 살해 혐의로 체포하기로 한 것이다.

"혹시 내가 그 자리에 같이 있어도 되겠나?"

길 원장은 그에게 조심스럽게 물었다.

그는 대답이 없었다. 범인을 체포하는 공무집행 현장에 민간인이 함께하는 것이 적절한지 생각하는 모양이었다.

길 원장은 다시 물었다.

"내가 가서 뭘 하겠다는 것은 아닌데, 궁금한 것들이 몇 개 있어서…. 서정식을 만나면 꼭 물어보고 싶은 게 있거든."

그래도 그는 대답이 없었다.

"그리고 그 궁금증이 해소되면 앞으로 수사도 한결 쉬워질 거야. 이건 내 생각인데 의문을 품고 있는 궁금증만 해소되면 서정식은 아마도 순순히 자신의 죄를 인정할 가능성도 있다고 생각되거든."

그는 서정식이 순순히 자백할지 모른다는 길 원장의 말에 솔깃한 것 같았다. 잠시 후 말문을 열었다.

"그래. 길 원장이 이 사건 단초를 제공한 사람이니까 현장에 있어도 무방하겠지. 다만 서정식이 문제 삼으면 안 되니 그 점 각별히 주의해야 할 거야."

"알았어."

"그리고 서정식이 길 원장의 물음에 답변을 거부하면 그 자리에서 바로 포기해야 돼."

그는 길 원장으로부터 확실히 다짐받으려고 했다.

"알았어. 절대 강 검사에게 문제가 생기지 않도록 각별히 주의

할게. 그리고 엄 소장하고도 같이 갈 거야. 이해해 줘."

"엄 소장이야 현직 경찰관이니 전혀 문제없지. 문제는 길 원장 당신이야!"

그는 가벼운 농담을 건넸다. 그의 말투에서 그도 내일 서정식을 체포하는 것에 대해 어느 정도 긴장하고 있는 것이 느껴졌다. 평소 긴장하면 긴장을 풀려고 가벼운 농담을 하는 것이 그의 버릇이었다. 강 검사 자신만 모르고 주변 사람들은 모두 알고 있는 버릇이었다.

"내일 아침 9시경 우리 수사관들이 서정식의 집에 가서 체포할 거고, 그리고 현장에서 집에 대해 압수수색도 할 예정이라 시간이 좀 걸릴 거야."

"그래. 집 압수수색은 꼭 필요하겠지. 서정식은 차길수에게 컴퓨터로 작성한 편지를 보낸 것으로 보이니까 혹시 컴퓨터에 그 단서가 남아 있을지 몰라."

"전에 없앴다는 편지 말이지?"

"응. 그리고 수사관들에게 컴퓨터에 있는 다른 문서들도 자세히 살펴보라고 해."

"그게 무슨 말인가? 컴퓨터에 이 사건과 관련된 다른 문서들도 있다는 말인가?"

"크게 가능성은 없지만, 혹시 잘하면 관련 있는 문서가 나올지도 모르지."

"길 원장은 그게 어떤 문서인지 알고 있는 거 같은데?"

"내 추측이 맞다면, 혹시 서정식의 유서 같은 문서가 있을지도 모르겠거든. 그런데 별로 가능성은 없을 거야. 아마 유서를 썼으면 컴퓨터로 쓰지는 않았을 거야. 자필로 썼겠지."

"무슨 말인지 알았어. 김 계장에게 단단히 일러둘게. 내일 서울 가려면 서둘러야 하니 오늘은 사무실에서 죽치지 말고 일찍 들어가!"

"오케이, 내일 좋은 결과가 있기를 서로 기대하자고."

길 원장은 강 검사와의 통화를 끝내고 바로 엄 소장에게 전화를 걸었다.

"소장님! 길 원장입니다."

"어떻게 사건은 잘 진행되고 있다고 하던가요? 제가 검찰에서 수사 중인 사건을 알아보기가 뭐해서."

"조금 전에 강 검사하고 통화했네요. 내일 아침에 서정식을 체포할 예정이라고 합니다."

"네? 야, 강 검사님이 꽤 수사를 진척시켰나 보네요. 다행이네요. 서정식을 체포할 정도면 어느 정도 증거를 확보했다고 봐야겠죠."

"전에 소장님께서 서정식을 체포하는 현장에 꼭 있고 싶다고 하신 말씀이 생각나서 이렇게 전화 드렸네요. 저는 강 검사의 양해를 얻어 내일 현장에 갈 예정입니다."

"저도 당연히 가야죠. 제가 얼마나 벼르고 별렀던 순간인데요."

"내일 9시경 서정식의 집에서 체포한다고 하는데, 소장님은 그때까지 도착할 수 있을까요?"

"아침 첫차를 타면 충분히 가능합니다."

"그럼, 내일 봉천동에서 뵙죠. 내일 서둘러야 하니 일찍 주무세요."

"네, 원장님도 일찍 주무세요."

2.

다음 날 아침 9시경 서울 관악구 봉천동에 있는 서정식의 집에서 그가 체포됐다. 그 시간에 그는 집에 있었다. 달걀프라이와 야채주스로 막 늦은 아침을 먹은 모양이었다.

강 검사실에 근무하는 김 계장이 현장을 지휘하고 있었다.

"서정식 씨! 당신을 차길수 살해 사건의 피의자로 제천지원 판사가 발부한 체포영장에 의해 지금 이 시간 부로 체포하겠습니다. 변호인을 선임할 권리가 있고, 불리한 진술을 거부할 권리가 있으며 피의자가 행한 진술은 법정에서 유죄의 증거로 사용될 수 있습니다. 내용을 정확히 숙지하고 고지받았습니까?"

서정식은 김 계장이 체포영장을 제시하자 잠시 놀란 표정을 지었으나 이내 순순히 체포에 응했다. 다만 어디에서 자신을 체포하려고 한 것인지 정확히 듣지 못했다는 듯 김 계장에게 되물었다.

"어디 경찰서에서 나왔다고요?"

"제천 검찰청에서 나왔습니다. 경찰서가 아니고."

김 계장은 다시 한번 정확히 고지했다. 서정식은 순간 뭔가를 생각하는 표정이었다.

길 원장과 엄 소장은 서정식의 체포 현장을 어느 정도 떨어진 곳에서 지켜보고 있었다. 서정식은 지금 이 순간을 예상하고 있었다는 듯 표정에 별다른 변화가 없었다. 내공이 상당히 강한 것 같았다. 아니면 모든 것을 순순히 다 내려놨다는 것인가?

곧이어 김 계장은 압수수색영장을 제시했다.

"서정식 씨! 체포영장 외에도 집에 대한 압수수색영장도 발부받았으니 압수수색도 실시하겠습니다. 원하시면 압수수색 현장에 참관하셔도 됩니다."

"그래요? 특별히 참관할 것까지는. 그 대신 한 가지 부탁이 있는데 이 집에는 나 혼자 살고 있으니 너무 어지럽히지는 말아 주세요."

서정식은 애써 담담한 태도를 유지하려는 모습이 보였다. 김 계장은 각별히 유의해서 집행하겠다고 대답하면서 같이 온 수사관들에게 압수수색을 진행하도록 지시했다. 그 사이 서정식은 수갑이 채워진 채로 거실 소파에 앉아 있도록 했고, 그 옆에는 정 주임과 엄 소장이 지키고 있었다.

길 원장은 서정식의 집에 들어가자마자 집 안 구조를 쭉 둘러봤다. 2층 양옥집의 형태로 1층에는 거실과 주방이 있었고, 주방 옆에 달린 계단을 통해 2층으로 올라가게 되어 있었다. 아마 2층에는 몇 개의 방이 있는 것으로 보였다. 세탁소 주인 말대로 몇 년 전에 대대적으로 개축해서 그런 것인지 집 안은 생각보다 훨씬 깨끗하고 모든 가구가 가지런히 놓여 있었다.

거실에는 소파와 함께 TV가 있고, 그 옆에는 장식장이 놓여 있었다. 소파와 TV는 거의 사용하지 않은 것처럼 보였다. 다만 장식장에는 여러 가지 물건들이 빼곡히 장식되어 있었다. 장식장 안을 자세히 살폈다.

그가 태권도 국제심판으로 활동하면서 받은 표창장, 감사패, 그리고 실제 시합에서 심판을 보고 있는 사진들이 대부분이었다. 그 주변으로 그가 젊었을 때 찍은 사진도 액자 형식으로 상당히 많이 놓여 있었다.

장식장 안에는 유명 프로야구 선수들의 사인이 적혀 있는 야구공, 글러브, 배트 등 야구용품이 가지런히 정리되어 있었다. 대부분 ○○고교 출신 선수들의 이름인 것으로 봐서는 선수들이 스승을 위해 작은 선물을 마련한 것처럼 보였다. 길 원장은 야구에 관심이 많았기 때문에 서정식이 근무했던 ○○고교가 고교야구 명문이라는 사실은 알고 있었다. 그가 체육교사였으므로 야구부에 관심이나 애정이 많았을 것이고, 어떤 감투를 맡고 있었던 것으로도 보였다. 사진 속에는 한때 프로야구 선수로 이름을 날렸던 길 원장도 잘 알고 있는 한희수의 얼굴이 보였다. 그는 사진이 찍힐 당시는 ○○고교 야구부 감독인 것처럼 보였다. 은퇴 후에 무슨 일을 하고 있었는지 궁금했는데 그 궁금증이 풀렸다.

서정식의 사진 중간중간에 하옥진으로 보이는 사진도 있었다. 한눈에 봐도 병자같이 몸이 약해 보였고, 얼굴에는 근심이 많아 보이며 다소 신경질적인 이미지였다. 그런데 장식장 어디에도 서진주의 사진은 보이질 않았다. 서정식 부부는 일부러 서진주의 사진을 없앴을 것이다. 아픈 기억을 잊으려고 했던 것 같았다.

갑자기 서정식이 김 계장을 찾았다. 집 안에 있기가 너무 답답하니 집 앞 정원에서 기다리고 싶다는 취지였다. 김 계장은 잠시 고민하더니 정 주임에게 그렇게 하라는 취지로 지시를 내렸다. 정주임은 옆에 있는 엄 소장과 함께 수갑이 채워진 그를 데리고 나가 집 현관 앞 정원 의자에 앉혔다.

그의 집 현관 앞 정원은 아담하면서도 깔끔하게 정리되어 있었다. 정원 바닥은 잔디가 깔려 있었고, 사람들이 지나다니는 곳에만 돌로 징검다리를 만들어 놓았다. 그가 정신병을 앓고 있는 하옥진을 위해 정성스럽게 가꾼 티가 역력했다.

지금이 4월 말이다 보니 정원 옆에 심어진 목련은 이미 꽃이 떨어진 상태였고, 그 주변으로 붉은 연산홍과 노란 수선화가 이름 모를 봄꽃들과 함께 활짝 자태를 뽐내고 있었다. 수선화는 재래종이어서 그런지 여느 수선화보다는 크기가 작아 보였다.

길 원장도 이때가 기회다 싶어 그를 따라가 의자를 갖다 놓고 앉았다.

"서정식 씨! 아니 결례가 안 된다면 서 선생님이라고 부르겠습니다. 잠시 드릴 말씀이."

길 원장은 조심스럽게 그의 눈치를 살피면서 첫마디를 꺼냈다.

"은퇴한 지가 얼만데, 선생은 무슨…."

"저는 검찰이나 경찰 수사관이 아닙니다."

그리고 길 원장은 그의 앞에 놓인 탁자 위에 명함을 꺼내 놓았다. 그는 한의사라는 명함을 보고 의외라는 표정이었다.

"한의사 양반이 왜 나한테 무슨 볼일이 있다고?"

"저는 차길수 부인으로부터 그의 죽음에 대해 알아봐 달라는 부탁을 받고 이 사건에 관여하게 되었고, 그리고 여기까지 오게 됐네요."

그는 차길수 부인이라는 말을 듣자 이내 눈을 감고 긴장하는 모습이었다. 뭔가가 찔리는 모양이었다.

"제가 이 사건에 관여하면서 궁금한 것들이 있는데 몇 가지만 물어보고 싶네요."

길 원장은 말을 툭 던져놓고 찬찬히 다시 한번 그의 눈치를 살폈지만 특별한 반응이 없었다.

"물론 저는 수사관이 아니니 제 물음에 대답하실 의무는 없고, 저하고 말하기 싫으시면 거부하셔도 됩니다. 그리고 공식적으로 조사하는 것도 아니니 저한테 하시는 말씀은 법적으로 아무런 효력도 없고요."

그는 가타부타 아무 말이 없었다. 그냥 그대로 눈을 감고 있었다. 길 원장은 자신이 좋을 대로 긍정의 의미로 받아들였다.

"갑자기 왜 체포되는지는 서 선생님 스스로 잘 아실 겁니다. 저도 어느 정도 알고 있고요. 30년 전쯤에 시작된 악연을 이젠 마무리해야겠죠."

그는 감고 있던 눈을 떴다. 잠시 길 원장을 유심히 쳐다봤으나 아무 말 없이 다시 눈을 감았다.

"제가 서 선생님한테 답을 듣기 전에 미리 한 가지 말씀드리고 확인받고 싶은 것이 있네요."

길 원장은 잠시 뜸을 들였다.

"서 선생님께서는 차길수와 따님이 무슨 이유로 헤어졌다고 생각하시나요?"

그는 놀라는 표정으로 눈을 떠 길 원장을 노려봤다. 그러나 계속 아무 말이 없었다.

"저는 두 사람이 헤어진 진짜 이유에 대해 서 선생님은 모르고 있을 수 있다고 생각하고 있습니다. 물론 인생에서 가장 중요한 배우자를 찾는 데 있어서 우유부단하게 아버지한테 끌려다닌 차길수에게 일차적인 문제점이 있었던 건 당연하겠죠."

그 순간 그는 무슨 말을 하려고 입을 열려다가 이내 닫아버렸다. 잠시 정적이 흘렀다. 길 원장이 말을 이어갔다.

"그렇지만 차길수 또한 죽기 직전까지 자신이 왜 따님과 헤어지게 됐는지 그 이유를 정확히 알지 못하고 있었죠."

"그놈이 진주를 강간하고도 자신만 교도소에서 빠져나오기 위해 거짓으로 결혼할 것처럼 속인 것일 뿐, 그 외 어떤 이유가 있단 말인가?"

그는 처음으로 말을 꺼냈지만 상당히 거칠고 흥분한 목소리를 내고 있었다.

"서 선생님은 따님이 차길수를 만나기 전에 어떤 남자와 사귀고 있었다는 사실은 알고 계셨나요?"

"그런 사실 없네."

그는 단호하게 대답했다.

"모르고 있었던 거 같군요. 그러나 저희가 조사한 바에 의하면 따님은 차길수를 만나기 전에 다른 남자와 사귀고 있었습니다."

"그런 사실은 없었네."

그는 똑같은 말만 반복했다. 어느 순간부터 그는 반말을 하고 있었다.

"아마 서 선생님은 모르고 계셨어도 부인께서는 따님이 누구랑 사귀고 있다는 사실을 알고 있었을 겁니다. 엄마와 딸 사이에서는 아빠 몰래 그런 비밀을 공유하고 있을 가능성이 높으니까요."

"그게 이 사건과 무슨 상관 있단 말인가?"

그의 목소리가 갑자기 더 높아졌다.

"이제 저희가 조사한 내용을 말씀드릴 테니 상관있는지 없는지, 서 선생님께서 한번 판단을…."

길 원장은 자신도 긴장했는지 천천히 긴 호흡을 내뱉었다.

"차길수는 비록 자신의 의지에 의한 것은 아니었지만 아버지 뜻에 따라 따님을 배우자로 생각하면서 사귀었을 겁니다."

"형편없는 놈의 새끼!"

갑자기 그의 입에서 욕이 툭 튀어나왔다.

"물론, 따님이 마음에 들었는지는 모르겠으나 차길수는 자신이 신세를 망친 여자를 책임져야 한다는 생각은 확고했던 거 같고, 몇 달간이라도 두 사람을 지켜봤으니 알 수 있었을 거 같은데, 그렇지 않나요?"

"…."

그는 아무런 대답이 없었다.

"그런데 차길수는 어느 날 아버지로부터 따님과 헤어지고 바로 군대에 가라는 통보를 받았고, 죄인인 심정이었기에 아버지 말씀에 이의를 달거나 그 이유를 묻지도 못했습니다."

"자신이 뿌린 씨앗을 제대로 거두지도 못한 놈의 변명에 불과할 뿐이야."

그는 단호하게 말했다.

"아실는지는 모르겠지만, 차길수의 어머니도 아버지와의 만남이 그리 순탄치 않았던 거 같고, 차길수는 이복형제들 밑에서 기를 제대로 펴지도 못한 채 자란 소심한 성격의 소유자였으니 아버지한테 제대로 한번 대들지도 못했을 겁니다."

길 원장은 돌발 상황을 대비해 계속 그의 표정을 살폈으나 현재까지는 별다른 변화가 없었다. 그렇다고 그가 길 원장의 말을 거부하는 모습도 아니었다.

"아무튼 차길수는 군대에 갔고, 따님에게는 어떻게 통보했는지 모르겠으나 만남은 그것으로 끝이었겠죠. 그리고 죽을 때까지 자신이 왜 따님과 헤어졌는지 그 이유를 정확히 모르고 있었고요."

"그놈은 진주에게 어떤 통보도 하지 않은 놈이야! 무책임하게 야반도주한 놈일 뿐이야!"

그의 말에는 다소 힘이 빠졌으나 격한 감정은 고스란히 녹아들어 있었다.

"차길수의 아버지는 자신도 차길수 어머니를 건드렸다가 평생 책임지겠다며 끝까지 책임지는 모습을 보였음에도, 차길수에게는 왜 갑자기 헤어지라고 했을까요?"

길 원장은 결정적인 말을 꺼내기 전에 잠시 마음을 가다듬고 있었다. 자신도 모르게 이 순간이 긴장되었다.

"아까 말씀드린 따님 남자친구가 차길수 아버지를 찾아가서 난리 친 사실이 있었는데… 그런 사실을 알고 계셨나요?"

그는 순간 움찔하면서 눈을 크게 뜨며 놀라는 표정이었다. 그러나 말은 없었다.

"강간 사건에서 1차 피해자는 당연히 따님이겠죠. 2차 피해자는 서 선생님을 포함한 가족일 테고, 또 그 당시 사귀던 남자가 있었다면 그 사람도 피해자라고 봐야 하지 않을까요?"

길 원장은 그의 표정을 유심히 살피며 그의 대답을 기다렸다. 그의 입에서는 아무런 말도 나오지 않았지만 표정은 일그러지기 시작했다. 분명 충격을 받았음이 틀림없었다.

길 원장도 이때다 싶어 그의 대답이 나오기 전에 강도를 더 높였다.

"사귀던 여자가 어떤 놈한테 강간당하고 그것도 모자라서 그 놈과 사귀면서 자신과 헤어졌다면 당연히 자신도 피해자라고 생각했을 겁니다."

"…"

그는 말이 없었지만 계속해서 입술이 떨리고 있었다.

"그 남자는 차길수 아버지에게 따님과의 관계를 다 까발렸죠. 돈이 목적이었기 때문에 아마도 없는 사실까지도 있었던 것처럼 과장해서 까발렸을 겁니다. 그 이야기를 들은 차길수 아버지 입장은 어땠을까요?"

"…."

그는 계속해서 아무런 말이 없었다. 하지만 길 원장은 지금이 그를 압박할 절호의 기회라고 생각하고 있었다.

"아들이 한 여자의 인생을 망쳐서 그 책임으로 결혼하도록 했는데, 그 여자는 이미 다른 남자와 깊은 관계였다는 사실을 알았다면 어땠을까요?"

길 원장은 그에게 말할 기회조차 주지 않고 계속해서 몰아세웠다.

"차길수가 따님을 책임지지 않아도 되겠다고 생각했을 겁니다. 아울러 그것을 미끼로 돈을 요구하는 그 남자에게 상당한 거금을 주고…. 차길수에게는 따님과 헤어지라고 한 거고요."

그는 여기까지 가히 충격적인 얘기를 듣고도 아무렇지 않다는 듯 눈을 감은 채 말이 없었다. 그러나 속으로는 상당히 충격을 받았음이 온몸에 나타나고 있었다. 이젠 손까지 떨고 있었다.

"서 선생님이 지금까지 차길수에 대한 복수심을 간직하고 있었고, 또 그 복수심을 실행한 것으로 봐서는 두 사람이 헤어진 결정적 이유에 대해선 지금까지 모르고 있었던 것 같은데, 그렇지 않습니까?"

무슨 말을 할 것처럼 그의 입술이 살짝 열렸다. 길 원장은 기다렸다.

"그게 사실이라고 하더라도 차길수 그놈이 진주를 배신한 책임을 져야 하는 것은 당연한 거야."

그의 말투에는 아직도 격한 감정이 남아 있었지만 말끝은 겨우 들릴 정도로 힘이 없었다.

"저도 차길수를 직접 보지는 못했지만 그 말씀에 이의를 달 생각은 없습니다. 그러나 수인이한테는 무슨 잘못이 있다고 생각합니까?"

순간 당황한 그는 눈을 크게 뜨면서 자리에서 벌떡 일어나려다가 그냥 털썩 주저앉았다. 무슨 말을 하려다가 곧바로 멈췄다. 결국 아무런 말이 나오지 않았다.

"저희도 따님이 그 후 어떻게 됐는지 알고 있습니다. 부모 입장에서는 세상이 무너지는 심정이었겠죠. 그리고 똑같이 복수하겠다는 생각에 수인이한테 복수한 것일 테고요."

"그놈은 우리 집안을 풍비박산낸 놈입니다. 진주가 제대로 꽃도 피워보지 못한 채 그렇게 황망하게 하늘나라로 가고 집사람은 그때부터 미친 사람이 돼서 죽을 날만 기다리고 있는데…."

길 원장은 충분히 이해한다는 의미로 고개만 끄덕거렸다.

"집사람은 몸이 약해 죽다시피 해서 진주를 겨우 얻었는데 그놈 때문에 죽었다고 생각하니 나도 미쳐갔지만 집사람은 더 미쳐갔습니다. 집사람은 자기 건강 때문에 더 이상 아이를 가질 수 없다고 늘 자책하고 있어서 그놈을 자기 배 속으로 낳은 자식 이상으로 잘 해줬는데, 옆에서 보기에 딱할 정도로…."

그는 감정이 격해지는지 목소리가 떨리고 제대로 말을 잇지 못했다.

"그런데 그런 놈한테 보기 좋게 배신당하고, 또 진주는 그것 때문에 매일 술을 입에 달고 살다가 비명횡사하고, 우리 가족은 그때 모든 것이 끝났습니다. 다 끝났습니다."

그는 속에 있는 말을 다 했다는 듯이 깊은 한숨을 내쉬며 다시 눈을 감았다.

"지금 사모님은 요양병원에 계시죠?"

그는 순간 눈을 뜨며 멈칫하는 표정을 지었다. 길 원장은 그것이 무엇을 의미하는지를 알고 있었다. 본능적으로 하옥진을 보호하려는 모습이었다.

"집사람이 어디 있는지 알고 있다면 그 사정도 잘 알고 있겠죠? 진주가 죽은 이후 완전히 정신 줄을 놓았고, 학교도 몇 번 휴직하다가 눈치 보여 결국 퇴직했고, 그 이후에는 대인기피증이 심해져서 하루 종일 방 안에만…. 휴!"

그는 고개를 들어 잠시 먼 하늘을 바라보고 있었다. 무의식적으로 한숨이 나오고 있었다.

"점점 병세가 심해지더니 이제는 나이 칠십도 되지 않았는데 중증 치매에 실어증까지, 면회를 가도 나를 제대로 알아보지도 못하고 멍하니 딴 데만 쳐다보고 있는 모습이…."

그는 어느 순간부터 다시 길 원장에게 존댓말을 쓰고 있었다. 서진주의 남자친구 때문에 차길수와 서진주가 헤어졌다는 사실을 듣고 심한 충격을 받은 것이다. 그런 이유로 헤어졌다면 자신이 알고 있던 것과는 너무나도 다르고, 자신의 잘못된 판단으로 인해 그 결과는 너무나도 처참해졌다고 생각하고 있을 것이다.

"검찰에서 서 선생님을 체포까지 할 정도면 어느 정도 증거를 확보했을 겁니다. 수인이 뺑소니 사건과 차길수 사망 사건에 대해서."

그는 다시 아무런 말이 없었다. 그저 눈을 감고 있었다.

"그럼, 이번 사건에 대해 의문 나는 거 몇 가지만 묻겠습니다."

길 원장은 정신을 집중하기 위해 다시 한번 깊게 호흡했다.

"공식적으로 차길수의 사망은 자살로 되어 있지만 서 선생님에 의해 살해된 것으로 보입니다."

길 원장은 본격적인 말을 꺼내면서 조심스럽게 한 번 더 그의 표정을 살폈다. '살해'라는 말이 나왔음에도 그의 몸은 전혀 반응이 없었다.

"처음 차길수 사체가 발견됐을 당시 별다른 타살 혐의점이 없어 자살로 종결됐는데, 나중에 수인이 뺑소니 사건과 연결되면서 최근에서야 차길수의 사체를 무덤에서 꺼내 부검을 실시했죠."

그는 '부검'이라는 말을 듣자 이번에는 순간 움찔하는 모습을 보였다.

"부검 결과 오른쪽 팔꿈치 뼈에 금이 간 사실이 발견됐고, 사인은 벨트로 목을 맸기 때문인 것은 맞지만 그 전에 넓은 천 같은 것으로 일차적인 목 졸림이 있었던 것으로 확인됐습니다."

그는 비록 눈을 감고 있었지만 길 원장의 말을 유심히 듣고 있음을 표정에서 읽을 수 있었다.

"차길수의 자살을 의심하게 된 결정적인 이유는 딸에게 보내는 편지 형식의 유서 때문인데, 차길수는 유서를 쓰는 순간 딸에 대한 미안함이 절절했던 것이 사실일 겁니다. 서 선생님으로부터 모든 진실을 들었을 테니까요."

길 원장은 다시 잠시 뜸을 들였다.

"그런데 차길수는 100% 자신의 의지대로 딸한테 편지를 쓴 건 아니었죠. 수인이를 한 번도 '수인'이라고 부른 적이 없었고, 항상 집에서 부르는 '수린'이라고만 불렀는데, 그런 사실은 모르고 계셨죠?"

"……"

"저희는 차길수가 죽음을 직감하고 자신의 죽음에 대한 의문을 그런 형식으로 남긴 것이거나, 아니면 거부할 수 없는 어떤 강요가 있어 어쩔 수 없이 딸에게 편지를 쓴 것으로 추정되는데, 어떤가요?"

그는 몸을 꿈틀거리며 순간 당황하는 모습을 보이긴 했지만 계속 말이 없었다.

"제 생각에는 아마도 후자일 가능성이 높다고 생각되네요. 차길수가 죽기 전에 살아 있는 사람에게 어떤 단서를 남겨야겠다는 생각을 하기는 어려웠을 테니까요."

그는 무의식적으로 고개를 살짝 끄덕였다. 아마도 그 당시 상황을 생각하고 있는 것 같았다.

"차길수가 서 선생님으로부터 어떤 거부할 수 없는 강요를 받았다면 과연 그것이 무엇일까? 여러 가지 가능성을 생각해 봤습니다."

길 원장은 순간 자신의 추측이 맞을까 하는 의심이 들었지만, 그래도 현재로서는 계속 밀고 나갈 수밖에 없다고 판단했다.

"거부할 수 없을 강요는 결국 동반 자살일 거라 생각했습니다. 두 사람이 기나긴 악연을 끊을 방법으로 함께 죽는 것이겠죠. 물론 그 제안은 서 선생님께서 하셨을 테고요. 그게 제 생각입니다. 어떤가요?"

"…"

역시 그는 아무런 대답이 없었다.

"차길수는 그렇게 아끼던 딸이 허망하게 죽게 된 것에 대해 복수심이 끓어올랐을 테고, 한편으로는 따님의 죽음에 대해 깊은 자책감에 빠져 있었을 겁니다."

길 원장은 대꾸가 없는 그의 태도에 비추어 자신의 추리가 맞았다고 확신했다. 계속 얘기를 끌고 갈 동력이 생긴 것이다.

"차길수 성격상 충분히 가능한 얘기이고요. 자기와 서 선생님이 같이 죽으면 복수도 이루는 것이고, 그리고 또 자신의 잘못에 대해 어느 정도 책임지는 것이기도 하고요. 제 생각이 틀렸습니까?"

여전히 그는 눈을 감은 채 아무 말이 없었다. 하지만 조금씩 그의 얼굴에서 모든 것을 내려놓은 듯한 온화한 표정이 보이기 시작했다.

"그런데 제가 궁금한 것은 어떻게 차길수가 그 순간에 같이 죽자는 서 선생님의 말을 믿었냐 하는 겁니다. 제게 답을 주실 수 있을까요?"

몇 초간 정적이 흘렀다. 잠시 후 그가 지긋하게 눈을 뜨면서 천천히 입을 뗐다. 뭔가 단단히 결심한 모양이었다.

"내가 그놈을 죽이러 갔을 때 내 품에는 유서가 있었네. 당신 말대로 유서를 보여주면서 같이 생을 마감하자고 했지."

옆에서 듣고 있던 엄 소장이 깜짝 놀라며 일어섰다. 지금 서정식이 차길수를 죽이러 갔다고 사실상 살인에 대해 자백하고 있으니….

길 원장은 엄 소장에게 눈짓으로 가만히 있으라는 신호를 보냈다.

"물론 그 유서는 하늘나라에 있는 따님에게 보내는 편지였겠죠."

그는 길 원장의 얼굴을 뚫어지게 쳐다보고 있었지만 별다른 말은 나오지 않았다.

"그냥 제 추측입니다. 사모님은 이미 유서를 읽을 능력이 되지 않고, 차길수가 수인이에게 편지 형식의 유서를 쓴 것으로 봐서는 같은 형식이지 않았을까 해서요."

"그렇소. 차길수를 죽이고 나도 죽기로 마음먹었기 때문에 그 전날 진주에게 쓴 편지를 그놈에게 보여줬소. 같이 죽자고 하면서. 그놈도 내 제안에 이내 수긍하는 것처럼 보였소."

"그래서 사모님을 요양병원에 모시고, 또 집도 처남에게 매도하면서 사모님의 뒷일을 부탁했겠죠."

"거기까지 확인하셨나?"

"그리고 또, 1월 3일을 디데이로 잡은 것도 따님이 죽은 날짜를 일부러 택하신 것이 아닌가요?"

그는 무표정하게 길 원장을 지그시 바라보면서 가벼운 미소를 보내듯 입가를 약간 씰룩거렸다.

"집사람은 정신이 나가 내 제사상도 못 차려줄 텐데 그나마 남편과 딸이 같은 날 죽으면 제사를 한 번만 지내도 되니 그게 집사람을 도와주는 것이 아닌가?"

그는 무덤덤하게 말했다. 이런 상황에서 농담까지 하는 것을 보니 어느 정도 정신을 차린 것 같았다. 그리고 모든 일을 순순히 인정할 것 같은 태도였다.

"저희는 그것도 확인했죠. 안정사에 있는 따님의 위패 옆에 수인이의 위패도 안치되어 있다는 사실을."

길 원장은 우리가 그런 것까지 다 확인했다며 그에게 쐐기를 박을 심산으로 수인이의 위패 얘기를 꺼냈다. 그가 억울하게 죽은 수인이의 위패를 딸과 함께 안치했다는 것은 그나마 양심이 있는 것이기에 그 양심을 파고들면 순순히 말을 꺼낼 것이다.

"길 선생은 조사를 참 많이 한 거 같소."

"이제야 왜 유서에 '수인'이라고 적혔는지 이해됐네요. 차길수가 수인이라는 표현을 의도했는지 안 했는지 알 순 없으나, 서 선생님이 옆에서 지켜보고 있으니 당연히 수인이라고 쓸 수밖에 없었겠죠."

길 원장은 앞에 놓인 생수를 한 모금 마셨다. 목이 탔다.

"궁금한 것이 또 있네요. 왜 차길수의 방에 수인이 슬리퍼 한 짝이 남겨져 있었나요? 물론 그것은 서 선생님이 가지고 가셨을 테고, 수인이 뺑소니 현장에서 가져온 거였죠."

"그렇소. 내가 차길수에게 확인시켜 주려고 일부러 그 슬리퍼를 가지고 가서 보여줬소."

"차길수에게 확인시켜 준다는 의미는 네가 지난날 잘못을 저지른 거 때문에 네 딸이 그렇게 죽게 됐다는 것을 말하는 것이겠죠?"

"그렇소. 나와 내 집사람은 진주를 잃고 하루하루 고통 속에서 살아가고 있는데 그놈은 딸을 잃고도 행복하게 살고 있었소. 지난날의 기억을 되살리게 해서 죽는 순간까지 고통을 주고 싶었소."

"차길수가 행복하게 사는 것을 봤다는 것은 차길수의 근황을 수시로 확인했다는 거네요. 그래서 편지도 보낸 거고."

"그렇소. 그놈 소재는 어렵지 않게 찾을 수 있었지. 영월에 가 보니 금산으로 이사 갔다고 했고, 금산에는 그놈 이름을 딴 〈길수인삼〉이 있더군. 아들, 처와 함께 행복하게 사는 것을 보는 순간 눈이 뒤집혔소."

"차길수에게 어떤 내용으로 편지를 보냈나요?"

"네놈의 지난날 큰 잘못으로 한 여자의 인생이 끝났으니, 네놈은 평생 네 놈의 딸을 생각하면서 그 고통을 짊어지는 업보로 살라는 내용이었던 거 같소."

길 원장은 그저 고개만 끄덕였다.

"그런데 왜 뺑소니 현장에서 슬리퍼 한 짝을 가지고 왔나요?"

길 원장은 자신이 하옥진이 범인인 것을 알고 있다는 말을 꺼내면 그가 입을 닫을 것 같아 일부러 하옥진을 거론하지 않았다.

"진주가 대학생이 된 기념으로 우리 부부가 구두를 선물했는데 진주가 죽던 날 현장에 그 구두 한 짝만 남겨져 있었소. 집사람은 그것을 차마 버리지 못하고 고이 간직하고 있었고….."

그는 잠시 말을 멈추고 긴 한숨을 내쉬었다. 잠시 정적이 흘렀다.

"수인이에게는 입이 열 개라도 할 말이 없지만 현장에 수인이 슬리퍼 한 짝이 보이길래 진주 생각이 나서 얼떨결에 가지고 왔소."

길 원장은 서정식 자신이 수인이 슬리퍼 한 짝을 가져왔다는 말은 그대로 무시하기로 했다.

"그렇군요. 왜 유서에 '수인'이라고 쓰였는지? 왜 슬리퍼 한 짝이 남겨져 있었는지? 차길수는 어떤 편지를 받았길래 갑자기 제천으로 갔는지? 이 모든 궁금증이 이제야 해소됐네요."

길 원장은 처음에 의혹을 품고 있던 부분은 모두 해소됐다고 생각했다. 이젠 곁다리로 궁금했던 하나만 남았다.

"마지막으로 하나만 더 묻죠. 차길수는 금산에 있다가 편지를 받고 제천으로 갔는데 어떻게 알고 제천 차길수의 방에 찾아간 건가요?"

"작년 가을경 집사람 상태가 더 심해져 어쩔 수 없이 요양병원에 입원시킬 수밖에. 매일매일 면회도 갔지만 나에게는 하루하루가 아무런 의미가 없었소."

그는 갑자기 목이 타는지 생수병을 따서 물을 벌컥벌컥 마셨다. 길 원장도 덩달아 물을 마셨다.

"아마도 그때쯤 나도 진주 곁으로 가야겠다는 막연한 생각을 한 거 같소. 물론 그놈을 동반자로 같이 데려갈 생각이었지. 그래서 그놈 소재를 찾아다녔고, 딸을 잃은 고통을 느끼라고 편지를 보냈던 거고."

그는 죽음을 결심했다는 사람치고는 남의 일인 것처럼 비교적 담담하게 말하고 있었다.

"분명 그놈이 편지를 보면 나를 찾아올 거라고 예상했소. 나로서는 방심하고 있다가 그대로 당할 수만은 없으니 그것을 대비해서 그놈 차에 위치추적기를 달아 놓았소. 그래서 그놈이 제천에 가게 된 것도 알게 됐지."

그의 말에 비추어 그는 차길수를 살해하기 위해 나름 준비를 단단히 했음을 알 수 있었다.

"그럼, 그 위치 추적기는 지금도 차길수의 차에 부착되어 있나요?"

"아니요. 내가 1월 3일 밤 그놈 방을 나오면서 그것을 떼서 오는 도중에 기차 밖으로 던졌소. 더 이상 필요가 없는 물건이었으니까."

"네, 잘 알겠습니다. 말씀하시기 어려웠을 텐데 여러 가지 말씀해 주셔서 감사합니다."

어느새 압수수색을 마치고 옆에서 지켜보고 있던 김 계장이 이제는 청으로 복귀해야 할 것 같다고 말했다.

"하나만 더 확인할게요. 따님의 남겨진 구두 한 짝은 지금도 보관하고 있죠? 어디에 있나요?"

그러자 옆에 있던 수사관 한 명이 아까 2층 방을 수색하는데, 종이상자에 여성 액세서리와 검은색 구두 한 짝이 있었다고 했다. 구두 한 짝만 있어서 이상하게 생각했는데 혹시 그거 아니냐고 물었다. 서정식은 아무런 대답이 없었다.

길 원장은 김 계장에게 조용히 다가가서 말했다.

"그 구두 한 짝은 사진만 찍으면 될 거 같고, 거실 장식장 안에 있던 야구 배트도 압수하는 것이 좋을 거 같네요."

김 계장도 길 원장의 말이 무슨 의미인지 안다는 듯 옆에 있던 수사관에게 구두는 촬영만 하고, 야구 배트는 압수하도록 지시했다.

길 원장은 김 계장에게 이젠 서정식으로부터 더 이상 확인할 것이 없다고 말했다.

김 계장은 서정식을 상대로 압수물에 대해 하나하나 확인하는 절차에 들어갔다. 확인을 마친 김 계장은 그를 차에 태우기 전에 길 원장에게 다가와서 압수수색에서 의미 있는 결과가 몇 개 나온 것 같다고 말했다.

길 원장은 엄 소장과 함께 서정식이 떠나는 모습을 계속해서 지켜보고 있었다. 그가 체포되어 압송되는 모습을 보니 한편으로는 홀가분하고 한편으로는 씁쓸한 느낌이 몰려들었다. 분명 엄 소장도 자신과 같은 느낌일 것이다.

"저는 지금 제천에 가서 강 검사를 만날 예정인데 제 차로 같이 가시죠?"

"저도 원장님께 물어보고 싶은 것이 많네요. 차에서 말씀해 주시죠."

"음, 지금 시간이 11시 조금 전이니, 점심은 휴게소에서 간단히 먹기로 하죠."

"네, 좋습니다."

3.

길 원장이 운전하는 차는 막 신갈JC를 지나 영동고속도로로 들어섰다. 두 사람은 얼추 12시가 다 된 시간에 덕평휴게소에 도착해서 간단히 점심을 해결했다.

두 사람 모두 그때까지 이번 사건에 대해선 아무 말도 꺼내지 않았다. 그저 일상 잡담만 간단히 나눴을 뿐이다. 점심을 해결한 두 사람은 각자 손에 일회용 커피잔을 들고 다시 차에 탔다.

잠시 후 엄 소장이 먼저 말을 꺼냈다.

"제가 봐서는 서정식을 조금만 더 다그치면 순순히 다 말할 거 같던데, 왜 그렇게 하진 않았나요?"

그의 목소리 억양으로 봐서는 따지는 것은 아니었다.

"제가 검사나 수사관도 아닌데 사건 내용이야 관여할 부분은 아니죠."

길 원장은 꼭 남의 일처럼 대답했다.

"저는 단지 의문이 있었던 부분만 물어볼 생각이었죠. 다행히 서정식이 순순히 대답해 줘서 그 의문점은 다 해소됐다고 봐야겠죠."

"원장님이 처음에 가졌던 의문점들 말이죠. 그런데 뺑소니 범인이 하옥진이라는 사실은 일부러 내색하지 않은 거죠?"

"그렇죠. 하옥진이라는 말이 나오면 서정식이 입을 다물 거 같아서."

"저야 뭐 차길수 자살 사건을 수사한 건 아니고, 뺑소니 사건을 담당한 사람으로서… 범인은 잡혔다고 봐야겠죠?"

길 원장은 그의 걱정이나 궁금해하는 것이 무엇인지 알 수 있을 것 같았다. 그리고 그는 당연히 자신이 수사했다가 실패한 사건에 대해 결말이 어떻게 될지 관심이 더 갈 수밖에 없을 것이다.

"뺑소니에 사용된 차도 확인됐고, 뺑소니 현장에서 수인이 슬리퍼 한 짝을 가지고 왔다면 살해 고의가 어느 정도 확인됐다고 봐야겠죠. 뺑소니를 일으킨 사람이 현장에서 피해자 유류품을 일부러 가지고 올 리는 없으니까요."

"그렇겠죠."

"무엇보다도 살인의 동기가 명백하니까. 다만 수인이를 죽인 당사자로부터 직접 사건 내용을 듣기는 어렵겠죠."

"하옥진을 처벌할 순 있을까요?"

그는 현실적인 문제가 더 걱정인 것 같았다.

"그 부분은 강 검사가 고민해야 할 부분이지 제가 고민해야 할 부분은 아닌 거 같네요."

"원장님은 지금도 서정식이 뺑소니 사건과는 관련 없다고 보시나요?"

"네, 지금도 그렇죠. 아까 서정식의 말에서도 그런 느낌을 받았죠. 비록 뺑소니 사건도 자신이 한 것처럼 말하기는 했지만요."

"그런데 원장님은 언제부터 서정식이 길수와 동반 자살하려 한다는 사실을 알았나요?"

"제가 이 사건에 관여하면서 가장 이해 안 되는 것 중의 하나는 '차길수 씨가 왜 순순히 유서를 썼는가?'였죠."

"길수가 순순히 썼다고는 볼 수 없지 않나요?"

"물론 '수인'이라는 이상한 표현이 있긴 했지만 그것은 그럴 수도 있다고 생각했는데… 순순히 자기 필체로 유서를 썼다는 건 자기 의지…."

길 원장은 잠시 말을 멈추고 목이 타는지 커피를 한 모금 마셨다.

"전후 상황을 보면 자기 의지로 죽었다고 보기 어려운데도 말이죠. 만약 차길수 씨가 타인에 의해 자살 내지 살해당했다면 순순히 죽음에 이르게 할 만큼 어마어마한 압박을 받았다고밖에 생각할 수 없겠죠."

"어머어마한 압박이라?"

그는 혼잣말처럼 읊조렸다.

"그 어머어마한 압박이라는 건 상대방도 죽음에 이를 정도의 압박뿐이겠죠. 그렇다면 서정식도 그날 같이 죽기로 했을지도 모른다는 생각이…. 순전히 제 추측이기는 했지만요."

"그래서 동반 자살을 생각하신 거군요."

"그런데 정작 더 이상했던 것은 차길수 씨가 서정식의 의도를 어떻게 알았냐 하는 거였죠. 같이 죽자는 서정식의 말을 무턱대고 믿진 않았을 텐데."

"그렇겠죠. 그 상황에서 길수가 서정식의 말을 순순히 믿진 않았겠죠."

"네. 그래서 나온 해답은 차길수 씨를 설득 내지 압박하기 위한 도구로 무엇인가 있었을 거라 추측했고, 결론은 서정식의 손에 딸에게 쓴 유서가 있었거나 그와 비슷한 것이 있었을 거라 생각했고요. 그렇게 생각하면 차길수 씨의 유서도 자연스러운 것이 될 테니까요."

길 원장은 갑자기 차 안이 갑갑한지 운전석 창문을 열고 시원한 바람에 얼굴을 갖다 댔다. 두 사람 사이에는 잠시 정적이 흘렀다.

"사실 이런 경우를 소위 '동반 자살'이라고 하는데 그 용어에는 심각한 문제가 있죠. 동반 자살은 부모가 어린 자식들과 같이 죽거나 연인들이 같이 죽는 케이스가 대부분일 겁니다. 그런데 한쪽은 분명 자살 의지가 있는데 다른 한쪽도 과연 자살 의지가 있었을까요?"

길 원장은 갑자기 목소리 톤을 높였다.

그는 깜짝 놀랐다. 길 원장이 이렇게 목소리 톤을 높인 적이 있었던가? 동반 자살에 대해 어떤 안 좋은 트라우마가 있었을지도….

"오히려 다른 한쪽은 자살 의지가 없는 경우가 훨씬 더 많을 겁니다. 어린 자식들은 제대로 죽음의 의미를 알 수 없을 거고, 또 한쪽 연인은 자살 생각이 전혀 없는데도 일방적으로 강요당하는 경우도 있을 테니까요."

그도 조심스럽게 길 원장의 말에 동의한다는 듯 고개만 끄덕이고 있었다. 평소와 다른 길 원장의 태도가 어째 이상했다.

"그러니 그걸 '동반 자살'이라고 부르는 것보다는 오히려 '강요 자살'이라는 표현이 더 어울리겠죠. 사실 이번 사건도 차길수 씨가 살해됐거나 아니면 강요 자살에 더 가까울 겁니다."

"그래도 서정식이 길수와 같이 죽을 생각을 했다는 것은 오로지 서정식의 마음뿐인데 그게 쉽게 입증될까요?"

그는 일말의 의문을 제시했다.

"자살을 결심한 사람들은 보통 주변을 정리하기 마련인데… 서정식도 와이프를 병원에 입원시키고, 아마도 병원비는 미리 처남에게 부탁해서 어떤 조치를 해놨을 겁니다."

"그래서 처남이 등장한 거군요."

"그리고 통상 큰 재산도 정리하는데 그것도 확인되지 않았습니까? 처남에게 집을 매도한 것으로, 실제 매도했는지 아니면 서류만 그렇게 했는지는 알 수 없지만요."

"결론은 서정식이 자살을 결심하면서 뒷일을 처남에게 부탁했을 거라는 거죠. 그런 차원에서 집이 매도된 경위를 확인하신 거군요."

"그때는 그럴지도 모른다고 막연하게 생각했기 때문에 자세히 말씀드리진 못했네요."

"아니, 그런데 서정식은 지금 왜 살아 있죠? 길수와 같이 죽기로 했다면서…. 혹시 길수를 기망한 것은 아닐까요? 같이 죽자고 하면서 자기만 사는 거, 동반 자살 사건에서도 그런 경우가 심심치 않게 발생하지 않나요?"

그는 길 원장의 논리에 가장 근본적인 의문을 표시했다.

"아마도 제 생각에는 서정식이 차길수 씨에게 죽음을 강요할 때는 자신도 죽겠다는 의지가 있었을 겁니다. 다만 왜 갑자기 마음을 바꿨는지는 수사 과정에서 밝혀지겠죠."

"길수는 반항할 수도 있었을 텐데 왜 반항하지 않았을까요?"

"저는 차길수 씨를 직접 보진 못했지만 지금까지 제가 차길수 씨에 대해 가졌던 느낌이라면 충분히 자기 죽음을 받아들였을 수도 있다고 보이는데, 아닌가요?"

길 원장은 동의를 구하듯 고개를 돌려 그의 얼굴을 응시하면서 말을 이어갔다.

"전에 소장님께서 말씀하신 차길수 씨의 책임감 그리고 소심함에 비춰보면 오히려 쉽게 이해되지 않나요?"

그는 친구인 자기보다도 길 원장이 차길수를 훨씬 더 잘 알고 있을지 모른다는 생각이 들었는지 그저 고개만 끄덕였다.

"길수의 죽음이 동반 자살에서 시작됐다면 서정식을 길수 살해범으로 처벌하기도 쉽진 않을 거 같은데?"

"음… 뭐, 형법에는 촉탁 살인을 처벌하는 조항이 있으니까요. 서정식을 처벌하는 데는 별문제 없을 겁니다. 그냥 살인인지 촉탁 살인인지는 저희가 고민할 것도 아니고."

두 사람을 태운 차는 영동고속도로를 빠져나와 중앙고속도로를 달리기 시작했다. 그때 엄 소장의 휴대폰 벨이 울렸다.

"재석이한테 전화가 왔네요? 재석이도 궁금한가 봅니다."

그는 통화버튼을 눌렀다. 그리고 서정식을 체포했고, 서정식이 차길수를 죽였다는 사실을 어느 정도 자백했다는 취지로 설명했다. 그의 말투에 비추어 강재석도 그 사실에 상당히 놀란 것 같았다. 차길수의 시체를 발견한 당사자이니 놀랄 만도 할 것이다. 그는 마지막에 오늘은 기분도 찜찜하니 저녁에 소주나 한잔하자고 하면서 통화를 끝냈다.

"그 자리에 제가 껴도 될까요? 어차피 제천에 내려가서 강 검사를 잠시 만나면 저녁때가 다 될 텐데, 바로 대전으로 가기도 그렇고 해서."

"저야 원장님과 같이하면 항상 오케이죠."

그의 말투에는 홀가분함이 느껴졌다. 이내 두 사람은 말이 없었다.

4.

길 원장은 조용히 강 검사실 문을 노크하고 들어갔다. 사무실 책상에 앉아 있던 강 검사는 길 원장을 보고 자기 직무실로 들어가자고 했다.

"강 검사도 오늘 고생했네."

"김 계장한테 대충 보고는 받았는데 서정식이 순순히 말했다면서? 어떻게 순순히 말할 거라고 생각했나? 길 원장이 내 자리에 앉아도 되겠는데."

그는 반 진담 투로 말했다.

"이 사건은 어떻게 보면 하나의 오해에서 시작해서 어머어마한 비극이 벌어진 거라고 볼 수 있지. 서정식이 차길수와 서진주의 이별에 대한 원인을 오해한 것이 발단이라면 발단일 수 있으니."

그는 그저 고개만 끄덕였다.

"그래서 서정식에게 그 오해를 설명하고 잘 설득하면 의외로 쉽게 말할 수도 있을 거라 생각했지. 자신의 잘못된 오해로 인해 몇 명이나 저세상 사람이 됐으니 양심이 있다면 뻔뻔하게 부인하진 못할 거라 생각했지. 결과론적으로 내 예상이 맞아떨어졌던 것뿐이야."

길 원장은 앞에 놓인 커피잔에 손을 갖다 대면서 커피는 마시지 않고 계속 잔만 돌리고 있었다. 뭔가 착잡한 모양이었다.

"서정식은 평생 학생들을 가르친 교사였고, 평범한 일반 사람이었던 거지. 그 상황에서 자신의 잘못을 감추기는 어려웠을 거고, 수인이 위패를 딸과 함께 모신 것으로 봐서는 자신의 잘못을 참회하고 있을 거라고도 생각했지."

"결국 하나의 오해가 양쪽 가족에 엄청난 비극을 가져다준 거네."

"그래, 서정식은 언제 조사할 거야?"

길 원장은 무심하게 물었다.

"조금 전에 간단히 기초 사실에 대해서는 신문을 마쳤어. 차길수를 자신이 죽였다고 대체로 시인했어. 서정식이 잠시 쉬고 싶다고 해서 구체적인 신문은 저녁때나 돼야 할 거야."

"수인이 뺑소니 사건도 물어봤나?"

"아니, 아직 물어보지 않았는데. 일단 영장 범죄사실이 차길수에 대한 살해 사건이니까 그 부분부터 정리하고. 뭐, 뺑소니 사건도 순순히 말하겠지."

"서정식이 자기가 했다고? 아니면 하옥진이 했다고?"

"그게 무슨 말인가?"

"내 느낌으로는 서정식은 뺑소니도 자신이 했다고 말할 거 같거든. 아까 대화하면서 느낀 거야. 서정식이 본능적으로 하옥진을 보호하려는 인상을 받았거든."

"그거야 남편으로서는 당연한 거 아니겠나? 자기가 차길수를 죽였으면 어차피 처벌받을 건데 뺑소니도 자기가 한 것이라고 말할 수 있겠지. 굳이 와이프를 들먹이지 않더라도. 그렇지만 그때 서정식은 필리핀에 있었던 것이 명백한데 자료를 들이대면 순순히 하옥진이 한 것으로 인정하겠지."

"내가 걱정하는 것은 만약 뺑소니 사건이 하옥진의 범행으로 밝혀지면 서정식이 순순히 수사에 협조하지 않을 가능성도 있어서 말이야."

그도 길 원장의 말뜻을 이해하고 고민스러운 듯 제법 심각한 표정을 지었다.

"그런데 이건 순전히 궁금해서 물어보는 건데, 하옥진을 수인이 살해범으로 기소할 수 있을까?"

"그게 무슨 말인가? 수인이 뺑소니 사건이 단순 뺑소니가 아니라 살인 사건임은 어느 정도 밝혀졌고, 그러면 공소시효도 아직 남아 있는데, 왜?"

"아니, 하옥진의 지금 상태가 중증 치매고 말도 못 한다고 알고 있는데, 그런 사람을 어떻게 조사해서 기소할 수 있냐는 거지."

"그거야 뭐 증거만 충분하면 당사자를 조사하지 않고 재판에 넘길 순 있지."

"그래서?"

길 원장은 반문하듯 물었다.

"문제는 하옥진이 지금 심신상실 상태라면 징역형으로 처벌하긴 어려울 수도 있을 테고, 유죄로 인정돼도 치료감호가 선고될 가능성이 높다고 봐야겠지."

"그럼, 결국 요양병원에서 치료감호소로 옮기는 효과뿐이네."

"법 규정이 그러니 어쩔 수 없지."

"그런 사람을 굳이 기소해서 재판정에 세울 필요가 있을까? 내가 봐서는 살인죄를 입증하기도 만만치는 않을 텐데."

"수인이가 남긴 다잉 메시지 숫자와 서정식 명의의 차량 번호가 일치했고, 서정식이 수인이 슬리퍼 한 짝을 가지고 있었고, 또 서정식이 뺑소니를 인정하는 투의 편지를 보냈고, 그리고 무엇보다도 살인의 동기도 명백한데, 안 그런가?"

길 원장은 딱히 그의 말을 반박하기 어려워 무슨 말이라도 꺼내려다가 바로 침묵을 지켰다.

"아참! 아까 압수 수색할 때 서정식이 차길수에게 보낸 편지가 컴퓨터에 저장되어 있는 걸 확보했어."

"아니, 서정식은 그 편지를 지금까지 컴퓨터에 보관하고 있었다는 거야?"

"보관하고 있었다고 보긴 어렵겠지. 수사관이 현장에서 컴퓨터를 간단히 포렌식 했는데 바로 나왔다고 하더라고. 그 나이대에 컴퓨터에 익숙하지 않은 사람들은 문서를 삭제하더라도 허술하게 했을 가능성이 크겠지. 아니면 그 편지를 없애는 것에 대해 별로 신경 쓰지 않았던지."

길 원장은 김 계장이 의미 있는 압수물이라 한 것이 이 편지를 두고 한 말이라 생각했다.

"내가 보기에는 강 검사 말에 일리가 있지만 그것은 서정식이 수사에 협조한다는 전제하에 그런 거고, 만약 서정식이 뺑소니 사건에 대해 협조하지 않으면 살인 사건으로 입증하기는 쉽지 않겠지."

"그건 또 왜?"

"막말로 우연히 그곳을 지나다가 실수로 사고를 내서 수인이가 죽었다고 주장하면 어쩔 건데, 내가 봐서는 증거법상으로는 쉽지 않을걸?"

"길 원장은 하옥진의 처벌을 원하지 않는 거 같은데?"

"아니, 꼭 그렇다는 것보다 굳이 남편을 처벌하는데 심신상실의 와이프까지 처벌하는 건 너무하다는 거지, 뭘."

길 원장은 잠시 말을 멈췄다. 그리고 속마음을 꺼내는 심정으로 말을 이어갔다.

"그리고 하옥진은 이미 그 정도의 처벌은 받았다고 생각되는데… 수인이를 죽인 죄책감으로 자기가 미쳐버렸으니까, 안 그런가?"

그는 길 원장의 말을 듣고 심각하게 고민하는 모습이었다. 길 원장의 말이 딱히 잘못됐다고 반박하기는 어렵다고 생각하는 듯했다. 한편으로 검사는 범죄자를 처벌해야 하는 기본 책무가 있다는 사실을 잘 알고 있는 터라….

"내가 한 가지 팁을 줄까?"

그는 뭐에 놀란 듯 되물었다.

"그게 무슨 말인가?"

"수인이 뺑소니 사건은 강 검사가 고민하지 않아도 되지 않을까?"

무슨 소린지 모르겠다는 표정으로 그가 길 원장을 멀뚱히 바라봤다.

"아니, 내 말은 뺑소니 사건은 원래 제천지청 사건이 아니고 영월지청 사건이니까 고민을 해도 영월지청 검사가 고민해야 하는 게 아니냐고?"

그는 길 원장의 입에서 전혀 예상하지 못한 말이 나오자, 순간 어안이 벙벙한 모습이었다. 그 모습을 본 길 원장도 자신이 말실수했을지 모른다는 생각에 급히 수습에 들어갔다.

"뭐, 검사는 검사동일체인가 뭔가 하는 것이 있다고는 들었지만…. 검사동일체에 따르면 영월지청 검사의 고민이 강 검사의 고민이나 마찬가지이긴 하지."

그래도 그는 계속해서 길 원장의 얼굴만 뚫어지게 바라보고 있었다. 길 원장은 아직도 그의 표정이 심각하다고 느꼈다.

"아니, 아니, 농담이야, 농담. 뭘 그리 심각한가! 그런 고민 하라고 국가에서 검사에게 월급 주는 것 아닌가? 아무튼 나는 내 할 일은 다 한 거 같으니 마무리되면 내가 소주 한잔 살게, 다음에 보자고."

길 원장은 급히 사태를 수습하고 일어나려고 했다. 그도 겨우 정신을 차린 듯했다.

"그리고 참, 압수물에는 차길수에게 보낸 편지 말고도 서정식이 자필로 쓴 유서 같은 편지도 책상 서랍에서 확보했어."

길 원장은 다시 자리에 앉았다.

"어제 길 원장이 유서 같은 것이 있을지 모른다고 했는데 실제 있었어. 서진주에게 보내는 편지인데. 아마도 서정식은 조만간 자살하려고 했었던 거 같아."

"그래? 그 편지를 확보했다니 다행이네."

"우리가 일찍 체포하지 않았으면 또 한 사람이 저세상으로 갈 뻔했어. 그나마 다행이네."

그는 왜 서정식이 서진주에게 편지 형식으로 유서를 썼는지는 아직 모를 수밖에 없을 것이다.

"참고로 나는 그 이유를 이미 알고 있지만 서정식에게 물어보면 왜 그런 편지를 썼는지 잘 대답해 줄 거야. 이만, 고생하시게."

"그래, 조심해서 가. 내가 다시 연락할게."

길 원장은 가벼운 마음으로 강 검사실을 나왔다.

5.

길 원장이 제천지청을 나오면서 시계를 보니 오후 5시가 조금 지나 있었다. 엄 소장과의 저녁 약속까지 아직 1시간 반 정도 여유가 있어 제천에 온 김에 말로만 듣던 '의림지'를 잠시 둘러보기로 했다. 삼한시대 축조한 우리나라에서 가장 오래된 저수지 중의 하나라고 역사 시간에 배웠던 기억이 났다.

저녁 시간이어서 그런지 의림지에는 조깅하거나 산책하는 주민들이 띄엄띄엄 보였다. 한가로운 풍경이었다.

길 원장도 이 사건이 어느 정도 정리됐다는 생각에 모처럼 편한 마음으로 의림지 주변을 천천히 걸었다.

6시 30분 시간에 맞춰 엄 소장이 말한 '청풍쏘가리' 식당에 도착했다. 일반적으로 민물고기는 회로 먹진 않지만 이곳은 쏘가리를 회로도 먹을 수 있는 곳이다. 강재석이 낚시 가게를 운영하다 보니 단골식당이라며 한번 맛보라고 강력 추천한 식당이었다.

길 원장이 식당에 들어서자 엄 소장과 강재석은 이미 소주 여러 병을 비운 상태였다. 길 원장이 자리에 앉자마자 분위기를 거들었다.

"벌써 한 술 하셨네요."

"일찍 도착한 데다가 심심해서 먼저 한잔하고 있었네요. 괜찮으시죠?"

엄 소장의 얼굴에는 술기운이 약간 돌고 있었다. 길 원장은 강재석을 쳐다보면서 인사를 건넸다.

"오랜만이네요. 강 사장님도 마음고생이 많으셨을 텐데 오늘이 술로 다 잊으시죠."

"원장님이 고생 많았죠, 저야 뭘. 그래도 친구가 하늘나라에서 원장님을 많이 고마워할 겁니다. 이놈 상록이는 술 마시는 내내 원장님 자랑만 늘어놓고 있네요."

"그래, 내가 원장님 자랑 좀 했다. 원장님은 그런 자랑을 받을 충분한 자격이 있다고, 임마!"

엄 소장은 이미 기분이 들떠 있었다. 술에 취한 것인지 아니면 사건이 해결됐다는 안도감에 취한 것인지 모르겠다.

"원장님! 술 마신 김에 한마디 할까요?"

길 원장은 그의 말에 순간 긴장했다.

"원장님! 제가 원장님을 처음 만났을 때 어땠는지 아세요?"

길 원장은 아무 대답도 못 하고 그의 얼굴만 쳐다보았다.

"솔직히 저도 명색이 산전수전 다 겪은 형산데, 원장님을 처음 보고 나서부터 이상하게 뭐에 끌려 들어가는 느낌이더라고요."

"네? 그게 무슨 말씀인지?"

"솔직히 처음에는 한의사가 뭘 조사한다고 해도 얼마나 잘할까, 그런 생각이었죠. 그런데 어느 순간부터 이상하게 제가 말려 들어가더라고요."

그러면서 그는 앞에 놓인 폭탄주를 한 번에 들이마셨다. 평소 원샷을 즐기는 모양이다.

"제가 왜 말려 들어갔는지 나중에 곰곰이 생각해 보니 그 이유를 알겠더라고요."

길 원장도 그의 다음 말이 내심 궁금했다. 한편으로는 긴장의 연속이었다.

"솔직히 원장님을 처음 봤을 때부터 제가 원장님 외모에 기가 죽었던 거 같네요. 추리는 그닥 뛰어난 거 같지 않았고, 제 말 동의하시죠?"

그의 얼굴엔 미소가 가득했다.

"네, 당연히. 제가 외모 하면 어딜 가도 빠지지 않으니, 외모에 기죽었다는 말에 백 번이고 동의하죠."

길 원장도 농담처럼 가볍게 대꾸했다.

사실 길 원장은 키가 182센티미터에 몸무게가 85킬로그램의 당당한 신체의 소유자였다. 헬스로 단련된 다부진 몸에 얼굴도 준수한 편이다. 길 원장의 외모를 보고 상대방이 기죽었다는 말을 곧잘 듣곤 했었다. 엄 소장은 농담처럼 말하고 있었지만 그도 처음 길 원장의 외모를 보고 주눅이 들었던 것은 틀림없어 보였다.

"제가 원장님 정도의 외모만 됐어도 지금쯤 한자리하고 있어도 단단히 하고 있을 텐데, 원장님은 참 좋겠습니다."

"그럼, 이 정도 외모가 어떻게 망가지는지 한번 볼까요?"

길 원장도 앞에 놓인 폭탄주를 한 번에 마셔버리며 "캬!" 소리를 냈다.

오늘은 마음 편히 술을 마실 생각이다. 강재석이 자랑하는 쏘가리회도 맛있어 보였다. 강재석은 회도 맛있지만 쏘가리는 역시 매운탕이 제맛이라며 연신 자랑이다.

그래도 엄 소장은 사건 내용이 궁금했는지 갑자기 진지해졌다.

"그래, 강 검사님은 뭐라고 하시던가요?"

"음… 간단히 1차 조사를 마쳤는데 서정식이 대체로 다 인정하는 취지라고 하던데요."

"자기가 인정 안 할 수 없겠죠. 우리가 얼마나 노력해서 얻은 결실인데. 그건 그렇고, 죽은 사람이야 이젠 어쩔 수 없다지만 홀로 남은 제수씨가 걱정이네요. 하루아침에 남편을 잃었으니…."

길 원장은 그의 말을 듣고 박순향이 생각났다. 그녀에게 어떻게 말해야 할지, 그 말을 들은 그녀는 어떻게 생각할지, 지금까지 모르고 있던 남편의 과거 때문에 이런 사달이 났다는 것에 대해 어떻게 반응할지 궁금했다. 그러다가 오늘은 다 잊고 그냥 술만 마시기로 했다.

"지난번은 제가 소장님을 챙겨드렸는데 오늘은 제가 취할 테니 소장님께 뒷일을 부탁드리겠습니다, 부디.”

길 원장은 강 사장이 만들어준 폭탄주를 또다시 단번에 마셔 버렸다.

“아아, 저는 책임 못 집니다. 저도 이미 맛이 가서 이젠 제 몸 하나 챙기기도 어렵답니다.”

엄 소장은 짐짓 이미 술에 취한 척 몸을 흐느적거리고 있었다.

“두 분은 모두 제가 챙길 테니 아무 걱정 마시고 오늘은 한번 취해 봅시다.”

중간에 강재석이 거들었다.

“아니, 너도 취하면 어떡하려고, 너는 여기서 술 뚝!”

친구를 향해 말하는 엄 소장의 얼굴에는 안도감이 넘쳐 흘렀다.

길 원장은 엄 소장의 마음을 십분 이해할 것 같았다. 지난 몇 달간 그를 대하면서 진정한 경찰관이라고 생각한 적이 한두 번 이 아니었다. 외모는 거칠어도 속정은 누구보다도 깊은 사람이 었다. 비록 차길수가 친구였기 때문이라 해도 이번 사건에 대한 열정과 진지함은 경찰관으로서 충분히 존경받을 만했다.

엄 소장은 누구보다 반듯한 정의로운 경찰관임이 틀림없었다.

6.

그 후 길 원장은 강 검사로부터 추가 수사 내용을 들었다.

서정식은 차길수를 죽인 경위에 대해 자세히 그리고 순순히 진 술했다고 했다. 수사에 최대한 협조하기로 마음을 먹은 듯했다.

여기에서는 그간의 경위는 생략하고 사건 당일 서정식이 차길 수를 죽인 과정에 대해서만 언급하기로 하겠다.

서정식은 2014년 1월 3일 오후 3시 10분 무궁화호 기차를 타고 5시에 제천역에 도착했다. 물론 그 중간인 원주역에서 하영진에게 전화를 걸어 다시 한번 하옥진을 잘 보살피겠다는 다짐을 받아두었다.

차길수를 제압할 무기로 집에 있던 야구 배트와 혹시 모를 돌발사태를 대비해 등산용 칼을 소지하고 있었다. 야구 배트는 남의 의심을 피하기 위해 낚싯대 가방 안에 넣어 갔다. 남들 눈에 충주호로 낚시하러 가는 사람처럼 보이기 위함이었다.

5시에 제천역에 도착해서 곧바로 차길수가 거주하고 있는 고암동으로 가서 그 주변에서 대기했다. 한겨울이라 이미 주변은 어둠이 쫙 깔린 상태였다. 차길수가 언제 올지 모르는 상황이라 무작정 기다리기로 했다. 그날 자신도 죽을 생각이었으므로 다소 무리해서라도 차길수를 죽이기로 단단히 마음먹고 있었다.

몇 시간을 기다리자 마침내 차길수가 술에 취해 비틀비틀 집으로 들어가는 것이 시야에 들어왔다. 약 1시간 정도 더 기다리다가 방에 불이 꺼지는 것을 확인했고, 30분 정도를 더 기다린 후 방에 침입했다.

이전에 차길수가 제천으로 간 사실을 확인하고 몇 번 그의 단칸방 근처에 와서 주변 지리나 상황을 이미 파악해 놓은 상태였다. 그의 차에 부착된 위치추적기의 배터리를 교체하기도 했었다.

조용히 그의 단칸방에 들어가 불을 켰다. 그때 그는 비몽사몽간 눈을 뜨면서 사태를 파악하고 무의식중에 서정식에게 달려들려는 모습을 보였다. 그 순간 서정식은 그를 제압하기 위해 야구 배트로 내리쳤다. 그는 반사적으로 오른팔을 들어 야구 배트를 막았다. 그 과정에서 그의 오른쪽 팔꿈치 뼈에 금이 간 것이다.

그는 신음하면서 쓰러졌다. 서정식은 그를 의자에 앉히고 그 때부터 두 사람은 대화를 시작했다.

서정식은 그가 반항하지 못하도록 야구 배트를 단단히 잡고 있었다. 언제라도 야구 배트를 휘두를 태세였다.

차길수는 서정식의 출현을 어느 정도 예상했는지 의외로 차분 했다. 그 후 두 사람의 대화는 길 원장이 추측한 것처럼 차길수 의 배신, 서진주의 죽음, 그리고 차수인 뺑소니 사건이 주를 이 뤘다. 특히 차길수는 뺑소니 얘기가 나오자 흐르는 눈물을 참지 못하고 한참을 흐느꼈다.

서정식이 수인이 슬리퍼 한 짝을 보여주자 잠시 차길수의 눈 에는 분노의 눈빛이 스쳐 지나가기도 했다. 차길수의 표정에는 일말의 의구심이 해소된 듯 보였다. 서정식은 그 표정을 보고 차 길수도 자신을 뺑소니 범인으로 의심했었다는 인상을 받았다.

서정식은 그 전날 써서 가지고 있던 서진주에게 보내는 편지 를 보여주면서 같이 죽자고 다그쳤다. 차길수는 한동안 아무런 대답이 없었다. 그러다가 이내 서정식의 제안에 동의했다. 차길 수는 그렇지 않아도 서정식을 죽이고 자신도 죽을 생각으로 서 정식의 집 근처를 몇 번이나 찾아갔었지만 차마 실행에 옮기지 못하고 돌아온 적이 있었는데, 잘됐다고 했다. 오히려 차길수가 더 적극적으로 동의했다고 서정식은 진술했다. 이 부분은 서정 식의 일방적 주장이긴 해도 강 검사는 그대로 믿기로 했다.

차길수는 그러면서 자신도 마지막으로 수인이한테 편지를 쓰 고 싶다고 했다. 물론 서정식도 승낙했다. 차길수는 오른쪽 팔꿈 치 뼈가 금이 간 상태임에도 전혀 고통을 느끼지 못하는 사람처 럼 정상적으로 수인이한테 편지를 써 내려갔다. 차길수는 야구 배트를 막을 당시 순간적으로 덮고 있던 이불과 함께 막았기 때문에 그 당시 별로 고통을 느끼지 못한 것처럼 보였다.

차길수가 편지쓰기를 마치자마자 서정식은 의자에 앉아 있던 차길수의 뒤로 가서 발을 의자 뒷면에 지탱하며 수건으로 차길수의 목을 졸랐다. 수건은 의자에 걸려 있었던 것이다. 차길수는 아무런 반항을 하지 않았고, 잠시 후 의자 밑으로 맥없이 쓰러졌다.

서정식은 그때 차길수가 죽었는지는 알지 못했다. 그리고 자신도 죽기 위해 목을 맬 만한 곳을 찾고 있었다. 그러던 중 차길수의 희미한 신음 소리를 들었다. 순간 망설였다. 다시 차길수의 숨을 끊어야 하는지 아닌지 고민하다가 차길수가 수인이한테 쓴 유서가 눈에 띄었다. 문득 차길수의 죽음을 자살로 위장해도 될 것 같다는 생각이 떠올랐다. 그 순간 왜 자신이 그런 생각을 했는지는 알 수 없었다.

주위를 둘러보다가 차길수가 벗어 놓은 바지에 있던 벨트가 눈에 들어왔다. 벨트를 풀어 창문 대못에 걸쳤다. 그리고 차길수를 그곳으로 옮겨 벨트에 차길수의 목을 걸었다. 혼자 힘으로 상당히 어려운 작업이었지만 자신도 모르게 힘이 나왔다. 물론 차길수가 보통 성인 남자보다는 왜소한 편이어서 가능했을 것이다.

결국 이렇게 차길수는 수인이한테 보내는 유서 형식의 편지를 남긴 채 자신의 단칸방에서 쓸쓸히 생을 마감한 것이다.

서정식은 가지고 갔던 수인이 슬리퍼 한 짝을 어떻게 할 것인가를 순간적으로 고민했지만 그곳에 놔두는 것이 좋을 것 같은 생각이 들어 유서 옆에 나란히 남겨뒀다. 뒷정리를 하고 조용히 방을 빠져나왔다. 마침 가죽장갑을 끼고 있어서 별다른 흔적도 남지 않았다.

무작정 제천역으로 갔지만 서울로 가는 기차는 이미 끊겨 근처 여관에서 잠시 눈을 붙인 후 새벽에 기차를 타고 서울로 올라왔다. 그리고 다시 일상으로 돌아갔다.

서정식은 차길수를 죽일 당시 자신도 분명 같이 죽을 생각이었던 것은 틀림없지만, 왜 자신이 갑자기 살고자 마음을 바꿨는지는 지금 자신도 이해할 수 없다고 했다.

강 검사는 서정식이 차길수를 살해하는 과정을 순순히 진술했으므로 일단 그의 진술은 자백으로서 신빙성이 있다고 판단했다.

차길수 살해 사건의 보강증거도 추가로 확보했다.

먼저, 하영진에 대해 소환조사가 이루어졌다. 하영진은 서정식으로부터 집을 매입해 달라는 부탁을 받았다고 했다. 그 매매대금은 천천히 누나 하옥진에게 보내면 된다며 다소 애매했다고 했다. 어쨌든 하영진은 서정식의 집을 매입했지만 아직 그 매매대금을 어떻게 변제할 것인지는 생각하지 않고 있다고 했다.

그리고 2014년 1월 3일 오후에 서정식으로부터 전화를 받은 적이 있는데 그때 서정식이 꼭 어디 멀리 떠나는 사람처럼 하옥진을 잘 부탁한다는 말을 몇 번이나 했기에 하영진도 혹시 서정식이 자살할지 모른다는 막연한 불안감이 있었다고 했다.

다음으로, 관련 증거자료도 확보했다.

하옥진이 입원해 있는 김포현대요양병원에서 병원 운영일지, 간호기록지 등을 확보했다. 서정식이 1월 3일 하옥진을 면회하지 않았다는 내용이 핵심이었다.

하옥진의 현재 상태에 대해서도 자세한 조사가 이루어졌다. 하옥진의 중증 치매 정도나 치료 가능성, 실어증의 정도, 현재

신체 상태 등 전문가의 소견이 주를 이뤘다.

그 소견에 의하면 하옥진은 치매 중증도가 CDR 5 정도로 인지력이 거의 없는 상태여서 주위 사람들을 제대로 알아볼 수 없는 정도라고 했다. 실어증 증상도 최소 2년은 경과해서 타인의 말을 이해하는 능력이나 자신의 생각을 말할 능력이 상실되었고, 신체 능력도 평균 나이에 비해 7년에서 10년 정도 더 늙은 것으로 되어 있었다. 결론적으로 하옥진을 정상적으로 조사할 수 없다는 취지였다.

그리고 김포 안정사에서 차수인의 위패를 모신 사람이 서정식임을 확인하는 문서도 확보했다. 서진주의 위패를 언제 안치했는지는 확인할 자료가 없었지만 차수인의 위패는 2004년 2월경에 모신 것으로 확인됐다. 차수인이 2003년 10월 24일에 사망했으니 4개월 정도 지나 차수인의 위패가 안정사에 안치된 것이다.

서정식이 동대문시장에서 구입했다는 위치추적기에 대한 자료도 확보했다. 서정식이 기계에 대해 자세히 알지 못해 위치추적기 기종은 정확히 어떤 것인지 파악되지 않았지만 가게에서 위치추적기를 구입한 사실은 확인됐다.

물론 집에서 압수한 야구 배트가 서정식이 제천에 갈 때 가져간 야구 배트임도 확인했다.

그런데 순탄하게 진행되던 수사에 문제가 생겼다.

강 검사가 차길수 살인 사건을 정리하고 차수인 살인 사건을 조사하려고 하자 길 원장이 우려했던 상황이 발생했다.

서정식은 뺑소니 사건도 자신이 일으킨 것이라고 극구 주장했다. 강 검사는 출입국 조회서를 보여주면서 사실대로 진술하라고 다그치기도 하고 달래기도 했지만 서정식은 묵묵부답이었다. 서정식이 수인이 뺑소니 사건에 대해 협조하지 않으면 하옥진에 대한 조사는 무의미했다. 하옥진은 아무런 진술을 할 수 없었기 때문이다.

강 검사는 이렇게 며칠을 허비하다가 결국 결단을 내렸다.

차길수에 대한 살인 사건은 서정식의 자백과 충분한 보강 증거자료가 확보됐다고 판단하여 일단 서정식을 살인죄로 기소하기로 했다. 수인이 뺑소니 사건의 진실은 기소 이후에 계속 수사하기로 한 것이다.

그리고 제천지청에서는 자살로 암장됐던 사건이 검사의 치밀한 수사 끝에 살인 사건임을 밝혀냈다는 취지로 보도자료를 배포했다. 그 과정에서 밝혀진 차수인 뺑소니 사건도 단순 뺑소니 사건이 아닌 살인 사건일 가능성이 높아 추가 수사할 예정이라고도 발표했다.

사회적 반향도 있었다. 그냥 묻혀버렸던 두 건의 단순 일반 사건이 살인 사건으로 밝혀졌다는 사실에 사회적으로 큰 충격이 있었다.

강 검사는 오프더레코드(off the record, 비보도 조건)로 차길수·차수인 살인 사건에서 민간인인 길 원장이 상당한 역할을 했다는 사실을 기자들에게 알리려고 했다. 그러나 길 원장의 완강한 반대와 검찰 내부의 부정적인 의견으로 인해 길 원장에 대한 언급은 전혀 없었다. 결국 차길수 살인 사건 및 차수인 살인 사건은 오롯이 강 검사와 엄 소장의 뛰어난 활약의 결과물이 되었다.

길 원장은 강 검사가 수사 결과를 설명해 주는 동안 아무 말

없이 그대로 듣고만 있었다. 그리고 수인이 뺑소니 사건을 어떻게 할 것인지도 묻지 않았다. 수고했다는 말과 함께 대전에 오면 소주나 한잔하자며 전화를 끊었다.

신문, 방송에서 전한 차길수 살인 사건은 그래도 비교적 정확하게 보도됐다. 다만 검찰에서 발표하지 않은 다소의 에피소드가 언론의 입맛에 맞게 변색된 것은 못내 아쉬웠다. 다수의 신문이 차길수와 서진주, 서정식의 악연에 대해 보도자료에 구체적으로 언급되지 않았음에도 독자들의 흥미를 끌기 위해 나름대로 취재한 내용을 다소 선정적, 자극적 문장으로 신문지상에 올렸다.

그리고 어떻게 알았는지 차수인 뺑소니 사건의 범인이 하옥진이라고 단정하면서 뺑소니를 가장한 살인 사건이라는 흥미 위주의 보도가 이어졌다.

7.

서정식이 기소된 지 며칠이 지난 어느 날 길 원장은 엄 소장의 전화를 받았다.

"시골 파출소에 조용히 처박혀 있는데, 갑자기 무슨 상복이 터졌는지 며칠 동안 정신이 없어 연락도 못 드렸네요."

그는 다짜고짜 너스레를 떨며 말했다.

"시골 파출소라뇨? 제 취향에 딱 맞는 커피숍도 있던데. 무슨 상을 받으셨는지 모르지만 아무튼 축하드립니다. 나중에 술 한잔 거하게 사세요."

"원장님하고는 언제든지 만사 제쳐 놓고 오케이죠. 연락만 주세요."

아마도 경찰 내부에서는 길 원장의 역할이 오롯이 엄 소장의 성과로 정리된 것 같았다. 자살로 위장된 살인 사건을 밝혀내고 공소시효도 끝난 사건을 10년 동안 끈질기게 추적해서 결국 뺑소니를 가장한 살인 사건의 실체를 밝혔으니 경찰 내부에서도 특출 난 성과를 이룬 것이 틀림없을 것이다.

그는 길 원장의 존재를 밝힐 수 없어 괜히 길 원장에게 미안해하고 있었다. 그러나 그가 없었더라면 결코 이번 사건의 실체에 접근할 수 없었기 때문에 엄 소장이야말로 충분히 칭찬받을 만한 자격이 있었다.

길 원장도 일상으로 돌아와 열심히 환자들을 진료하는 데 여념이 없었다. 그래도 박순향에게 사건 경과를 설명해야 할 것 같아 이번 주 일요일 낮에 만나기로 했다. 주중에는 밀린 환자들 때문에 도저히 시간을 내기 어려워 한가한 주말로 약속을 잡았다.

지금 마지막 환자 진료를 마치고 원장실 의자에 앉아 잠시 쉬고 있었다. 갑자기 휴대폰 진동이 울렸다. 강 검사한테 온 전화였다.

"강 검사!"

"지금쯤 진료가 끝났을 거 같아 일부러 이 시간에 전화했는데 통화 가능해?"

"응, 지금 잠시 쉬고 있는 중이야."

"용건만 말할게. 서정식한테 뺑소니 사건을 확인하려고 하는데 도무지 입을 열지 않아."

"…."

길 원장은 그의 다음 말을 기다리며 아무 말도 하지 않고 있었다.

"그래서 말인데, 길 원장이 서정식을 한번 만났으면 해서."

"서정식이 단단히 마음먹고 있다면 나한테도 입을 닫겠지. 내가 뭐 서정식에게 그렇게 신뢰 갈 만한 사람도 아닌데, 입을 열겠나?"

"그렇진 않은 거 같던데? 서정식을 조사하면서 느낀 건데 길 원장에게 믿음을 가지고 있다는 느낌을 받았어. 아마도 라포 (Rapport, 사람과 사람 사이에서 상호 이해와 공감을 통해 형성되는 신뢰 관계와 유대감)가 형성된 거 같아."

"라포라? 그렇게 느낄 만한 근거는 있나?"

길 원장은 의사로서 환자와의 라포 형성이 무엇보다도 중요하다는 사실을 알고 있었다. 그러나 자신이 검사나 수사관도 아닌데 범죄자와 라포가 형성됐다는 건 왠지 낯설게 느껴졌다. 한편으로는 서정식이 자신을 믿는다는 사실에 미묘한 흥분을 느꼈다.

"서정식이 지나가는 말로 그래도 길 원장이 자기 마음을 가장 잘 이해하고 있는 거 같다고 하더라고. 길 원장과 대화하면서 진심을 느낀 거 같았어."

"음, 그래? 혹시 서정식이 거부하지는 않을까?"

"거부한다면 어쩔 수 없지. 그래도 한번 시도는 해보는 것이 좋을 거 같거든, 밑져야 본전이니까."

"언제 갈까?"

"당장 내일이라도 좋아. 계속 이 사건에만 매달릴 수 없으니 빠를수록 좋지."

"그럼, 내일 아침에 바로 갈게."

길 원장은 일단 내일 진료를 생각해 박 간호사를 바로 원장실로 불렀다. 그녀에게 사정 얘기를 하고 내일은 무조건 박 간호사가 알아서 잘 막으라고 했다. 그래도 다행인 것은 한의원에 오는 환자 대부분이 시급을 다투는 중한 환자는 아니었다. 필요하면 물리치료나 다른 서비스로 대체할 수 있는 경우가 많아 애써 스스로 위안을 삼았다.

길 원장은 다음 날 아침 10시쯤 강 검사 직무실 소파에 앉아 있었다. 잠시 후 서정식이 포승줄과 수갑에 묶인 채 들어왔다. 순간 그가 자신을 보고 어떤 표정을 지을지 몰라 엉거주춤한 자세로 일어나 인사를 건넸다.

"뵌 지 오래된 거 같진 않은데 꼭 오래된 것만 같이 낯설군요. 몸이 불편한 곳은 없나요?"

"길 선생이 한의사라고 했으니 오신 김에 내 진맥이나 해주면 좋겠는데."

길 원장은 속으로 그가 자신을 반기지 않는 것은 아니라고 생각했다. 그의 말투에 편안함이 느껴졌다.

"여기 앉으시죠."

그를 데리고 온 교도관에게 수갑은 아니더라도 포승줄은 풀어달라고 조심스럽게 요청했다. 교도관은 아무런 이의 없이 곧바로 그의 포승줄을 풀었다.

"교도 수칙상 제가 옆에서 지키고 있어야 합니다."

교도관은 사무적으로 말했다. 들어오기 전에 강 검사로부터 어떤 지시를 받은 것 같았다. 강 검사도 일부러 그 자리를 피했다. 검사실 여직원이 커피를 들고 와서 탁자 위에 놓고 그대로 나갔다.

"제가 왜 여기 온 건지는 알고 계시죠?"

길 원장은 조심스럽게 물었지만, 이 순간에 굳이 말을 돌려서

물을 필요는 없다고 생각했다.

"강 검사님이 나 때문에 고생하시고 있는데 그걸 해결하려고 오셨겠지. 안 그렇소? 길 선생!"

그는 확실히 길 원장을 편하게 생각하고 있는 듯했다. 그의 말투에는 어느 정도 여유가 넘쳐 보였다. 어쩌면 자기 스스로에게 주문을 걸고 있는 것인지도 모른다.

"네, 그렇습니다. 아시겠지만 강 검사는 제 친구입니다. 친구가 서 선생님 때문에 이만저만 골치 아픈 것이 아니라면서 한의사인 저한테 제 영역도 아닌 일로 치료해 달라고 떼를 쓰고 있네요. 저는 침만 잘 놓는 침쟁이인데 어떻게 치료해 달라는 건지. 나, 원, 참!"

길 원장도 가벼운 농담으로 대꾸했다.

두 사람 사이에 대화가 끊겼다. 주위에 어색함이 잠시 돌았다.

"사실은 제가 확인하지 못한 몇 가지를 더 확인하고자 강 검사를 졸랐네요. 서 선생님을 한번 뵙게 해달라고."

길 원장은 여기 온 이유를 자신의 요청이었다는 사실로 포장해서 말했다.

"길 선생 실력이면 다 확인해서 궁금한 것이 없을 텐데."

"차길수 사건이야 이미 기소됐으니 궁금한 것이 없는데, 뺑소니 사건은 몇 가지 궁금한 것이 남아 있어서요."

그는 이미 예상했다는 듯 아무런 대꾸가 없었다.

"뺑소니 사건에 대해 아무런 말씀을 하지 않는 것은 저도 충분히 이해합니다. 그리고 제가 강 검사에게도 이미 충분히 설명했던 부분이고요."

길 원장은 잠시 뜸을 들였다.

"저는 이번 일을 통해 서 선생님이 어떤 성품의 소유자인지도 잘 알고 있다고 생각합니다. 다만, 제 생각이 맞는지 몇 가지 사실 여부만 확인해 보고 싶네요."

그는 이에 대해서도 가타부타 대답이 없었다.

"대답하시기 어려우실 테니 제가 말하는 것 중 틀린 부분이 있으면 그때 지적만 해주시면 됩니다. 그럼, 그 부분을 감안해서 판단할게요."

그는 지그시 눈을 감았다. 전과 마찬가지로 그가 무언의 동의를 한 것으로 보였다.

길 원장은 그가 자신을 왜 신뢰하는지 정확히 알 수는 없으나 조금 전 강 검사가 한 말이 떠올랐다. 길 원장이 하옥진의 처벌에 대해 극구 반대했었다는 사실을 그에게 전하자 꽤 놀라는 표정을 지었다고 했다. 그런 이유가 어느 정도 작용했음이 틀림없을 것이다.

"저는 처음부터 서 선생님이 뺑소니 사건과는 아무런 관련이 없다고 생각하고 있었는데, 지금도 그 생각에는 변함이 없고요."

길 원장은 그의 표정을 조심스럽게 살핀 후 말을 이어갔다.

"그렇게 생각한 이유는 지금까지 서 선생님이 부인을 대하시는 태도에서 느낄 수 있었죠. 만약 두 분이 뺑소니 사건을 가장해서 수인이를 살해하기로 상의했다면 당연히 서 선생님이 직접 실행했겠죠. 그렇지 않나요?"

대답이 나오기를 잠시 기다렸으나 그는 그대로였다.

"하옥진 씨가 수인이를 죽이려 한다는 사실을 알고도 서 선생님이 가만히 있었다거나, 하옥진 씨에게 그것을 실행하라고 시켰다는 사실 자체가 저로서는 도저히 믿기지 않았죠. 그렇지 않습니까?"

그는 계속 눈을 감은 채 아무 말이 없었다.

"그래서 제 결론은 하옥진 씨가 서 선생님이 안 계신 틈을 타 뺑소니 사건을 단독으로 일으켰다는 거였죠. 물론 서 선생님은 나중에 어떤 경위로 그 사실을 알게 됐을 거고요. 제 말이 틀렸나요?"

길 원장은 계속해서 그의 대답을 이끌어 내려고 했으나 묵묵부답이었다.

"집에 어린이 슬리퍼 한 짝이 있었으니 아마도 그것을 보고 의아해했을 거 같긴 한데, 그것만 가지고는 하옥진 씨의 범행을 의심하진 못했을 테고…."

"…."

"뭐 다른 결정적 계기가 있었을 것이라고만 추측되는데 그게 뭔지 듣고 싶네요."

"…."

잠시 후 어쩔 수 없이 길 원장이 다시 말문을 열었다.

"그 부분도 제 생각을 말씀드리죠. 솔직히 이건 순전히 제 추측이라 확신은 없습니다만…. 저는 하옥진 씨가 현재 앓고 있는 정신 병력과 관계있다고 생각됩니다."

그때야 그는 감고 있던 눈을 떠 길 원장을 지그시 바라봤다. 길 원장은 그의 태도를 보고 자신의 추측이 맞았다고 생각했다.

"물론 하옥진 씨가 따님을 잃었을 당시 충격이 이만저만 아니었을 테지만, 그때는 비교적 젊은 나이였으니 그래도 버텨냈겠죠."

그는 그때 기억이 떠오르는지 순간 몸을 움찔거렸다. 손에 찬 수갑 때문에 움직임이 불편한 것처럼 보였다.

"그런데 주변에서 하옥진 씨가 퇴직한 이후 어느 날부터 급격히 상태가 나빠졌다고 말하는 것에 비춰보면, 저는 어떤 결정적 계기가 있었던 것이 아닌가 하는 생각이…. 그 계기가 뺑소니 사건일 거라고 추측했고요, 그렇지 않나요?"

또다시 그의 대답을 유도했으나 여전히 묵묵부답이었다.

"차길수에 대한 복수심이 저희가 생각하는 거 이상일 것이라는 생각은 드는데 그래도 아무런 잘못 없는 수인이를 똑같은 방법으로 그렇게 했다는 것이, 하옥진 씨는 복수심 이상으로 수인이에 대한 죄책감이 컸을 겁니다. 그래서 죄책감에 시달리면서 급격히 정신 상태가 악화됐을 거고요. 그것을 곁에서 지켜보고 있던 서 선생님이 당연히 눈치챘을 거라고, 이게 제 추측입니다."

이때 갑자기 그가 목이 탄다며 물을 마시고 싶다고 했다. 급하게 여직원을 불러 물 한 잔을 부탁했다.

그는 탁자 위에 놓인 물을 천천히 마셨다. 이윽고 그의 입술이 열리기 시작했다.

"길 선생! 길 선생도 당연히 결혼했겠지?"

그가 처음으로 말을 꺼냈다. 좋은 징조였다.

"네, 당연히 결혼했습니다. 딸과 아들 둘도 있고요."

"그럼, 미쳐 가는 와이프를 옆에서 보고 있는 남편의 심정을 잘 알겠네."

"네, 충분히 이해합니다."

"내가 필리핀 출장을 갔다가 돌아왔는데 평소와 다르게 집안 분위기가 이상했소. 뭔가 모를 이상한 분위기가 느껴졌지. 아니나 다를까, 하 선생의 행동이 평소와는 너무나도 다르다는 것을 한눈에 알 수 있었지."

"서 선생님은 하옥진 씨를 하 선생이라고 부르시는가 보네요."

"연애할 때 그렇게 부르던 습관이 있어서 그런지 결혼해서도 쭉 그렇게 불렀소. 하 선생도 그렇게 부르는 것에 대해 싫어하는 눈치는 아닌 거 같고."

길 원장은 그가 말을 계속 이어갈 수 있도록 아련한 눈빛으로 바라봤다.

"하 선생이 밤마다 악몽을 꾸는 거 같더군. 이상한 헛소리를 계속하면서 뭔가에 쫓기는 그런 꿈을 꾸는 거 같았소. 시간이 갈수록 상태는 더 나빠지는 거 같고…. 길 선생 말처럼 결국 내가 모든 것을 알게 되었소."

그는 다시 한번 앞에 놓인 물을 천천히 마셨다.

"하 선생이 밤에 자면서 하는 헛소리에서 '수인'이라는 이름이 나오고 잘못했다, 미안하다는 말이 계속 되풀이되는 것을 보고 눈치챘소. 어느 날인가는 급기야 자해 시도도 하더군. 그리고 아예 차를 운전할 생각을 하지 않고, 차 근처에도 가려고 하지 않았소."

길 원장은 그가 편하게 말할 수 있도록 고개만 끄덕이면서 충분히 그 심정을 이해한다는 신호를 보냈다.

"그때만 해도 나는 '수인'이라는 이름에 대해 전혀 아는 것이 없었소. 그런데 하 선생이 진주 구두를 수시로 꺼내 보면서 멍하니 있는 보습을 보고 이상해서 그 상자를 열어보게 되었지. 거기에 어린 소녀의 슬리퍼 한 짝이 있더군. 순간 내 머릿속에는 불길한 예감이 스쳤소."

어느덧 그의 눈가에 눈물이 살짝 맺혔다.

"그 후 나는 나름대로 조사했고, 결국 내 불길한 예감이 맞다는 결론에 이르렀소. 그 사실을 알고 내가 할 수 있는 것이 뭐가 있겠소?"

그는 반문하듯이 한탄스러운 말을 이어갔다.

"나도 차길수 그놈에게 복수하겠다는 생각을 한두 번 한 게 아니었소. 그래도 차마 실행할 엄두는 나지 않았는데, 그래도 하 선생은 실행했으니 어떻게 보면 나보다 낫다고 볼 수 있지 않소?"

길 원장은 뭐라고 딱히 대답할 말이 없어, 그냥 그대로 있는 것이 상책이라고 생각했다.

"그때 내가 앞으로 해야 할 일은 하 선생을 끝까지 보호하는 거밖에 없다고 다짐했소. 나 대신 무거운 짐을 평생 짊어지게 됐으니."

"저도 그런 상황에 처했으면 서 선생님과 마찬가지였을 겁니다."

"당장 하 선생 마음을 안정시킬 방법부터 찾았소. 하 선생이 차만 보면 그때 악몽이 떠오를 것이라 생각해 내가 일부러 전신주를 들이받는 사고를 내서 자연스럽게 폐차시켰소."

길 원장은 뺑소니 사건이 발생하고 몇 달 후에 그의 차가 폐차됐다는 엄 소장의 말이 떠올랐다.

"그리고 하 선생을 위해 집을 대대적으로 개축하고, 집 현관 앞에 정원도 만들었소. 하 선생이 평소 꽃을 좋아해서 사계절 내내 꽃이 핀 정원을 보여주고 싶었소. 그 후 얼마간 하 선생의 몸과 마음이 안정되는가 싶었는데 속으로는 계속 썩어가고 있었던 거요."

그는 그것이 마냥 자신의 잘못인 것처럼 깊은 한숨을 내쉬었다.

"결국 이 지경까지 됐던 거지. 나이 칠십도 안 돼서 요양병원 신세를 져야 하니. 전에도 말했던 거 같은데, 하 선생을 요양병원에 입원시키고 매일매일 면회를 가긴 했어도 결국 내 삶의 의미는 없어졌소."

길 원장은 그가 차길수와 동반 자살하기로 결심하기까지는 많은 번민이 있었을 거라는 생각이 들었다. 한편으로는 이해 못 할 바도 아니었다.

"하 선생은 지금까지 내가 뺑소니 사건의 진실을 알고 있다는 사실을 전혀 모르고 있소. 내가 그 사실을 들키지 않으려고 얼마나 많은 노력을 했는지, 살얼음판을 걷는 심정이었소. 내가 뺑소니 사건을 알고 있다는 사실을 하 선생이 알게 됐다면 아마 하 선생의 인생은 그 자리에서 끝났을 거요."

그는 말을 끝내자마자 다시 눈을 감았다. 감은 눈에는 어느덧 두 줄기 눈물이 흐르고 있었다. 그 눈물은 오늘도 요양병원에 누워 있는 하옥진에게 아무것도 해줄 수 없는 현재 자신의 심경을 표현하는 것 같았다.

복수심에 눈이 멀어 어린 소녀를 죽여야만 했던 하옥진, 그로 인해 점점 미쳐가는 하옥진을 지켜보면서 몰래 눈물을 흘려야만 했던 그리고 이제야 모든 것을 내려놓은 서정식.

길 원장은 더 이상 그 앞에 있기가 어려웠다. 그를 객관적인 제3자 입장에서 바라보려고 단단히 마음먹었지만 그러기는 힘들 것 같았다. 그를 만나기 전에 만약 그가 입을 열게 된다면 하옥진이 뺑소니 사건을 일으킨 경위에 대해 자세히 듣고 싶었다. 그렇지만 그것은 아예 처음부터 불가능한 것이었다. 그는 하옥진으로부터 뺑소니 사건에 대해 어떤 얘기도 듣지 못했다.

그리고 좀 더 얘기가 진전된다면 서진주와 옛날 남자 친구 얘기도 듣고 싶었다. 그는 옛날 남자 친구에 대해 모른다고 잡아뗐지만 아마도 하옥진으로부터 분명 어떤 말을 들었을 것이다.

길 원장은 이제 자신은 물러나야 할 때가 됐다고 생각했다.

"서 선생님! 주위 분들이 면회는 자주 오시나요?"

"처남과 지인들이 몇 번 와서 봤고, 앞으로도 자주 오겠다고 했지만 내가 일절 면회를 거부하고 있소. 처남에게도 나한테 면회 올 시간에 누나를 한 번 더 보살피라고 단단히 일러뒀소."

"제가 드릴 말씀은 아니지만 재판 준비도 잘하시고, 건강도 잘 챙기세요."

길 원장은 고개를 끄덕이면서 진심이 묻어나는 말을 꺼냈다.

"멀리까지 찾아와줘서 고맙소. 길 선생이 누구보다도 우리 가족을 이해해 주는 것처럼 보여서 내 마음이 편했소. 그리고…."

그는 무슨 말을 하려다가 멈칫거렸다.

"그리고 전해 줄 수 있으면 차길수 부인에게 정말 미안하다는 말을 전해 줬으면 좋겠소."

"네, 꼭 전해드리죠."

"그럼, 이만. 교도관 양반, 이제 볼 일을 다 본 거 같으니 돌아갑시다."

그는 교도관에게 다시 포승줄을 묶도록 했다. 뒤를 돌아 길 원장을 향해 간단히 목례하고 직무실을 나갔다. 길 원장도 걸어 나가는 그의 뒤에 대고 가볍게 고개를 숙였다.

잠시 후 강 검사가 직무실에 들어왔다. 강 검사는 두 사람의 대화를 어떻게 들었는지 알 순 없지만 그저 길 원장에게 수고했다는 말만 건넸다.

길 원장은 점심이나 같이하자는 그의 제안을 사양하고 검사실을 바로 나왔다. 별로 식욕이 없기도 했지만 왠지 검찰청에 더 있기가 싫었다.

검찰청을 나온 길 원장은 온 김에 엄 소장을 만날까 했지만 갑자기 그것도 의욕이 꺾였다. 서정식이 마지막으로 보여준 눈물이 계속 생각나서 조용히 혼자 있고 싶었다. 그냥 대전으로 돌아가기로 했다.

대전으로 돌아가는 차 안에서 내내 생각한 것은 과연 인간의 본성은 '성선설'이 맞는 것인지 '성악설'이 맞는 것인지, 가장 원초적이고 일차원적인 의문에 대한 해답이었다.

길 원장이 내린 결론은, 그래도 이 세상은 따뜻하고 인간의 본성은 성선설이 맞다는 것이다. 다만 후천적으로 주변 환경이나 여건, 주변 사람들과의 관계에서 성선이라는 본성이 점점 약해지는 것일 뿐이라고….

8.

2014년 5월 어느 날 오후 2시, 길 원장은 '카르페디엠' 커피숍에 들어섰다. 이 커피숍은 들어가는 입구에 이름 모를 꽃들이. 사계절 내내 계절별로 주인의 정성을 먹고 예쁘게 자라고 있었다. 언제나 마음을 즐겁게 해준다는 느낌 때문에 단골로 찾는 커피숍이다.

오늘 여기서 박순향을 만나기로 했다. 그녀를 직접 만나서 지금까지의 결말을 말해 줘야 할 것 같아 약속을 잡았다. 이번 사건이 제천지청의 보도자료 배포로 인해 TV 뉴스에도 나왔고, 중앙 일간지에도 실렸다. 그녀도 사건의 상당 부분을 알고 있을 것이다.

그녀가 미리 도착해서 햇볕이 닿는 창가 쪽에 앉아 있었다. 그녀는 멀리서 보면 언뜻 알아보기 어려운 어두운 색상의 투피스를 입고 있었다. 옷감도 완연한 봄 날씨에 어울리지 않게 제법 두툼해 보였다.

길 원장은 순간 그녀가 계절 감각을 잃은 듯해 보였다. 그도 그럴 것이라고 생각했다. 연이은 충격적인 소식들이 그녀로 하여금 날씨에 대해 무감각하게 만들었을 것이다.

그녀는 길 원장을 보고 일어서서 가볍게 인사를 건넸다. 두 사람은 커피를 주문하고 한동안 말없이 커피만 마셨다.

길 원장이 먼저 말을 꺼냈다.

"제가 잠시 본업을 잊고 있었네요. 고모님은 제 환자분인데 만날 때마다 환자 상태를 물어본다는 것을 깜박했네요. 그래, 허리는 좀 어떤가요?"

"덕분에…. 솔직히 워낙 몇 달간 긴장 상태로 지내다 보니 허리 아픈지도 몰라서. 담에 기회 되면 한번 갈게요. 침을 맞은 효과인지 몰라도 그날 이후에는 통증이 많이 사라졌네요."

"다행이네요. 한번 꼭 들르세요. 앞으로도 관리를 잘하셔야 하니 조금 나았다고 방심하면 안 됩니다."

"네, 잘 알겠습니다."

두 사람은 또다시 말이 없었다. 잠시 어색한 정적이 흘렀다. 이번에는 그녀가 조심스럽게 말을 꺼냈다.

"지난 주말에 강윤이와 함께 영월에 갔는데 남편을 다시 묻기도 뭐 해서, 화장해서 남편이 어릴 때 뛰어놀던 동강 자락에 뿌리고 왔네요. 남편도 분명 그것을 원할 것이라고 생각했죠."

"잘하셨습니다."

"저 때문에 너무 폐만 끼쳐서, 수정이 말로는 원장님이 너무 많이 병원을 비우셔서 원성이 이만저만이 아니었다고. 거듭 감사드립니다."

"저야 제가 하고 싶어서 한 건데요. 그래도 고모님께 말씀드리기 어려운 결말은 아닌 거 같아, 다행입니다."

"최악의 결말이라도 각오하고 있던 것이어서…. 아무튼 원장님께서 너무 고생하셨네요."

"결론부터 말씀드리면, 이미 신문이나 방송에서 보시고 들으셨겠지만 남편분은 수린이 뺑소니 사건과는 아무런 관련이 없었고, 그리고 또 남편분은 억울하게 돌아가셨습니다."

"사실 저는 남편이 수린이를 그렇게 했다고 하더라도 실수였기 때문에 어쩔 수 없는 것이라고 생각했지만, 수린이에게 잘못하고도 지금까지 그 사실을 저나 강윤이에게 속여 온 것만은 아니기를 정말 간절히 바랐는데… 정말 다행이네요."

그녀는 손수건으로 눈가를 매만지고 있었다.

"그리고 제가 남편에 대한 믿음을 가질 수 있도록 사실을 제대로 밝혀주셔서 정말 감사합니다."

"신문이나 방송에서 언급되지 않았던 부분을 지금부터 말씀드리려고 하는데, 다소 듣기 불편한 내용도 있을 겁니다. 괜찮으실까요?"

"네. 그 내용이 무엇인지는 대충 느낌이 있으니 각오 되어 있네요. 신문에는 남편과 서정식의 지난날 악연이라고만 언급되어 있는데 그 부분이겠죠."

"맞습니다."

길 원장은 차길수와 서진주와의 인연, 강간 사건, 그리고 배신에 대해 최대한 객관적으로 전달했다. 그 후 벌어진 수린이 뺑소니 사건과 차길수 사망 사건에 대해서는 비교적 간략하게 설명했다. 다만, 김포에 있는 어느 절에 수린이 위패가 모셔져 있다는 말은 꺼내지 않았다. 그녀가 어떻게 생각할지 몰라서였다.

"엊그제 제천에 가서 서정식을 다시 만나고 왔습니다. 마지막으로 서정식이 고모님께 정말 미안하다는 말을 꼭 전해 달라고 했는데 그 말을 꺼내야 할지 고민했습니다. 그래도 전달은 해드려야 할 거 같아서…."

"…."

그녀는 아무 말 없이 고개만 숙였다. 흘러나오려는 눈물을 참으려는 것처럼 보였다. 길 원장의 말을 들으면서 겉으로는 감정을 드러내지 않고 있었지만, 속으로는 복잡한 심경이었을 것이다. 비록 남편 차길수와의 만남 이전의 일이기는 하지만 그의 잘못이 발단이 되어 눈에 넣어도 아프지 않을 딸을 잃은 어머니의 심정은 어떤 말로도 위로가 되지 않을 것이다. 그런 데다가 그 일로 인해 남편까지도 잃게 되었으니….

"말씀 잘 들었네요. 저에게 이렇게 시간까지 내주셔서 감사드립니다."

그러고는 그녀가 핸드백에서 봉투를 꺼내 테이블 위에 살포시 놓았다.

"원장님이 저 때문에 고생하신 것을 이렇게 보답하는 것이 결례일 수도 있지만 약소한 제 성의라 생각하시고 받아주세요. 원장님은 저 때문에 진료도 제대로 못 보셨는데, 거듭 감사드립니다."

길 원장은 순간 어떻게 해야 할지 당황스러웠다. 그녀가 내놓은 봉투에는 돈이 들어 있을 것이 틀림없었다. 이것을 받기도, 그렇다고 안 받기도 그렇다. 거절하는 것은 오히려 그녀에게 결례를 범하는 것일 수도 있다고 생각했다.

"감사히 받겠습니다."

"그럼."

그녀는 간단히 인사를 하며 자리에서 일어났다.

길 원장은 엉거주춤한 상태에서 인사를 건네고, 그녀가 커피숍을 나가자 봉투를 멍하니 바라보고 있었다. 봉투 안에 있는 것이 현금은 아닌 것 같았다. 매우 얇은 것으로 봐서 수표가 들어 있을 것이다. 순간 봉투 안을 들여다보고 싶은 유혹을 느꼈으나 참기로 했다. 봉투 안의 내용물을 보지 않는 것이 오히려 마음이 편할 것이다.

그다음 날 길 원장의 차는 다시 경부고속도로를 달리고 있었다. 목적지는 김포에 있는 안정사였다. 다시 안정사에 갈 것이라고는 예상하지 못했다. 오늘은 편안한 마음으로 왔으니 느긋하게 절을 둘러보기로 했다.

전에 엄 소장과 함께 왔을 때는 불공을 드리지 못했지만, 이번에는 대웅전에 들어가 합장을 하면서 부처님께 절을 올렸다. 이번 일로 알게 된 모든 사람의 안녕을 기원했다. 이미 이 세상 사람이 아닌 분들에게는 저세상에서라도 편안하게 쉴 수 있도록 기도했다.

잠시 후 대웅전 옆에 위치한 종무소로 발길을 돌렸다. 종무소 문을 열자 스님 두 분이 의자에 앉아 계셨다. 주지 스님을 잠시 뵐 수 있냐고 물으니 그중 한 스님이 자신이 주지라고 말하면서 길 원장에게 빈 의자를 가져와 자리를 권했다.

"잠시 드릴 말씀이 있네요. 혹시 옆 건물에 모셔진 위패 중에 서진주라는 분의 위패를 모신 서정식이라는 분을 알고 계신지요?"

"그분 성함이 서정식인지는 모르지만 서진주 씨 위패를 모신 분이 어떤 분인지는 알고 있습니다. 제가 이 절에 오기 전에 위패를 모신 것으로 알고 있는데 반년 전부터는 거의 매일 절에 오시는 분이죠. 그런데 그분은 왜?"

"아닙니다. 저는 그분 부탁으로 이곳에 잠시 들렀습니다. 그분이 여기 절과 인연이 깊은가 보네요?"

"그분 말씀은 자기 고향이 김포여서 초등학교 때 여기로 소풍을 여러 번 왔었는데 여기만 오면 마음이 편하다고 하더군요. 그런 연유에선지 딸과 손녀딸이 어린 나이에 세상을 떠났다며 여기에 위패를 모셨다고 하더군요."

"그분이라면 얼마 전에 검찰청에서 찾아와서 이것저것 확인하고 갔던… 바로 그분입니다요, 스님!"

갑자기 옆에 있던 스님이 주지 스님에게 다급하게 무엇인가를 알리려는 말투였다.

"절밥을 먹는 중들은 속세의 일에 대해 이러쿵저러쿵 입에 올리는 것이 아닙니다."

주지 스님은 옆에 있는 스님을 꾸짖었다. 말투는 부드러웠지만 따끔한 가르침처럼 느껴졌다.

"손녀딸이라고 하면 그 옆에 모셔진 차수인을 말하는 건가요?"

길 원장은 다시 공손하게 물었다.

"네. 예쁘고 귀여운 외손녀였는데 어린 나이에 억울하게 뺑소니 차에 치여 저세상으로 갔다고 하더군요."

길 원장은 고개만 가볍게 끄덕였다. 서정식이 수린이의 죽음에 대해 어떻게 생각하고 있었는지를 알 것 같았다.

"그분 성함이 서정식입니다. 저는 그분이 스님을 찾아뵈라고 하셔서 이렇게 왔습니다."

그러면서 어제 박순향으로부터 받은 봉투를 탁자 위에 내놓았다.

"서정식이라는 분이 자신은 당분간 여기에 오지 못할 사정이 생겼다면서 저한테 대신 이 봉투를 스님께 전해 달라는 전언이 있었네요. 약소하지만 딸과 손녀딸을 위해 쓰였으면 한다는 말씀도 있었고요."

"어디 멀리 떠나셨나 보네요."

"그건 저도 잘, 그럼 저는 이만."

종무소를 나오는 길 원장의 발걸음이 가벼웠다. 절을 나오면서 다시 한번 뒤를 돌아 절 전경을 한참 바라봤다.

이미 제천지청에서 절에 찾아와서 증거를 수집했으니 주지 스님도 어느 정도 사정을 알고 있을 것임에도 일절 내색하지 않으셨다. 내공이 강한 스님으로 보였다.

길 원장은 박순향도 자신의 뜻을 이해할 것이라고 생각했다. 불이문(不二門)을 지나 절 앞 주차장에 세워진 차 문을 열고 운전석에 앉았다. 요 며칠 사이에 비해 오늘은 모처럼 화창한 봄날이라 햇볕이 따가웠다. 선글라스를 꺼내 제법 품을 잡았다.

그런데 저 멀리서 주지 스님이 급하게 뛰어오는 모습이 보였다. 조수석 창문을 열고 주지 스님을 천천히 바라봤다. 주지 스님은 조금 전에 길 원장이 놓고 간 봉투를 손에 들고 흔들면서 뛰어오고 있었다.

길 원장은 잠시 망설이다가 주지 스님을 향해 가볍게 합장 인사를 하고 조수석 창문을 닫자마자 차의 액셀을 서서히 밟았다. 천천히 차를 운전하면서 백미러로 뒤를 쳐다봤다. 주지 스님은 황당하다는 표정으로 천천히 움직이는 길 원장의 차를 멀뚱히 지켜보고만 있었다. 무슨 말을 하는 것처럼 보였다. 주지 스님이 무슨 말을 하고 있는지는 바로 알 수 있을 것 같았다.

　"아니, 이렇게 많은 돈을 시주하시다니, 나무아미타불 관세음보살!"

　주지 스님은 길 원장의 차가 보이지 않을 때까지 그 자리에서 합장하고 있었다.

　순간 길 원장도 봉투에 들어 있는 내용물이 궁금했다.

에필로그

2021년 1월 어느 날 저녁 8시, 길 원장은 직원들이 모두 퇴근한 한의원 원장실에 홀로 앉아 있었다. 지금까지 이런저런 핑계를 대며 미뤄왔던 일을 시작하려는 순간이다.

책상 위에는 길 원장이 그동안 고이 보관한 메모지, 서류, 사진, 신문자료 등이 들어 있는 파일철이 놓여 있었다. 이젠 결단을 내려야 할 시점이다.

작년부터 전 세계적으로 퍼진 코로나19의 여파로 오히려 병원 일은 한가해졌다. 사실상 병원은 개점휴업 상태였다. 이 사태가 언제 끝날지 아무도 예측할 수 없다고 한다.

길 원장은 오히려 이 시기를 기회로 삼기로 했다. 그동안 미뤄놓았던 정식 소설을 드디어 쓰기로 한 것이다. 인터넷상으로 올리는 소설이 아닌 책자로 된 소설을…. 이미 자료는 충분히 모아둔 상태였다.

강 검사의 배려로 차길수·차수인 살인 사건에서 길 원장에 대한 언급은 전혀 없었다. 그러나 발 없는 말이 천리를 간다고 시나브로 소문이 퍼져 한때는 길 원장의 본업이 한의사인지 의심스러운 때도 있었다.

전국 각지에서 자신의 딱한 사정을 하소연하는 사람들이 심심치 않게 〈길석 한의원〉을 찾아왔다. 그때마다 길 원장은 번지수를 잘못 찾아왔다고 시치미를 떼는 것이 일과였다. 대부분 길 원장이 관심을 가질 만한 사건들이 아니었음은 물론이다.

그래도 길 원장이 관심을 갖고 사건 해결에 도움을 준 몇 건의 사건도 있었다. 몇 년 전 세상을 떠들썩하게 했던 엽기적인 연쇄살인범 사건에서 비공식적으로 관여하기도 했었다. 또한 길 원장도 혀를 내두를 정도의 완전범죄를 꿈꿨던 어느 살인범의 허황된 꿈을 무너뜨리기도 했었다. 거기에 더해 자신의 전공 분야인 독초를 이용한 살인 사건에서 실력을 유감없이 발휘하기도 했었다.

파일철을 넘기다 보니 연쇄살인범이 자랑하듯 살인 현장에 암호 같은 단서를 남겨놓은 ㅇㅇ그림 사진 여러 장이 보였다. 일상에서 쉽게 접할 수 있는 ㅇㅇ그림을 암호로 삼았다는 것이 특이했다. 참 대단히 간이 부은 살인범이라는 기억이 떠올랐다. 그 뒤에는 어마무시한 실체가 있었다는 사실에 다시 한번 오금이 저렸다.

그 뒤편에는 목이 잘려 머리 부분만 남아 있는 피해자의 얼굴 사진도 보였다. 독서등에만 의지하고 있는 어두운 원장실에 갑자기 서늘함이 느껴져 한기를 떨치고자 가볍게 몸을 떨었다. 그 사건도 참으로 엽기적이고 괴이한 사건이었다. 그 살인범 또한 대단하다고밖에 평가할 수 없는 그런 자였다.

길 원장이 관여한 사건 중에는 추리소설로서 독자들이 흥미로워할 만한 사건이 여러 건 있었다. 하지만 그래도 제일 먼저 책으로 나와야만 하는 것은 처음 실제 사건에 관여한 차길수·차수인 살인 사건이라고 생각했다. 다른 사건들은 나중에 출판할 기회가 있을 것이다.

이번 사건이 있은 지 어느덧 7년이라는 세월이 흘렀다. 사건에 관련 있었던 사람들도 7년이면 어느 정도 사건 내용이 잊혔을 것이다. 차길수·차수인 살인 사건이 글로 세상에 나온다고 하더라도 상당 부분 이해해 줄 것이다.

불가피하게 꼭 필요한 경우 인명이나 지명 등은 가명을 쓰거나 다른 설정을 하기로 했다. 가능한 한 관련자들의 명예가 손상되지 않도록 최대한 노력할 것을 스스로 다짐했다.

어제 박 간호사를 통해 박순향에게도 그 뜻을 전했다. 박순향도 길 원장이 아마추어 추리 작가로 소설을 쓰고 있다는 사실을 처음부터 알고 있었던 터라 차길수·차수인 살인 사건이 언젠가 글로 세상에 나올 것이라고 예상한 듯했다. 박 간호사를 통해 전해 온 그녀의 말은 이러했다.

"부디 남편 차길수에 대해 너무 나쁘게 바라보질 말아 달라고…."

길 원장은 그녀의 뜻을 최대한 반영하겠다고 다짐했다.

이 글을 쓰면서 서정식이 어떤 처벌을 받았고, 하옥진이 실제로 처벌받았는지 그 여부는 밝히지 않을 것이다. 길 원장 입장에서는 그 부분은 중요하지 않았다. 그 부분은 형사법 영역이었다. 자신은 자신이 추리하고 그 추리로 밝혀진 사실에만 관심이 있었다.

그래서 이번 사건과 관련 있었던 사람들의 근황에 대해서도 언급하지 않기로 했다. 다만 사건 해결의 단초를 결정적으로 제공한 정상진 변호사에 대해서는 간단히 언급해야 할 것 같았다.

몇 해 전 휴대폰으로 부고 단체 문자를 받았는데 정상진 변호사가 작고했다는 내용이었다. 이번 사건의 수사 결과가 발표된 직후에 정 변호사에게 안부 겸 고맙다는 전화를 드린 후로는 서로 연락이 없었다. 아마도 정 변호사의 유족들이 휴대폰에 저장된 전화번호를 보고 단체로 부고 문자를 보낸 것으로 보였다. 그래도 정 변호사의 마지막 가는 길은 봐야 할 것 같다는 생각이 들어 정 변호사의 시신이 안치된 서울○○병원 장례식장에 가서 조용히 문상을 마쳤다.

"변호사님 덕분에 억울하게 죽은 두 사람이 편안한 안식처를 찾은 거 같습니다. 변호사님도 부디 편안한 안식처를 찾으시길…."

길 원장은 잠시 생각에 잠겨 있던 정신을 깨고자 기지개를 진하게 켰다. 그리고 책상 앞에 놓여 진 컴퓨터 전원 버튼을 눌렀다.

잠시 후 타이핑을 시작했다.

"제목 : 타임(Time) Ⅰ - 침묵의 시간(The time of silence)-"

출간후기

권선복(도서출판 행복에너지 대표이사)

"한국 추리소설의 새로운 지평을 열다"

권중영 변호사의 추리소설『침묵의 시간』은 '타임 시리즈'의 첫 번째 작품으로, 그 의미와 가치를 더욱 깊게 만드는 특별한 책입니다.

'타임 시리즈'는 총 3편으로 구성되어 있으며, 1편『침묵의 시간』에 이어 2편『완벽한 시간』, 3편『타인의 시간』이 동시에 출간됩니다. 각 편마다 사건을 풀어나가는 방식과 전개가 다르지만, 전체적으로 독자들에게 깊은 몰입감을 선사할 수 있도록 설계된 작품들입니다.

1편『침묵의 시간』은 미스터리한 사건의 진실을 추적하는 과정을 그려내고 있습니다. 작품의 주요 사건은 40대 남성의 자살로 시작되지만, 그 이면에는 복잡한 법적 문제들과 추리 요소들이 촘촘하게 얽혀 있습니다. 공소시효 도과, 자살로 위장된 살인, 동반 자살, 알리바이, 증거 조작 등 현실에서 벌어질 법한 사건들이 다뤄지며, 이를 작가 특유의 사실적 필치로 풀어냈습니다.

특히 법률적 문제와 수사 과정이 자연스럽게 녹아들어, 현실감을 극대화하며 동시에 그 과정에서 일반인들의 선입견을 한순간에 무너뜨리는 반전이 전개됩니다.

이 시리즈의 작가인 권중영 변호사는 서울대학교에서 고고학을 전공한 후 사법시험에 합격하여 약 20년간 검찰에서 근무한 경력을 가진 법률 전문가입니다. 오랜 검사 생활을 바탕으로 한 풍부한 경험이 이번 작품에도 녹아 있어, 사건의 진정성과 사실감이 돋보입니다.

1편 『침묵의 시간』은 단순히 범죄의 진상을 밝히는 데 그치지 않고, 그 이면에 숨겨진 인간 심리와 복잡한 감정의 깊은 층을 치밀하게 파헤칩니다. 독자들은 주인공이 사건의 퍼즐을 풀어나가는 과정 속에서 긴장감 넘치는 스릴과 동시에 탁월한 지적 쾌감을 경험하게 될 것입니다.

이 작품은 특히 판타지적 요소를 배제하고 현실에 철저히 뿌리내린 설정과 정확한 법적 고증을 기반으로 전개되며, 그로 인해 실제로 벌어질 수 있는 사건들이 중심이 되어 독자들에게 몰입감을 극대화합니다. 그 신선함과 현실감은 국내외 독자들에게 새로운 충격을 선사할 것입니다.

'타임 시리즈'의 첫 포문을 연 『침묵의 시간』은 2편과 3편에 대한 기대감을 확실히 끌어올리며, 추리소설의 새로운 패러다임을 제시하는 작품이라 자부합니다.

이 작품이 한국을 대표하는 추리소설로 자리매김해, 많은 독자에게 뜨거운 사랑을 받기를 바라며, 나아가 한국 추리소설의 새로운 지평을 열 수 있기를 기대합니다.

'행복에너지'의 해피 대한민국 프로젝트!

<모교 책 보내기 운동> <군부대 책 보내기 운동>

한 권의 책은 한 사람의 인생을 바꾸는 힘을 가지고 있
습니다. 한 사람의 인생이 바뀌면 한 나라의 국운이 바
뀝니다. 그럼에도 불구하고 많은 학교의 도서관이 가난
하며 나라를 지키는 군인들은 사회와 단절되어 자기계
발을 하기 어렵습니다. 저희 행복에너지에서는 베스트
셀러와 각종 기관에서 우수도서로 선정된 도서를 중심
으로 <모교 책 보내기 운동>과 <군부대 책 보내기 운동>을
펼치고 있습니다. 책을 제공해 주시면 수요기관에서 감
사장과 함께 기부금 영수증을 받을 수 있어 좋은 일에
따르는 적절한 세액 공제의 혜택도 뒤따르게 됩니다.
대한민국의 미래, 젊은이들에게 좋은 책을 보내주십시
오. 독자 여러분의 자랑스러운 모교와 군부대에 보내진
한 권의 책은 더 크게 성장할 대한민국의 발판이 될 것
입니다.